ANNE STEVENS

SALZ WASSER Küsse

ROMAN

MÄNNER & Meer

ISBN: 9798838876621

ÜBER DAS BUCH

Sie ist Leiterin des Seemannsheims »Vor Anker«. Er der Manager des benachbarten Fünf-Sterne-Hotels »Schöne Aussicht«. Ihre Schnittmenge: Der Gartenzaun, an dem es nicht nur kracht, sondern auch mächtig kribbelt.

Schweren Herzens tauscht Anna Jong ihren Schreibtisch in einem schicken Maklerbüro gegen den Job in einem Seemannsheim. Dass sie dort nicht nur gratis wohnt, sondern auch die raubeinigen Bewohner in ihr Herz schließt, war so nicht vorgesehen. Anscheinend geht es wirklich wieder bergauf ...

Gäbe es da nicht den neuen Nachbarn. Ben van Dijk besitzt nicht nur das Oberklasse-Hotel »Schöne Aussicht«, er hat auch wenig Verständnis für Seebären und feierfreudige Urlauber, die seinen solventen Gästen nicht nur die gute Aussicht, sondern auch die Laune verhageln.

Ben würde das Seemannsheim zu gern dem Erdboden gleichmachen – wäre da nicht die entzückende neue Leiterin, die ihn mit ihrer kecken Art und ihren großen blauen Augen aus dem Gleichgewicht bringt.

Zankend kommen sie einander näher. Doch der Burgfriede währt nicht lang ...

Ein Roman mit Seemannsgarn, Herz und Humor.

Der in sich abgeschlossene Roman ist Teil der Reihe Männer & Meer, die von vier Freundinnen und ihrer Suche nach Mr Right an der niederländischen Nordsee-Küste erzählt.

Covergestaltung: Catrin Sommer, rausch-gold.com
unter Verwendung von Motiven von Shutterstock

Korrektorat:
Korrektorat: Gisela Brandtner
2. Korrektorat: Das kleine Korrektorat, Ruth Pöß

Internet:
http://www.annestevens.info

Anne Stevens
c/o Autorenbetreuung Caroline Minn
(Impressumservice)
Kapellenstraße 3
54451 Irsch

Weitere Informationen unter www.annestevens.info.
Auf meiner Webseite können Sie meinen kostenlosen Newsletter abonnieren, um künftig keine Neuerscheinung zu verpassen.

INHALT

1. KAPITEL

Anna Jong hastete im Sturmschritt über die Veranda der Strandbar *Nieuwe Begin*. Dabei freute sie sich mindestens ebenso sehr auf ihre Freundinnen wie auf einen fruchtig kühlen Cocktail. Dennoch sah sie zur Sicherheit über ihre Schulter, ob ihr nicht einer ihrer anhänglichen Pensionsgäste folgte, ehe sie die Tür zur Bar öffnete.

Himmel, sie hatte die Nase wirklich voll von Männern. Insbesondere Skatbrüdern. Und Sauerländern. Ach, von Kerlen überhaupt. Zumindest solchen, die die magische Sechzig überschritten hatten und der Meinung waren, dass ein Bierwanst ein besonders anziehendes Körperteil war, das man am besten in einem hautengen Fahrraddress präsentierte.

Kaum hatte sie die Bar ihrer liebsten Freundin Jule betreten, konnte sie sich nicht länger bremsen. »Frage: Wie kommen völlig unsportliche, moppelige Männer auf die Idee, sich in Lycra-Shorts und Team-Trikots auf die Straße zu wagen und dabei über Frauen zu lästern, die auch nur ein Pfund zu viel auf den Rippen haben?« Stöhnend ließ sie sich zwischen Bloem und Mia auf einen Barhocker plumpsen.

Die Vierte in ihrem Bunde, Jule, stand auf der anderen Seite des Tresens und war gerade im Begriff, braunen Zucker und Limetten-Schnitze in einem Glas zu zerstoßen.

Anna begann zu strahlen. Darauf hatte sie sich den ganzen Tag gefreut. »Wird das mein Cocktail?«

»Hm, ich dachte, dass du den brauchen kannst.« Jule zwinkerte ihr zu, dann griff sie nach dem hochprozentigen Cachaça, gab einen ordentlichen Schuss über das Gemisch und füllte das Glas schließlich mit zerstoßenem Eis auf.

»Und das dachtest du dir, weil ... du wusstest, in welche Hölle du mich vermittelt hast?«

»Sagen wir, ich habe dich schon mit jüngeren Kerlen gesehen und befürchte, dass deine neuen Bewohner und die Pensionsgäste vielleicht nicht so ganz deinem ... Geschmack entsprechen.«

»Ha, das hast du schön formuliert. Allerdings liegt es nicht an meinen Vorlieben. Das Problem ist eher die großzügige Auslegung des Begriffes Freiwild. Und damit meine ich nicht die ständigen«, Anna malte Gänsefüßchen in die Luft, »*Insassen* des Seemannsheims, sondern die Touristen, die sich verpflichtet fühlen, ihren Urlaubserlebnissen mindestens einen Seitensprung hinzuzufügen. Die machen sich noch nicht mal die Mühe, ihren Ehering diskret in die Tasche zu schieben, bevor sie mir ein intimes Abendessen zu zweit nebst sportlichem Folgeprogramm in ihren Betten anbieten. Stehen da in hautengen Fahrradhosen, die keine Peinlichkeit der Fantasie überlassen, und bitten mich, ihnen den Ort zu zeigen.« Energisch zupfte Anna das Zopfgummi aus ihren Haaren und schüttelte den blonden Longbob auf. Dabei klebte ihr sehnsüchtiger Blick förmlich an Jules Händen, die den für sie bestimmten Caipirinha soeben kräftig umrührte. »Ihr könnt euch das nicht vorstellen. Wenn sie mit Welpenblick und Schmollmund jammern, dass sie sich hier nicht zurechtfinden, möchte ich schreien. Ich meine, Noordwijk hat knapp 40.000

Einwohner und massig Wegweiser. Und diese Kerle tun, als hätte die Mutti sie ohne Taschengeld am Times Square in New York ausgesetzt.«

Bloem und Mia lachten. Und selbst Jule, die Anna den neuen Job in der *Pension & Seemannsheim Vor Anker* verschafft hatte und wusste, in welchem Schlamassel ihre Freundin gerade steckte, hatte alle Mühe, ihre zuckenden Mundwinkel unter Kontrolle zu halten.

»Wie sagt man doch gleich? Du musst sie dir schön trinken«, frotzelte Jule und stellte das Caipirinha-Glas endlich vor Anna auf den Tresen. »Außerdem zeigst du deinen überfütterten Radlern verdammt viel von deinen hübschen Beinen. Kein Wunder, dass sie leichte Hirnaussetzer haben.«

»Das soll ein Witz sein, richtig? Einer von der Sorte, bei dem alle lachen, während ein Idiot ratlos in der Mitte steht und nichts kapiert.«

»Kommt es so bei dir an?«

»Jep!«

»Dann musst du genauer hinhören, wenn ich dir ein Kompliment mache. Deine Beine sind in dieser Shorts wirklich spektakulär. Sofern deine Senioren nicht blind sind, ist es nur natürlich, dass sie probieren, bei dir zu landen.«

Mit den Senioren meinte Jule die alten Seebären, die nach einem harten Leben auf See in den Ruhestand gingen und weder über Familien noch über feste Wohnsitze in den Niederlanden verfügten. Dazu waren sie einfach zu selten an Land gewesen. Für sie gab es in dem Haus, in dem Anna seit zwei Wochen arbeitete, fünf Apartments in denen sie für einen eher symbolischen Mietpreis wohnten.

Sie kannte sich mit Altersheimen nicht aus. Aber wenn es eins für inbrünstig schmetternde Miniatur-Shanty-Chöre gab, dann sah es dort wahrscheinlich so aus wie in dem Haus, in dem sie jetzt arbeitete – und lebte.

Nur machten die Seemänner Anna keine Probleme. Die waren abgeklärt, hatten einen äußerst trockenen Humor und besaßen einen herben Charme, den sie mochte.

»Wie gesagt, es sind nicht die Senioren, sondern die Pensionsgäste, vor denen ich flüchte. Ich begreife nämlich nicht, wieso es Gott und alle Welt für akzeptabel hält, dass scheintote Kerle jüngeren Mädels hinterher steigen. Umgekehrt rümpft man aber die Nase, wenn sich eine Frau jenseits der vierzig nach einem Zwanzigjährigen umschaut.«

»Ernsthaft?« Mia verzog das Gesicht. »Wurde das Verfallsdatum unserer Flirt-Tauglichkeit offiziell herabgesetzt?«

»Kennst du nicht diesen Spruch, dass es wahrscheinlicher ist, von einer Autobombe ins Jenseits befördert zu werden, als mit über vierzig noch einen Mann abzukriegen?«

»Klar kenne ich den. Und ich kann nur herzlich darüber lachen. Meine Mutter ist sechsundfünfzig und heiratet in ein paar Wochen zum vierten Mal«, erklärte Mia amüsiert.

Bloems ohnehin große Kulleraugen öffneten sich noch weiter. Es wirkte, als würden ihre Pupillen gleich auf den Tresen plumpsen. »Verlierst du nicht langsam den Überblick?«

Mia schüttelte den Kopf, so dass die langen, dunklen Locken um ihre Schultern wippten. »Mein Vater und ich amüsieren uns prächtig. Er aus der Ferne. Ich bin leider etwas näher dran und darf mit meiner Mutter diskutieren, ob der Verlust ihrer Unschuld mittlerweile nicht so weit zurückliegt, dass ein weißes Kleid unangebracht ist.«

Bloem, die fest davon überzeugt war, allein nur ein halber Mensch zu sein, legte ihr Kinn in die Hände und seufzte. »Wie macht deine Mutter das? Mir würde schon einer reichen.«

Was die abgeklärte Mia zu einem weiteren bissigen Kommentar animierte: »Jetzt sag nicht, dass du all die Kerle aus deiner Dating-App schon durchhast. Was kommt als Nächstes? Quetschst du dich auch in Lycra-Shorts und rennst ins Fitness-Studio, um sabbernd neben Schwarzeneggers Erben auf der Hantelbank zu schwitzen?«

Bei der Vorstellung konnte Anna sich das Lachen nicht verkneifen. »So weit würde Bloem nicht gehen. Ihr Sportprogramm besteht doch darin, bei der Pausenaufsicht über den Schulhof zu schlendern.«

»Ha, ha. Macht euch nur lustig. Würde ich rennen, würden diese kleinen Rotzlöffel rot anlaufen und gnadenlos auf meinen hüpfenden Busen starren.«

»Also mein letzter Stand war, dass du an einer Grundschule unterrichtest. Hat sich daran etwas geändert?«

Bloem fuhr hoch. »Ist dir mal aufgefallen, dass du nicht mehr in Deutschland lebst? In den Niederlanden startest du mit vier, spätestens fünf in der Vorschule und da bleibst du für die nächsten acht Jahre. Um dir das Nachrechnen zu ersparen: Ich habe es im Ernstfall mit knallharten Dreizehnjährigen zu tun.«

Mia zuckte lässig die Achseln. »Ich weiß, aber auch das erscheint mir reichlich früh für ein Interesse an deinen Brüsten.«

»Ja, weil du in einer Bank arbeitest und von Kindern noch weniger Ahnung hast als ein Schwein vom Fliegen.«

Während des kurzen Schlagabtauschs hatte Anna sich einen kräftigen Schluck ihres Drinks genehmigt, weswegen sie nun Probleme hatte, ihn beim Lachen nicht quer über den Tresen zu prusten. »Wenn das so früh losgeht, wird mir manches klar.«

»Was soll das nun wieder heißen?«, ging Bloem an die Decke. Was einem Wunder gleichkam, denn normalerweise war sie die Sanftmut in Person.

Anna verdrehte die Augen. »Es gibt doch nur zwei Möglichkeiten. Erstens: Die Jungs sind dank ihrer Schulhoferfahrungen traumatisiert und nie therapiert worden – dann gilt es als psychischer Defekt, und so etwas lässt sich bekanntlich nicht so leicht ablegen.«

»Bitte sag mir, dass die zweite Option sich weniger nach der Biografie von Hannibal Lecter anhört?«, warf Bloem noch immer hitzig ein.

»Theorie zwei: Sie sind dank des Gruppendrucks wie gut konditionierte, pawlow'sche Hunde. Sie haben das früh gelernt und verinnerlicht, und sobald sie ein paar Brüste sehen, gehen sie davon aus, dass die angemessene Reaktion ein Hecheln ist.«

»Tja, wenn du es für einen psychischen Defekt hältst, verstehe ich nicht, warum du dich so aufregst. Üb dich in Toleranz und bemitleide sie lieber für diese Macke«, warf Jule ein. »Irgendwie wirst du dich sowieso mit ihnen arrangieren müssen – das ist jetzt dein Job.«

Ein wenig schuldbewusst nippte Anna wieder an ihrem Glas, diesmal um Zeit zu schinden, ehe sie Jule antwortete, denn Anna stand in ihrer Schuld. »Ich versuche es ja. Ehrlich. Aber wenn sie in Lycra erscheinen, will ich mir reflexhaft die Augen zuhalten. Das Problem ist, dass die Vorsaison den Kegelclubs und Stammtischbrüdern gehört. Sie gehen mir zurzeit also nicht aus. Und dann gibt es auf der Erde kein platteres Fleckchen als Holland. Da ist es nur natürlich, dass sie auf die Idee kommen, gemütlich durch die Landschaft zu radeln, statt beim Beach-Volleyball ernsthaft ins Schwitzen zu geraten.

»Habt ihr denn überhaupt keine weiblichen Gäste?«, wunderte sich Jule und machte sich daran, einen neuen Caipirinha zu mixen.

»Leider nein. Ich habe meine Chefin auch schon gefragt.«

»Und dabei ist was rausgekommen?«, warf Mia ungeduldig ein.

Anna schielte hinauf zur Decke, als hätte sie Hoffnung, von höherer Instanz mit einer Portion Geduld bedacht zu werden. »Über der Tür hängt ein Schild. Darauf steht *Pension & Seemannsheim Vor Anker*. Und jetzt überleg mal, würde das auf dich als Frau einladend wirken? Mit Sicherheit nicht. Männer sind da anders. Die sehen die niedrigen Übernachtungspreise, registrieren, dass das Frühstück inklusive ist, und denken sich, dass die Pension prima für ihren Kegelausflug passt. Tags im Alle-Neune-Team-Trikot über das Flachland radeln. Abends noch genug in der Stammtischkasse haben, um den Bierbauch mit Amstel und Genever zu pflegen. Familien bekomme ich erst in der Urlaubssaison zu Gesicht.«

Jule, die einen guten Draht zur Besitzerin des Hauses hatte, stellte den neuen Drink vor Anna ab und blies die Backen auf. »Wenn ich mich richtig erinnere, war dir jeder Job recht, solange du dich nicht arbeitslos melden musst. Ich verstehe nicht, was so schwierig daran sein soll, ein paar Flirtversuche abzublocken. Oder sind sie dir wirklich zu nahe getreten? Sag nicht, dass sie dich betatschen.«

Diesmal blieb Anna das Lachen im Halse stecken. Es stimmte. Vor gerade mal zwei Wochen war sie am Boden zerstört gewesen und hatte kein Land gesehen.

Annas Chef Pieter hatte die Firmenkonten seines Maklerbüros so weit geplündert, dass sie sich noch nicht mal mehr das Kopierpapier hatten leisten können. Das Heer der wütenden Anrufer, die die Begleichung ihrer Rechnungen gefordert hatten, war mit jedem Tag gewachsen – nur war Pieter nicht mehr ans Telefon gegangen, geschweige denn, dass er sich im Büro hätte blicken lassen.

Ihr Mut war mit jedem Monat ein Stückchen tiefer gesunken. Auf der einen Seite bekam Anna weiterhin das mickrige Grundgehalt, das nicht mal für die Miete reichte. Auf der anderen Seite standen ihr noch einige Tausend Euro Verkaufsprovision zu, die Pieter zurückhielt. Wochenlang war sie hinter ihm hergerannt und hatte mit sich gehadert. Wenn sie kündigte, kam sie nicht mehr an ihn heran und er würde ihr das Geld nie auszahlen. Solange sie blieb, hatte sie wenigstens darauf hoffen können.

Bis eines schönen Morgens vor drei Wochen der Stromsperrkassierer in Pieters feudalem Büro an der *Hoofdstraat* erschienen war und ihnen den Saft abgeklemmt hatte. Da hatte selbst Anna kapiert, dass es um mehr als eine kurze Durststrecke ging, weil Pieter den Laden endgültig vor die Wand gefahren hatte.

Insofern war sie Jule unendlich dankbar, weil die nach nur vier Tagen einen neuen Job für sie aus dem Hut gezaubert hatte – und das auch noch völlig unkompliziert.

Frau Prins, die Besitzerin des Seemannsheims, hatte nicht mal Annas Abschluss in BWL oder ein Arbeitszeugnis aus ihrer Zeit bei Pieter sehen wollen. Auf Jules Empfehlung hin hatte sie Anna blind eingestellt.

Damit stand ihr nun eine Dienstwohnung zu, die vielleicht klein war und keinen Meerblick bot wie Annas altes, schickes Domizil in einem Apartment-Komplex, das sie geliebt hatte. Aber immerhin verfügte die neue Souterrain-Wohnung über eine Terrasse in den Dünen. Außerdem ließ der Job sich locker bewältigen und Anna musste bei Pieters Konkurrenten nicht Klinken putzen, um sich zu bewerben.

Das war ein Schritt, vor dem es ihr besonders gegraut hatte, denn wenn sie sich bewarb, würde sie sich Fragen gefallen lassen müssen.

Dass Pieter immer größenwahnsinniger geworden war, mit dem Geld nur so um sich geworfen und mit seiner zunehmend überkandidelten Art die Kunden vertrieben hatte, war in der Branche kein Geheimnis. Natürlich würden die Personalchefs da nachhaken. Wieso hatte sie sich nicht eher einen neuen Job gesucht? Besaß sie so wenig Geschäftssinn, dass sie die Katastrophe nicht hatte kommen sehen? Und welchen Anteil hatte Anna eigentlich an der Pleite? Schließlich konnte sie kaum darauf hoffen, dass Pieter ihr ein Zeugnis schrieb, in dem stand, dass sie sich super reingehängt hatte und er allein die Schuld an der Insolvenz trug.

Anna sah Jule voller Schuldbewusstsein an. »Tut mir leid, dass ich so eine undankbare Kuh bin. Ich weiß selbst nicht, warum ich ... herrje, ich kann im Moment einfach nur die negativen Seiten sehen. Es ist, als hätte jemand über mir die Sonne ausgeknipst und jetzt folgt mir überallhin eine fiese, graue Wolke, die jederzeit aufreißen kann.«

Jule zwinkerte ihr zu. »Dass du dich als undankbare Kuh bezeichnest, merke ich mir, damit ich es dir bei passender Gelegenheit unter die Nase reiben kann. Aber ich habe dich trotzdem lieb.«

Anna atmete tief durch. Ihr brannten noch ein paar Dinge auf der Seele, doch wenn sie jetzt rührselig wurde, wäre der Abend wirklich ruiniert. Also verlegte sie sich auf einen scherzhaften Ton. »Heißt das, die Drinks gehen heute aufs Haus?«

»Bei dem Tempo, in dem du sie trinkst? Träum weiter – da kann ich ja gleich bei Pieter anrufen und mir von ihm erklären lassen, wie man Insolvenz anmeldet.« Jule lachte.

Bloem stimmte ein.

Nur Mia sah Anna stirnrunzelnd an. »Was ist eigentlich mit deinen Plänen, dich selbstständig zu machen?«

Natürlich, das war so typisch, die strenge Bankerin Mia konnte mal wieder nicht lockerlassen.

Anna rümpfte die Nase. »Was glaubst du, wie viel von meinem Ersparten noch da ist, nachdem ich mein mickriges Einkommen monatelang damit aufgestockt habe? Die ausstehenden Provisionen kann ich jedenfalls abschreiben. Die Schlange von Pieters Gläubigern ist lang und neues Geld kommt nicht rein, weil sein Laden zu ist.«

»Du könntest mit dem Rest deiner Rücklagen auf die Büromöbel bieten, wenn es zur Zwangsversteigerung kommt. Die waren doch sehr schön und es wäre ein Anfang«, schlug Bloem vor.

Hallo? Wie schräg war das denn? »Ich kann mich beherrschen, mir den Neuanfang mit Altlasten zu verderben, indem ich mein sauer verdientes Geld in wuchtige Ledersessel und überteuerte Design-Regale investiere.«

Wenn Anna es recht bedachte, hatten sich vor einem Jahr die ersten Züge von Pieters Verschwendungssucht gezeigt. Damals hatte er eine mordsteure Innenarchitektin angeheuert, die das Büro auf links gekrempelt hatte. Plötzlich, als wären sie über Nacht gewachsen, standen die Wände nicht mehr da, wo sie eigentlich hingehörten. Auch das schlichte, zweckmäßige Mobiliar war Pieter auf einmal schäbig erschienen. Also hatte er Zahlungen für einen Riesenumbau und Designer-Stücke bewilligt, bei denen Anna beinahe die Augen aus dem

Kopf gekullert waren. Allein sein superergonomischer Bürostuhl – in dem er sich, wenn's hochkam, eine Stunde täglich den Hintern platt saß – schlug mit über dreitausend Euro zu Buche. Der war ihr selbst bei einer Versteigerung zu teuer.

Und überhaupt: Wieso bekam sie all das nicht aus dem Kopf? Sie musste die Zeit bei Pieter endlich hinter sich lassen und nach vorn sehen. Ständig zähneknirschend durch die Gegend zu laufen, würde auf Dauer nicht nur ihr Gebiss ruinieren. Dieser Pleite nachzuhängen, machte auch etwas mit ihrem Selbstbewusstsein. Und mit ihrer Geduldsschnur. War sie früher mit sich im Reinen gewesen, gab es jetzt Tage, an denen sie am liebsten unsichtbar gewesen wäre, weil sie fürchtete, die Leute könnten ihr von der Nasenspitze ablesen, dass der Misserfolg an ihr klebte.

»Frage: Wie hake ich das mental ab?«

»Was denn? Die Niederlage?«, fragte Mia gewohnt unverblümt.

Anna ächzte und schloss die Augen. »Kannst du künftig ein Synonym für Niederlage verwenden? Eins, das nicht klingt, als sollte ich mit einem Gewicht am Fuß baden gehen?«

»Was denn?« Mia wirkte ehrlich pikiert. »Ich kann das ja schlecht schön reden. Aber weil du's bist: Wäre dir Schlappe, Pleite, Totalausfall oder Crash lieber?«

»Denk positiver.«

»Das kann ich nicht«, murrte Mia. »Ich halte mich an die Fakten. Ist mir so in die Wiege gelegt. Außerdem kultiviere ich es schon von Berufs wegen.«

Dass sie gut damit fuhr und exakt deshalb keine Niederlagen kassierte, musste Mia nicht aussprechen, denn es stand in fetten Lettern zwischen den Zeilen.

Zum ersten Mal, seit Anna in die Bar gestürmt war, sah sie sich um. Es war bereits nach neun. Wenige Tische waren noch belegt, gottlob keine in der Nähe des Tresens. Dass jemand dieses vernichtende Gespräch belauschte, fehlte ihr gerade noch.

Anna schaute zu Jule, die sie mitfühlend musterte. Vielleicht, weil Jule vor knapp einem Jahr selbst Schiffbruch erlitten und ihre erste Strandbar geschlossen hatte. Wenn einer wusste, wie weh es tat, zu scheitern, obwohl man gekämpft und alles gegeben hatte, dann sie. Nur hatte Jule sich berappelt, diese Bar gefunden und sie mithilfe von Freunden und Verwandten aufgemöbelt. Mittlerweile lief *Nieuwe Begin* – Jules ganz persönlicher *Neuanfang* – besser als die alte Strandbar.

Daran sollte sie sich ein Beispiel nehmen, statt ewig den längst vergangenen erfolgreichen Zeiten bei Pieter nachzuhängen.

»Hey, Kopf hoch«, sagte Jule betont munter. »Fürs Erste bist du prima untergekommen. Du bist jetzt als Geschäftsführerin angestellt. Das macht sich gut in deinem Lebenslauf. Und es ist ja auch nicht für die Ewigkeit. Halt nur ein Jahr durch, oder zumindest diese Saison. Dank der kostenfreien Dienstwohnung kannst du etwas auf die Seite legen und anschließend ganz entspannt entscheiden, ob du wirklich ein eigenes Büro eröffnest oder dich woanders bewirbst.«

Bloem streichelte über Annas Unterarm. »Es ist Sommer. Zieh einfach eine stark getönte Sonnenbrille auf. Dann tun dir die in Lycra eingelegten Körperteile auch nicht mehr in den Augen weh.«

Anna wurde es warm ums Herz. Himmel, tat es gut, dass die Mädels für sie da waren. Selbst Mia mit ihrem

Pragmatismus meinte es nicht böse. Gefühlige Äußerungen waren halt nicht ihr Ding. Das war Anna schon lange klar.

»Also gut: Da ich zwar keine Freigetränke bekomme, aber bis zum Monatsende hoffentlich Kredit habe, spendiere ich die nächste Runde.«

Jule winkte ab. »Blödsinn. Das war ein Scherz. Natürlich bist du eingeladen und die Runde geht heute auch aufs Haus.«

Während sie Limetten schnitt und sie in vier Gläser gab, zahlten nach und nach die Leute, die an den Tischen gesessen hatten.

Kaum war der Letzte durch die Tür, atmete Jule auf. »Ich sperre gleich zu. Ehrlich, ich liebe die Touristen, schließlich sichern sie mein Einkommen, aber eine kleine Atempause wäre nicht schlecht. In diesem Frühjahr brummt der Laden wie verrückt und Huub will ich nicht schon vor der Saison über Gebühr einspannen. Er wandelt auf Freiersfüßen.«

»Tut er das nicht immer?«, warf Mia ein, die nicht gerade der größte Fan von Jules fest angestelltem Kellner Huub war.

Jule nickte. »Stimmt schon, er flirtet gern. Aber das mit Helene scheint ihm wirklich ernst zu sein.«

»Du fasst Huub und das Wörtchen Ernst in einem Satz zusammen? Komm schon, letztes Jahr war er noch hinter deiner Mutter her.«

Erneut nickte Jule. »Da meine Eltern wieder glücklich vereint sind, hat er sich umorientiert und wie es aussieht, ist er wirklich verliebt.«

Anna konnte es nicht fassen. Was machte sie falsch? Helene war die Mutter von Jules Freund Jan. Seiner Mutter war sie noch nicht oft begegnet, aber sie schätzte die Frau locker auf fünfundsechzig. Womit sie rund zehn Jahre älter war als Huub.

Andererseits war Anna nicht wirklich auf der Suche. Bis zum Crash im Maklerbüro hatte sie ihr Singleleben zu schätzen gewusst. An Flirts hatte es ihr nie gemangelt. Meist wurde es kritisch, sobald der Alltag Einzug hielt. Annas Mutter schwor, dass sich das ändern würde, wenn sie den viel zitierten Einen traf. Den Mr Right, der ihr so wichtig war, dass herumliegende Socken und öde Fußballabende mit Bier vor der Glotze nicht mehr zum Streitthema mutierten, sondern zu einer Randnotiz verkümmerten.

Tja, an irgendetwas musste ihre Mutter sich wohl klammern, weil sie auf Enkel hoffte und Anna ein Einzelkind war. Aber die traurige Wahrheit sah anders aus: Fantastereien von einem hübschen Haus mit Garten an der Gracht nebst obligatorischem Hund und Mann und zwei wohlgeratenen Kindern waren ihr ebenso fremd wie das Ticken ihrer biologischen Uhr. Der bloße Gedanke daran, zum Hausmütterchen zu mutieren, reichte, und Anna wäre am liebsten weit, weit weggerannt. Und sie dachte nicht daran, an dieser Haltung etwas zu ändern.

2. KAPITEL

Jule, Mia und Bloem rührten gedankenverloren in ihren Drinks, als in die plötzliche Stille hinein die Tür zu Jules Strand-Bar aufflog.

»Soll ich sagen, dass du zusperren willst?«, bot Mia sich an.

Doch Jule, die kurz aufgesehen hatte, lächelte. »Das ist nur Ben. Den habe ich gerne hier. Auch wenn er viel zu selten kommt. Aber das wird sich bald ändern.«

Sie nahm einen Whisky-Tumbler von einem gläsernen Regalboden, gab einige Stücke Eis hinein und griff dann zielsicher nach einer Flasche. Knackend brach das Eis, als die bernsteinfarbene Flüssigkeit darüber rann.

Derweil vertiefte Anna sich in ein Gespräch mit Bloem, der langsam wirklich die Kandidaten aus der Dating-App ausgingen.

Anna hatte selbst mit dem Gedanken gespielt, sich auf dem Portal anzumelden. Ein paar nette Verabredungen würden ihrem angeknacksten Ego guttun. Doch nachdem sie den katastrophalen Schilderungen von Bloems bisherigen Treffen zehn Minuten lang gelauscht hatte, verwarf sie die Idee.

»Du kannst dir das nicht vorstellen«, schimpfte Bloem schon wieder los. »Er hat sich nicht mal die Mühe gemacht, das nett zu verpacken, sondern einfach gemeint, dass ich ihm als Dank für das Abendessen im *Latour* mindestens einen Quickie auf dem Parkplatz schulde.«

»Mein Gott, wie viel hast du denn gegessen, dass er wollte, dass du es abarbeitest?«, tat Anna entsetzt.

Doch weil Bloem blinzelte und ihre Bemerkung offenbar nicht einordnen konnte, knuffte Anna leicht gegen ihre Schulter. »Das war ein Witz. Selbst wenn du dir sieben Gänge genehmigt hättest, war es seine Entscheidung, dich einzuladen. Hinterher einen Preis aufzurufen, ist armselig.«

Bloem wirkte regelrecht erleichtert. Sie war bildhübsch, hatte das Herz am rechten Fleck, war für Annas Geschmack aber viel zu leicht zu verunsichern.

Obwohl, in letzter Zeit ging es ihr selbst ja nicht anders. Jahrelang auf einer Erfolgswelle zu surfen und sich von einer Minute auf die nächste bei Ebbe mit Flaute wiederzufinden und außerdem mit Algenpest und Hai-Alarm bestraft zu werden, war aber auch bitter.

Bloem ruckelte auf ihrem Hocker herum und ließ wie zufällig den Blick durch die Bar schweifen. Plötzlich wurden ihre Augen riesig. Hektisch sah sie zu Jule, die den Whisky längst serviert hatte und wieder hinter dem Tresen stand. »Wie, hast du gesagt, heißt er?«

Jule grinste. »Ich habe mich schon gewundert, dass ihr nicht anbeißt. Das ist Ben. Er ist Single ... trotzdem ist er nicht unbedingt verfügbar.«

»Schwul?«, wisperte Bloem und sah dabei aus wie ein Tulpenzüchter, wenn es ihm kräftig den Blumenseegen verhagelte.

Doch das übersah Mia und tippte: »Er lebt in Scheidung? Oh Gott, bitte sag, dass er keiner von diesen Typen ist, die bei einem Date nur kurz grüßen und sich dann stundenlang über ihre Ex auslassen.«

»Weder noch. Ich kann es euch nicht sagen, weil Jans Büro einen großen Umbau für ihn plant. Aber Ben war ein paarmal bei uns daheim zum Essen und ... na ja, es wäre nicht fair, wenn ich hier erzähle, was er uns im Vertrauen gesagt hat. Allerdings könnt ihr euer Glück probieren. So viel kann ich sagen: Er ist eine harte Nuss – nicht vergeben oder schwul!«

Weil Anna bereits der Kopf schwirrte, als sie an ihrem dritten Caipirinha nippte, bei dem Jule wie üblich nicht mit dem Cachaça gegeizt hatte, drehte sie sich nur leicht zur Seite. Den Wundermann, bei dem ihren Freundinnen das Wasser im Mund zusammenlief, wollte sie sehen.

Und tatsächlich, soweit Anna es von hier aus beurteilen konnte, war er atemberaubend.

Ben stand lässig mit einer Schulter an eine Säule gelehnt und starrte durch die großen Panoramafenster hinaus aufs Meer, fasziniert von dem Naturschauspiel, das sich ihm bot.

Der sanft gerötete Sonnenball war fast gänzlich im spiegelglatten Meer versunken. Davor tanzten Möwen in der lauen Abendluft und suchten das Wasser nach Beute ab.

Was Anna aber viel mehr faszinierte als das Treiben vor dem Fenster, war Ben selbst.

Er war kein Schönling, sondern hatte ein maskulines Gesicht mit hohen Wangenknochen und energischer Kinnpartie. Scharf geschnitten, ohne dass er gewöhnlich oder gar brutal wirkte. Im Gegenteil hatten seine Augen einen sanften, warmen Schimmer. Wie er so aufs Meer hinaus sah, war er regelrecht verträumt.

Anna konnte nur raten, welche Farbe seine Pupillen hatten. Braun schien ihr angesichts des hellbraunen Haars, das unter dem herabgedimmten Deckenstrahler rötliche Reflexe aufwies, am wahrscheinlichsten. Aber es konnte auch ein moosiges Grün sein. So genau ließ sich das schlecht sagen. Zumal sie wenig mehr als sein gut geschnittenes Profil sah.

Doch da er gerade nicht herschaute, konnte sie ihn ebenso gut weiter scannen. Die Nase war zu groß, die Lippen einen Hauch zu schmal, wenn auch schön geschwungen. Was ihn aber wirklich, wirklich zu einem Hingucker machte, war seine raumfüllende Präsenz. Falls sie je einen Menschen gesehen hatte, der durch seine Körperhaltung signalisierte, alles schaffen zu können und sich in seiner Haut wohlzufühlen – dann ihn.

Dass er breite Schultern und schmale Hüften besaß und definitiv besser gebaut war als all die schwitzenden, schnaufenden Lycra-Monster aus der Pension, war trotz der lässig geschnittenen Jeans und des blauen Woll-Pullis deutlich sichtbar. Perfekt. Vom Scheitel bis hinab zu dem braunen Labrador, der brav zu Bens Füßen zusammengerollt lag.

Anna seufzte und wurde das Gefühl nicht los, ihn zu kennen. Eine Bekanntschaft aus einer Beach-Bar? Möglich. Touristen fernab der Heimat waren oft in Flirtlaune. So viele, dass man sich unmöglich alle Gesichter merken konnte. Trotzdem war er ihr in Erinnerung geblieben. Aber warum?

Anna sah genauer hin.

Just in diesem Moment strich er mit lässiger Geste sein Haar zurück und schloss die Augen. Wie in Zeitlupe wandte er sich ihr zu und hob die Lider erst dann träge an, als er genau in ihre Richtung sah. Ihre Blicke trafen sich, was Anna zusammenzucken ließ.

Was war er? Eine Art Radar für weibliche Aufmerksamkeit?

Sie fühlte sich so was von ertappt. Nervös biss Anna auf ihre Unterlippe, unfähig, sich von ihm abzuwenden.

Und als wäre das nicht peinlich genug, hielt er den Augenkontakt, legte den Kopf leicht schief, senkte die Stirn, deutete ein Lächeln an und prostete ihr bei einem tiefen Blick in die Augen mit seinem Whisky-Tumbler über gut zehn Meter Entfernung zu.

Großer Gott, allein mit dieser Geste könnte er in jedem Schmachtfetzen die Hauptrolle ergattern.

Wie eine Aufziehpuppe reckte Anna ihm ihr Caipirinha-Glas entgegen und fühlte sich für einen kurzen, kostbaren Moment unfassbar verwegen.

Doch nur einen Wimpernschlag später kehrte die Unsicherheit zurück. Dabei war das Spiel mit der Anziehung eine ihrer leichtesten Übungen gewesen, bis, ja, bis das berufliche Desaster auch in Annas persönlichem Schutzschild Beulen und Selbstzweifel hinterlassen hatte.

Und die Peinlichkeit riss nicht ab. Nun war es Ben, der sie von ihrem schlabbrigen Shirt über die Jeans-Shorts und die nackten Beine bis zu den Sneakers taxierte. Und dabei war es ihm so was von egal, dass sie es mitbekam.

Überhaupt wirkte er wie jemand, der keinen Gedanken an die Meinung anderer verschwendete. Seelenruhig ließ er den Blick wieder hinauf wandern, bis sie erneut Augenkontakt hatten.

Ein heißer Schauer rann über Annas Rückgrat. Jede Wette, dass ihr Teint ins tomatenrot changierte. Jedenfalls prickelte ihre Haut und kribbelte und die Hand, in der sie das Glas hielt, war mit einem Schlag schweißnass.

Der Blick aus diesen amüsiert wirkenden, klugen Augen war atemberaubend. Um die gleiche Wirkung zu erzielen, mussten andere Männer eine Frau ausziehen und tief in die Trickkiste greifen.

Obwohl Annas Mund sich staubtrocken anfühlte und das Flattern in ihrem Bauch sie unruhig machte, sah sie ihn weiter an und wollte ihr Lächeln gerade intensivieren, doch das verging ihr.

Denn statt irgendetwas zu tun, das Wohlwollen signalisierte, hob er arrogant eine Braue, während sein linker Mundwinkel sich zu einem ironischen Grinsen kräuselte. Verdrossen schnaubend, als wäre ihr bloßer Anblick eine Beleidigung für sein ästhetisches Empfinden, schüttelte er den Kopf und wandte seine Aufmerksamkeit wieder dem Naturschauspiel vor dem Panoramafenster zu.

Im Bruchteil einer Sekunde fiel Annas ohnehin gebeuteltes Ego in sich zusammen. Mehr noch, sie hätte sich am liebsten in Luft aufgelöst, weil sie ihm ihr Interesse derart offensichtlich gezeigt hatte. So ein blasierter, überheblicher, aufgeblasener ... »Arsch!«. Ups, das letzte Wort war ihr tatsächlich ziemlich laut über die Lippen geschlüpft.

Hektisch drehte sie sich weg, nur um diesmal von Jule, Bloem und Mia angestarrt zu werden.

»Hast du gerade Arsch gesagt?«

»Ja, ich fürchte, das ist die korrekte Bezeichnung für diesen selbstverliebten ...« Anna hielt inne, denn es wäre wenig geistreich, ihn noch einmal einen Arsch zu nennen – nur fiel ihr nichts Treffenderes ein.

Es war Jule, die einsprang. »Ben. Er heißt Ben.«

Doch das wollte Anna nicht hören. Also schüttelte sie leicht den Kopf und war sich dabei des brennenden Blicks in ihrem Rücken nur allzu bewusst. Sie wusste einfach, dass er sie wieder anstarrte. Fast hatte sie das Gefühl zu spüren, wie dieser Idiot mithilfe irgendeiner telekinetischen Superkraft über ihr Rückgrat strich.

Blödsinn! Was stimmte mit ihr nicht? Und noch wichtiger: Was stimmte mit den Männern nicht? Sie war nett und hilfsbereit, besaß Humor und war – sofern man das von sich selbst sagen konnte – ziemlich hübsch. Bestimmt war sie keine Fitness-Queen, doch sie bewältigte die meisten Strecken mit dem Rad, ging hin und wieder zum Volleyball und schwamm gern. Das bescherte Anna nicht gerade eine athletische, dafür aber eine weibliche Figur mit Rundungen an den richtigen Stellen. Sie hatte nie Probleme gehabt, Männer für sich zu interessieren.

Dass dieser blasierte Typ sie angeschaut hatte, als wollte er sagen, dass er eine Nummer zu groß für Anna war, fand sie das Allerletzte.

»Habt ihr gesehen, wie überheblich er mich angegrinst hat?«

»Nein. Mir sind nur *deine* anzüglichen Blicke aufgefallen. Jede Wette, dass es CTs gibt, die weniger gründlich arbeiten als du.« Mia kicherte viel zu laut.

Bloem stimmte ein.

Was Anna hektisch über ihre Schulter sehen ließ. Doch da stand kein arroganter Kerl, der wissend lächelte, weil ihm klar war, dass die vier jungen Frauen nichts Besseres zu tun hatten, als von ihm zu reden.

Stattdessen thronte sein leerer Tumbler auf dem Tisch bei der Säule und beschwerte einen hastig hingeworfenen Geldschein.

Anna wusste nicht, ob sie erleichtert sein sollte, weil er zumindest das alberne Gekicher nicht mitbekommen hatte – oder ob sie seinen klammheimlichen Abgang bedauerte.

Während die Freundinnen redeten und redeten, ging ihr dieser Typ nicht aus dem Kopf. Bis sie zur Uhr sah. Wozu sich weiter den Kopf über einen Kerl zerbrechen, den sie hoffentlich nie wiedersah? Es war Zeit für den Aufbruch. Morgen musste sie in der Pension das Frühstück richten.

Mia und Bloem rutschten ebenfalls von ihren Barhockern und rafften ihre Sachen zusammen.

Es war Jule, die Anna zum Abschied umarmte und ihr ins Ohr raunte. »Ich habe so ein Gefühl, dass du ihm schon bald wieder über den Weg läufst. Sehr bald!« Dabei sah Jule sie nicht nur bedeutungsschwer, sondern auch überaus amüsiert an und gab sie dann frei.

Im nächsten Moment wedelte Jule mit dem Küchentuch durch dir Luft. »Jetzt haut schon ab. Ich muss noch die Theke sauber machen. Wenn ich nicht vor elf zu Hause bin, macht mir Jan die Hölle heiß.«

Mia schürzte missbilligend die Lippen. »Hat er schon mal was von einer gleichberechtigten Partnerschaft gehört? Er könnte vorbeikommen und dir helfen. Da wärst du schneller fertig.«

»Klar. Und dafür heuert er einen teuren Babysitter an, was ich dann morgen abarbeiten darf, indem ich mich tagsüber in sein Architekturbüro stelle und den Kopierer füttere? So weit kommt's noch.« Sie lächelte auf diese ihr eigene, einnehmende Weise, mit der sie reihenweise Gäste um den Finger wickelte. »Guten Heimweg. Wir sehen uns spätestens nächste Woche. Gleiche Stelle. Gleiche Welle.«

»Och ne, der Spruch hat so einen Bart.« Bloem hielt die Arme weit ausgestreckt, um zu demonstrieren, wie lang der Bart war. Keine gute Idee, denn als die Tür zufiel, war ihr linker Arm eingeklemmt.

Auf dem Weg durch die Dünen hinauf zur Straße fluchte sie immer noch vor sich hin und rieb über die schmerzende Stelle.

Was Mia immerhin so sehr ablenkte, dass sie nicht mitbekam, wie still Anna mit einem Mal war – und wie sie vor Wut auf diesen arroganten Spinner rauchte.

Und es wurde nicht besser, denn endlich fiel Anna ein, woher sie ihn kannte. Vor neun, vielleicht auch zehn Monaten war er ein paarmal bei Pieter im Büro gewesen. Damals hatte der Größenwahn Pieter schon im Griff gehabt, trotzdem hatte er sich hin und wieder dazu herabgelassen, Kunden zu Hausbesichtigungen zu begleiten.

Das war der Moment, in dem es in Annas Kopf zu rattern begann. Wenn sie eins und eins und eins zusammenzählte, das riesige Haus neben ihrer Pension nahm, das nach Jahren des Leerstands endlich umgebaut wurde. Wenn sie den Umstand hinzuzählte, dass Jules Freund Jan als Architekt nicht nur für besagten Umbau zuständig war, sondern auch für Ben arbeitete. Ja, und wenn sie dann noch Jules kryptische Bemerkung bedachte, dass Anna diesem Ben schon bald, sehr bald wieder über den Weg laufen würde, konnte das nur eins heißen: Sie und dieser arrogante Macho waren demnächst Nachbarn.

Das Flattern, das diese Milchmädchenrechnung in ihrer Magengrube auslöste, fühlte sich schön an – und das gefiel Anna ganz und gar nicht.

3. KAPITEL

Voller Unbehagen sah Benedict van Dijk zu der flirtwilligen Blondine am Tresen. Er hätte sie nicht mit dieser arroganten Masche abblitzen lassen sollen. Andererseits, was kümmerte es ihn? Die Saison ging gerade los. In der Stadt wimmelte es vor Touristen. Sehr wahrscheinlich sah er sie nie wieder, weil sie sich schon morgen hinters Steuer ihres Wagens schwang und heimwärts fuhr.

Kurz verspürte Ben bei dem Gedanken leises Bedauern, dann vibrierte das Handy in seiner Jeans schon wieder.

Er warf einen Geldschein auf den Tisch, beschwerte ihn mit dem viel zu zügig geleerten Glas und verschwand diskret durch die Hintertür von Jule Sands Strandbar, ehe er das Telefon aus seiner Jeanstasche fischte.

Das Display zeigte den Namen seines Bruders Claas. Der hatte ihm gerade noch gefehlt.

Um ein wenig Zeit zu schinden, leinte Ben den Hund ab. Es reichte, wenn einer einen unerfreulichen Abend hatte. Sollte Kruimel sich doch bei der Möwenjagd amüsieren.

Dann nahm er das Gespräch an. »Es ist zehn Uhr.«

»Was bist du, die verdammte Zeitansage?«, knurrte Claas.

»Ich wollte dir lediglich auf subtile Weise klarmachen, dass ich nicht in Plauderlaune bin. Zumal ich heute den halben

Tag das zweifelhafte Vergnügen deiner Gesellschaft hatte. Mehr von dir und das Risiko, sich mit deinem Wahnsinn zu infizieren, steigt ins Unermessliche.«

Zugegeben, das war nicht nett. Aber Ben hatte einen katastrophalen Beinahe-Umzug hinter sich. Statt in eine frisch renovierte Dachwohnung zu ziehen, hatte er den halben Vormittag herumtelefoniert, um ein Lagerhaus für seine Möbel zu finden. Nun hauste er versehen mit dem Nötigsten in einem Rohbau. Was er allein seinem Bruder verdankte.

Claas betrieb eine Baufirma und sanierte seit Monaten Bens neues Haus in den Dünen. Die drei unteren Etagen sollten sich in ein kleines, luxuriöses Boutique-Hotel verwandeln. Dort liefen die Arbeiten gut. Nur im Dachgeschoss, in das Ben heute eingezogen war, gab es nicht mehr als Trockenbauwände, eine tröpfelnde Dusche und die Toilette, für die das Wort Provisorium noch zu gut war. Wann er sich dort häuslich einrichten und seine Möbel herholen konnte? Fraglich. Er fand, dass das seine bescheidene Laune mehr als rechtfertigte.

»Willst du denn gar nicht wissen, warum ich anrufe?«, gab Claas pikiert zurück.

Ganz ehrlich? »Nein!«

»Na toll, es war klar, dass du mir die Schuld für die Verzögerung gibst. Deshalb habe ich dir auch nichts gesagt.«

Ben überlegte, wie lange Claas brauchen mochte, ehe er kapierte, dass er es soeben schön auf den Punkt gebracht hatte. Wahrscheinlich ein Weilchen. Falls es in Claas‘ unverbesserlichem Kindskopf überhaupt je klick machte. Langsam strich Ben sich über das Gesicht. Besser, er sagte, was er zu sagen hatte. Es sei denn, er wollte um Mitternacht noch am Strand herumhängen und darauf warten, dass seinen Bruder so etwas wie eine Erleuchtung infizierte.

»Du hast das Problem gut zusammengefasst: *Du* hast mir *nichts* gesagt!«

»Was hätte es denn geändert? Du musstest dein Haus räumen, weil die Käufer rein wollten. Wenn du gewusst hättest, in welchem Zustand das Dachgeschoss ist, wärst du mir wochenlang damit auf den Keks gegangen – also dachte ich mir, ich erspare mir deine Belehrungen, weil du es ohnehin früh genug erfährst«.

»Ist dir je die Idee gekommen, dass ich mir eine Pension hätte suchen können? Heiße Dusche, bequemes Bett, eine Toilette, bei der ich nicht mit dem Wassereimer nachspülen muss. Das hätte mich enorm besänftigt.«

»Ha, dass ich nicht lache. Jeder andere hätte das getan – du nicht. Du, Brüderchen, wärst täglich auf der Baustelle erschienen, um mir aufs Brot zu schmieren, dass ich Mist gebaut habe. Deshalb wusste ich ja auch nicht, wie ich es dir sagen soll. Ich meine, ich hab's versucht. Ehrlich. Aber dann ...« Einen Moment blieb es still am anderen Ende der Leitung, und obwohl der Küstenwind an den Fahnen vor Jule Sands Strandbar zerrte und die bunten Stoffbahnen laut flatternd in der Luft tanzten, hörte er Claas' tonnenschweres Ausatmen. »Ich wollte nicht wie ein Idiot dastehen. Ist das so schwer zu kapieren?«

Gereizt, wie Ben war, hätte er Claas fast gesagt, dass er nun mal ein Idiot war. Daran konnte die Vertuschung seiner jüngsten Narrentat nichts ändern. Doch dann schluckte er die bissige Bemerkung herunter. »Lass uns das nicht jetzt besprechen. Ich kampiere halt ein Weilchen auf der Matratze und sobald das Hotel fertig ist, kümmert ihr euch um meine Wohnung.« Er rang sich einen scherzhaften Ton ab. »Wäre schön, wenn es bis Weihnachten klappt.«

Claas wirkte ehrlich erleichtert und plapperte drauf los, als hätte er nur auf ein versöhnliches Wort gewartet. »Denkst du nicht auch, dass du das Ganze ein wenig zu düster siehst? Dem Hotel fehlt nur der Feinschliff. Gib uns eine Woche, dann sind die letzten Arbeiten geschafft und wir widmen uns der Dachwohnung, damit du standesgemäß unterkommst. Was soll jetzt auch noch schief gehen? Oben bei dir sind alle Vorarbeiten erledigt. Die Trockenbauer, der Installateur und der Elektriker sind raus, die neuen Fenster montiert, du kriegst sogar diese dämliche Dachterrasse, für die wir die Denkmalschützer ewig nerven mussten. Bis wir Zeit für dich haben, improvisierst du halt ein bisschen.« Claas redete und redete. Wie üblich war es ein Gemisch aus penetrantem Optimismus und einer Sorglosigkeit, die Ben fremd waren.

Leider kannte er Claas zu genau, um sich Hoffnungen zu machen, das Gespräch könne rasch enden. Also suchte Ben sich ein windgeschütztes Plätzchen bei den Dünen und ließ sich in den weichen, weißen Sand sinken, der die Wärme des sonnigen Frühsommertags gespeichert hatte.

Das war es. So hatte Ben sich sein neues Leben vorgestellt. Statt weiter hektisch in die Kanzlei zu hetzen, Zwölf-Stunden-Tage abzureißen und sich mit Verträgen auseinanderzusetzen, die ausgedruckt locker eine LKW-Ladung ergäben, war er nun stolzer Hotelbesitzer.

Leben und arbeiten am Meer, den Touristenscharen entkommen, die sich sommertags durch die stickigen Gassen Amsterdams schoben und den Haufen Bullshit hinter sich lassen, der alles, woran Ben hing, vor drei Jahren und zwölf Tagen auf den Kopf gestellt hatte. Wenn das kein Plan war.

Dumm nur, dass es mit seinem Neustart nicht klappte. Herrje, er war dreiunddreißig und kampierte auf einer

Matratze mit der Aussicht auf eine eisige Dusche am Morgen. Claas konnte unmöglich erwarten, dass er darüber glücklich war.

Andererseits war er selbst schuld, das wusste Ben. Schließlich hatte er seinem Bruder eingebläut, zuerst das Hotel fertigzustellen, damit schnell Einnahmen flossen.

Erschwerend kam hinzu, dass Ben sich kaum um die Baustelle gekümmert und wenn's hochkam, einmal im Monat in Noordwijk hatte blicken lassen. Andernfalls hätte er das dicke Ende sehr wahrscheinlich kommen sehen.

Leider waren ihm andere Dinge wichtiger gewesen. Ben hatte seinen Nachfolger eingearbeitet, die letzten Geschäftsreisen hinter sich gebracht und nebenher all sein Hab und Gut in Kartons verstaut, weil der Termin für die Räumung seines Hauses näher gerückt war.

Das war der Preis für seine Unabhängigkeit. Das historische Backsteinhaus an der Amsterdamer Prinsengracht, das er direkt nach dem Studium günstig gekauft und mithilfe seines Bruders aufwendig saniert hatte, war – ein dreifaches Hoch auf den anhaltenden Immobilienboom – für einen sagenhaften Preis weggegangen. Geld, das Ben komplett in den Umbau des Hotels gesteckt hatte. Ebenso wie den Erlös aus seinen Anteilen an der Kanzlei.

»Jetzt komm mal wieder runter und mach einen Punkt«, brummte Ben, der Claas' Beteuerungen nur mit halbem Ohr gelauscht hatte. »Ich finde keinen Henker, der freie Termine hat. Sieht also ganz so aus, als könntest du deinen Kopf vorerst behalten.«

Während er Kruimel beobachtete, der gewohnt erfolglos auf Möwenjagd war, fühlte Ben seine Wut verpuffen. Zumal die Tänze, die sein leicht übergewichtiger Labrador aufführte, sobald eine anlandende Welle seine Pfoten kitzelte, wirklich komisch waren. Dieser Hund benahm sich für seine Rasse untypisch wasserscheu und kapierte einfach nicht, dass es wenig brachte, die Vögel zu umkreisen, weil sie dann nach oben auswichen.

»Nicht witzig, Ben. Erst machst du mir die Hölle heiß, damit ich die Arbeiter antreibe, und jetzt gibst du den Possenreißer. Das ist so was von ...«

Ben seufzte und hielt das Handy ein Stück weit weg. Noch immer redete sein Bruder ohne Punkt und Komma. Für Ben klang es, als wäre in seinem Smartphone ein pausenlos summender Insektenstaat eingepfercht. Ob es daran lag? Erzählte Claas so viel Blödsinn, weil er nie Luft holte, so dass sein Hirn an Sauerstoff-Unterversorgung litt? Wahrscheinlich. Sehr sogar, denn anders ließen sich seine Monologe kaum erklären.

Ben rieb sich erneut über das Gesicht, ehe er Claas ins Wort fiel. »Du kannst aufhören. Ich habe mich mit der Situation abgefunden. Vorausgesetzt, du hast jemanden in deinem Bautrupp, der morgen in meiner Dusche für fließend warmes Wasser sorgt, und hältst den Termin für die Eröffnung des Hotels ein.«

»Tue ich, glaub mir, sobald deine Urlauber anreisen, strahlt die *Schöne Aussicht* wie neu. Niemand wird bei dem Anblick denken, dass die Handwerker gerade erst zur Hintertür raus sind. Also beruhig dich und schieb nicht diesen unterirdischen Frust. Ich an deiner Stelle würde ausrasten vor Glück, weil ich endlich die perfekte Bleibe am Meer bekomme.«

»Warmes. Wasser!«, brummte Ben stur.

Eine Forderung, die Claas offenbar tatsächlich für machbar hielt, denn er atmete hörbar auf. »Kriegst du, großer

Bruder. Außerdem habe ich zur Wiedergutmachung Frühstück für dich mitbestellt: Morgen früh gibt es Kaffee und belegte Brötchen frei Haus.«

»Ihr habt einen Lieferservice fürs Frühstück?« Langsam begriff Ben, warum diese verdammte Baustelle derart im Verzug war. »Und was passiert mittags? Lasst ihr willige Sklavinnen antanzen und euch mit Häppchen füttern?«, warf er ein, weil es ihm Spaß machte, Claas hochzunehmen.

Wie erwartet ging der in die Luft. »Sei lieber froh, dass wir nicht losmüssen, um uns etwas zu holen. Anna bringt uns das Frühstück nämlich rüber. Ist eine Win-Win-Situation. Sie hat Mehreinnahmen und kommt der Hightech-Kaffeemaschine für ihr Seemannsheim näher. Und wir sparen uns wie gesagt den Weg.«

Die Dunkelheit hatte sich in der vergangenen Stunde langsam, fast sanft über den Tag gelegt. Doch der letzte Schleier Tageslicht verschwand so schlagartig, dass Ben den Hund plötzlich nicht mehr sah. Also rappelte er sich hoch, klopfte den Sand von seiner Jeans und pfiff auf zwei Fingern, was Kruimel heran traben ließ.

»Konzentrier dich einfach auf die Gäste-Suiten und das warme Wasser in meinem Bad. Alles andere findet sich.«

»Was jetzt? Du hast keine ätzenden Kommentare für mich? Kein Claas, treib die Leute an, die Peitsche motiviert sie?«

»Was soll ich tun? Mama anrufen und dich verpetzen wie ein hinterhältiger Fünfjähriger?«

Claas stöhnte. »Oh Gott, tu das nicht. Sie liegt mir täglich in den Ohren, dass ich mit deinem Geld ja gut umgehen und nichts verschwenden soll. Wenn du ihr erzählst, dass das Hotel noch nicht fertig ist, schwingt sie sich ins Auto und kommt her, um zu kontrollieren, ob ich meine Leute ordnungsgemäß schwitzen lasse. Sie hat echt schlaflose Nächte, weil sie fürchtet, du könntest pleite gehen. Papa sagt, wenn sie sich nicht bald abregt, gönnt er sich endlich seinen ersehnten Angelurlaub in Schottland, damit er weit, weit weg ist, bis der Wahnsinn sich gelegt hat.«

Ob sein Bruder sich bewusst war, dass er ihm gerade ein prima Druckmittel anvertraut hatte? Ben grinste. »Verlass dich drauf, dass ich sie anrufe, sobald sich abzeichnet, dass du den Eröffnungstermin nicht einhältst.« Er lachte kurz auf, ehe er das Gespräch beendete.

Dabei war die Sorge ihrer Mutter nicht unbegründet. Bisher hatte Ben keine Kredite gebraucht. Seine Ersparnisse und die Erlöse aus Haus- und Kanzleiverkauf reichten aus.

Zumal er das Hotel zu einem Spottpreis bekommen hatte. Das Kleingedruckte, das ihn dazu verpflichtete, die riesige Dünenvilla, Baujahr 1912, keineswegs abzureißen, sondern fachmännisch zu sanieren, hatte ihn nicht gestört. Schließlich lag es auf der Hand, dass er etwas tun musste, weil der morsche Kasten sonst in sich zusammenfiel.

Was ihm Magenschmerzen verursachte, war der wachsende Kostenapparat. Hier trudelte eine Rechnung für tausend Geschirrteile ein, da kam der Lieferschein für eine Küche in Profiausstattung. Zusätzlich würden in einer Woche Lohnkosten anfallen für Zimmermädchen und Küchenhilfen. Den Koch, den Claas ihm wärmstens empfohlen hatte, und sein Team bezahlte er jetzt schon, denn sie arbeiteten in einer Mietküche an der neuen Speisekarte, damit sie pünktlich zur Eröffnung Gäste bewirten konnten.

Ben kannte das alles zu gut. Schließlich waren Claas und er in einem Hotel großgeworden. Während seine Mutter den guten Geist des Hauses gegeben und die tausend kleinen Brände gelöscht hatte, die in so einem großen Landhotel anfielen, war sein Vater für das Personal, den Garten und den hoteleigenen Streichelzoo zuständig gewesen. Claas hatte sein handwerkliches Talent ausgelebt und es Ben überlassen, sich mit dem Bürokram herumzuschlagen.

Ein perfekt aufeinander eingespieltes Team, in dem sich keiner drückte oder durch kreative Krankmeldungen auffiel. Ben konnte nur hoffen, dass seine Mannschaft ebenso gut funktionierte – und die Kosten nicht weiter stiegen.

Natürlich hatte er im Vorfeld alles kalkuliert und einen finanziellen Puffer eingeplant. Worauf er nicht gefasst gewesen war, waren die vielen Unwägbarkeiten, die ein so altes Gemäuer bei der Sanierung bereithielt.

Der Architekt Jan de Fries hatte sich in Bens Auftrag nicht nur mit den Denkmalschützern herumgeschlagen, um bei der Erneuerung der historischen Fassade Lockerungen zu erreichen und Bens gewünschte Dachterrasse mit Meerblick zu ermöglichen.

Jan de Fries war auch zuständig für die Entkernung des Hauses und den neuen Zuschnitt der Zimmer. Weg von beengten Kammern mit Etagen-Duschen und hin zu großzügigen Gästesuiten mit angeschlossenen Wellness-Bädern hatte Jan die komplette Planung übernommen und alle erforderlichen Genehmigungen eingeholt.

Dabei war er von Anfang an ein Mahner gewesen. Bens veranschlagtes Polster hielt Jan für zu gering, denn nicht nur die Dachterrasse war ein Mammutprojekt. Ebenso gingen die Verstärkung des bröseligen Fundaments und die Erneuerung aller Rohre und elektrischen Leitungen ins Geld. Nicht zu vergessen der Einbau des Pools nebst Spa-Bereich in den rund hundert Quadratmeter großen ehemaligen Tanzsaal der *Schönen Aussicht*.

»Immerhin werden wir die Bank nicht anbetteln müssen, damit sie uns einen Überbrückungskredit gibt. Jetzt, wo das Haus fast fertig ist, akzeptieren sie es locker als Sicherheit«, sagte Ben und war unsicher, ob er gerade Selbstgespräche führte oder die Worte an den neben ihm hechelnden Hund richtete.

Kruimel, der wie immer auszuweichen versuchte, als Ben ihm die Leine anlegte, wuffte leise, als hätte er verstanden. Dann liefen sie nebeneinander durch den feinen Sand auf den Weg zu, der sich wie ein mäandernder Bach durch die Dünenlandschaft schlängelte.

Ben fühlte, wie das Rauschen des Meeres in seinem Rücken ihn beruhigte, auch wenn es auf dem Weg hinauf zur Straße immer leiser wurde, bis das Wispern der wogenden Dünengräser es schließlich ganz ablöste.

4. KAPITEL

Ben und Kruimel liefen durch den Dünenweg hinauf zur Straße. Dabei war Kruimel noch immer in Jagdlaune, zerrte an der Leine und strebte auf den Zaun zu. Der bestand aus morschen Holzpfählen und rostigem Stacheldraht, der wie spitze Dornen in die Landschaft ragte. Was das heruntergekommene Gebilde signalisieren sollte, war trotzdem klar: Schutzgebiet. Dahinter brüteten Vögel, die nicht als Nachtisch für Kruimel gedacht waren.

»Komm schon alter Junge, du kriegst zu Hause etwas.«

Als Ben klar wurde, dass er den Rohbau, in dem sich nur Koffer, ein paar Kartons und besagte Matratze befanden, gerade tatsächlich als sein zu Hause bezeichnet hatte, zupfte ein Lächeln an seinen Mundwinkeln. Und wieso eigentlich nicht? Es war nur eine Frage von Tagen, bis die *Schöne Aussicht* fertig wurde.

Alle Möbel für das Hotel waren geliefert und standen verpackt in irgendwelchen Zimmern. Die erneuerten Böden waren mit Vlies abgedeckt. Das Gleiche galt für die fertigen Wände, die Claas mit Planen hatte verhüllen lassen. In den nächsten Tagen würde der Feinschliff erfolgen. Dann rückte der Putztrupp an und Ben konnte die ersten Gäste begrüßen, während sich im Dachgeschoss die Arbeiter austobten.

Kruimel, der sich nur widerwillig den Weg hatte hinaufschleifen lassen, entspannte sich zusehends, je weiter sie von dem umzäunten Areal wegkamen. Als sie schließlich die Promenadenstraße überquerten und die Siedlung betraten, schien der Labrador seine potenzielle Beute vergessen zu haben.

Trotzdem wagte Ben nicht, ihn abzuleinen. Diesseits des *Koningin Astrid Boulevards* zog sich die Dünenlandschaft noch einmal gut dreihundert Meter weit ins Landesinnere. Vereinzelt waren hübsche Villen wie bunte Farbkleckse zwischen die Sandhaufen gewürfelt. Doch auf den freien Arealen neben den eingezäunten Häusern nisteten hinter mageren Büschen und üppigen Dünengräsern bestimmt weitere Futter-Kandidaten.

Sie hatten die Hälfte des Weges geschafft, als Bens Handy erneut klingelte.

»Claas. Lass mich raten. Warmes Wasser ist aus und du ziehst es vor, mir das am Telefon mitzuteilen, weil du weit weg sein willst, wenn ich explodiere?«

»Sehr witzig.« Es war nicht der bissige, angriffslustige Ton, mit dem er Bens Frotzeleien normalerweise quittierte. Claas klang müde, angeschlagen und das weit mehr als bei ihrem Gespräch vor zehn Minuten. »Gerade hat sich die Fotografin gemeldet. Ihr ist kurzfristig jemand abgesprungen. Deshalb hat sie morgen Zeit. Da musst du mit anpacken. Erst kommt die Putzfirma, dann stellen wir die Möbel auf, anschließend wird noch einmal sauber gemacht und wir können die Zimmer für die Foto-Session dekorieren. Für die Fotografin brauchen wir das Restaurant im Wintergarten mit eingedeckten Tischen, zwei komplett eingerichtete Gästesuiten, die Lounge mit dem Empfangstresen und natürlich das Schwimmbad mit dem Spa-Bereich.«

»Okay, wann kommt deine Fotografin? Abends um acht?«, wollte Ben genervt wissen, denn Claas' runtergeratterte Liste klang nach Bergen von Arbeit.

»Fast. Sie ist gegen zwölf da. Mittags! Die Putzfirma habe ich eben angerufen, deren Leute kommen früh um sechs. Ich bitte Luisa vorbeizukommen, und ich rufe Anna an und frage, ob wir sie einspannen dürfen. Dann können die Mädels ein schickes Brunch-Buffet herrichten und die Tische im Wintergarten dekorieren, während wir uns um die Möbel in den Zimmern und das Spa kümmern. Blumen lasse ich liefern und Fressalien für ein üppiges Frühstücks-Arrangement auch.«

Ben blieb stehen. Von dieser Anna war jetzt schon zum zweiten Mal die Rede, von einer Luisa hatte er noch nie gehört. Aber das war nebensächlich. »Wann sollte die Fotografin ursprünglich kommen?«

»Übermorgen. Aber deine Webseite macht ohne Bilder keinen Sinn. Und seien wir ehrlich, mit den paar Gästen, die der Tourismusverein bisher an dich verwiesen hat, machst du so wenig Umsatz, dass es nicht mal für die Fixkosten reicht. Also ist es ein Geschenk des Himmels, dass sie früher kann. Du gibst die Bilder an den Webdesigner und lässt die *Schöne Aussicht* bei ein paar Buchungsportalen listen. Die Zeit, die wir damit gewinnen, wird sich auszahlen.«

Kaum hatte Claas das befürchtete Chaos angesprochen, fühlte sich Kruimel bemüßigt, seinerseits für ein bisschen Schwung zu sorgen und so rasant loszupreschen, dass die Leine durch Bens Finger rutschte.

»Verdammter Mist, der Hund haut ab. Ich muss Schluss machen«, zischte er knapp, bevor er das Gespräch beendete und gerade noch sah, wie Kruimel in einem Affentempo hinter der Straßenbiegung verschwand.

Unterdrückt fluchend hastete Ben hinterher. Die Einfahrten zu den schicken Villen-Grundstücken waren bestens ausgeleuchtet, aber die Dünen dazwischen nicht. Wenn der Labrador sich dorthin flüchtete, würde Ben ihn im Dunkeln kaum finden. Also sprintete er los und lauschte auf Hundegebell, aufgeregtes Vogelkreischen, irgendetwas, das ihm sagte, wo sein Hund abgeblieben war.

Doch das Einzige, was er hörte, war der spitze Schrei einer Frau, der durch die nächtlich stille Siedlung hallte. Kurz gab Ben sich der Hoffnung hin, das hätte nichts mit Kruimel zu tun – bis das unverkennbare Bellen ihm sagte, dass er wohl schneller rennen sollte.

Er war kaum um die Ecke, da sah er die Bescherung. Unter der Laterne lag eine Frau und darüber stand ein ziemlich großer, ziemlich dunkler, ziemlich molliger Hund, der Kruimel mehr als ähnlich sah, und leckte ihr über das Gesicht.

Sie quittierte es mit wenig überzeugender Ruppigkeit. Zwar schob sie den Labrador von sich, doch dass sie ihn dabei mit der anderen Hand kraulte, nahm der Geste die Entschlossenheit.

Ben erreichte die beiden, zog Kruimel von ihr weg und ging in die Hocke. »Alles okay? Ist Ihnen etwas passiert?« Oh Gott, sein Herz raste von dem Schock und dem Sprint. Was, wenn sie sich bei dem Sturz verletzt hatte?

Doch sie ging gar nicht auf ihn ein, ignorierte Bens ausgestreckte Hand, schaute erst ihn an, dann den Hund und schließlich zu ihrem Bein, woraufhin sie ein kurzes, unterdrücktes Wimmern ausstieß.

Irritiert sah Ben, wie sie die Augen verdrehte, wobei ihre Lider alarmierend flatterten. Dann sackte sie mit einem leisen Schnaufer zur Seite weg.

Ben, der ihrem Blick gefolgt war, fing sie gerade noch rechtzeitig, ehe ihre Wange den Asphalt touchierte.

Ihr Bein sah tatsächlich übel aus. Der wohlgerundete Schenkel war auf einer Breite von gut zehn Zentimetern von der Wade bis rauf zum Ansatz ihrer Shorts aufgeschürft. Blut rann daran herab und tropfte auf die gepflasterte Fahrbahn.

Kruimel musste sie aus vollem Lauf angesprungen und auf die Seite geworfen haben. Doch das erklärte nicht warum sie bewusstlos war und schlaff in seinem Arm hing. Falls sie wirklich seitlich gefallen war, konnte sie kaum mit dem Kopf aufgeschlagen sein.

Die Erinnerung an einen Abend vor drei Jahren, der sein komplettes Leben auf den Kopf gestellt hatte, ließ ihn aufkeuchen. Er hörte das Quietschen seiner Bremsen, sah den durch die Luft wirbelnden, zarten Körper vor sich. Nicht real! Das hier war eine verdammte Erinnerung und die konnte er jetzt wirklich nicht brauchen.

Ben schüttelte sich, als könne er die Last des Grauens, das seither auf seinen Schultern lastete, auf diese Weise abwerfen.

Dann zog Ben die bewusstlose Frau fester in seinen Arm und rüttelte an ihr. Als das nichts half, rief er sie, widerstand aber dem Drang, ihre Wange mit heftigen Klapsen zu traktieren, wie er es aus Filmen kannte. »Hey, alles gut? Hören Sie mich?«

Wieder flatterten ihre Lider, nur dass sie die Augen diesmal aufschlug und ihn nach einem Moment der Benommenheit wie eine Scharfschützin ins Visier nahm. Den Killerblick unterstützte ein paar zusammengezogener Brauen, so dass sich über ihrer zierlichen Nase eine Zornesfalte bildete.

Vage wusste Ben, dass er unter diesem Blick schon einmal zusammengezuckt war. Und das war gar nicht lange her.

Vorhin in der Bar hatte er in genau dieses hübsche Paar Augen gesehen, nachdem er ihr die größte, fieseste, machomäßigste Abfuhr aller Zeiten verpasst hatte.

Fast augenblicklich hatte es ihm leidgetan, denn im ersten Moment hatte sie ihn so verletzt und weidwund angesehen, dass er am liebsten vor Scham im Boden versunken wäre. So war er nicht. Kein arrogant versnobter Macho, der es genoss, die Leute dazu zu bringen, sich mies zu fühlen. Er hatte den Mund schon aufgemacht, um sich zu entschuldigen.

Doch sie war schneller gewesen, hatte ihr Visier heruntergeklappt, ihre Verletzlichkeit hinter einer Miene kühlen Zorns versteckt und sich weggedreht. Diesmal drehte sie sich nicht zur Seite und ihr Blick war – von besagter Zornesfalte bis zu den geschürzten Lippen – kein Stück weniger empört.

Bis eben hatte er gedacht, dass sie quitt wären, immerhin hatte sie ihn ebenso unüberhörbar wie unschmeichelhaft einen Arsch geheißen. Eine Reaktion, die ihm überzogen erschienen war.

Ja, er hatte sie fies behandelt. Trotzdem kam er nicht umhin, ihr mangelndes Selbstbewusstsein zu attestieren. Vermutlich hatte er an einer Verletzung gerührt, die sie in der Vergangenheit kassiert hatte. Wer auch immer die Vorarbeit geleistet hatte – es war nicht seine Schuld.

Und falls er damit richtig lag, was er für wahrscheinlich hielt, stellte sich natürlich auch die Frage, wieso sie sich überhaupt auf einen Flirt einließ. Da standen die Chancen bekanntlich nie höher als fifty-fifty. Zum Beispiel, weil man an jemanden geriet, der schon vergeben war. Oder an ein Gegenüber, dessen Beuteschema man nicht entsprach. Oder man erwischte einen Mann mit mieser Laune, weil er am Morgen ein hübsches Amsterdamer Backsteinhaus verlassen hatte, um sich am Abend in einem – sorry – verschissenen Rohbau auf die Matratze zu legen. Wie gesagt: ihr Risiko.

Nur lagen die Dinge hier anders. Kruimel könnte nicht schuldiger wirken, wenn er ihm die Worte ›Gefahr für die Menschheit‹ in fetten Lettern ins Halsband sticken ließ. Also konnte er ihr diesmal nicht die kalte Schulter zeigen und gehen, sondern musste sich kümmern. Zumal es gut möglich war, dass sie bei der nächsten Ohnmachtsattacke wirklich wegsackte und mit ihrem hübschen Gesicht in der Gosse landete. Dabei könnte sie sich die Nase einhauen oder die Stirn zerbeulen, oder ... Bens Miene verwandelte sich in etwas, das an den hemmungslosen Verzehr roher Zitronen erinnerte, denn was er sich da ausmalte, erschien selbst ihm melodramatisch. Zumal ihr Kopf auch bei näherer Betrachtung unversehrt wirkte. Ihre Ohnmacht war vermutlich eine Folge des Schocks, so einfach war das.

Ben öffnete den Mund, um zu fragen, ob sie aufstehen konnte.

Doch da schnappte sie schon zornig nach Luft, zeigte mit dem Finger auf ihn und kam ihm zuvor. »Der Arsch!«

»Das nenne ich eine Erkenntnis«, gab Ben trocken zurück. Obwohl er sich langsam ernstlich fragte, ob mit ihr alles in Ordnung war. »Sie sind tatsächlich auf dem Kopf gelandet?«

Sie schüttelte selbigen, wobei das blonde Haar um ihre Schultern flatterte und den warmen Duft von Orangenblüten verströmte.

Solche Details blendete er besser aus. »Also, was ist? Aufstehen?«

Doch statt zu reagieren, sah sie wieder auf ihr Bein, das mittlerweile blutüberströmt war. Das musste fies weh tun. Aber noch mehr beunruhigte es Ben, dass ihre Lider erneut flatterten. Kurzerhand schlang er sich die Leine ums Bein, so dass er mit beiden Händen zupacken konnte.

»Hey, sehen Sie mich an. Was ist los?« War sie beim Aufprall so durchgerüttelt worden, dass es für eine Gehirnerschütterung gereicht hatte? Ben wusste nicht, ob so etwas überhaupt möglich war, aber eine andere Erklärung fiel ihm für ihr seltsames Verhalten nicht ein.

»Ich kann kein ...« Sie presste die Zähne aufeinander, als wäre sie im Begriff, sich eine gut gehütete Wahrheit entreißen zu lassen. Im nächsten Moment plapperte sie so hektisch los, dass Ben sie kaum verstand. »Ch'kakeinBlutsehn.«

Seine Brauen hoben sich, dass er meinte, sie müssten mit dem Haaransatz kollidieren. Gleichzeitig versuchte er ein aufmunterndes Lächeln. »Können Sie das bitte noch einmal sagen? Ich habe Sie nicht richtig verstanden.«

Empörung machte sich auf ihrem hübschen Gesicht breit. Wieso die vorwitzigen Sommersprossen auf ihrer Nasenspitze ihm gerade jetzt ins Auge stachen, wusste er auch nicht.

»Sprechen Sie nicht so mit mir!«

»Wieso? Wie spreche ich denn?«

»Na, als wäre ich die hierher verschleppte Einwohnerin eines frisch entdeckten Urvolks, von der Sie nicht sicher sind, ob sie ihre Sprache versteht. Irgendwie ... überakzentuiert.« Aufsässig legte sie den Kopf in den Nacken, was die Sommersprossen noch deutlicher in den Lichtkegel rückte.

»Gut, frage ich Sie also ganz normal: Ich habe kein Wort Ihrer Offenbarung verstanden und würde mich sehr freuen, wenn Sie es wiederholen, damit wir hier vorwärtskommen.«

»Vorwärts?« Ihr Blick verdüsterte sich um weitere Nuancen. »Wenn Sie mir sagen, wie ich mit dem Bein laufen soll?«, lenkte sie ab.

Er blieb beharrlich. »Wiederholen Sie es! Bitte!«

Ein leises Seufzen floss über ihre vollen Lippen. »Also gut: Ich kann kein Blut sehen.«

Wie jetzt? Das war alles? »Was stimmt nicht mit Ihnen, dass Sie mir das nicht einfach sagen können?«

Sie sah verschämt zur Seite, was Ben irgendwie rührte.

Andererseits interessierte ihn die Antwort auf diese Frage nicht wirklich. Was zählte, war, dass sie sich endlich hochhelfen ließ, damit er sich die Verletzung bei besserem Licht ansehen konnte, denn das Bein blutete ziemlich heftig.

»Helfen Sie mir aus dem Schuh?«

Verzweifelt, weil sie offenbar nicht anders konnten, als pfeilgenau aneinander vorbeizureden, schloss Ben die Augen.

Was sie anscheinend richtig interpretierte, denn sie spendierte ihm eine Erklärung. »Wenn ich aufstehe, läuft es in den Schuh und ich kann ihn wegwerfen. Also würden Sie?« Sie fuchtelte mit den Händen in der Luft herum. Offenbar eine Geste, die als Einladung gedacht war.

Ben wollte sie schon loslassen. Dann besann er sich. »Wie wäre es, wenn Sie das Bein leicht zur Seite drehen?«

»Zur Seite?«

»Aus dem Lichtkegel weg. Dann wirkt es gleich nicht mehr ganz so rot und ich muss mir keine Sorgen machen, dass Sie umkippen, während ich ...« Diesmal war er es, der auf ihren Fuß deutete.

Dummerweise sah er ihr dabei in die Augen und was er darin las, gefiel ihm nicht. Höflich ausgedrückt hielt sie ihn für einen Idioten. Bestenfalls.

»Hey, ist ja schon gut. Es war nur so eine Idee.«

»Ja, davon hatten Sie heute Abend einige. Den Hund laufen zu lassen zum Beispiel.«

»Er ist abgehauen.«

»Weil sie zu schwächlich sind, eine Leine zu halten?«

»Was wird das? Wieso können Sie nicht einfach ein bisschen kooperieren, damit ich Sie in Ihr Hotel bringen kann.« Wo sie hoffentlich jemand erwarten und verarzten würde. »Wo wohnen Sie eigentlich?«

Diesmal wedelte sie nicht, sondern deutete seelenruhig auf die Villa, die eine exakte Kopie seiner eigenen war – sofern man außer Acht ließ, dass sein Haus frisch renoviert war und dieser Kasten wirkte, als hätte er ebenfalls eine bauliche Beauty-Kur nötig.

Irgendetwas daran beunruhigte ihn, doch er konnte es nicht sofort greifen. Eigentlich erst, als er sich die Worte sprechen hörte. »Sie sind gar keine Touristin. Sie wohnen hier.«

»Sofern Sie nichts dagegen haben«, kam es bissig zurück. Doch als er sie diesmal ansah, hatte sie das Bein wirklich aus dem Lichtkegel weggedreht, den Blick gehoben und machte sich blind selbst an ihrem Schuh zu schaffen.

Wortlos schaute er zu und konnte nicht behaupten, sich auf die gute Nachbarschaft mit der bissigen Blondine zu freuen. Auch wenn Claas ihm wahrscheinlich vorhalten würde, dass Ben schließlich selbst rausgewollt hatte aus seinem streng getakteten Kosmos aus Arbeit, Sport und täglichen fast Krankenbesuchen.

Tja, nun hatte Ben, was er wollte – einen krassen Gegenentwurf zu seinem bisherigen Leben.

Umtausch ausgeschlossen.

5. KAPITEL

Von nahem betrachtet fand Anna ihn noch umwerfender – und großkotziger. Himmel, er tat ja, als hätte sie es darauf angelegt, von seinem zugegebenermaßen sehr süßen Hund umgerannt zu werden.

Sie an seiner Stelle hätte sich tausendmal für das Missgeschick entschuldigt, statt auch noch frech zu werden. Wie viele Stöcke musste man verschlucken, um derart steif zu werden? Und wie hatte sie das in der Bar übersehen können? Gut, es konnte etwas mit ihrem Caipirinha-Konsum zu tun haben. Also sezierte sie das Problem lieber nicht weiter.

Es war aber auch zu dumm, dass ihre Seebären schon schliefen. Die waren praktisch veranlagt und hätten ihr ohne viel Federlesens geholfen. Nur konnte sie die schlecht rausklingeln. Also war sie wohl auf Mr Stock verschluckt angewiesen, denn erstens brannte die Hautabschürfung fürchterlich. Zweitens fürchtete sie, gleich wieder in Ohnmacht zu sinken, wenn sie gezwungen war, sich selbst zu verarzten. Außerdem war da Punkt drei, denn seit sie beim Fallen weggeknickt war, stimmte irgendetwas mit ihrem Knöchel nicht.

Das war so demütigend. Dabei verdrückte sie spielend halb rohe Steaks und wäre sie bei einer Trekkingtour in die Verlegenheit gekommen, sie hätte einem mitreisenden

Fremden in bester Rambo-Manier klaffende Wunden vernäht. Zur Not sogar mit einem Zierstich. Nur der Anblick ihres eigenen Blutes drehte ihr den Magen um. Da reichte der kleinste Tropfen. Sie fand daran nichts peinlich. Wie auch? Sie kannte es nicht anders. Aber dieser gewisse Blick, der sich in die Gesichter der Leute stahl, wenn sie es erzählte, weil ihr Gegenüber sich unweigerlich fragte, wie Anna mit ihrem monatlichen Frauenproblem zurechtkam, der nervte sie kolossal.

Nun, Mr Stock hatte nicht ausgesehen, als würde er sich das ebenfalls fragen. Im Gegenteil stützte er sie und gab sich Mühe, sie ins Haus zu bugsieren, ohne dass sie das Bein allzu sehr belasten musste. Wenn sie tippen sollte, verbarg sich unter der Abschürfung eine Prellung, die sich gewaschen hatte. Über ihren Knöchel wollte sie lieber nicht weiter nachdenken.

»Bitte rechts in die Küche.«

»Sicher? Wollen wir Sie nicht in Ihrem Bad verarzten? Sie könnten die Hose loswerden, damit ich die Wunde besser säubern kann.«

Wie bitte, die Hose? Ha, netter Versuch? »Da muss nichts gesäubert werden«, ließ Anna ihn knapp wissen.

»Und wie es das muss«, gab er mit seiner überheblichen Tonlage zum Besten. »Da dürften jede Menge Sand und Dreck in der Wunde sein. Außerdem müssen wir das ... es abwaschen und einen Verband anlegen, falls sie nicht zufällig ein Pflaster in Bügelbrett-Größe dahaben. Sie besitzen doch Verbandszeug?«

Klar hatte sie das. Genauer gesagt war die Pension ausgerüstet wie ein mittelgroßes Feldlazarett. Angesichts der schieren Masse der Vorräte hatte Anna sich bei ihrer Inspektion des Hauses gefragt, ob die nahe gelegene Apotheke im Seemannsheim Lagerräume angemietet hatte. Aber ihre Chefin Frau

Prins hatte ihr versichert, dass sie lediglich vorsorgen wollte für den Fall, dass jemand im Haus verunglückte.

Anna seufzte mit aller ihr zur Verfügung stehenden Theatralik. »In Gottes Namen, gehen wir in mein Zimmer. Die Treppe runter links. Da ist auch ein Service-Raum, in dem jede Menge Verbandsmaterial lagert.«

»Und Desinfektionsmittel?«

»Vermutlich!« Ihr kam in den Sinn, dass sie freundlicher sein könnte. Aber nein. Erst die Abfuhr bei Jule, die er so ätzend gestaltet hatte, wie es nur ging. Dann diese Klugscheißerei, die wohl eine Entschuldigung ersetzen sollte.

Anna klinkte ihre Zimmertür auf und deutete quer durch den freundlich hergerichteten Raum zur nächsten Tür. »Da ist das Bad. Leider habe ich nur eine Dusche.«

»Fein, dann werden Sie die Shorts los, die sind eh voller ...«, er stutzte, legte den Kopf schief und sah Anna ernst an. »Werden Sie auch ohnmächtig, wenn ich es ausspreche?« Er ließ sie an den Türrahmen gelehnt stehen und trat in den Raum, um sich umzuschauen.

Zu schade, dass er zwar nah, aber nicht nah genug war, denn sonst hätte sie seine dämliche Frage mit einem Schlag gegen den Arm belohnt. So musste sie sich zu einer Antwort durchringen.

»Blut. Blut. Blut! Merken Sie was? Ich stehe aufrecht und zucke nicht einmal.« Was nicht ganz stimmte, denn ihr Bein zitterte, weil es mittlerweile nicht nur brannte, es pochte auch fies. Allein daran zu denken, dass er mit Desinfektionsmittel auf der Wunde herumreiben würde, ließ ihr den kalten Schweiß ausbrechen. Er hatte ja recht, es war besser, wenn sie vorher duschte. Danach wäre nicht nur das Blut, sondern auch der gröbste Dreck weg.

Anna kannte das Spiel und hatte einige Übung. Stur nach oben schauen und die Blutschlieren im Abfluss ignorieren, dann war sie nicht in Gefahr umzukippen. Missmutig ließ sie sich von ihm ins Bad helfen und starrte den Duschkopf feindselig an, als ihr aufging, dass Mr Stock verstummt war.

»Was ist los? Sind Ihnen die Belehrungen ausgegangen?«

»Nope! Ich dachte lediglich, dass Sie vielleicht noch ein wenig auf mir herumtrampeln möchten. Da wollte ich nichts vorwegnehmen.« Er schaffte es tatsächlich, zugleich verletzt und genervt zu wirken. Seltsamerweise machte ihn dieser Blick nahbarer und drang wesentlich besser zu ihr durch als die harschen Worte.

»Wieso haben Sie das gemacht?«

Für einen Moment stand er da wie vom Donner gerührt. Dass das Bad ziemlich klein war und Anna ihm kaum ausweichen konnte, verlieh der Pause etwas Drückendes. Zumal der Duft seines angenehm erdigen Aftershaves sich verführerisch im Raum ausbreitete.

Anna hob das Kinn und funkelte ihn an, als die Stille zu schwer wurde und sie meinte, er müsse ihr aufgeregtes Herzklopfen hören. »Und?«

»Ich überlege.«

»Geht es genauer?«

Er seufzte, und das klang, als täte er es nur um ihr klarzumachen, dass sie eine sehr anstrengende Person war. »Gut, da Sie es anscheinend wirklich wissen wollen. Ich denke darüber nach, was Sie meinen, wenn Sie mich fragen, warum ich das gemacht habe. Glauben Sie ernsthaft, ich hätte den Hund auf Sie gehetzt?«

»Was?«, sie schüttelte vehement den Kopf und verdrehte die Augen. »Nein, natürlich nicht. Ich will wissen, weshalb

Sie mir in der Bar dermaßen deutlich zu verstehen geben mussten, dass ich nicht ... in ihrer Liga spiele. Einfach wegzugucken hätte gereicht. Wieso waren Sie derart niederträchtig? Was stimmt nicht mit Ihnen?«

Diesmal zuckte er tatsächlich zurück, als hätte er einen Schlag kassiert.

Trotzdem ließ Anna nicht locker. »Also?«

Er verschloss sich. Die Schultern zurückgenommen, die Augen stur zur Wand gerichtet, machte er einfach dicht. »Sie sollten duschen. In der Zwischenzeit hole ich das Verbandszeug und wische im Gang die Blutstropfen weg. Wenn es zu schmerzhaft wird und Sie nicht mehr stehen können, rufen Sie, dann komme ich herein.«

Anna sah ihn forschend an. Dachte er ernsthaft, dass sie sich nackt von ihm aus der Dusche helfen lassen würde? Das war an Arroganz kaum zu toppen. Am liebsten hätte sie ihn vor die Tür befördert. Doch wenn sie das Bein nicht verarzten ließ, würde sich die Wunde entzünden. Außerdem wäre ihr Bettzeug morgen früh voller Blut.

»So machen wir es. Bis ich rufe, bleiben Sie draußen.«

»Sagen Sie mir noch, wo ich Putzzeug und diesen Service-Raum finde?«

Kaum hatte sie ihm alles erklärt, verschwand er und zog die Tür ins Schloss. Anna, die mittlerweile auf dem Toilettendeckel saß und sich für den Anblick gewappnet fühlte, gönnte sich aus zusammengekniffenen Augen einen schnellen Blick auf ihr Bein. Kein Wunder, dass es so brannte, denn die Abschürfung zog sich über gut fünfzig Zentimeter und war so breit wie ihre Hand, außerdem war ihre Haut bis runter zum dick geschwollenen Knöchel blutverschmiert. Keine Chance, das allein zu regeln.

Als nach kurzer Betrachtung das Flattern im Bauch und der altbekannte Schwindel einsetzten, sah sie schnell wieder weg und wurde ihr Shirt und den BH los. Mit dem Slip und der Hose war es komplizierter, denn beides war nicht sonderlich großzügig geschnitten und scheuerte beim Abstreifen entsetzlich.

Trotzdem schaffte sie es unter die Dusche, wo das Wasser wie flüssiges Feuer über ihr Bein rann. Dummerweise vertrieb der Schmerz ihren Zorn. Sie betrachtete die Situation nüchterner und da sah es leider so aus, dass sie sich wie eine verwöhnte Zicke benahm, obwohl ihn keine Schuld traf.

Der Hund musste sich wirklich losgerissen haben, denn die Leine hatte am Halsband gehangen. Außerdem war es nett von ... wie hieß er nochmal? Ach ja, richtig, Jule hatte ihn Ben genannt. Und obwohl er sich in der Bar wie ein arroganter Snob benommen hatte, kümmerte er sich jetzt um sie.

Es half, darüber nachzudenken, denn so ließ sich der Schmerz ausblenden. Trotzdem erlaubte sie sich keinen Blick auf das sicher rote Wasser in der Duschtasse. Stattdessen schnappte sie sich ein Handtuch, wickelte es stramm um ihren Oberkörper und schlüpfte wieder in ihr Höschen. Dann erst rief sie durch die geschlossene Tür.

»Könnten Sie wohl oben rechts aus dem Schrank ein T-Shirt nehmen und es mir geben?«

Keine dreißig Sekunden später klopfte er an die Tür, ehe er sie einen Spalt weit öffnete und ihr ein geringeltes Bretagne-Shirt hereinreichte.

Das war sehr diskret. Aber was erwartete sie auch? Dass sie nicht sein Typ war, hatte er klar zum Ausdruck gebracht. Also wieso sollte er die Situation ausnutzen und sie im Bad überrumpeln?

»Ich habe noch etwas für dich.« Wieder schob er den Arm durch den Türspalt, nur reichte er ihr diesmal zwei Krücken. Alte, hölzerne Teile mit Polstern, die man sich unter die Arme klemmte. Die mussten noch aus den Anfangstagen der Pension stammen.

»Wir sind beim Du?«

»Sieht ganz so aus. Und jetzt ... könntest du mir die Dinger abnehmen?«

Anna griff danach und tatsächlich tat es gut, den Knöchel zu entlasten, während sie zurück in ihr Wohn-Schlafzimmer hinkte. »Woher hast du die?«

»Gefunden zwischen Kartons mit Mullbinden und Unmengen an abgelaufener Kochsalzlösung. Euer Haus muss einer der Unfallschwerpunkte der Niederlande sein. Anders lässt sich eure Lagerhaltung nicht erklären.« Ben zeigte ihr ein schmales Lächeln, das erste an diesem Abend. »Wollen wir? Ich habe im Schrank ein Handtuch gefunden.« Er deutete zu Annas ausgeklappter Schlafcouch, wo er es für sie ausgebreitet hatte.

»Du kannst ja rücksichtsvoll sein. Ich bin übrigens Anna.«

Über sein ebenmäßiges Gesicht huschte ein überraschter Ausdruck. Aber vielleicht bildete sie sich das nur ein, denn im nächsten Moment zeigte seine Miene wieder diese höfliche Unverbindlichkeit, mit der er sicher auch seinen Hundeleckerli-Lieferanten anschaute. »Freut mich. Ich bin Ben und seit heute dein Nachbar.«

»Claas‘ Bruder also?«

Er nickte. »Dann musst du die Anna sein, die die Arbeiter morgens mit Brötchen verköstigt?«

Die Frage, wie der ständig gut gelaunte Dampfplauderer Claas zu diesem Bruder kam, lag ihr auf der Zunge. Dann besann sie sich auf ihren Vorsatz, Ben freundlicher zu begegnen, humpelte zur ausgeklappten Schlafcouch und ließ sich darauf nieder.

Die folgende Viertelstunde war die reinste Qual. Ben hatte tatsächlich eine Flasche bräunliche Jodtinktur gefunden, die er großzügig auf ihrem Schenkel verteilte, ehe er erst ein ölgetränktes Verbandsgitter und dann ein paar Tupfer auf ihr Bein gab. Dabei war er erstaunlich vorsichtig und geschickt.

Trotzdem brannte es wie die Hölle, und obwohl Anna die Zähne zusammenbiss, zischte sie bei jedem Handgriff. An der elenden Wunde würde sie wochenlang Spaß haben.

»So sollte es gut gepolstert sein«, hörte sie Ben selbstzufrieden sagen, ehe er begann, ihr Bein mit einem Verband zu umwickeln. »Du warst übrigens wirklich tapfer. Ich kann mich noch gut erinnern, wie weh so etwas tut.«

»Weil dein Hund dich auch gern aus dem Hinterhalt anspringt?« Nicht, dass sie dem Labrador tatsächlich böse war. Er lag lang ausgestreckt neben ihr auf dem Boden und leckte ihre herunterhängende Hand, wobei er guckte, als könnte er kein Wässerchen trüben.

»Bisher hat er mich mit solchen Attacken verschont. Aber ich hatte mal einen Motorroller und bin damit zu nah an der Garagenwand entlanggefahren. Ziemlich schmerzhaft kann ich dir sagen. Und die Abschürfung war nicht halb so groß wie deine.«

Immerhin schien er sie nicht für eine Hypochonderin zu halten, die nach dem missglückten Flirt versuchte, ihn mit der Mitleidsmasche zu umgarnen.

»Was sind das für Lichter da draußen?«, lenkte er unvermittelt ab.

»Lichter?«

»Ja, es wirkt, als hätte jemand einen Autoscooter in eurem Garten abgeladen.«

Endlich begriff sie, richtete sich auf und humpelte auf die Krücken gestützt zur Terrassentür ihrer Souterrainwohnung. Draußen schaukelten die bunten Lichterketten im Wind. »Haben wir neulich zum Grillen aufgehängt. Unser Garten ist ein wenig ... kahl. Die Farbe peppt ihn zumindest abends auf. Deshalb haben wir beschlossen, dass die Lichter bleiben.«

Diesmal guckte er wirklich, als hätte er beim herzhaften Herumkauen auf einem Steak versehentlich seine Zunge erwischt. »Das kann nicht dein Ernst sein.«

Anna verstand nur Bahnhof. »Was jetzt genau? Dass wir gegrillt haben? Dass unser Garten nicht gerade paradiesisch ist? Oder dass ich die Lichterketten mag?«

»Letzteres natürlich. Diese Dinger sind ...«

Anna wirbelte so rasch herum, dass sie mit ihren Krücken beinahe das Gleichgewicht verlor. »Vorsicht! Sonst sind wir sehr schnell wieder beim Sie. Und wenn ich Claas vorhin am Telefon richtig verstanden habe, brauchst du mich morgen, um deinen Palast zu dekorieren, Herr Nachbar.«

»Er verliert wirklich keine Zeit. Ich selbst weiß erst seit zwanzig Minuten davon, dass morgen eine Fotografin ins Haus kommt.«

»Tja, immerhin haben jetzt alle den gleichen Kenntnisstand«, gab Anna säuerlich zurück.

Ihm passte entweder ihr Ton nicht, oder die Tatsache, dass Claas sie ins Boot geholt hatte, denn Bens Schultern strafften sich, so dass seine ohnehin raumfüllende Präsenz gleich noch ein wenig mächtiger wirkte.

Neben ihm fühlte sie sich ziemlich verloren. Das sollte ihr eine Lehre sein. Bevor sie das nächste Mal einen Kerl so auffällig anflirtete, würde sie sich von ihm sagen lassen, wo er wohnte. Besser, sie geriet nicht wieder an einen Nachbarn. Sonst brachte es nur Komplikationen.

Am liebsten hätte sie ihn auf die Terrasse gescheucht und die Tür hinter ihm zugeworfen. Von dort musste er nur die Treppen hinauf zum Garten nehmen und kam spielend leicht zurück auf die Straße. Gott, wie er sie auf die Palme brachte. Verband hin oder her. Den war er ihr ohnehin schuldig gewesen, schließlich verdankte sie den Unfall seinem Hund.

Womit sie einfach nicht klarkam, war Bens überhebliche Art. Allein die verkniffene Miene, mit der er auf die Lichterketten schielte, war die pure Provokation. Wahrscheinlich duldete er in seinem Garten nur erlesene Designobjekte und natürlich streng biologisch gedüngte Pflanzen, die von einem zertifizierten Läuse-Fachmann unter die Lupe genommen und für gesund befunden worden waren, bevor sie in die handverlesene Erde durften.

Und überhaupt steigerte sie sich da gerade vielleicht ein bisschen zu sehr hinein. Aber sie konnte nun mal nicht aus ihrer Haut. Die Abfuhr hatte sie getroffen. Und je anziehender sie ihn fand, umso lauter hallte sie nach. Nur durfte sie es sich mit ihm auf keinen Fall verscherzen.

Frau Prins hatte ihr ausdrücklich gesagt, wie wertvoll ihr gute Nachbarschaft war, denn anscheinend lauerten die Hyänen in den schicken Villen nur darauf, dass das Seemannsheim pleite machte. Dass der zugegeben heruntergekommene Zustand des Hauses und die häufig lautstarken abendlichen Trinkgelage der Kegelbrüder im Garten sich negativ auf die Grundstückswerte der Nachbarn auswirkten, musste Anna niemand erklären. Sie war lange genug im Maklergeschäft und wusste das.

Andererseits hatte allein Ben aus dem angrenzenden Hotel freien Ausblick auf ihren Garten. Und das auch nur, weil er den Sichtschutz hatte abreißen lassen. Seine Entscheidung. Wenn er ein Problem mit den Lichterketten hatte, konnte er ja einen neuen Zaun bauen. Den Seemännern und ihren zweifelhaft gekleideten Radlern war es sowieso lieber, wenn ihnen beim Frühstück im zugigen Wintergarten keiner auf die Teller starrte. Umgekehrt musste das doch auch gelten. Immerhin hatte Claas ihr erzählt, dass Ben plante, in seinem Wintergarten ein schickes Restaurant zu eröffnen.

»Ich glaube, ich sollte mich jetzt hinlegen. Morgen muss ich früh raus«, sagte Anna ruppig, weil sie nicht länger mit ihm diskutieren mochte. Ihr Bein schmerzte. Außerdem hatte die Sauerländer Thekenmannschaft in der letzten Nacht gepichelt und dabei so viel Lärm gemacht, dass sie ewig nicht in den Schlaf gefunden hatte.

»Verstehe, du musst unsere belegten Brötchen machen.«

»Ha, wenn es nur das wäre. Erst mal muss ich das Frühstück für meine Gäste richten und hier Klarschiff machen. Dann seid ihr dran, was ja bekanntlich länger dauern könnte.«

»Also bleibt es dabei? Du hilfst, die Zimmer und das Restaurant für die Fotos herzurichten?« Ben sah sie forschend an.

»Ich helfe Claas. Das habe ich versprochen und daran halte ich mich.«

Für einen Moment wirkte es, als wollte Ben noch etwas sagen, doch dann rang er sich lediglich ein »Gute Nacht« ab.

Anna atmete auf, als er nach der Leine griff, die Tür öffnete und gemeinsam mit seinem Hund hinaus auf den Flur schlüpfte. Da fiel ihm noch etwas ein. »Nimm am besten eine Ibuprofen-Tablette, bevor du dich hinlegst, sonst gehst du die Wände hoch, wenn du dich im Schlaf auf die Seite drehst.«

Obwohl sie es nicht gern zugab, es war nett, dass er daran dachte. Weswegen sie sich zwang, zu lächeln. »Werde ich machen.« Und mit etwas mehr Nachdruck, so dass es einem Rauswurf gleichkam, fügte sie an. »Gute Nacht. Bis morgen!«

Anna lauschte auf seine Schritte, die sich zügig entfernten. Doch erst als die Haustür hinter Ben ins Schloss gefallen war, gelang es ihr, sich zu entspannen.

6. KAPITEL

Anna war aufgewühlt. An Schlaf war jetzt nicht zu denken. Die Krücken unter die Achseln geklemmt, humpelte sie nach draußen und ließ sich auf einen der Terrassenstühle sinken.

Das war mit Abstand der merkwürdigste Abend, seit sie sich mit sechzehn bei einer Party genug Mut angetrunken hatte, um Yannik Houten ihre Liebe zu gestehen. Dummerweise hatte sich bei der Gelegenheit Annas Magen umgestülpt und sie hatte ihm auf die nagelneuen Turnschuhe gebrochen.

»Und, als hätte ich nichts, aber auch nicht das kleinste Bisschen gelernt, suche ich mir immer noch die Falschen aus. Kein Wunder, dass ich lieber Single bleibe. Auf Dauer wären die schlechten Statisten in meinem Leben nicht auszuhalten.« Wenigstens etwas, das sie kapiert hatte, tröstete Anna sich, ohne das Hotel gegenüber aus dem Blick zu lassen.

Die Bauarbeiten hatten sie in den vergangenen zwei Wochen fast wahnsinnig gemacht. Dabei hatte Claas ihr versichert, dass die lautesten Bauetappen bereits abgeschlossen waren. Dann war er stolz die Liste der Arbeiten durchgegangen, die er mit seinem Trupp von Leuten erledigt hatte, ehe sie ins Seemannsheim gezogen war. Wenn sie all das zusammenrechnete, hatte die *Schöne Aussicht* vor dem Umbau wahrscheinlich ausgesehen, wie ihre Pension.

Jetzt konnten die Unterschiede kaum deutlicher sein. Da Anna seit knapp einer Woche belegte Brötchen nach drüben brachte, war sie in den Genuss einer Führung gekommen. Zwar war noch alles zum Schutz vor dem Baustaub verhüllt, trotzdem hatte sie die Pracht erahnen können.

Vom Schwimmbad, das in einem Anbau lag, über den schick sanierten Wintergarten bis hinauf in die Eigentümerwohnung. Dort hatten die Arbeiter einen Teil des Daches abgetragen und mitten in den großzügigen Wohn-Essbereich eine Art Aquarium gesetzt. So war eine Dachterrasse entstanden, von der man bis aufs Meer schauen konnte. Anna war direkt neidisch gewesen, weil sie sich gut hatte vorstellen können, wie es dort oben ausschauen würde, wenn alles fertig war.

Tja, wie es aussah, musste Ben seine Vorstellungskraft ebenfalls bemühen. Jetzt, wo sie wusste, in welchem Provisorium er da drüben hauste, konnte sie seine schlechte Laune sogar nachvollziehen. »Trotzdem kein Grund, sich an mir abzureagieren«, befand sie und sah just in dem Moment zu der Lücke im Dach, die demnächst eine gläserne Absturzsicherung bekommen würde. Gerade war das Licht angegangen. Auch das konnte Ben nicht gefallen, denn Anna sah von hier aus, dass noch immer die nackte Glühbirne von der Decke baumelte.

Jetzt war sie froh, kein Windlicht angezündet zu haben. Ben musste nicht wissen, dass sie hier draußen saß. Zumal sie ihn nun seelenruhig beobachten konnte. Er tigerte von links nach rechts und wieder zurück. Der Hund war nicht zu sehen. Dafür erkannte sie die Bierflasche in seiner Hand, als er nun durch die Tür auf die Terrasse schlüpfte. Langsam arbeitete sich seine athletische Silhouette vor bis zur Kante, wo er sich niederließ. Die Beine baumelten über den Rand, während er den Blick in Richtung Meer gerichtet hielt.

Obwohl sie gut fünfzehn Meter Höhenunterschied und mehr als fünfzig Meter Abstand voneinander trennten, kam Anna dieser Moment seltsam intim vor. Ben war ganz bei sich. Zu sehen, wie er sich über das Gesicht rieb, bevor er sein Haar zurückstrich und einen kurzen Schluck aus der Flasche nahm, ohne zu wissen, dass er beobachtet wurde, machte ihn nahbarer. Zumal sie sich auf diese Distanz nicht mit seinem harten Blick und seiner Herablassung auseinandersetzen musste.

Von hier aus betrachtet war er nicht anstrengend, sondern einfach jemand, der hierherzog, weil er das Meer ebenso sehr liebte wie sie. Vielleicht nicht der gemeinsame Nenner, der große Freundschaften hervorbrachte. Aber immerhin gab es eine Gemeinsamkeit, selbst wenn Anna das ihm gegenüber kaum betonen würde.

Es war schon paradox. Vor nicht ganz zwei Stunden waren sie einander noch völlig fremd gewesen. Dann war er mit der Urgewalt einer Geröll führenden Lawine in ihr Leben gekracht und nun saß sie hier und zerbrach sich den Kopf über Ben van Dijk.

Sie verstand einfach nicht, wieso sie so steif miteinander umgingen. In der Bar hatte er interessiert gewirkt und kein bisschen reserviert oder gehemmt. Doch dann war irgendetwas passiert, er hatte den Schalter umgelegt und sich in einen komplett anderen Menschen verwandelt.

Und das musste sie jetzt weshalb kümmern? Er war ein Idiot. Und da zählte es nicht, dass er anfangs nett gewesen war. Das traf auf ihren Ex-Chef Pieter auch zu, bis er eben beschlossen hatte, ein Schwein zu sein.

Oh nein, niemandem brachte Wunschdenken etwas. Besser, man hielt sich an die Fakten und da war Ben van Dijk nur ein weiterer Kerl, der attraktiver war, als es ihm guttat und der nicht gelernt hatte, sich zu entschuldigen.

Missmutig starrte Anna ihn an. Langsam wurde es hier draußen schattig, zumal sie immer noch nicht mehr trug als ein großzügig geschnittenes Shirt und den Slip. Aber wenn sie jetzt aufstand, hörte Ben sie und wusste, dass sie ihn schon wieder beobachtet hatte. Einmal am Tag erwischt zu werden war peinlich. Beim zweiten Mal war es tödlich. Also verharrte sie auf ihrem Stuhl, bis es ihm zu blöd wurde, er endlich reinging und sie in ihr Bett krabbeln konnte.

Nicht, dass die Nacht ihrem Bein gutgetan hätte. Am nächsten Morgen war der Knöchel völlig steif und sah aus, als hätte man ihr die Sträflingsmetallkugel nicht an den Fuß gehängt, sondern unter die Haut implantiert. Wenigstens konnte sie das Frühstück für ihre Gäste im Sitzen zubereiten. Sie war schon ziemlich weit gekommen, als Willem die Küche betrat und sie weich ansah.

Dann fiel ihm ihr hochgelegter Fuß auf. »Was ist denn mit dir passiert, Mädel? Hat dich ein Kutter gerammt?« Die Hände in den Taschen seines dunkelblauen Overalls vergraben, stand er in der Küchentür und sah aus, wie man sich jemanden vorstellte, mit dem nicht zu spaßen war.

»Alles gut. Ich hatte einen kleinen Zusammenstoß mit einem Hund. Wenn du den Kaffee und die Sachen, die ich vorbereitet habe, netterweise ans Buffet tragen könntest, komme ich klar.«

Willem wirkte wenig überzeugt und sah sie weiter forschend an, wobei er mit der flachen Hand über seine rosige

Halbglatze strich. »Ich kannte da mal ein Mädel in Aalborg. Hübsch. Und nett. Hatte ein Händchen für die falschen Kerle. Hat sich immer gefreut, wenn wir einliefen, und ganz große Augen gemacht.« Sein Blick driftete weg. »Tolle Taille und die ...« Willem ging auf, dass er sich vergaloppierte. »Die hatte oft blaue Flecken von den Kerlen. Sicher, dass dir keiner ... du weißt schon?«

»Ganz sicher!«

Er war immer noch nicht überzeugt. »Welche Sorte Hund? Eine Dogge? Oder ein Pony?«

Anna musste lachen. »Es ist nett, dass du dir Sorgen machst, aber ich bin ehrlich kein Opfer häuslicher Gewalt. Der Hund kam von der Seite, es war dunkel, ich hatte einen Longdrink zu viel ... Was soll ich sagen? Ich war nicht mehr ganz sicher auf den Beinen.«

Willem atmete hörbar auf. »Ich habe schon Sachen gesehen.«

»Und ich würde es dir sagen, wenn ich Sachen erlebe. Habe ich aber nicht. Was ist nun? Packst du mit an?«

Willem, der – wenn er nicht gerade seine Seemannsgeschichten zum Besten gab – meist wortkarg war, hatte für einen Vormittag offenbar genug geredet. Er griff sich den Brötchenkorb und die Aufschnittplatte und machte kehrt. Auf dem Rückweg brachte er Dan mit, der Annas hochgelegtes Bein ebenfalls kritisch musterte.

»Hab‘ schon gehört. Hast ein‘ über den Durst gekippt, Mädel.« Es klang abgebrüht, doch der warme Blick verriet ihn. Er war nicht halb so kaltschnäuzig, wie er gerne tat.

In den letzten beiden Wochen hatte sie ihre *Seemänner* ganz gut kennengelernt. Zwei von ihnen ließen sich nur zum Frühstück blicken und meldeten sich höchstens zu Wort, wenn der Kaffee aus war. Manchmal sah Anna sie den ganzen Tag nicht, weil sie sich in ihre kleinen Apartments verzogen und lieber für sich waren.

Dann gab es noch Willem, Dan und Hans. Im Vergleich mit den beiden Schweigern waren sie regelrechte Plaudertaschen. Nicht, dass sie wirklich viel erzählten. Aber sie suchten Annas Nähe und gaben ihr das Gefühl, willkommen zu sein.

Auch jetzt stürzten sie sich sofort in die Arbeit und im Nu waren nicht nur die Tische mit Geschirr eingedeckt, selbst das Buffet war so hübsch hergerichtet, als hätte sie es persönlich bestückt.

»Was ist mit der Brötchenlieferung? Machst du die?«, wollte Hans wissen.

Anna nickte rüber zu den großen Tüten, die der Bäcker geliefert hatte. »Wenn ich gleich nicht pöbelnde, hungrige Männer vor der Tür stehen haben möchte und die Brötchen zu Unmengen Paniermehl verarbeiten will, bleibt mir nichts anderes übrig.«

Dass sie das Geld, das sie nebenher verdiente, beiseitelegte und auf eine neue Kaffeemaschine sparte, erzählte sie lieber nicht. Sonst machten die drei sich Hoffnungen. Und wer wusste schon, wie lange es dauerte, bis sie genug beisammen hatte? Bald war das Hotel nebenan sowieso fertig und die Einnahmen aus dem Brötchenverkauf fielen weg.

Willem rieb sich erneut über die Glatze. »Also gut, wir packen an. Dann geht es wie geschmiert.«

»War das ein Wortwitz?«, wollte Anna wissen.

»Hm?«

»Na, wie geschmiert – Brötchen schmieren, du weißt schon.« Sie zuckte die Achseln und wurde mit irritiert erhobenen Brauen belohnt.

Na bitte, wenn die Männer nicht von selbst darauf kamen, dass Anna sich für keine Peinlichkeit zu schade war, half sie ihnen eben auf die Sprünge.

»Mädel, du redest vielleicht Tünkram!«, gab Dan zurück.

Anna sah Willem an. »Tünkram? Das Wort gibt es im Niederländischen?«

»Scheint so!«, blieb Willem wortkarg und strich sich erneut über den Kopf. Wenn er so weiter machte, konnte sie sich am Abend in seiner Glatze spiegeln.

Zudem wusste sie, wie überflüssig ihre Frage gewesen war. Dass es zwischen dem Niederländischen und Platt, wie man es an der deutschen Küste sprach, große Übereinstimmungen gab, war schließlich bekannt.

Und was noch wichtiger war – sie war gerührt. Statt sich wie sonst aufs Frühstück zu stürzen und ihren Sauerländern die Leckereien wegzufuttern, traten die drei klaglos zum Küchendienst an. Selbst einer ihrer großen Schweiger ließ sich im Türrahmen blicken und fragte »Helfen?«

»Nein, schon gut, Quirin. Wenn sich noch jemand in die Küche quetscht, müssen wir eine Wand rausnehmen oder aufs Atmen verzichten. Aber es ist ganz lieb, dass du es anbietest.« Kaum war es heraus, kam ihr in den Sinn, wie sie gestern bei Jule auf ihren neuen Job geschimpft hatte.

Es stimmte schon, die anzüglichen Bemerkungen der Radler nervten. Doch auf ihre Seebären ließ Anna nichts kommen. Sie war fast ein bisschen traurig, dass die fünf ihren Lebensabend in diesem heruntergekommenen Schuppen verbrachten, während nebenan eine exakte Kopie dieser Villa stand und die Metamorphose zu einem Luxus-Hotel durchlief.

Unauffällig sah sie von einem zum anderen. Willem schnitt die Brötchen auf, Dan bestrich sie mit Butter, bevor

Hans sie belegte. Ihr selbst kam die Aufgabe zu, die Hälften hübsch zu garnieren und sie auf große Servierplatten zu legen.

»Ich weiß zwar nicht, ob ich eine große Hilfe bin, aber ich habe Claas versprochen, dass ich heute drüben beim Dekorieren mit anfasse. Könnt ihr aufpassen, dass die Sauerländer sich benehmen und die Zimmerschlüssel zurückgeben, wenn sie abreisen?«

»Bezahlt ist?«, wollte Willem wissen.

»Ja, das ist geregelt. Da müsst ihr euch um nichts kümmern. Es sei denn, sie wollen Trinkgeld dalassen.« Was eher nicht zu erwarten war. Immerhin hatte sie zwei von ihnen ziemlich kühl abblitzen lassen.

»Kommen Neue?« Dan sah sie an.

»Nein, die nächsten vier Tage sind wir unter uns. Bis dahin ist mein Knöchel hoffentlich wieder heil, denn danach fangen die Sommerferien an und wir sind ganz gut gebucht.« Es kamen sogar ein paar Familien.

Denen hätte sie den Aufenthalt gern angenehmer gestaltet. Vielleicht mit hübscher Bettwäsche statt mit der verblichenen, gelb-weiß-gestreiften, die an Krankenhäuser erinnerte. Ein paar flauschigere Handtücher und Blumen vor den Fenstern und auf der Veranda wären auch nicht schlecht.

Aber bisher hatte sie nur das Trinkgeld von den Stammtischbrüdern aus der letzten Woche und den Verdienst von den Brötchen zur Seite gelegt. Keine zweihundert Euro. Das reichte noch nicht einmal für Blumenkästen, von der Füllung ganz zu schweigen. Abgesehen davon entfernte sie sich auf diese Weise von der neuen Kaffeemaschine, statt ihr näher zu kommen.

Es war echt Mist, dass Ben den Zaun hatte einreißen lassen. So blitzte und blinkte das schicke Hotel direkt vor den

Nasen ihrer Urlauber, als wäre es ein diskreter Hinweis auf einen Luxus, den sie sich nicht leisten konnten.

Das Problem war, dass ihr nicht nur die Seebären, sondern auch der alte Kasten mit den knarzenden Treppen ans Herz wuchs. Die Decken mochten vergilbt sein, aber sie hatte noch nie so prächtigen Stuck gesehen. Von den alten Bädern mit den blau-weißen Fliesen im Delfter Muster ganz zu schweigen. Dumm nur, dass die Badewannen und Duschtassen ebenso matt und zerkratzt waren wie die Waschbecken. Von den Fenstern, aus deren Rahmen der Kitt bröselte und die dringend einen Anstrich brauchten, fing sie lieber gar nicht erst an.

Zweihundert Euro waren ein Witz, um dem Verfall zu Leibe zu rücken, das wusste Anna selbst. Aber direkt nebenan stand nun mal ein Haus, das die Stein gewordene Herausforderung war. Sie machte eine bekümmerte Miene und arbeitete weiter, bis Hans sie anstupste.

»Was machst du ein Gesicht wie drei Tage Regenwetter? Tut der Fuß weh?«

Ich bin traurig, weil ihr in einem Abbruchhaus lebt und euch wie ein paar Zootiere begaffen lassen müsst, wenn Ben van Dijks Fünf-Sterne-Touristen erst mal in seinem piekfeinen Wintergarten sitzen! Nein, das konnte sie ihnen wirklich nicht unter die Nase reiben, wie sollten die fünf dann noch einmal froh sein über die günstige Miete, die *Vor Anker* den Seebären abknöpfte. »Ja, ziept ein bisschen. Hast du nicht mal erwähnt, dass du auf deinem Trawler der mit der Sanitätsausbildung warst?«

»Jo, dat hab ich wohl.« Hans sah sie treuherzig an.

»Würde es dir etwas ausmachen, später den Verband zu wechseln?«

»Ne!«

»Ne du wechselst ihn nicht oder ne, es macht dir nichts aus?«

»Ne, macht mir nix.« Ein leises Lächeln erblühte um seine faltigen Lippen.

»Ihr wisst schon, dass ihr mich mit eurer wortkargen Art manchmal zur Weißglut treibt?« Anna lächelte, um zu zeigen, dass sie ihnen nicht wirklich böse war.

Sie wurde mit dreistimmigem Gelächter belohnt. Es klang dunkel und sonor und ging Anna zu Herzen.

Gelegentlich, wenn keine Gäste in der Pension waren, sangen alle fünf im Frühstücksraum Shantys und tranken bis spät in die Nacht, was sie allerdings erst zweimal erlebt hatte.

»Fertig, Mädel, das war das letzte Brötchen.«

»Ich heiße Anna, Willem«, gab sie ruhig zurück, weil ihr das Mädel langsam auf die Nerven ging.

Es hörte sich an, als würden die drei sie nicht ernst nehmen. Das wollte sie gar nicht erst einreißen lassen. Wenn ihr das Gespräch bei Jule in der Bar gestern eins klargemacht hatte, dann, dass das Seemannsheim mit allem, was daran hing, ab hier ihre Sache war. Egal, ob sie nach der Saison kündigte oder ob sie längerfristig blieb. Solange sie hier einen Job hatte, würde sie ihn auch anständig erledigen. Na ja, sobald sie wieder laufen konnte und nicht mehr andere für sich arbeiten lassen musste.

Willem polierte erneut an seiner Glatze herum. Mit seinem Blaumann und den breiten Schultern sah er aus, als hätte er den Maschinenraum des mächtigen Trawlers, auf dem er die letzten zwanzig Jahre verbracht hatte, gerade erst verlassen. »Was gibt es an Mädel auszusetzen?« Er präsentierte ihr ein selten dümmliches Gesicht.

»Diesmal falle ich nicht darauf herein, Willem Tenbos. Tu nicht, als könntest du nicht bis drei zählen.« Das taten sie nämlich gern. Gaben sich unbedarft und drollig, und wenn Anna ihnen dann haarklein erklärte, was sie meinte, lachten sie sich schlapp, weil sie sie drangekriegt hatten.

Anna erhob sich und strich ihren Rock glatt. Dann knuffte sie Hans gegen die Schulter, weil er ihr am nächsten stand, und nahm sich die Krücken. »Mir nach, Männer. Wir werden erwartet«, rief sie energisch und hüpfte los. Dabei flatterte ihr Magen wie verrückt, und das tat er bestimmt nicht, weil sie gleich Claas traf.

7. KAPITEL

Anna Jong hatte Ben eine schlaflose Nacht gekostet. Irgendetwas hatte sie an sich, das ihn provozierte. Und rührte. Hätte es diesen weichen, verletzlichen Moment nach seiner Abfuhr nicht gegeben, er würde sie für burschikos und frech halten. Aber da war mehr. Und das gefiel ihm nicht.

Ben hatte hier eine Aufgabe. Eine neue Aufgabe, von der seine Zukunft abhing. Endlich, nach über drei Jahren, hatte er die Vergangenheit hinter sich gelassen. Er müsste schön blöd sein, sich neue Komplikationen ins Haus zu holen.

»Übrigens kann es sein, dass ihr heute keine Brötchen geliefert bekommt«, gab er laut und deutlich zum Besten, als er – nach einer kalten Dusche – die Treppe hinab lief und Claas in der Halle traf.

Augenblicklich wurde das Rumoren der Handwerker leiser.

»Wie jetzt? Anna hat doch gesagt, dass sie kommt.« Claas sah ihn misstrauisch an. »Sag nicht, dass du drüben warst und unser Frühstück abbestellt hast, damit wir schneller vorankommen. Das kannst du knicken, das sage ich dir gleich. Ohne gute Grundlage bin ich für nichts zu gebrauchen.«

Das kam für Ben nicht überraschend. Sein Bruder war noch nie von einem Tisch aufgestanden, solange sich darauf befand, das auch nur annähernd unter die Kategorie Lebensmittel fiel. Oder die Reste von Lebensmitteln. Oder Krümel.

»Anna hatte gestern einen Zusammenstoß mit Kruimel, der ihr nicht so gut bekommen ist. Ich weiß nicht, ob sie sich fit genug fühlt, um für euch das Frühstück zu machen.«

Sie hatte es zwar versprochen. Aber bekanntlich klaffte zwischen guten Vorsätzen und der Realität oft ein unüberwindlicher Spalt. Und wer wusste schon, wie sich ihr Knöchel über Nacht entwickelt hatte?

»Präzisiere ›Zusammenstoß‹ und ›nicht so gut bekommen‹«, verlangte Claas, wobei er jetzt auch noch die Augen zusammenkniff. Es fehlte nicht viel, und er würde Ben einen Haken verpassen.

»Dein Brötchen-Mädchen hat einen lädierten Knöchel und ein aufgeschürftes Bein. Gestern Abend konnte sie sich nur mit Krücken bewegen.«

»Aha, und wie hat Kruimel das geschafft?«

»Herrje, Claas, er ist mir abgehauen, hat sie im Dunkeln angesprungen, sie ist der Länge nach hingefallen und ...«

Mitten in seinen Satz hinein pochte jemand derart energisch gegen die Haustür, dass Ben Angst bekam, der frische, blutrote Schellacküberzug könnte vom Holz abplatzen. Mit drei schnellen Schritten war er bei der Tür und konnte gerade noch ausweichen, als Anna erneut mit erhobener Krücke gegen die Tür bollern wollte.

»Ich bin nicht taub, aber du könntest mir Gelegenheit geben, mich zur Tür zu bewegen, bevor du sie demolierst«, grollte er und sah sie sich genauer an.

Anna hatte ihr Haar zu einem hohen Zopf gebunden. Zu einem hellen Top trug sie einen weit schwingenden Rock aus einem weichen Material, der bestimmt nicht über dem

Verband spannte. Sie war wirklich hübsch, auch wenn sie ihn denkbar finster ansah.

»Nicht meine Schuld, dass ich nicht lange stehen kann. Ich sage das nur für den Fall, dass du mir eine ausufernde Predigt halten willst. Da müsste ich mich dann nämlich auf die Verandastufen setzen, damit ich während des Monologs nicht umkippe.« Eisig. Ihre Stimme war so eisig, dass sie klang wie ein paar Eiswürfel, die gegen ein Glas klirrten.

Außerdem ließ sie Ben gerade ziemlich dumm aussehen, was ihn so ablenkte, dass er die Männer hinter ihr erst jetzt bemerkte. Zwei von ihnen trugen große, mit Folie bedeckte Servierplatten. Der dritte hielt in jeder Hand einen riesigen Zapf-Behälter, in denen vermutlich der von Claas versprochene Kaffee war.

»Tut mir leid, ich habe schlecht geschlafen. Komm doch erst mal rein.« Er sah über Annas Schulter. »Und Sie natürlich auch. Am besten wir stellen die Brötchen ... äh.« Hilfesuchend sah er sich nach Claas um, der bereits auf Anna zugestürzt war.

»Stellt einfach alles auf den Tresen da vorn, wir bedienen uns dann schon«, rief er den alten Männern zu.

»Wie kommen die Platten zurück?«, wollte einer von ihnen wissen.

»Bringen wir später rüber. Ich begleite Anna, damit sie gut ankommt«, verkündete Claas breit grinsend.

Bens Mundwinkel fielen ins Bodenlose. Wieso hatte sich das Verhältnis umgekehrt? Seit wann war Claas – der Quatschkopf Claas – der Fürsorgliche? Und weshalb stand er selbst da wie ein sturer, übellauniger Vollidiot?

Normalerweise war es umgekehrt. Wenn man zehn Leute zu Ben und Claas befragte, kam bei Bens Charakterisierung sehr wahrscheinlich in zehn Fällen das Wörtchen charmant vor, während die herausstechendste Eigenschaft seines Bruders ein gewisser Hang zur Hemdsärmeligkeit war. Dass Claas sich nun als treu sorgender Retter aufspielte, war lachhaft.

»Mein Hund hat sie umgerannt, also kümmere ich mich auch darum, dass sie wohlbehalten wieder nach drüben kommt«, ließ Ben ihn vielleicht eine Spur zu scharf wissen.

Dann wandte er sich an Anna. »Im Wintergarten sind die Folien schon entfernt und die Möbel stehen. Möchtest du dich dort setzen? Da kannst du in aller Ruhe Gläser und Geschirr polieren und dein Bein hochlegen.«

Sie sah ihn durchdringend an. Für Bens Geschmack einen Moment zu lange. Er mochte sie nicht gut kennen, aber gut genug, um zu wissen, dass sich auf ihrer spitzen Zunge gerade etwas zusammenbraute, das er sich bestimmt nicht vor den Arbeitern und seinem Bruder sagen lassen wollte.

»Wir können da reden. In Ruhe!«, erklärte er eindringlich.

Langsam schritt er neben ihr durch die Verbindungstür, die aus der Halle in den Wintergarten führte. Tatsächlich war er ziemlich stolz gewesen, als er den Raum heute Morgen zum ersten Mal ohne Vlies und Planen und bestückt mit Möbeln gesehen hatte.

Das schwarz-weiße Schachbrettmuster am Boden war erhalten geblieben. Passend dazu hatte Claas die Wände bis in Hüfthöhe mit Holz vertäfelt und ihm einen schwarzen, hochglänzenden Anstrich verpasst. Darüber ragten schwarz-weiß gestreifte Tapeten bis hinauf zu der mit viel Stuck verkleideten Decke.

Das Highlight waren jedoch die Fenstertüren. Die Originale hatten eine einfache Verglasung gehabt und waren nicht zu retten gewesen. Aber Claas hatte jemanden gefunden, der sie nachgebaut hatte. Oben waren sie halbrund und mit einer Art Deco-Muster versehen, im unteren Bereich waren die Scheiben der Flügeltüren in Rechtecke unterteilt. Es war atemberaubend, zumal die gesamte Front und jeweils die Hälfte der seitlichen Wände nur aus diesen Türen bestanden, die man im Sommer zum Garten hin öffnen konnte.

Der Wow-Effekt packte auch Anna, die auf ihre Krücken gestützt stehen geblieben war. »Bisher waren die Scheiben von außen mit schwarzer Plane verhängt. Ich sehe das zum ersten Mal.«

Ben fühlte ein Lächeln an seinen Mundwinkeln zupfen. »Claas hat ein gutes Händchen für so etwas. Normalerweise übernimmt er mit seiner Firma keine Fremdaufträge, sondern arbeitet nur auf eigene Rechnung.«

»Was macht er denn?« Anna, die sich wieder in Bewegung gesetzt hatte, hinkte zu dem Stuhl, den Ben ihr fürsorglich zur Seite zog, so dass sie sich setzen konnte.

Ben stutzte. »Hat Claas dir das nicht erzählt? Eigentlich kriegt er sich nicht mehr ein, wenn er von sich reden kann.«

Ein wenig verschämt senkte sie den Blick. »Sag's ihm bitte nicht, aber er redet sehr ... viel. Und da ich mich in der Pension noch einarbeite, habe ich den Kopf manchmal so voll mit organisatorischen Dingen, dass ich nicht immer alles mitkriege.«

Ben nickte wissend, denn er konnte es ihr nicht verdenken. Er selbst blendete Claas endlose Monologe ja oft genug aus.

»Angefangen hat er mit einer Ausbildung zum Installateur, die er knapp nach sechs Monaten geschmissen hat. Es folgten mehrmonatige Stationen bei einem Fliesenleger, in einem Dachdeckerbetrieb und als Elektriker, bis er eine Lehre zum

Schreiner begonnen und sogar abgeschlossen hat. Nur wurde ihm auch das zu öde. Irgendwann hat er dann so eine amerikanische Doku-Serie gesehen: »House-Flipping«. Die Leute kaufen heruntergekommene Häuser in guten Gegenden, entkernen sie, richten sie geschmackvoll her, bauen neue Bäder und Küchen ein und verkaufen sie mit hohem Gewinn weiter. Das hat ihn sofort begeistert, zumal er da all seine Kenntnisse anbringen kann. Ich glaube, er macht das jetzt seit vier oder fünf Jahren und ist sehr erfolgreich. Meist arbeitet sein Team parallel an mehreren Objekten. Dabei ist er so perfektionistisch, dass er neben dem Job sogar drei Semester Innenarchitektur studiert hat, allerdings wurde ihm auch das zu öde und er hat es geschmissen. Wenn du jetzt wissen willst, wie es sein kann, dass er eine Firma führt und trotzdem nicht in der Lage ist, den Termin für die Fertigstellung meiner Wohnung zu halten – normalerweise arbeitet er selbstbestimmt. Erst wenn das Haus fertig ist, bietet er es zum Verkauf an. Wenn er trödelt, ist das allein sein Problem, weil die Kreditkosten in die Höhe schießen, was zu Lasten seines Gewinns geht.«

Anna hatte sprachlos zugehört. »*Das* macht er?«

Ben fuhr sich über das Gesicht. »Äh, jetzt sag nicht, dass du auch daran etwas auszusetzen hast?«

»Habe ich gar nicht, aber ich war bis vor ein paar Wochen in einem Maklerbüro tätig. Da sollte ich eigentlich schon von ihm gehört haben. Seltsam, dass ich ihn nicht kenne, wenn er regelmäßig Objekte kauft.«

»Liegt vermutlich daran, dass er sich mit seinen Projekten auf Amsterdam und Utrecht konzentriert. Da werden Traumpreise für gut sanierte Häuser gezahlt. In welchem Maklerbüro warst du denn? Eins hier am Ort?« Vielleicht kannte Ben es ja, Noordwijk verfügte über wenige Agenturen und die hatte er auf der Suche nach dem passenden Objekt alle abgeklappert.

Anna seufzte, so dass er sich wie ein besonders hoffnungsloser Fall fühlte. Nicht, dass sein Ego das nicht aushielt. Doch da war irgendetwas in ihm, das wollte, dass sie anders von ihm dachte. Besser.

»Ich war bei der Agentur, bei der du dieses Hotel gekauft hast. Nur habe ich dich nicht gleich erkannt. Mein Chef Pieter hat dich betreut, richtig?«

Den Kopf zur Seite geneigt, musterte er Anna. Wenn sie in dem schicken Büro gearbeitet hatte, wie war sie dann in der schäbigen Bruchbude nebenan gelandet?

Als er gestern durch das Seemannsheim marschiert war und die Blutspritzer vom Boden entfernt hatte, waren ihm an allen Ecken und Enden Dinge aufgefallen, die repariert werden mussten. Hier eine Tür ohne Klinke, da ein paar morsche Bodendielen. Tapeten, die sich an den Kanten von der Wand ablösten, Fußleisten, die nicht ordentlich befestigt waren. Er hätte zu gern gewusst, weshalb sie sich für ihre berufliche Neuorientierung gerade diese seltsame Mischung aus Seemannsheim und Pension ausgesucht hatte. Aber wenn er sie das fragte, bekam sie es fertig und zog ihm die Krücke über den Kopf.

»Wie auch immer«, er probierte ein Lächeln. »Jetzt bist du hier und hilfst mit. Und vielleicht fangen wir ja noch einmal von vorn an. Ich bin Ben, meinen Hund hast du kennengelernt und wenn du ihm mal im Dunkeln auf der Straße begegnest, lehn dich besser irgendwo an, weil du sonst nach seiner freudigen Begrüßung aussiehst, als hätte dich ein Zug gerammt.«

Sie nahm es anscheinend so auf, wie er es gemeint hatte, denn sie sah ihn mit ihren klugen blauen Augen lange an, ehe sie mit großer Ernsthaftigkeit nickte. »Von mir aus probieren wir es. Mein Name ist Anna, mit Zurückweisung komme ich nur in homöopathischen Dosen zurecht. Sind sie großkotzig und arrogant, bin ich gelegentlich nachtragend. Ansonsten bin ich Geschäftsführerin einer Pension und verzeihe Hunden schneller als Menschen, vor allem wenn Letztere nicht gelernt haben, sich zu entschuldigen.«

Ben hob überrascht die Brauen. »Habe ich nicht?«

Anna verschränkte die Arme vor der Brust, trotzdem wirkte sie plötzlich weniger verschlossen. Anscheinend wollte sie auch, dass es funktionierte und sie sich wenigstens wie Nachbarn begegnen konnten.

Bitte, sie sollte ihre Entschuldigung haben. Möglich, dass es ein wenig drüber war, aber Ben stand auf, ließ sich auf ein Knie sinken und griff nach ihrer Hand. Ihre Wärme traf ihn gänzlich unvorbereitet. Fast wäre er vor diesem leichten Kribbeln zurückgezuckt. Dann räusperte er sich. »Es ist meine Schuld, dass der Hund ausgebüxt ist, denn ich habe nicht aufgepasst. Könnt Ihr mir noch einmal verzeihen, holde Maid?«

In ihren Augen blitzte ein humorvoller Funke auf, der ihm gefiel. »Ich werde darüber nachdenken. Einstweilen dürft Ihr Euch erheben.«

Ben richtete sich lachend wieder auf. Dass Anna einstimmte und ebenfalls leise lachte, gab ihm ein unerwartet gutes Gefühl. »Kann ich dich mit den Geschirrbergen allein lassen und mir ein paar Brötchen sichern, bevor alles weggefuttert ist?«

»Kannst du. Freu dich nur nicht zu sehr auf den Kaffee. Der ist ... nun, du wirst es schon merken.« Anna wandte sich ab und besah mit großen Augen die Massen an Porzellan, die vor ihr auf dem Tisch lagen.

Ben selbst hatte sich, noch bevor die Arbeiter eingetroffen waren, aus dem Bett gequält, um die Lieferung auszupacken. Anschließend hatte er im Hotel nach den Möbeln gesucht und gestaunt, wo sein Bruder all das Zeug verstaut hatte. Aber es war alles da.

Am meisten war er auf den Anbau gespannt. Früher – das wusste er von Jan de Fries – hatte es dort regelmäßig Tanzveranstaltungen gegeben, zu denen der halbe Ort ins Dünen-Viertel gepilgert war. Tja, wenn das Hotel nicht lief, konnte Ben immer noch ein öffentliches Schwimmbad daraus machen.

Rasch schnappte er sich Brötchen und zwei Becher Kaffee. Claas war nicht zu sehen. Also gesellte er sich gut gelaunt zu ein paar Handwerkern, die es sich auf der Treppe gemütlich gemacht hatten. Keine gute Idee, denn kaum erkannten sie Ben, verstummte das Gespräch über die Zimmerpreise.

»Wenn es nicht ausgerechnet in der Saison sein muss, können wir uns auf einen Nachlass einigen«, warf er ein.

Was mit einem Schnauben quittiert wurde. »Nett gemeint, aber wenn ich meiner Frau sage, was für ein Nobelschuppen das ist, rennt sie gleich los, um sich etwas Passendes zum Anziehen zu kaufen. So dicke hab' ich's nicht.«

Ben war das unangenehm. Ein schickes Hotel zu führen, war das eine. Aber in den Worten des Mannes schwang mit, dass er Ben für einen Snob hielt. »Wie wäre es, wenn ihr euch ein Wochenende nach den Sommerferien aussucht? Eins, das ihr euch alle freihaltet. Da blocke ich das komplette Hotel und ihr seid ganz unter euch. Dann tun es für die Frauen auch ein paar Jeans und ein einfaches Kleid.«

»Klasse, das würdest du echt machen?«, wollte ein anderer Mann wissen. Seine Kollegen sahen ebenfalls skeptisch drein, als wäre damit zu rechnen, dass Ben im nächsten Moment »April, April« rief.

»Na ja«, wiegelte Ben ab, »das Hotel steht ganz am Anfang. Ich habe keine Stammkundschaft, die ich damit verprelle. Also ist außerhalb der Saison wahrscheinlich sowieso nichts los und ihr tut mir einen Gefallen, wenn ihr die Zimmer für einen günstigen Preis nehmt.«

»So gesehen ist es also kein Almosen?« Ben kannte den älteren Mann vom Sehen. Er musste zu Claas' Stammmannschaft gehören.

»Nein, ihr seid mir nichts schuldig, wenn ihr es annehmt. Ich würde mich sogar freuen.«

Alle waren sich einig, auf das Angebot zurückkommen zu wollen. Dann herrschte gefräßige Stille. Ben trank einen Kaffee – der wirklich grauenvoll schmeckte –, griff sich den zweiten Becher und ging erneut in den Wintergarten.

Dort empfing ihn glockenhelles Gelächter, das offensichtlich nicht ihm galt. Claas hatte es sich Anna gegenüber gemütlich gemacht. Die Ellbogen aufgestützt, hatte er sich weit vorgelehnt und redete auf sie ein.

Was er da von sich gab, bekam Ben nicht mit, denn sein Blick klebte an Anna, die seinen Bruder anstrahlte, als wäre er eine Erscheinung. Sie schien Ben gar nicht zu bemerken, während sie schon wieder in glockenhelles Gelächter ausbrach. »Selbst wenn uns deine Firma einen Freundschaftspreis mit Rabatt, Skonto und zwanzig Prozent Willkommensrabatt für Neukunden macht, können wir uns die Renovierung der Pension nicht leisten.«

»Wieso? Du könntest die Preise anschließend deutlich erhöhen und hättest trotzdem die doppelte und dreifache Auslastung.«

»Was reinkommt, geht in die Stiftung, die die Seemänner bezuschusst. Da bleibt nichts übrig, um einen Renovierungskredit zu tilgen. Abgesehen davon wären piekfeine Hotelgäste wohl kaum von Shantys singenden Senioren im Blaumann begeistert.« Anna nickte in Richtung des Besteckbergs in der Tischmitte. »Wenn du hier schon rumsitzt, schnapp dir ein Poliertuch und fass mit an. Ich wusste nicht, dass ihr so viel Geschirr für die Bilder braucht.«

»Das liegt daran, dass wir eine Hochzeitstafel herrichten wollen. Pro Gedeck vier Gläser, acht Besteck- und sieben Porzellanteile und das mal zwanzig.«

»Wow, darf ich den Tisch decken? Und ihn anschließend dekorieren?«, fragte Anna und wirkte dabei sehr unternehmungslustig.

Ben lehnte sich in den Türrahmen, verschränkte die Arme vor der Brust und hörte den beiden zu. Nicht, dass es ihn interessierte, was Claas zu sagen hatte. Aber Anna so gelöst zu sehen, gefiel ihm. Sie wirkte leicht und beschwingt, gar nicht mehr die biestige Kratzbürste, die wegen einer Abfuhr nachtragend war.

Sie gefiel Ben. Sehr sogar. Zumal sie den Zusammenstoß mit Krümel ziemlich locker wegzustecken schien.

Trotzdem, er wollte keinen Flirt. Die volle Wucht des Wahnsinns seiner letzten Beziehung hallte ja jetzt noch in seinem Leben nach. Er musste nur einen freundschaftlich-nachbarschaftlichen Modus finden, um mit Anna zurechtzukommen. Dann ließ sie sich vielleicht auch dazu bewegen, die albernen Lichterketten abzunehmen.

Überhaupt war das Grundstück der Pension bei Licht betrachtet erbarmungswürdig. Nur konnte er keinen neuen Sichtschutz brauchen. Wer viel Geld für einen Platz in seinem

Restaurant hinblätterte, wollte nicht auf einen Bretterzaun starren, sondern die Dünenlandschaft sehen.

Aber wie bekam er Anna dazu, die altbackenen, gusseisernen Kaffeehausstühle aus ihrem Garten fortzuschaffen und die Fläche hübsch zu begrünen? Er würde nett zu ihr sein müssen. Verdammt nett, falls er wollte, dass sie das tat. Wenn er es nicht richtig verpackte, reichte vermutlich schon der Vorschlag und sie würde an die Decke gehen, weil er an ihrem Garten herumnörgelte.

Nein, danke! Keine weiteren Diskussionen mit ihr. Aber er konnte mit Claas sprechen. Vielleicht machte der ihr die Idee, ihren Garten zu entrümpeln, ja schmackhaft.

8. KAPITEL

Ben stieß sich vom Türrahmen ab und schlenderte in den Wintergarten. Dort waren Claas und Anna immer noch derart vertieft in ihr Gespräch, dass sie ihn erst bemerkten, als er an den Tisch trat.

»Wann kommen denn die Blumen?«, wollte Ben wissen.

»Gegen zehn. Ich habe Rosen in allen möglichen Rosé- und Rot-Schattierungen bestellt. Anna meint, damit könnte sie etwas anfangen.«

Ben verspannte sich, was ihm wieder mal deutlich machte, wie sehr er momentan unter Strom stand. »Du hast keine fertigen Sträuße oder Gestecke bestellt?«

»Nope. Aber verlass dich auf Anna. Sie sagt, sie kriegt das hin.«

Prompt nickte sie, wobei ihr blonder Pferdeschwanz wippte. »Kriegt sie. Vorausgesetzt, ich bekomme einen Strauß, wenn ihr mit den Bildern fertig seid. Bis zur Eröffnung verwelken die Blumen bei euch ja nur.«

Claas feixte. »Bittest du mich gerade um einen Bund roter Rosen? Steckt vielleicht doch eine verkappte Romantikerin in dir?«

»Wenn überhaupt bittet sie mich darum. Schließlich bekomme ich die Rechnung und ich schenke sie ihr gerne.«

Kaum war es heraus, überlegte Ben, kurz vor die Tür zu gehen, um sich selbst ein paar Ohrfeigen zu verabreichen. Nur um wieder zu klarem Verstand zu kommen. Wer war er? Der verdammte Rosenkavalier? Und wieso plusterte er sich in Annas Gegenwart eigentlich so auf? Wenn er nicht jeden Tag vor ihr auf die Knie fallen und einen Neuanfang vorschlagen wollte, wurde es Zeit, dass er sich in den Griff bekam. Für den Anfang räusperte er sich und sah Claas an, der es vor lauter Schwatzhaftigkeit tatsächlich geschafft hatte, ganze vier Besteckteile zu polieren.

»Wie wäre es, wenn wir uns jetzt das Schwimmbad vornehmen? Als ich vorhin drüben war, lag die Plane noch über dem Wasser und es stand keine einzige Liege am Pool.«

»Würdest du wieder für ihn arbeiten? Freiwillig meine ich?«, fragte Anna provokant, doch dabei sah sie nicht Claas, sondern Ben an und in ihren Augen blitzte der Schalk.

»Er bezahlt mich dafür. Andererseits ist es nicht so viel, dass ich die psychische Belastung ausblenden kann. Aber was soll ich tun? Er ist Familie«, proklamierte Claas mit so großer Theatralik, dass Ben ihm liebend gern den Kopf abgerissen hätte, denn es machte die verkrampfte Situation zwischen ihm und Anna nicht besser.

Aber bitte, dann stieg er eben darauf ein und spielte mit. »Was du hier leistest, verbuche ich nicht unter Arbeit, sondern als meinen therapeutischen Beitrag zu deinem Leben. Du lernst, deinen Alltag zu strukturieren und zu festgelegten Zeiten essen zu fassen. Und du darfst dich freuen, wenn du dieses Camp erfolgreich absolvierst, bekommst du von mir eine Urkunde.«

»Wow, was wird draufstehen?«, wollte Anna wissen.

»Bald bin ich erwachsen – Modul I.«

Claas, der daran gewöhnt war, bei Familienfeiern von Ben und seinen Cousins hochgenommen zu werden, machte eine wegwerfende Geste. »Lass dir etwas Neues einfallen.«

»Du meinst eine neue Aufgabe? Gern! Lass uns endlich die Planen abnehmen. Ich bin gespannt, wie der Spa-Bereich aussieht. Nicht dass du dich bei der Einrichtung vom Amsterdamer Rotlichtviertel hast inspirieren lassen.«

Anna, die ihren kleinen Schlagabtausch lächelnd verfolgt hatte, schüttelte den Kopf, während sie leise das Wörtchen *Spa-Bereich* wiederholte, als könnte sie nicht so recht glauben, dass es so etwas in ihrer Nachbarschaft gab.

Claas hingegen zeigte sich eingeschnappt. »Hey, du kannst dich gern über mich lustig machen, aber meine Arbeit ist mir heilig. Jede Wette, dass du noch kein cooleres Spa gesehen hast. Zumindest nicht hier in Noordwijk. Ich habe sie alle abgeklappert.«

Ben traute seinen Ohren nicht. »Hast du?«

»Klar, ich habe mir einige Hotelübernachtungen gegönnt und alles unter die Lupe genommen. Macht mir nichts, wenn du mich wie einen Idioten behandelst, aber das heißt nicht, dass ich auch einer bin.« Er boxte Ben leicht in die Seite und grinste breit. »Komm mit, ich freue mich schon den ganzen Morgen darauf, dass du es siehst. Wir mussten ein wenig am Denkmalschutz vorbei arbeiten, um den Anbau zu erweitern und das optimal hinzukriegen. Du wirst begeistert sein.«

Irgendetwas sagte ihm, dass Claas es ernst meinte. Und dass er, wenn die Enthüllungen des Tages vorbei waren, anders über seinen Bruder denken würde.

Claas‘ bisherige Projekte kannte er nur von Bildern. Irgendwie hatte es sich nie ergeben, dass er sich eins der fertigen Häuser vor dem Verkauf hätte ansehen können.

Andererseits war das, was er bisher in seinem eigenen Hotel gesehen hatte, der pure Luxus. Die fein verputzten Wände in der Halle waren in einem matten Brombeerton lasiert. Die Fußleisten hatten den Ton dunkler Beeren, während auch dort das schwarz-weiße Schachbrettmuster am Boden geblieben war. Man sah, wo gesprungene Fliesen aufwendig ausgebessert worden waren. Doch es wirkte nicht wie eine schäbige Verlegenheitsreparatur, sondern verlieh dem Raum einen ganz eigenen Reiz. Zumal die mit übergroßen Beeren versehene Tapete hinter dem Empfangstresen und die farblich abgesetzten Stuckornamente unter der Decke Claas‘ Werk die Krone aufsetzten. Von dem strassbesetzten Kronleuchter, dessen Metallteile zu einem riesigen Knoten verschlungen waren, und den brombeerfarbenen Samtsofas, die Ben in einem Laden nie ausgesucht hätte, ganz zu schweigen.

Es war Jan de Fries gewesen, der ihm geraten hatte, Claas die Einrichtung zu überlassen. Ben hatte das nicht behagt, aber schließlich hatte er de Fries‘ Urteil vertraut. Zum Glück, wie sich jetzt herausstellte.

Im Spa war es nicht anders. Als endlich alle Folien entfernt waren, stand Ben mit offenem Mund da. Vor einer Natursteinwand floss ein Wasserfall, der in Intervallen die Farbe wechselte.

Das gleiche Lichtspiel war diskret am Rand des Pools montiert, so dass der Raum lebendig wirkte. Was ihm aber noch viel mehr gefiel, war, dass Claas den Pool nicht gänzlich in den Boden eingelassen hatte. Es gab eine Kante mit einer umlaufenden Stufe, so dass das Becken schön hervorgehoben war. Dort, wo die Glasscheibe das andere Ende des Pools begrenzte, wirkte es, als würde das Wasser über die Kante in den Garten fließen.

Ben rieb sich die Augen. Wenn der Rest seines Hotels auch nur annähernd hielt, was die ersten Räume versprachen, würde er klaglos zwei weitere Monate auf der Matratze nächtigen. »Ich schätze, ich sollte mich ab sofort mit meinem Spott zurückhalten?«

»War das so etwas wie ein Kompliment? Falls ja – ich habe nicht wirklich damit gerechnet, aus deinem Mund eins zu hören. Außerdem gefällt es mir ganz gut, unterschätzt zu werden. Wäre ja nicht auszuhalten, wenn ich plötzlich der Super-Bruder wäre, dem alles gelingt und der nie ein ernsthaftes Problem hat.« Es war kaum heraus, da ging Claas auf, eine rote Linie überschritten zu haben. Hektisch fuhr er herum und sah Ben bedauernd an. »Hey, tut mir leid. Ich habe nicht mehr dran gedacht. Drei Jahre sind eine lange Zeit und ... Shit, ich bin einfach ein Idiot.« Claas zog den Ärmel seines Shirts hoch. »Hier, du darfst mich schlagen.«

Ben, den der lapidare Satz bis ins Mark getroffen hatte, sah ihn an und nickte. »Schon gut.« Aber das stimmte nicht.

Nur war das nicht Claas‘ Problem. Damit musste Ben allein klarkommen – wie er sich die Suppe damals auch selbst eingebrockt hatte. »Zeigst du mir noch den Massageraum und die Beauty-Lounge?«, lenkte er vom Thema ab.

Er wollte jetzt nicht über Eline sprechen. Zumal es nichts zu sagen gab, weil sich schlicht nichts änderte. Ein Tag war wie der andere seit diesem einen verfahrenen Fehler, den Ben nie mehr würde gutmachen können.

»Klar, ich zeige dir, was auch immer du willst.« Claas lief so eilig voraus, dass es wie eine Flucht wirkte.

Ben ließ ihn Abstand gewinnen und ging dann langsam hinterher. »Sag mal, weißt du, wie Anna in diesem Seemannsheim gelandet ist?«

»Insolvenz.«

»Wie? Die Pension ist pleite?« Wundern sollte ihn das nicht. Schließlich sah das Haus aus, als hätte sich nach einem Tornado niemand die Mühe gemacht, feucht durchzuwischen.

»Nicht das Seemannsheim. Da ist alles okay. Aber das Maklerbüro, in dem sie gearbeitet hat, das ist pleite gegangen. Für Anna war das ein ziemlicher Gau. Sie hat bis zum Schluss nicht glauben wollen, dass die Lichter ausgehen. Dann war der Laden von einem Tag auf den anderen zu und Jule ... äh, du kennst die Freundin von Jan de Fries?«

»Klar.« Ben nickte.

»Also Jule hat ihr dann den Job besorgt, weil Anna sich auch ihre Wohnung nicht mehr leisten konnte. Hat wohl die letzten Monate erhebliche Teile ihres Lohns nicht bekommen. Sie ist noch nicht lange da. In der ersten Woche hatte ich den Eindruck, dass sie am liebsten gleich wieder ausziehen würde. Aber mittlerweile scheint es ganz gut zu laufen mit den alten Leutchen.«

»Damit meinst du die Seemänner?«, hakte Ben nach.

»Jup. Du hast sie ja gesehen. Sie fressen ihr aus der Hand. Stellt sich die Frage, wie lange das da drüben noch gutgeht.«

Ben, der mittlerweile dazu übergegangen war, Planen von Behandlungsliegen und Wänden zu entfernen, hielt inne. »Was meinst du damit?«

»Na, die Denkmalschützer und die Leute vom Bauamt waren nicht nur einmal hier auf der Baustelle. Und natürlich haben die gesehen, in welchem Zustand das Haus da drüben ist. Begeistert waren sie nicht. Du weißt ja selbst, was dich der Spaß hier kostet und im Seemannsheim ist der Sanierungsstau nicht kleiner. Im Prinzip muss da auch alles raus, bevor man anfangen kann, etwas Zeitgemäßes einzubauen. Wenn du mich fragst, ich würde mich nicht wundern, wenn Anna demnächst der Brandschutzinspektor ins Haus schneit.«

Unerklärlicherweise schlug Bens Herz schneller. »Was könnte im schlimmsten Fall passieren?«

»Fragst du mich das ernsthaft?«

Ben strich sich das Haar aus dem Gesicht. »Frage ich je anders?«

»Nope, aber ich dachte, das ist offensichtlich. Wenn es ganz hart kommt, entziehen sie ihr die Beherbergungslizenz und machen den Laden dicht.«

»Und was wird aus den alten Leuten?«

»Wir sind hier nicht im Urwald. Überall im Land stehen Seniorenheime. Es gibt staatliche Stellen, die Zuschüsse verteilen. Rechne es dir aus.«

Ein Frösteln rann über Bens Rücken, dabei war es beileibe nicht sein Problem. Wenn jemand das Haus kaufte und Geld in die Hand nahm, um den Kasten zu sanieren, war es sowieso besser für ihn – und für sein Hotel. Aber so einfach war es nicht. »Weiß Anna das? Hast du ihr auch so deutlich gesagt, was ihren Senioren droht?«

Claas seufzte. »Ich mag sie. Sehr sogar.«

»Was meine Frage nicht beantwortet«, gab Ben ungeduldig zurück.

»Sieh es dir doch an. Sie kann das gar nicht ignorieren.«

»Du hast also nicht mit ihr darüber gesprochen?« Herrje, sie redeten gerade davon, dass demnächst Anna und höchstwahrscheinlich auch ihre fidelen Senioren obdachlos werden würden. »Wie kannst du so gelassen sein?«

»Das bin ich nicht«, stöhnte Claas. Und da war nichts mehr von dem hyperaktiven Kindskopf, den Ben bis jetzt in ihm gesehen hatte.

Wann hatte er sich zuletzt die Mühe gemacht, ein ernsthaftes Gespräch mit ihm zu führen? Wann hatte er zum letzten Mal richtig hingehört? Er wusste es. Das war drei Jahre und dreizehn Tage her, denn exakt an diesem Tag hatte er dichtgemacht und nichts mehr wirklich an sich herangelassen.

»Und wieso redest du dann nicht mit ihr?«

Claas legte den Kopf schief. »Ich weiß zwar nicht, wieso dich das so aufregt, aber die Menschen sind komisch. Ich habe in den letzten Jahren mehr als dreißig Häuser gekauft. Teils windschiefe Hütten, die den Besitzern fast über den Köpfen zusammengefallen sind. Trotzdem wollten sie nicht verstehen, warum ich ihnen ihre Immobilien nicht zu Fantasiepreisen abkaufe.«

»Und daraus hast du irgendeine Schlussfolgerung gezogen?«

»Klar, Mann. Leute hängen an der Idee, dass die Dächer über ihren Köpfen sicher sind. Dass sie in ihren Häusern geschützt und unangreifbar sind. Da sieht man schon mal über morsche Balken und ein leckes Dach hinweg und stellt vor dem Fönen den Fernseher ab, weil sonst die Sicherung herausspringt. Vor allem, wenn man keine Alternative hat. Anna hat mir erzählt, dass ihre Eltern vor zwei Jahren ihre Tulpenzucht aufgegeben haben und zurück zur Familie ihres Vaters nach Süddeutschland gegangen sind. Sie hat hier niemanden. Außerdem sind Annas Ersparnisse so gut wie aufgebraucht, der lukrative Job ist weg. Und seit der Insolvenz klebt der schlechte Ruf des Büros an ihr, so schnell wird sie nichts anderes finden. Also tut sie, was Menschen tun: Sie arrangiert sich und klammert sich an den Gedanken, den freien Fall abgebremst zu haben, weil es da eine Lösung gibt. Dass die morsch und windschief ist, übersieht sie eben. Und falls du mich fragst, ob sie das überhaupt beurteilen kann: Sie mag keine Bauingenieurin sein – aber als Maklerin sollte sie trotzdem die offensichtlichsten Dinge erkennen.«

Ben dachte kurz darüber nach, dann zwang er sich zu einem Lächeln. »Wann hast du die Module ›Erwachsen werden zwei bis zehn‹ besucht? Irgendwie muss mir das entgangen sein.«

Claas räusperte sich und trat von einem Bein aufs andere. Dann öffnete er den Mund und klappte ihn wieder zu.

»Lass es raus, bevor du implodierst.«

Der Stoßseufzer, den sein Bruder tat, ging Ben durch Mark und Bein.

»Also?«

»Es hat dich nicht interessiert. Außerdem ging es dir mies genug. Ich dachte, wenn du dich besser damit fühlst, der große, verantwortungsbewusste Bruder zu sein, ist es für mich okay. Mein kleiner Beitrag, damit du mit deinen Schuldgefühlen zurechtkommst. Auch wenn ich finde, dass du die nicht haben musst. Das weißt du.«

»Wow, das gerade war dann wohl Modul elf?«

»Oder so.« Claas ballte die Hand zur Faust und boxte leicht gegen seine Schulter. »Du musst loslassen. Es war nicht deine Schuld und es liegt nicht in deiner Macht, etwas an dieser Misere zu ändern.«

Ben suchte noch nach einer Antwort, als er die Mischung aus klackernden Stöcken und Hüpfern hörte, die Anna ankündigten.

Claas und er sahen sich grinsend an, dann verließen die Brüder gemeinsam den Bereich mit den Behandlungsräumen und gingen zurück zum Pool, wo Anna stand und große Augen machte.

»Dir ist schon klar, dass du für die Schäden, die dein Hund verursacht, haftbar bist? Ich würde sagen, eine Zehnerkarte für dein Schwimmbad und wir sind quitt.«

Ben lachte. »Ist gebongt.«

»So leicht machst du es mir? Vielleicht sollte ich pro Woche, in der ich außer Gefecht bin, eine Karte verlangen.«

»Da es im gesamten Hotel nur elf Suiten gibt und die Leute sich nicht ausschließlich hier aufhalten, soll es mir recht sein. Komm zum Schwimmen, sooft du magst.«

Nun war es Anna, die ihn zweifelnd ansah.

Was war das, der Tag, an dem die Leute ihn bis aufs Mark durchleuchteten? »Was?«

»Du bist nett«, brachte sie argwöhnisch hervor.

Hinter ihm lachte Claas leise.

Ben ignorierte es. »Ich habe vorhin vor dir gekniet. Fließt das nicht in die Wertung ein?«

Anna schüttelte den Kopf, was den Zopf erneut fliegen ließ. So wirkte sie jünger, weniger sorgenvoll. Noch so eine Sache, bei der er vielleicht zu schnell geurteilt hatte. Was, wenn ihr das Erlebnis mit der Firmenpleite in den Knochen steckte? Ihrem Selbstbewusstsein hatte das bestimmt nicht gutgetan. Möglich, dass sie deshalb so nachtragend auf seine Abfuhr reagierte. Tja, in dem Fall stand er wahrscheinlich nicht weniger blöd da.

»Das vorhin war echt zu dick aufgetragen. Außerdem hast du mich holde Maid genannt, das bringt dir satte Punktabzüge.«

»Wie viel?«

»Ich würde sagen, die Hälfte ist weg.«

»Was wird das hier? So eine Art Flirt für Anfänger?« Claas schob sich in sein Sichtfeld und zwinkerte Anna zu. »Er ist reichlich aus der Übung. Wenn du dich an mich hältst, wird es leichter.«

»Was, wenn ich kein Stück Fleisch will, auf dem schon eine Hundertschaft Frauen herumgekaut hat?«

Ben verschluckte sich beinahe.

Claas fing sich schneller. »Soll das heißen, dass du meinen mürrischen Bruder ...« Er nahm sich die Zeit, Gänsefüßchen in die Luft zu malen. »Mir vorziehst? Und das nur, weil ich mich mit vollem Körpereinsatz reingehängt und geübt habe, um auf den Moment vorbereitet zu sein, in dem die Richtige in mein Leben schneit?«

Anna schnaubte. »Reingehängt? Bitte sag mir, dass es nicht so doppeldeutig gemeint war, wie es klang. Und nein, ich habe nicht gesagt, dass ich Ben vorziehe. Du musst besser zuhören: Zwischen den Zeilen steht lediglich, dass du raus bist.«

Claas griff sich ans Herz und tat, als würden ihm die Knie weich. »Und das sagst du einfach so? Ohne einen Trauerbegleiter zu engagieren, der mich in dieser schweren Stunde auffängt?«

Ben schmunzelte in sich hinein. Da war er wieder, der Kindskopf, als den er seinen Bruder kannte. Fast hatte er ihn vermisst.

»Wenn du jemanden brauchst, der dich aufrichtet, versuch es im Wintergarten. Da ist eine Luisa, die meint, du hättest sie herbeordert. Sie wirkte richtig geknickt, als sie gehört hat, dass sie nicht die Einzige ist.«

»Luisa«, plötzlich strahlte Claas. »Mein Glück, dass ich vorgesorgt habe. Sonst hätte ich wirklich mit deiner Abfuhr zu kämpfen.« Claas zwinkerte Anna zu, ehe er Ben auf die Schulter klopfte. »Ihr kommt sicher ohne mich klar. Dann kann ich mit Luisa raufgehen und die Zimmer vorbereiten. Aber nicht vergessen. Die Uhr tickt. In Amsterdam lädt die Fotografin ihr Auto wahrscheinlich gerade mit Equipment voll. Wenn ihr flirten wollt, verschiebt es auf später.«

Ben hätte ihn würgen können. Eben hatten Anna und er dieses Missverständnis aus Jules Bar hinter sich gelassen, da trampelte Claas – wenn auch unwissentlich – erneut auf dem Thema herum. Also tat Ben, was er schon zehn Jahre nicht mehr getan hatte, reckte den Mittelfinger in die Luft und hielt ihn seinem Bruder unter die Nase.

Lachend verdrehte Claas die Augen. »Ich empfehle Modul zwölf – da lernst du viel über Selbstbeherrschung.« Und einfach so, als wäre er tatsächlich der Erwachsene in ihrem kleinen Duo, ging er davon.

9. KAPITEL

Anna war vielleicht nicht der sensibelste Mensch auf Erden, aber sie besaß eine feine Antenne und die sagte ihr, dass sie gerade in ein wichtiges Gespräch geplatzt war. Nur hatte sie keine Ahnung, worüber die Brüder geredet hatten.

Stirnrunzelnd beobachtete sie Bens obszöne Geste. Auch wenn es seltsam war, es gefiel ihr. Endlich wirkte er nicht mehr steif und gezwungen, sondern so gelöst wie gestern, als er ihr zugeprostet hatte.

»Das mit der Zehnerkarte war übrigens ein Scherz. Du schuldest mir nichts. Jedem hätte der Hund weglaufen können.«

»Stimmt, aber mir ist es nun mal passiert und ich habe wirklich kein Problem damit, wenn du herkommst und das Spa nutzt. Nächste Woche sind ganze vier Zimmer vermietet. Da kommst du niemandem in die Quere.«

Anna freute sich ehrlich über seine Einladung. Trotzdem winkte sie ab. »So schnell wird das Bein nicht heilen.«

»Auch wieder wahr. Also komm einfach, wie du Zeit hast. Wenn es hier zu voll ist, versuchst du es halt ein andermal.«

»Was war vorher in dem Anbau?«

Ben erklärte es ihr. Und auch, dass die Denkmalschützer sich erst quergestellt und nur nachgegeben hatten, weil man das Schwimmbad von der Straße aus nicht sah. »Ich weiß nicht, wie Claas es geschafft hat, den Anbau zu erweitern, ohne dass es jemand merkt, aber er hat gut zwanzig Quadratmeter Fläche rausgeholt.«

»Und die Pläne stammen von Jan?«

»Ihr kennt euch?«

»Hm, Jule ist meine beste Freundin. Letztes Frühjahr habe ich ihr den Job als Kindermädchen bei Jan verschafft.«

»Den Rest hat sie hoffentlich allein hingekriegt?« Ben schmunzelte.

Davon war Anna so hingerissen, dass es einen Moment dauerte, bis ihr Hirn das Gehörte verarbeitete. »Wenn du meinst, ob ich bei ihren romantischen Dates Regie geführt habe – definitiv nicht. Jule hätte mir den Kopf abgerissen.« Anna machte kehrt und humpelte zurück in den Wintergarten.

Die Anerkennung, mit der Ben den Champagnerkübel bedachte, den sie mit einem üppigen Rosenbouquet in allen möglichen Schattierungen bestückt hatte, freute sie. Nun wollte sie weitere Blumen zurechtschneiden und sie in verschieden hohen Dessertgläsern zwischen den Gedecken verteilen. Auf der weißen Decke mit dem schicken Porzellan würde das toll aussehen. Zumal dazwischen jede Menge Kerzen aufragten.

Ben fragte unvermittelt: »Du meinst, sie ist wie du?«

Anna war so vertieft in die Betrachtung des Raumes, dass sie Ben nur mit halbem Ohr zugehört hatte.

»Was soll das denn heißen?«, fragte sie barsch, als die Bedeutung seiner Worte zu ihr durchdrang.

»Na, wenn du sagst, dass sie dir den Kopf abgerissen hätte – bei dir kann ich mir solch eine drastische Maßnahme auch sehr gut vorstellen.«

»Weil du gestern im Lager mit dem Verbandszeug meine Sammlung in Formalin eingelegter Häupter entdeckt hast?« Anna blies ein paar Haarsträhnen beiseite, die ihr in die Stirn gefallen waren. »Da muss ich dich enttäuschen. Eigentlich bin ich sehr friedfertig. Du hast mich einfach in ... sagen wir in einer schlechten Phase erwischt. Deshalb bin ich ein wenig dünnhäutig.« Anna war froh, dass es heraus war und er nun wusste, dass er nicht die Hauptursache für ihren Unmut war.

Je mehr Zeit sie mit Ben verbrachte, umso attraktiver fand sie ihn. Gar nicht snobistisch und großkotzig. Zwar irgendwie reserviert, aber einen Stock hatte er definitiv nicht verschluckt. Sie würde schon dahinterkommen, wieso sie seine Art so irritierte. Und faszinierte, denn es war leider nicht abzustreiten, dass sie sich langsam für ihn erwärmte.

»Gibt es in diesem Haus eigentlich irgendjemanden, der den Überblick hat, was für die Fotografin noch erledigt werden muss?«, wollte Anna wissen.

»Ja, mich!« Claas tauchte wieder neben ihnen auf und belegte Ben mit Beschlag. »Luisa ist schon oben und richtet die erste Suite mit Dekokram hübsch her. Als Nächstes müssen wir die Möbel für das zweite Zimmer zusammensuchen. Das kann dauern, weil sie überall im Haus verteilt sind. Kommst du?«

Anna sah den Brüdern nach. In Bens Gegenwart benahm Claas sich wie die kindische Version seiner selbst. Ja, er redete gern, auch ohne dass Ben dabei war. Aber sie hatte bereits ernsthafte Gespräche mit Claas geführt, die ihn als sensibel und guten Zuhörer auswiesen.

Dann ging ihr auf, wie seltsam es war, in so viele verschiedene Beziehungsgefüge hineinzuschlittern, seit sie in der Pension arbeitete.

In Pieters Büro war es anders gelaufen. Jeder hatte versucht, die Kollegen im Kampf um gute Kunden auszustechen. Selbst Hanna, die ältliche Sekretärin, hatte sich zu keinem Schwatz durchringen können. Dagegen war das Seemannsheim ein echter Gewinn. So schweigsam die Männer waren, sie gaben ihr das Gefühl, willkommen zu sein. Außerdem konnte sie dort auf High Heels und die förmliche Business-Kostümierung verzichten.

Vielleicht würde es ja doch ein schöner Sommer. Versonnen lächelnd steckte Anna Rosen in ein Gläschen und überlegte, wie sie es den Gästen der Pension angenehmer machen konnte. Ein aufblasbarer Pool zum Beispiel, der wäre etwas. Die Anschaffung war nicht teuer, das wusste sie. Aber was kostete eine Füllung mit Wasser? Und musste sie es chloren oder filtern oder sonst was, damit sich beim Planschen niemand eine Infektion zuzog?

Im Geiste machte sie eine Liste mit Kleinigkeiten, die kostengünstig waren und einen tollen Effekt hätten. Angefangen bei der Eingangstür, die einen frischen Anstrich vertragen konnte. Ebenso wie die Veranda, die völlig verwittert und nicht wirklich einladend war.

Sie schwatzte einem der Handwerker seinen Bleistift ab, riss ein Stück von einem leeren Geschirrkarton klein und notierte darauf alles. Ganz oben auf ihre Liste kam Dünengras, das gab es überall, sie musste nur ein paar hochgewachsene Büschel ausgraben und sie als Sichtschutz auf die Grundstücksgrenze setzen. Dann natürlich Bambus, denn der wuchs schnell und war genügsam.

Leider konnte sie ihre Eltern nicht fragen. Sie waren dank ihrer ehemaligen Tulpenzucht zwar gut mit anderen Gärtnern vernetzt, aber Anna hatte ihnen noch gar nicht gesagt, dass

Pieter pleite war und sie fast obdachlos geworden wäre. Sie wusste, die beiden würden sich in ihr Auto schwingen, herkommen und wieder auf sie einreden, damit Anna mit ihnen nach Süddeutschland kam. Wankelmütig, wie sie gerade war, gab sie am Ende klein bei.

Ihre Liste wuchs schnell. Der Hochzeitstisch und einer, den Anna für ein romantisches Dinner zu zweit gedeckt hatte, waren längst fertig, und noch immer hatte sie Ideen für kleine Veränderungen, die dem Haus zu einem Hauch mehr Glanz verhelfen konnten.

»Wow, das sieht toll aus.«

»Danke!«

»Hast du das gelernt?« Ben, der ungehört hereingekommen war, zog einen Stuhl beiseite und ließ sich ihr gegenüber nieder.

»Blumenarrangements habe ich in der Gärtnerei meiner Eltern schon als Kind gemacht. Und wie man Tische eindeckt, habe ich mir bei meinen Kellnerjobs neben der Uni abgeschaut.«

»Und was ist das da?« Ben wollte schon nach ihrer Liste greifen, aber Anna zog sie schnell weg. Angesichts seiner Totalsanierung wirkten ihre bescheidenen Ideen wie ein Flohmarktstand neben dem Chanel-Flagship-Store.

»Nur ein paar Notizen, die ich mir gemacht habe, damit ich nichts vergesse.«

»Was nicht vergisst?«, wollte Claas wissen, der nun auch in den Wintergarten geschlendert kam.

»Gibt es euch ab jetzt nur noch im Doppelpack? Es ist, als wärt ihr über Nacht an den Hüften zusammengewachsen.«

Ben lachte. »Glaub mir, ich würde mir ein Messer schnappen und es sofort ändern, wenn es so wäre.« Dabei schielte er wieder zu der Liste, über der Anna nun ihre Hände gefaltet hielt.

Da sieh an. Er war neugierig. Noch eine Eigenschaft, die ihn menschlicher erscheinen ließ. Nur nutzte ihm das wenig, Anna konnte schweigen wie das viel zitierte Grab.

»Sag mal Claas«, wandte sie sich an seinen Bruder. »Da draußen stehen jede Menge farbverschmierte Eimer. Sind da noch Reste drin?«

Er nickte.

»Und musst du die für teures Geld entsorgen, wenn sie nicht ganz leer sind?«

Wieder hob und senkte sich sein Kinn.

Anna strahlte. »Wie wäre es, wenn ich dir die Reste abnehme?«

»Du willst renovieren«, brachte Ben es auf den Punkt. »Hängt deine geheimnisvolle Liste damit zusammen?«

Er war gut. Für seine Kombinationsgabe bekam er eine glatte Eins.

Zumal ihr die Geheimniskrämerei plötzlich albern vorkam. »Gut geraten. Es darf nur nichts kosten.«

Der bedeutungsschwere Blick, den sich die Brüder zuwarfen, entging Anna nicht. »Was gibt es daran auszusetzen?«

Claas räusperte sich.

Es war Ben, der in die plötzlich drückende Stimmung hinein den Mund aufmachte. »Ich sag's dir nicht gern, aber mit ein paar Farbresten wirst du wenig ausrichten.«

Für wie blöd hielt er sie? »Mit der Einstellung fliegst du nie zum Mond.«

»Du mit deiner kaputten Rakete aber auch nicht.«

Pah, als wüsste sie das nicht. Anna fühlte, wie sie zornig wurde. »Freundlicher. Ich will dem Haus lediglich zu ein wenig mehr Freundlichkeit verhelfen, damit sich meine Urlauber neben deiner Luxusherberge nicht fühlen müssen, als hätten sie versehentlich ein Bett in einem Gartenschuppen gebucht.«

»Heißt das, du wirst mehr bunte Lichterketten aufhängen?« Ben sah sie an, als hätte sie soeben offenbart, ihm Holzsplitter unter die Nägel rammen zu wollen.

»Will ich nicht. In den Garten kommt ein bisschen Bambus. Und wer weiß, vielleicht hat dein Bruder ja Lack übrig, mit dem ich die Gartenstühle neu streichen kann.«

Ben lief rot an. »Reden wir von den grün angelaufenen Kaffeehausstühlen aus Gusseisen anno 1930?«

Ein süßliches Lächeln gesellte sich zu dem diabolischen Funkeln ihrer Augen. »Wenn du mich weiterhin nervst, überlege ich mir, unsere Mülltonnen raus in den Garten zu schaffen.«

»Weil du Ratten züchten willst?« Ben zeigte sein wohlbekanntes Zahnschmerzgesicht.

Gut so. Aber das ließ sich steigern. »Kein Viehzeug. Im Gegenteil. Deshalb will ich die Tonnen ja im Blick behalten und wo ginge das besser als im Garten? Ich könnte die Deckel abnehmen, damit sich darunter keine Viecher verstecken.«

»Prima. Und direkt daneben stapelst du Sandsäcke und legst dich dahinter mit einem M16 auf die Lauer, um die Tonnen zu verteidigen.«

Claas, der sie während des kurzen Schlagabtauschs wie ein Zaungast beim Tennis im Blick behalten hatte, kriegte sich vor Lachen kaum noch ein. »Wenn du wissen willst, ob wir von der Renovierung zufällig einen Panzer übrig haben, muss ich dich leider enttäuschen. Aber die Farbreste kannst du haben. Manche Eimer sind noch fast voll, weil die Arbeiter alles mögliche gleichzeitig angebrochen haben. Sobald sie leer sind, ruf mich an, dann hole ich sie ab.«

Anna, die nicht wusste, wie es so mit ihr hatte durchgehen können, war ihm dankbar für seinen Deeskalationsversuch.

Dumm nur, dass Ben das anders sah. »Der Garten. Was hast du mit dem Garten vor?«

»Ich hab's dir gesagt. Ich lackiere die alten, gusseisernen Stühle, organisiere ein paar Gräser. Das könnte hübsch werden.«

»Was, wenn ich meine Gärtner bitte, sich um eure Fläche zu kümmern?«

»Dann verabschiede ich mich besser schnell von dir, weil Frau Prins mich rausschmeißt. Ich kann nicht mit Geld um mich werfen, das ich nicht habe.« Und das sie so rasch auch nicht verdienen würde.

Aber Bens Miene glättete sich. Er wurde ganz eifrig. »Ich rede nicht von einem Komplettumbau. Die Gärtner könnten ein bisschen Rollrasen verlegen, die verwitterten, kaputten Terrassenplatten gegen neue tauschen. Die Seitenwände von eurem Wintergarten müssten wir sandstrahlen. Dafür lackierst du die Fenstertüren neu.«

Anna blinzelte. Was er da vorschlug, würde ihren Garten um hundert Prozent aufwerten. Mehr noch, es würde aus dem lehmigen Boden mit den mickrigen Grasbüscheln überhaupt erst etwas machen, das den Namen Garten verdiente. Schon klar, dass er das nicht aus Nettigkeit tat, sondern um seinen Gästen einen hübschen Ausblick zu bescheren. Aber musste sie das kümmern? Kaum!

Doch so ganz war ihr Misstrauen noch nicht verflogen. Was, wenn er wollte, dass sie sich an den Kosten beteiligte? »Du könntest einen neuen Sichtschutz bauen. Das käme dich billiger. Denn dir ist ja wohl klar, dass der Rollrasen und die Terrassenplatten auf deine Rechnung gehen?«

Ben rollte mit den Augen, was ihn absolut großkotzig und leider auch heiß aussehen ließ. »Du siehst doch, welch herrlichen Blick man aus meinem Wintergarten auf die Dünen hat. Jetzt stell dir vor, du müsstest stattdessen auf einen Bretterzaun starren?« Er zuckte die Achseln. »Ich kann es nicht ändern. Zwischen den Dünen und meinem Garten liegt nun mal euer Grundstück – also werde ich wohl in den sauren Apfel beißen müssen.«

Innerlich frohlockte Anna. Ja, sie wäre ihm am liebsten um den Hals gefallen, aber das ließ sie sich nicht anmerken, sondern setzte ihr Pokerface auf. Ha, sie war lange genug Maklerin gewesen, um zu wissen, wie schnell die Zugeständnisse abebbten, wenn der Fisch einmal am Haken hing.

»Dir ist natürlich klar, dass unsere Beete eingefasst werden müssen? Jetzt, wo der Zaun weg ist, sieht ja niemand mehr, wo dein Grundstück aufhört. Nicht, dass die Fünf-Sterne-Gäste der *Schönen Aussicht* plötzlich naserümpfend bei uns im Haus stehen.«

»Du meinst, falls sie nicht vorher über die strategisch platzierten Mülltonnen in deinem Garten stolpern?«

»Zum Beispiel.« Auch wenn es schwerfiel, Anna machte ein mürrisches Gesicht. »So eine langgezogene Bank aus Bangkirai-Brettern, wie Claas sie neben eure Mauer gesetzt hat, könnte natürlich auch helfen, die Grundstücke optisch zu teilen. Wenn du diese Abtrennung allerdings bei uns in den Garten setzt, müsstest du damit leben, dass meine Gäste darauf Platz nehmen.«

»Wie wäre es mit einem Sonnendeck? Ein Grillplatz? Feuerstelle? Und vielleicht ein Hot Tub?« Die Ironie troff aus jedem Wort. Außerdem hielt er die Arme vor seinem beeindruckenden Brustkorb verschränkt, als würde er um die Zukunft eines börsennotierten Konzerns schachern.

Was auch immer Ben beruflich gemacht hatte, bevor er Claas mit der Renovierung auf den Keks gegangen war, er musste verdammt gut darin gewesen sein.

Aber bitte, dann schauspielerte sie eben auch und setzte ihre beste Dummchen-vom-Land-kommt-in-die-große-Stadt-Miene auf. »Du meinst so einen schicken Whirlpool für draußen? Den nehme ich. Nur mit der Feuerstelle weiß ich nicht, ob das so klug ist. Da reicht ein Windhauch und das Dünengras brennt wie Zunder. Aber eine Außenküche wäre fein, denn grillen tun wir wirklich ger...«

»Hör auf!«, ging Ben dazwischen.

Zu schade, denn der kurze Schlagabtausch hatte Anna gefallen. Aber wer sagte, dass sie sich daran halten musste?

Einen Schuss Munition hatte sie noch. Anna lud, zielte und: »Also gut, ich will dich nicht über den Tisch ziehen. Irgendwo hinter unserem Schuppen habe ich einen Haufen alter Bretter gesehen. Was hältst du davon, wenn ich mich um den Sichtschutz kümmere? Zwei Meter hoch, die volle Grundstücksbreite. So kommt wenigstens Ordnung in die Ecke hinter dem Schuppen.« Mittlerweile strahlte sie.

Nur ließ sich schlecht sagen, ob Claas im Hintergrund unterdrückt nieste oder damit kämpfte, nicht laut loszuprusten.

»Du bist so still geworden. Was sagst du? Ist natürlich Ehrensache, dass ich den Zaun so hoch baue, dass die Lichterketten dahinter verschwinden. Ich rede gleich mal mit meinen Seebären. Wäre doch peinlich, wenn wir alle zusammen nicht genug handwerkliches Geschick für dieses kleine Problem hätten.«

Anna konnte sich irren. Aber für einen Moment sah es aus, als würde auch Ben in Gelächter ausbrechen.

Dann schüttelte er den Kopf. »Ich gucke mir die Kalkulation an, sehe, was an Holz übrig ist, und spreche mit den Gärtnern.«

»War das so eine hübsch klingende Rede, mit der du mir die Terrassenplatten, den Rollrasen und das Sandstrahlen wieder unter dem Hintern wegziehst, ohne dass ich es merke?«

Ben stöhnte.

Ob er sich bewusst war, dass er ebenso viel theatralisches Talent besaß wie Claas? Besser, sie sprach ihn jetzt nicht darauf an.

»Ich habe gesagt, dass ich das übernehme, und das tue ich. Mehr kann ich dir nicht versprechen, ohne mir die Zahlen anzuschauen und mit den Arbeitern zu reden. Es ist ja auch eine Frage, wie schnell sie das hinkriegen. Ist es okay für dich, wenn ich dir die Antwort über weitere Zugeständnisse noch ein wenig schuldig bleibe?«

»Klar!«

»Gut. Und mach dir eins bewusst: Die Terrasse bleibt, wie sie ist. Sie wird nicht versetzt, sie wird nicht größer. Wir nehmen nur die alten Platten auf und arbeiten auf dem fertig vorbereiteten Untergrund. Rollrasen. Keine Hochbeete, kein Tee-Pavillon und erst recht kein Whirlpool.«

Sie seufzte und stemmte sich, steif und schwerfällig vom langen Sitzen, in die Höhe. »Ja, ja, das hatte ich schon so verstanden. Aber ich hätte mir ewig vorgeworfen, es nicht versucht zu haben. Andererseits habe ich je noch die Zehnerkarte für dein Schwimmbad. Das entschädigt mich.« Sie sah Claas an. »Die Tische sind fertig. Ich bin dann weg. Ich habe meinen Seebären schon aufgehalst, die Abreise der Kegelbrüder zu überwachen. Langsam muss ich mich wieder selbst kümmern. Sonst überweist Frau Prins mein Gehalt direkt an Willem.«

Claas grinste gutmütig. »Es war schön, dich überhaupt hier zu haben. Vor allen Dingen hätte ich deine Verhandlungen mit meinem Bruder um keinen Preis verpassen wollen. Wenn du Lust und Zeit hast, würde ich gern mit dir reden. Ich brauche immer gute Makler, die meine fertigen Häuser an den Mann bringen. Vielleicht hast du ja Interesse, dich selbstständig zu machen. Das eben war jedenfalls eine 1a-Visitenkarte für dein Verhandlungsgeschick.«

10. KAPITEL

Anna dachte noch lange über Claas Vorschlag nach, aber sie war skeptisch. Es war ja nett, dass er das sagte, doch bestimmt nicht ernst gemeint. Sicher gab es genug Makler-Büros in Amsterdam, die nur zu gern für ihn arbeiteten. Wenn die Häuser, die er auf eigene Rechnung *flippte*, auch nur annähernd so geschmackvoll waren wie dieses Hotel, sollte er jedenfalls keine Probleme haben.

Anna hinkte zu der Tür, die in die Halle führte, und drehte sich noch einmal um.

»Danke, Ben! Auch wenn es gerade nicht so aussah, ich freue mich riesig, weil meine Seebären es in diesem Sommer ein wenig hübscher haben werden.«

Bens Mundwinkel zuckten, es ein Lächeln zu nennen, wäre zu viel. »Bedeutet das, unsere kleine Poker-Partie ist beendet? Wir sehen uns wieder, nachdem ich die Zahlen gecheckt habe?«

»So ist es.« Anna strahlte immer noch. Sie würde selbst dann kein Pokerface mehr zuwege bringen, wenn er ihr dafür eine Außenküche verspräche.

»Gut, dann komme ich mit und trage ich dir noch schnell die leeren Brötchenplatten und die Kaffee-Behälter rüber.« Er erhob sich so geschmeidig von seinem Stuhl, dass Anna davon gern eine Zeitlupe gesehen hätte. Und vielleicht noch eine Drehung – auch in Slow Motion – um sich in Ruhe seinen Hintern anzuschauen. Und sein Kreuz. Beides war sehenswert. Aber dann rief sie sich in Erinnerung, dass sie schon einmal mit ihm geflirtet hatte – und es war nicht gut ausgegangen.

Eine zweite Abfuhr wollte sie nicht riskieren. Zumal sie sich zum ersten Mal seit Monaten beschwingt und glücklich fühlte. Sie ahnte, wie brüchig ihre gute Stimmung war. Von ihrer Vereinbarung mit Ben ganz zu schweigen. Besser, sie forderte ihr Glück nicht heraus. Als er ihr voraus zur Haustür ging, sah sie stur zu Boden und schmunzelte dabei wie ein Honigkuchenpferd auf Steroiden.

Das Schmunzeln hielt sich, als sie Willem, Hans und Dan vom unerwarteten Segen für das Seemannsheim erzählte.

»Ich sag's nicht gern, Mädel, aber das hat doch einen Haken.«

»Klar hat es den«, erwiderte Anna leichthin. »Er möchte, dass seine piekfeinen Hotelgäste nicht auf unsere Grasnarbe starren. Aber wen stört das, solange dabei etwas für uns herausspringt?«

»Ein Zaun wäre mir lieber«, bemerkte Willem. »Den könnte ich auch bauen.«

»Gute Idee«, urteilte Anna, »dann gucken wir allein auf den tristen Garten und haben keine Zuschauer, wenn wir über die kippeligen Terrassenplatten stolpern.«

»Auch wieder wahr.« Das war Hans und er unterstrich seine Wortmeldung, indem er die Hand hob. »Ich bin dafür. Sollen sich seine Gärtner ruhig bei uns austoben.«

»Wenn die Terrasse in Ordnung ist, könnten wir wieder Turnen«, regte Willem an.

»Ihr turnt?«, fragte Anna irritiert.

»Hm, bis zum Herbst. Dann war's zu schattig.«

»Jetzt nicht mehr.« Dan.

Und Hans: »Ne, jetzt nicht mehr.«

Die Einigkeit der drei war fast unheimlich. Aber bitte, solange sie nicht wollten, dass Anna ebenfalls zur Frühgymnastik antrat, war es ihr recht. Dann berichtete sie von den übrig gebliebenen Renovierungsmaterialien, die sie bekommen würden.

»Gut«, sagte Willem.

Dan sagte: »Jo, gut.«

Ehe Hans erklärte: »Jo, Jo.«

Nachdem das Trio seine erschöpfenden Kommentare mit ausgiebigem Nicken flankiert hatte, wagte Anna einen weiteren Vorstoß. »Ihr wisst nicht zufällig, ob wir Schleifpapier, Pinsel, Klebeband und solche Sachen haben?«

»Im Schuppen.« Willem, der sein Wortkontingent für den Tag bereits weidlich überschritten hatte, zuckte die Achseln. »Da wolltest du nicht rein. Der Spinnen wegen.«

Okay, die wohnten vermutlich immer noch in dem Bretterverschlag. Anna ließ ihr Schmunzeln zu einem Strahlen anwachsen. »Was haltet ihr davon, wenn ihr die Sachen zusammensucht, und ich richte mir auf der Veranda ein Plätzchen her, wo ich im Sitzen arbeiten kann.«

Eine Viertelstunde später hockte sie auf einem Schemel vor dem Verandageländer und schliff den alten Lack an.

Als Anna drei Tage später den letzten Pinselstrich tat, hatte sie immer noch nichts von Ben gehört. Mittlerweile glänzte die Eingangstür in einem strahlenden Blau, die Geländer und die verwitterte Schaukelbank waren weiß lackiert. Gestern war einer von Claas' Männern gekommen, hatte die Seiten des Wintergartens gesandstrahlt und war wieder verschwunden. Nur ihr Rollrasen kam nicht. Von den Terrassenplatten ganz zu schweigen.

Entweder Ben war eine Niete im Umgang mit Zahlen und kämpfte seit Tagen mit der Kalkulation, oder er bereute seine Zusage und drückte sich davor, ihr das ins Gesicht zu sagen.

Gut, wenn er nicht zu ihr kam, würde sie ihm eben mit der Tür ins Haus fallen. Anna erhob sich von ihrem Schemel und trat probeweise auf. Es tat weh, aber es ging.

»Morgen bringe ich das Frühstück wieder selbst rüber.«

»Da ist nur Chaos«, urteilte Willem kopfschüttelnd. »Da verpasst du nix.«

»Ich will auch nicht sehen, wie sie drüben vorankommen, sondern mir Ben de Fries schnappen, damit er ein bisschen was zum Garten sagt. Seine Touristen kommen bald – und unsere nächsten Gäste sind morgen da. Wäre doch schön, wenn wir dann wüssten, woran wir sind.«

Aber so lange musste Anna nicht warten. Am Nachmittag rollte ohne Ankündigung ein Minibagger in ihren Garten. Gefolgt von einem seltsamen Gefährt, auf dem leere Paletten gestapelt waren. Flankiert wurden die Baufahrzeuge von einer Handvoll Arbeiter, die im Rekordtempo die Terrassenplatten aufnahmen und sie auf die Paletten türmten. Keine zwei Stunden und die Terrasse war weg, der Garten mit Bagger-Kraft umgegraben und Ben de Fries erschien.

»Hey, ich dachte schon, du liegst ohnmächtig in der Ecke, weil dein Verband durchgeblutet ist.«

»Nope, ich habe hier in der Pension einen waschechten Sanitäter an Bord. Der kümmert sich rührend um mein Bein. Aber es wäre nett gewesen, du hättest mich vorgewarnt, dass deine Leute den Garten heute in eine Mondlandschaft verwandeln.«

»Nur bis morgen Mittag, dann liegen die Platten und der Rollrasen.« Ben räusperte sich. »Übrigens wollte Claas schon eine Vermisstenmeldung rausgeben, weil du dich nicht mehr hast blicken lassen. Dass deine Mieter das Frühstück bringen, ist zwar nett, aber kein Ersatz für deine Gesellschaft.«

War die letzte Bemerkung ein Zitat von Claas, oder stammte dieser Zusatz von Ben? Die Frage brannte wie Säure auf ihrer Zunge, aber Anna hielt sie zurück. Obwohl es sie interessiert hätte, ob er den kleinen Schlagabtausch neulich ebenso genossen hatte wie sie. Andererseits hatte sie ihre Flirtverbotsregel nicht umsonst aufgestellt. Ab jetzt würde sie nichts mehr tun, was die gute Nachbarschaft gefährdete.

»Ich habe mich nicht gemeldet, weil du gesagt hast, dass du mir Bescheid gibst, sobald du dein Budget gecheckt hast.« Da bitte, das klang wunderbar neutral und geschäftsmäßig. Nachbarn – keine Freunde.

»Stimmt, aber ich war voll eingespannt, weil ich bei mir in der Wohnung das Fertigparkett verlegt und dem Fliesenleger assistiert habe und ... ach, ist ja auch egal. Du bekommst die Beet-Einfassung. Eine lange Bangkirai-Bank ist nicht drin, das wird zu teuer. Aber Claas hat ein paar sehr brauchbare Gartenmöbel in seinem Lager. Die bringt er euch morgen vorbei. Rattan-Sofas, Sessel, passende Tische. Sogar Blumenkübel in der gleichen Optik. Das kann schick werden.«

»Stopp! Was kostet mich das?«

»Nichts. Du musst dich nur selbst um die Bezüge für die Kissen kümmern. Die sind völlig verblichen.«

Das gab es nicht. Nicht umsonst. Anna reckte das Kinn vor und stemmte die Hände in die Hüften. »Muss ich meine

Hotelgäste zum Dank für die Möbel trainieren, bis sie zur Belustigung deiner Gäste durch brennende Reifen springen?«

»Du kommst auf Ideen. Aber nein, nichts dergleichen. Claas hat vor einem Jahr ein Tagungshaus gekauft und umgebaut. Die alten Gartenmöbel stehen noch in seinem Lager. Wenn du Bettgestelle ohne Kopfteil, Nachttische oder eine ganze Waggonladung Konferenzraum-Stühle brauchst, sag Bescheid.«

Anna hätte jubeln können. Wenn Claas die Sachen aufgehoben hatte, waren sie bestimmt nicht schlecht. »Und er schenkt uns das? Einfach so?«

»Wie oft denn noch? Er weiß, wie wichtig es ist, dass meine Gäste sich im Garten und auf der Terrasse wohlfühlen können und nicht auf eure gusseiserne Stuhl-Landschaft starren. Außerdem mag er dich, weil du ihn fütterst.«

»Funktioniert das bei dir auch?«

»Kommt darauf an, was auf dem Speiseplan steht.«

Also war er wählerisch. Schlecht für ihn, denn sie war als Köchin die absolute Fehlbesetzung. In ihrer ersten Woche als Pensionschefin hatte Anna sich noch am Herd versucht. Aber als die Schüsseln mit Rührei fast unangetastet zurückgekommen waren, hatte sie das Handtuch geworfen, stattdessen nach Willems Anleitung Eier gekocht und die aufs Buffet gestellt.

»Ich fürchte, da muss ich passen.«

»Dann ist es ja gut, dass ich einen Koch angeheuert habe.«

»Jetzt klingst du wieder wie ein Snob.«

»Oder wie jemand, der nicht kochen kann«, konterte Ben.

Anna legte den Kopf schief. Schwer vorstellbar, dass er an etwas scheiterte. »Kannst du nicht?«

»Doch. Und wie. Aber besser, du hältst mich für eine Niete am Herd als für einen Snob.«

Anna brach in Gekicher aus. Wieder war da dieses leichte, beschwingte Gefühl, das sie durch die Tage getragen hatte, ehe die Job- und Geldsorgen in der Agentur gekommen waren und ihr jede Leichtigkeit geraubt hatten. »So einfach wirst du deinen Ruf nicht los. Aber die Gartenmöbel nehmen wir trotzdem gerne – wenn sie wirklich umsonst sind.«

»Du bist reichlich misstrauisch. Dabei wüsste ich nicht, dass ich dir dazu Grund gegeben habe.«

Keine Ahnung, wieso die Erinnerung an Pieter gerade jetzt auftauchte. Sie war plötzlich da wie ein Deja-Vu, das sich nicht abschütteln ließ. Als stünde der Mann vor ihr, der sie gefördert und sie aufgebaut hatte – bis er ihr gnadenlos in den Rücken gefallen war. Sie müsste verrückt sein, blauäugig dem Nächsten zu vertrauen. In kleinen Dingen mochte das gehen. Aber was sie für die Pension entschied, bestimmte über ihren Job und ihre Zukunft.

»Was du meinst, ist die Unschuldsvermutung. Die sieht vor, dass ich dich bis zum Beweis des Gegenteils für einen guten Menschen halte. Aber so funktioniert es nicht. Nicht für mich. Erweis dich meines Vertrauens als würdig und du bekommst es.«

Ben fächelte sich mit der Hand Luft zu, was leider dazu führte, dass er den betörenden Duft seines Aftershaves in Annas Richtung wedelte. »Du bist eine harte Nuss, Frau Nachbarin.«

Vor ein paar Wochen hätte sie das abgestritten. Aber da hatte sie auch noch nicht gewusst, wie schnell man tief fallen konnte. »Ja, das bin ich wohl. Besser, du vergisst das nicht.«

Etwas in seinem Blick wurde mitfühlend. Ob Claas getratscht und seinem Bruder von ihrem Schiffbruch berichtet hatte?

Anna gefiel das nicht. Dass sie sich so lange hatte an der Nase herumführen lassen, sprach nicht für ihren gesunden Menschenverstand. Plötzlich – von einer Minute auf die andere – fühlte sie sich wieder gehemmt. Und das ihr, wo sie sich immer für ausgeglichen gehalten und gegen Gefühlsschwankungen immun gefühlt hatte.

»Also dann«, sie deutete mit einer linkischen Geste zum Gartentor, »war nett mit dir gesprochen zu haben. Ich will mich heute noch ein wenig mit Lack an den Fenstertüren vom Wintergarten austoben.«

Das war ein glatter Rauswurf. Na und, dann hielt er sie eben für launisch und ... was hatte er gesagt? Ach ja, richtig, eine harte Nuss. Anna sollte es recht sein.

Sie sah ihm nach, wie er mit seinem fantastisch geformten Hinterteil zum Gartentor lief, hindurch schlüpfte und es sorgfältig wieder schloss.

Ein leiser Seufzer kam ihr über die Lippen, dann war er außer Sicht. Sie wollte zum Pinsel greifen, als ihr Handy bimmelte. »Jule, du lebst?«, begrüßte sie ihre beste Freundin.

»Du dumme Kuh, ich habe mich schon gefragt, wo du abgeblieben bist. Und jetzt gerade erzählt mir Jan, dass du praktisch lahm und ans Haus gekettet bist.«

»Ben ist so ein Schwätzer«, stöhnte Anna.

»Ben? Er hat es von Claas. Die beiden haben sich vorhin auf der Baustelle getroffen. Obwohl, nach allem, was ich höre, ist es mittlerweile die reinste Pracht. Jan meint, wir sollten die Kinder für ein Wochenende in einer Hundepension abstellen und die Honeymoon-Suite buchen. Ist es wirklich so toll?«

»Ich habe es seit Tagen nicht gesehen. Aber ich kenne das Restaurant, die Lobby und das Spa. Wenn du mich fragst, sehr beeindruckend.«

»Hm, dann ist es vielleicht wirklich eine Überlegung wert. Weswegen ich eigentlich anrufe, wirf dich in Schale. Mia kommt in zwanzig Minuten und holt dich ab.«

»Habe ich ein Mitspracherecht?«

»Habe ich dich nicht gefragt, ob du Lust hast, mich zu begleiten?«

»Falls ja, ist es an mir vorbeigegangen. Kriege ich noch einen sachdienlichen Hinweis. Nur damit ich nicht im Clownskostüm im Theater aufkreuze.«

»Huub hat meinen Dienst übernommen. Irgendwie kriselt es mit Jans Mutter und er braucht Abstand. Da dachte ich mir, ich nutze die Gunst der Stunde. Sobald die Saison startet, habe ich wieder lange Schichten. Also fahren wir nach Amsterdam und suchen uns eine nette Bar, in der uns garantiert niemand kennt. Tapas, ein paar Drinks, wir finden dir einen netten Kerl, der dich auch mit Beulen und blauen Flecken nimmt.«

»Was dagegen, wenn wir lieber ernsthaft am Alkoholpegel arbeiten und den Punkt mit Mr Right überspringen?« Da fiel Anna ein. »Was ist mit Bloem? Ist sie auch dabei?«

Jule seufzte. »Sie hat ein Date mit einem von diesen Typen aus ihrer App. Du kennst sie. Sie ist wild entschlossen, in ihm ihren Erlöser zu sehen. Bestimmt hört sie im Auto auf dem Weg zum Restaurant Mendelssohn Bartholdys Hochzeitsmarsch, um sich für das Date in Stimmung zu bringen.«

Wahrscheinlich hatte Jule mit ihrer Vermutung recht. Trotzdem widerstrebte es Anna, ihr beizupflichten. »Ist dir eigentlich klar, wie toll es ist, dass sie immer noch an die Liebe und das Gute im Menschen glaubt? Trotz allem, was sie mit den gestörten Typen aus dieser App in den letzten Monaten erlebt hat, gibt sie jedem neuen Date eine Chance und geht unvoreingenommen auf die Kerle zu.«

Einen Moment lang schwieg Jule. Als sie dann sprach, klang ihre Stimme warm und mitfühlend. »Ich weiß, wie Pieter dich getroffen hat, und dass du gerade an dir und deinem Urteilsvermögen zweifelst. Aber was Bloem da tut, ist gar nicht so unvoreingenommen, wie du denkst. Genau so schwer, wie gegen ein schlechtes Vorurteil ankämpfen zu müssen, ist es doch wohl, einem überschwänglich positiven Vorurteil gerecht zu werden. Am Ende sind wir alle nur Menschen und haben ein Recht auf unsere Macken.«

Da war etwas dran. »Stimmt schon, dass sie hohe Erwartungen hat. Vielleicht ist heute ja der Abend, an dem sie endlich einer erfüllt. Und jetzt sag mir endlich, was ich anziehen soll. Wie ich Mia kenne, steht sie mit der Stoppuhr an der Straßenecke, damit sie auch ja keine Sekunde zu spät vor dem Seemannsheim ist.«

»Sexy. Was denn sonst?« Jules Lachen war noch nicht verklungen, als es klickte und die Leitung tot war.

11. KAPITEL

Bens Laune war am Boden. Er hatte gerade eine halbe Stunde an einem Krankenhausbett gesessen und geredet und dafür nicht mal ein Blinzeln geerntet. So ging es seit drei Jahren.

Anfangs hatte er sich eingeredet, es würde besser werden, leichter. Mittlerweile war er weit davon entfernt, irgendetwas zu hoffen.

Resigniert stieß er die Tür zu *Berry's* auf und hielt auf den Tresen zu. Er hatte den einzig leeren Hocker fast erreicht, als glockenhelles Gelächter an sein Ohr drang.

Ben wirbelte herum. Just in dem Moment sah die lachende Blondine auf. Zu spät, um sich unbemerkt aus dem Staub zu machen. Also zauberte er ein Lächeln auf seine müden Züge, hob die Hand, um kurz zu winken und sich dann – mit dem Rücken zu Anna Jong – auf den Barhocker plumpsen zu lassen.

Dann sah er Jule. Jule, die aufstand. Jule, die auf ihn zukam. Jule, die die Hand auf seinen Arm legte und ihn anstrahlte, als wären ihr sechs richtige Lottozahlen verkündet worden.

Shit! »Jule, ist Jan auch hier?«

»Nope. Er hütet daheim die Kinder. Irgendwer muss aufpassen, dass sie nicht den gesamten Kühlschrank leerfuttern oder mit Anikes Vorschulmannschaft das Haus auseinandernehmen.«

»Man sollte meinen, dass du deine freien Abende zu Hause genießt und froh bist, wenn du mal keine Zapfanlage siehst.«

»Fast. Solange ich nicht zapfen muss, empfinde ich sie als sehr beruhigende Deko, weil ich weiß, dass ich nicht auf dem Trockenen sitzen werde. Und du ...«, sie stutzte, als versuchte sie, hinter sein angespanntes Lächeln zu blicken. »Warst du ...?«

»Die Macht der Gewohnheit. Und bevor du fragst: Es hat sich nichts geändert.« Herrje, er wollte nicht darüber reden. Fast bereute er, Jule und Jan bei einem gemütlichen Abendessen in seine Probleme eingeweiht zu haben.

Einen Moment lang schwieg Jule und Ben fürchtete, sie könnte sich ein paar hohle Kopf-hoch-Phrasen zurechtlegen, um ihm seine Lage schön zu reden.

Dann zuckte sie die Achseln. »Ruf dir nochmal gut in Erinnerung, wo dein Wagen geparkt steht, damit du ihn morgen wiederfindest. Heute Abend gehörst du uns – und dem Caipirinha, den wir dir spendieren.«

Okay, jetzt hätte er doch lieber die Kopf-hoch-Sprüche, wenn er dafür auf die Mädelsrunde verzichten dürfte. Alles war besser, als mit der bissigen Anna an einem Tisch zu sitzen. Dass sie ihm nicht über den Weg traute, hatte sie ihm erst heute Mittag wieder unter die Nase gerieben. Mehr davon konnte er gerade nicht ertragen.

»Können wir das verschieben? Wenn du Wert darauf legst, trinke ich mich nächste Tage in deiner Bar unter den Tisch. Ich singe auch schlüpfrige Lieder und reiße blöde Witze.«

»Du musst gar nicht lustig sein. Und jetzt komm.« Sie hakte ihn unter und zog ihn mit sich.

Wenn er sich nicht wie ein unartiges Kind vor der Supermarktkasse losreißen wollte, blieb ihm keine Wahl.

»Wer ist die Frau mit den dunklen Haaren?«

»Mia. Komm ihr nicht mit Phrasen oder Machosprüchen. Das würdest du nicht überleben.« Jule lachte.

Im Gegensatz zu ihr war Anna fast schon unheimlich ernst. Als sie den Tisch erreichten, schaute sie missmutig zu Ben auf. Doch auch sie schien all das in seiner Miene zu lesen, was er eigentlich verbergen wollte. Langsam wurden ihre Züge weich. Sie rutschte zur Seite und klopfte einladend auf den freien Platz neben sich.

Damit blieb ihm keine Wahl. Ben schlüpfte zu ihr auf die Bank, und als er sie ansah, wurde ihm klar, dass das ein Fehler war.

Heute Abend trug sie eine Korsage, ihre sanft gerundeten Schultern waren nackt, das Dekolleté äußerst ansprechend in Szene gesetzt. Zumal sie eine Kette gewählt hatte, die just da aufhörte, wo die Falte zwischen ihren Brüsten begann. Ansonsten – nichts als sanft gebräunte, weiche Frauenhaut. Und ein langer, zarter Schwanenhals, der ihm vorher so nie aufgefallen war. Doch jetzt, wo sie das Haar hochgesteckt trug, konnte er ihn kaum ignorieren. Mehr noch, Ben war unfähig, den Blick abzuwenden, während Anna mit ihren verführerischen Lippen an einem Strohhalm sog.

»Ich bin übrigens Mia, nur für den Fall, dass du dich gefragt hast, wie die einzige Frau am Tisch heißt, die du nicht kennst – und nicht begrüßt hast.«

Ben riss sich von Annas Anblick los und starrte in ein Paar Funken sprühender Augen. »Tut mir leid. Ich hatte ... einen seltsamen Abend bisher. Ben, Ben van Dijk. Und du bist Mia, das hat Jule mir gerade schon erzählt.«

»Ganz genau. Die Mia, bei der du in der kommenden Woche einen Banktermin hast.«

Großer Gott, konnte es schlimmer kommen? Jetzt musste er diese Frau auch noch mit Small Talk bei Laune halten.

»Keine Angst«, beruhigte Anna ihn. »Mia trennt Beruf und Privatleben sehr streng. Du musst also nicht zum Schoßhündchen mutieren, wenn du etwas von ihrer Bank willst. Stimmt doch, Mia?« Anna würzte die Frage mit einem herausfordernden Blick.

Also nahm Anna ihn jetzt in Schutz? Gut, es klang ein wenig angeheitert, trotzdem gefiel es Ben. Aber er machte nicht den Fehler, es zu kommentieren.

»Die nächste Runde geht auf mich«, verkündete er stattdessen. »Caipirinha ist richtig?«

»Goldrichtig.« Jule, die ihm gegenübersaß, strahlte. »Jan will sich übrigens für ein romantisches Wochenende bei dir einbuchen. Das ist so etwas wie ein Ritterschlag für dein Hotel. Wenn es ums Design geht, ist er echt pingelig.«

»Das freut mich sehr.« Denn Ben legte wirklich Wert auf Jans Urteil, vor allem, weil er sein Haus kannte, das ein wahrer Design-Traum war, mit dem Jan sogar einen Architekturpreis gewonnen hatte.

»Wie geht es deinem Bein? Das wollte ich vorhin schon gefragt haben.« Er schaute Anna wieder an. Zum ersten Mal sah er sie geschminkt. Bis auf den blutroten Lippenstift war ihr Make-up recht dezent, trotzdem wäre sie ihm überall aufgefallen.

Wieso hatte er sie noch gleich abblitzen lassen? Ach ja, richtig. Er hatte einen miesen Tag gehabt und seit dem Desaster vor drei Jahren ohnehin keine Frau mehr an sich herangelassen.

Als der Caipirinha kam, stieß er mit Jule und Anna an. Mia blieb bei Wasser, was sie noch strenger wirken ließ. Doch kaum hatte er den ersten Schluck gekostet, stellte er das Glas weg.

»Nehmt es mir nicht übel, aber ein kühles Bier ist mir lieber.«

Anna langte herüber und griff sich seinen Longdrink. »Ich nehme dir gar nichts übel, solange du mir den Rest spendierst.«

»Tue ich. Und im Gegenzug beantwortest du meine Frage nach deinem Bein.«

»Ach das«, sie winkte ab. »Geht so. Der Knöchel ist schon wieder besser. Was die Abschürfung macht, kann ich dir nicht sagen, denn ich sehe beim Verbandswechsel nicht hin.«

»Soll ich es mir später ansehen?«

»Moment mal? Fragst du Anna gerade, ob sie nachher für dich die Hüllen fallen lässt? Und das auf so plumpe Weise, dass noch nicht mal ein Mauerblümchen vom Lande darauf reinfallen würde?« Mia schenkte ihm einen bösen Blick.

Was Ben fieberhaft überlegen ließ, ob er in ein Fettnäpfchen getreten war. Nur fiel ihm beim besten Willen keins ein. »Hey, ich habe sie nach dem Zusammenstoß mit meinem Hund auch verarztet, ohne übergriffig zu werden.«

»Stimmt«, Annas süßliches Lächeln verriet ihm, wie angeheitert sie tatsächlich war. »Ben hat sich total ritterlich verhalten. Das kann er gut. Er kniet sich hin und bittet dich um Verzeihung, das ganze Programm. Streite dich mit ihm. Los, tu es. Dann siehst du, dass er das richtig süß macht.«

Jule begann zu kichern. Nur Mia schien nicht zu wissen, was sie davon halten sollte, und starrte mürrisch in ihr Wasserglas.

»Du hast dich vor Anna auf den Boden gekniet?«, nahm Jule den Faden auf.

»Ein Knie. Kein Ring. Nur um falschen Vorstellungen vorzubeugen. Aber ich hatte den Eindruck, dass ein Neustart angebracht wäre, nachdem wir uns in deiner Bar ...« Ben stockte.

Weswegen Mia das Wort ergriff. »Richtig, ich erinnere mich. Das Wörtchen Arsch fiel und du warst danach wie vom Erdboden verschluckt.« Wieder dieses angriffslustige Funkeln, als würde sie nur darauf warten, dass Ben auf ihre Sticheleien einstieg.

»Du musst ihr das nachsehen«, raunte Anna ihm so laut zu, dass Mia es bestimmt mitbekam. »Ihr Chef hat heute einem lausigen Typen die Beförderung gegeben, die eigentlich Mia zustand. Aber der Kerl wird Vater, also dachte der große Oberbanker wohl, dass er die Gehaltszulage gut brauchen kann und hat Mia übergangen.«

Ben runzelte die Stirn. Herrje, er hatte jetzt keine Lust auf Gleichberechtigungsfragen. Aber wo er schon einmal an diesem Tisch saß: »Kannst du irgendwie belegen, dass die Stelle dir zustand? Bessere Zahlen? Erfolgreichere Abschlüsse? Weniger geplatzte Kredite? Längere Firmenzugehörigkeit?«

»Was bist du? Der erste männliche Gleichstellungsbeauftragte von Noordwijk?«, murrte Mia.

»So ähnlich. Ich bin Anwalt.«

Neben ihm prustete Anna los. Nun deutlich beschwipst. »Ich wusste es!«

Bens Bier kam. Er genehmigte sich einen großen Schluck und orderte gleich das Zweite. Irgendetwas sagte ihm, dass der Abend lang werden konnte.

»Wusstest du?«, wollte er endlich wissen, nachdem der Kellner gegangen war.

»Na klar!«, jubelte Anna.

»Und woher? Hat Claas seinen Mund nicht gehalten?«

»Ach was? Das musste mir niemand sagen. Du hast das Stocksyndrom?«

»Stock ... Syndrom?«

»Jep, Stock verschluckt. Du weißt schon. Steif. Unlustig. Streng. Die absolute Spaßbremse«, half sie ihm auf die Sprünge. »Aber dann hat die Lichterkette mich auf eine falsche Fährte gelockt.«

»Die ...?« Er sollte das Bier abbestellen. Und vielleicht war es auch keine schlechte Idee, jetzt zu gehen. Dann blieb sein Blick an diesem Hals hängen, der zarten Haut hinter ihrem Ohr. Er nahm den verführerischen Orangenduft wahr, der wie immer von ihrem Haar ausging – und tappte in die Falle. »Okay, ich frage dich, weil ich sonst wahnsinnig werde: Was hat die Lichterkette damit zu tun?«

»Du hast nicht darauf bestanden, dass ich sie abhänge. So macht ihr Anwälte das doch. Quid pro quo oder wie ihr das nennt. Ich hübsche deinen Garten auf. Dafür trennst du dich von den hübschen, bunten Lämpchen.«

»Habe ich nicht?«

»Nei-hein!« Anna lachte und dabei strahlte sie ihn an, als wäre er ein Gottesgeschenk. »Ich weiß das so genau, weil ich ein bisschen schadenfroh war und mir überlegt habe, wie du wohl guckst, wenn es über der frisch gefliesten Terrasse bunt blinkt. Aaaach, richtig«, sie schlug sich mit der flachen Hand vor die Stirn. »Das habe ich dir noch nicht vorgeführt. Sie blinken wirklich. In Intervallen. Das kann man einstellen.«

Ben wusste, er sollte vermutlich sauer sein, weil es verdammt hinterhältig war, so zu denken. Aber tatsächlich spürte er, dass er wie ein geisteskranker Idiot grinste, weil er sich

Anna vorstellte, die unter dieser grauenhaften Lichterkette stand und sich freute wie ein Kind.

»Ich schätze, ich muss mich vor dir mehr in Acht nehmen, Anna Jong. Kann das sein?«

»Hey, du hast deinen Hund auf mich gehetzt. Schon vergessen? Ich bin das Opfer.«

»Also muss ich jetzt jeden Morgen vor dir knien?«

»Unter der Lichterkette!«

»Du bist eine harte Verhandlungspartnerin.«

»Die Härteste. Und zur Not habe ich ja auch noch meine Mülltonnen in der Hinterhand.«

»Mülltonnen?«, mischte Jule sich nun wieder in das Gespräch. Dabei blinzelte sie, als hätte sie in den letzten Minuten nur Bahnhof verstanden.

»Willst du es ihr erklären?«, wandte Ben sich an Anna.

Sie schüttelte vehement den Kopf. »Jule muss nicht alles wissen. Schließlich hat sie ja selbst ein paar Geheimnisse vor uns.«

»Nicht schon wieder die Geschichte«, winkte Jule lachend ab. »Behalte du die Sache mit den Mülltonnen für dich. Dafür werde ich dir nicht erzählen, was Jan und ich planen.«

Anna sah ihn an. »Siehst du? Sie ist stur wie ein Esel.«

»Ja, ich seh's«, er lächelte Anna an. »Aber da das Thema abgehakt ist, kommen wir zu etwas Wichtigerem: Die Lichterketten kommen ab. Sonst könnte es passieren, dass die Gärtner morgen die alten Platten verlegen und ihr keinen Rollrasen bekommt.«

»Das ist Erpressung.«

»Das, liebste Anna, ist Quid pro quo! Du hast deine Trumpfkarte zu früh gespielt.« Ben trank zügig sein zweites Bier leer und strahlte sie an.

Es war aber auch verdammt schwer, bei diesem Anblick nicht weich zu werden. Zum Glück trug sie im Alltag gern lässig geschnittene Sachen. Dank des Verbandes hielt sie sich mit Shorts zurück und war auf lange, weite Röcke umgestiegen. Wie es werden würde, wenn Anna sich im Sommer nur mit einem knappen Bikini bekleidet auf ihre Miniatur-Terrasse legte, wollte er sich lieber gar nicht ausmalen. Was ein verdammt dummer Gedanke war, denn natürlich malte er es sich nun doch aus – bis eine zarte Hand vor seiner Nase wedelte.

»Warum guckst du mich so an?«, wollte Anna wissen. Dabei kniff sie die Augen leicht zusammen und nahm ihn ins Visier, als wäre sie bereit, die Gedanken mit der Brechstange aus seinem Hirn zu lösen.

»Wieso? Wie gucke ich dich denn an?«

»Wie ein ... als wäre ich ein Steak.«

Ben mochte Steaks. Sehr sogar. Doch er hielt jede Wette, dass er noch keins so begehrlich angestarrt hatte wie Anna in diesem Moment. Stirnrunzelnd wandte er sich Jule zu, doch die war in ein Gespräch mit der biestigen Mia vertieft. Von der Seite konnte er nicht mit Hilfe rechnen.

Also ging er in die Offensive. »Habt ihr noch etwas anderes vor. Du hast dich ziemlich schick gemacht.«

»Na und? Das sollte für dich doch kein Problem sein. Schließlich haben wir festgestellt, dass du nicht an mir interessiert bist«, verkündete Anna spitz.

Wow, er hangelte sich heute von einem Fettnäpfchen zum nächsten. Dass Anna ebenfalls nicht gewillt schien, auch nur ein einziges auszulassen, machte es nicht besser. »Können wir diesen ersten Abend bitte für immer von der Liste möglicher Themen verbannen? Ich hab's dir doch gesagt. Ich war mies drauf. Was man in diesem Zustand sagt, zählt nicht, zumal es einem hinterher meist leidtut.«

Anna, die gerade an einem neuen Glas nippte, straffte die Schultern. »Soll das heißen, es tut dir leid, dass du mich hast abblitzen lassen?«

»So habe ich das nicht gesagt.«

»Doch hast du. Und du bist Anwalt. Ihr legt eure Wörter auf Goldwaagen und nagelt die Leute dann darauf fest. Euch darf nicht einfach irgendetwas herausrutschen.«

Ben hob sein leeres Glas und hielt es Anna vor die Nase.

»Was? Willst du, dass ich auf Bier umsteige?«

»Nein, ich will dir sagen, dass die Goldwaagen-Regel nach Feierabend außer Kraft ist. Spätestens nach dem ersten Bier packen Anwälte ihre Waagen weg und dürfen jeden erdenklichen Scheiß, der ihnen in den Sinn kommt, von sich geben.«

Anna starrte ihn an. Er war sich fast sicher, dass sie leicht auf ihrem Sitz schwankte. Dann hob sie den Finger und wedelte damit vor seiner Nase. »Du machst das wirklich gut, Anwalt.«

»Was denn?« Ben musste grinsen. Mit sturzbetrunkenen, übergriffigen Frauen hatte er ebenso ein Problem wie mit Männern, die sich mit steigender Promillezahl nicht im Griff hatten. Aber Anna, die beschwipste, ziemlich heiß hergerichtete Anna, war wirklich süß.

»Na, du redest dich raus. Das tust du immer. Und das ist nicht fair.«

Es war auch nicht fair, hier mit solch einem Ausschnitt zu sitzen und ihm dabei so tief in die Augen zu schauen, dass es ihm ganz warm wurde. Um nicht zu sagen heiß. Ben fühlte ein leichtes Flattern in seiner Magengegend, das er verdammt lange vermisst hatte. Von dem Prickeln seiner Haut, das sich regte, sobald sie sich auf dieser engen Bank rein zufällig berührten, ganz zu schweigen. Er nahm all das wahr und wusste, dass es eine ziemlich schlechte Idee war, Anna nicht auf Abstand zu halten. Trotzdem konnte er sein Sprachzentrum nicht bremsen.

»Hast du morgen Abend eigentlich schon etwas vor?«

»Kommt darauf an. Wir kriegen neue Gäste. Wenn du dich bei uns im Garten betrinken und unseren frischen Rollrasen feiern willst, sehe ich schwarz.«

»Keine Drinks. Na ja, zumindest spielen sie keine tragende Rolle. Aber ich lade dich zum Essen ein. Morgen pünktlich um sechs.«

Annas Augen wurden riesig. »Du willst mich ausführen?«

»Nicht ganz. Morgen Abend veranstalte ich ein Probeessen im kleinen Kreis. Der Koch, den Claas für mich angeheuert hat, will sein Talent unter Beweis stellen. Mein Bruder kommt, Jan de Fries ist eingeladen. Ob Jule Zeit hat, weiß ich nicht. Aber ich habe ja dich. Du bist meine Quotenfrau.«

»Quotenfrau?« Anna machte keinen Hehl daraus, wie ihr dieses Wort und das, wofür es stand, missfiel.

»Hey, das war doch nur ein Witz. Als würde ich dich für so etwas missbrauchen. Ich habe einfach ein paar Menschen eingeladen, an deren Urteil mir gelegen ist. Und ich würde mich freuen, wenn du dazu kommst. Was uns nicht schmeckt, schafft es nicht auf die Karte. Also: Bist du dabei?«

»Klar!« Im ersten Moment wirkte sie von ihrer spontanen Zusage selbst überrascht. Dann strahlte sie ihn an. »Ist es ein guter Koch? Doch hoffentlich keiner von denen, die alles auf einer Briefmarke anrichten und anschließend pikiert sind, weil man nicht satt geworden ist und noch zu McDonald's will?«

»Ehrlich gesagt, kenne ich ihn nicht. Claas war so begeistert von ihm, dass ich nachgegeben und ihn eingestellt habe. Über die Portionsgrößen kannst du sicher mit ihm verhandeln.« Und Ben hatte null Zweifel, wer dabei auf der Strecke bleiben würde.

12. KAPITEL

Ben mochte das leichte, scherzhafte Geplänkel mit Anna. Selbst wenn sie leicht beschwipst war.

Eben hob sie schmunzelnd die Hand und orderte einen weiteren Caipirinha, was der Kellner mit zweifelndem Blick quittierte. Doch dann nickte er.

Ben stand auf. »Bin gleich wieder da.«

Auf dem Weg zur Toilette nahm er einen kleinen Umweg und bat den Kellner, Anna ab jetzt nur alkoholfreie Drinks zu servieren.

»Kann ich eigentlich nicht machen. Das ist ja sowas wie Betrug«, wandte der picklige Kerl ein.

»Doch, können Sie. Die Frau ist verletzt und kann nicht richtig laufen. Wenn Sie sie nicht zum Wagen tragen möchten ...« Ben ließ den Satz unvollendet und ging zur Toilette.

Als er zurückkam, hatten Mia und Jule ihr Gespräch beendet und das Trio hatte die Köpfe zusammengesteckt.

»Was soll das heißen? Jan ist eingeladen und ich nicht«, empörte sich Jule, sobald sie ihn sah.

»Das habe ich so nicht gesagt«, Ben glitt wieder zu Anna auf die Bank und verdrehte die Augen. »Eure stille Post funktioniert nicht so reibungslos, wie ihr denkt. Sofern du nicht in deiner Bar hinter dem Tresen stehst, bist du mir herzlich willkommen.« Womit sich für Ben die nächste Stolperfalle auftat.

Er beschloss, Mia offen anzusprechen. »Dich würde ich ja auch einladen, aber vor dem Termin in der Bank ... Wird mir das als Einflussnahme oder Bestechungsversuch ausgelegt?«

Mia ließ sich zu einem schmallippigen Lächeln herab. »Gut möglich, aber ich habe ohnehin keine Zeit.« Wie sie das sagte, klang es, als würde sie sich lieber mit einem stumpfen Löffel die Augen auskratzen, als seine Einladung anzunehmen.

Seltsam, bei Gelegenheit würde er Jule fragen, was er dieser Mia getan hatte. So benahm sich doch niemand aus heiterem Himmel. Er bezweifelte, dass es nur an ihrer entgangenen Beförderung lag. Schließlich war er dafür nicht verantwortlich. Vor dem Banktermin mit ihr graute es ihm jetzt schon. Zumal sich dann keine so nette Ablenkung wie Anna in seiner Nähe befand.

Den Rest des Abends verbrachte Mia schweigend, während Anna und Jule ihm erzählten, wie sie einander kennengelernt hatten. Beide besaßen deutsche Wurzeln. Nur war Jule in Noordwijk gestrandet, weil sie nach einer Trennung alles hatte hinter sich lassen wollen.

Bei Anna lagen die Dinge anders. Ihr Vater stammte aus Süddeutschland, hatte die Ferien in Noordwijk verbracht und sich Hals über Kopf in ihre Mutter verliebt. Die hatte damals gerade erst die Tulpenzucht ihrer Eltern übernommen und nicht vom Meer weggewollt. Also war Annas Vater mit Sack und Pack hierhergezogen, hatte mit seiner Frau zusammen Blumen gezüchtet. Als das nicht mehr lief, weil die Konkurrenz aus den Billiglohnländern ihnen das Geschäft kaputtmachte, hatte er mit ihr im Gepäck den Rückweg nach

Deutschland angetreten. Fast auf den Tag genau fünfundzwanzig Jahre, nachdem sein Holland-Urlaub begonnen hatte. Das nannte Ben eine erwähnenswerte Auszeit.

»Vermisst du sie?«

Anna seufzte. »Ich bin vielleicht nicht mehr fünf und hänge an Mamas Rockzipfel. Aber auch nachdem ich ausgezogen war, fand ich es schön zu wissen, dass ich schnell rüber springen und sie besuchen konnte. Außerdem fehlen mir die besten Pfannkuchen der Welt. Mit Äpfeln aus unserem eigenen Garten.«

»Was ist aus der Tulpenzucht geworden?«

»Die hat ein Großbetrieb gekauft. Jetzt züchten sie dort Treibhaustomaten und allen möglichen anderen Schnickschnack, pappen ein Bio-Siegel drauf und verramschen es für viel Geld. Schmeckt zwar nicht nach Sonne und Wind, aber es rentiert sich wohl.«

»Du wolltest den Betrieb nicht übernehmen?«

»Um was zu tun? Blumen zu massakrieren? Mein grüner Daumen ist ebenso wenig entwickelt wie meine Kochkunst.«

»Halten wir fest: Für dich reicht eine Wohnung ohne Küche und Gartennutzung.« Ben zwinkerte ihr zu.

Was Anna mit leicht gequälter Miene beantwortete. »Hack nicht auf meinen Defiziten herum. Im Heimwerken bin ich ein Ass. Gib mir einen Akkuschrauber und einen Stapel Ikea-Pakete und ich schraube dir die schönste Küche zusammen, die du je gesehen hast. Scheint, als hätten sich bei meiner Zeugung allein die Gene meines Vaters durchgesetzt.« Worüber sie nicht wirklich betrübt schien.

Trotzdem knuffte Ben leicht in Annas Seite. »Sieh es positiv. Mit einem Apfelpfannkuchen hilfst du den Seemännern nicht. Farbe und einen Akkuschrauber haben sie nötiger.«

»Oh Gott, ja«, leicht melodramatisch verbarg sie ihr vorwitziges Mundwerk hinter den Händen. »Erinnere mich nicht daran. Ich malere und malere und trotzdem erscheint mir das Haus mit jedem Tag schäbiger. Dabei habe ich mir fest vorgenommen, es so hübsch herzurichten, dass die Familien, die demnächst kommen, nicht bereuen, bei uns gebucht zu haben.«

»Demnächst? Wann soll das sein?« So sehr Ben ihre handwerklichen Fähigkeiten imponierten. Er tippte, dass sie zehn Jahre malern müsste, um den Kasten auch nur einigermaßen vorzeigbar zu machen.

»Irgendwann jetzt in den Sommerferien. Morgen kommt erst mal die übliche Fuhre Wahnsinn.« Sie verdrehte die Augen und blies erneut ein paar Haarsträhnen aus ihrer Stirn.

Ben legte den Kopf schief und sah sie fragend an. »Fuhre? Wahnsinn?«

»Kegelbrüder. Eine Stammtischmannschaft aus Oer-Erkenschwick. Die anderen kommen, glaube ich, aus Hamm. Wenn ich im Souterrain eine Kegelbahn eröffnen würde, wären alle glücklich.«

»Aber du bist nicht glücklich mit ihnen?«

»Ja und nein. Die meisten sind sehr in Ordnung. Aber ein oder zwei fallen immer aus der Rolle. Mich nerven ihre anzüglichen Sprüche. Außerdem picheln sie im Rudel abends ganz gern und das ziemlich laut.«

»Na ja, es bringt Geld«, gab Ben zu bedenken.

Was Anna ein Kopfschütteln entlockte. »Eben nicht. Die meisten kommen von freitags bis sonntags. Unter der Woche steht das Haus leer.«

»Na ja, Seemannsheim klingt jetzt auch nicht nach etwas, in dem ich gern Urlaub machen würde. Wie ist deine Chefin überhaupt darauf gekommen?« Ben interessierte das brennend, denn er fand die Kombination total schräg.

Nur hatte Anna keine Antwort. »Ich habe mich beim Vorstellungsgespräch nicht zu fragen getraut. Du weißt schon, das hätte so geklungen, als wollte ich es kritisieren.«

»Da kann ich dir helfen«, mischte sich Jule ein. »Frau Prins hatte einen Bruder, der zur See gefahren ist. Als er knapp vierzig war, hat er einen Arm verloren. Hier an Land besaß er keine Wohnung. Wozu auch? Er war ja die meiste Zeit auf See. Verdient hat er nicht übermäßig gut, und wenn er doch mal an Land war, hat er das Wenige verjubelt. Als er dann arbeitsunfähig geworden ist, stand er vor dem Nichts. Frau Prins, die damals noch mit ihrem Mann die Pension *Vor Anker* betrieb, hat ihn aufgenommen. Frag mich nicht, wie das mit der Stiftung genau funktioniert. Aber sie haben es geschafft, ein paar Zimmer als Seemannsheim auszuweisen und damit als gemeinnützig anerkannt zu werden. Die Nachfrage muss riesig gewesen sein, weil viele Seemänner im Alter vor dem Nichts stehen.«

»Das klingt ziemlich selbstlos«, warf Anna ein.

Jule nickte. »Oh, das war es wohl auch. Immerhin ist das mehr als vierzig Jahre her. Damals war das Haus noch nicht so schäbig und lief ganz gut, zumal es einen Haufen Stammgäste gab. Durch die Umwidmung der Zimmer haben sie viel Geld verschenkt. Jetzt rächt sich das, weil Frau Prins die Rücklagen für Reparaturen fehlen. Und mit ihrer Bilanz gibt ihr keine Bank der Welt Kredit. Nicht, wenn sie weiter darauf besteht, alle Einnahmen der Stiftung zu spenden.« Jule presste die Lippen aufeinander, als wüsste sie noch mehr, wollte aber nicht damit herausrücken. Dann sah sie Anna an. »Jans Mutter hat mir das erzählt. Sie hat ja früher in dem Haus gewohnt, in dem wir jetzt leben. Und da es nur eine Querstraße weit weg liegt, hat sie halt so manches aufgeschnappt.«

Im Klartext: Annas Chefin sprach wohl nicht über das Konstrukt und hielt ohne viel Aufhebens an ihrem Seemannsheim fest. »Bewundernswert. Das Grundstück ist ein Vermögen wert«, sagte Ben. »Wenn sie es verkaufen würde ...«

»Wäre ich arbeitslos und du müsstest dich nicht mit grölenden Kegelbrüdern herumschlagen, schon klar«, fiel Anna ihm ins Wort.

Die schweigsame Mia, die Ben in den letzten Minuten ausgeblendet hatte, meldete sich wieder. »Das ist Irrsinn. Wenn das Haus einstürzt, ist sie haftbar.«

»Da stürzt nichts ein«, ging Anna an die Decke.

»Schon gut, ich wollt's nur gesagt haben, falls ihr das vor lauter Bewunderung für Frau Prins' Selbstlosigkeit aus den Augen verliert.«

Darauf wusste keiner mehr etwas zu sagen. Die Stimmung war im Keller. Ben schielte zur Uhr. »Schon elf und die Handwerker fangen morgen um sechs an. Macht es euch etwas aus, wenn wir langsam fahren?«

Anna verdrehte die Augen. »Du meinst, bevor Mia weitere Beiträge zu unserer guten Laune loslässt? Ja, prima Idee. Brechen wir auf.«

»Wieso bin ich jetzt wieder die Spaßbremse? Ich sage es lediglich, wie es ist«, ereiferte sich Mia.

Den Rest ihres Monologs überhörte Ben, weil er an die Theke ging, um zu zahlen. Anna musste die Rechnung nicht sehen, auf der zweifelsfrei drei alkoholfreie Drinks auftauchen würden.

Als er zum Tisch zurückkam, standen die drei gerade auf.

»Wo sind deine Krücken?«

»Passten nicht zum Outfit?«

Ben hob die Brauen. »Dein Ernst?«

»Jep. Mein Knöchel ist ein wenig besser, da dachte ich, ich gebe heute Abend mal den Vamp zum besten und nicht den bemitleidenswerten Trampel, der nach einem Pfleger sucht.«

Ben sah sie an. Zu der Korsage trug sie eine schmal geschnittene schwarze Hose und gleichfarbige Ballerinas. Ihr Aufzug ließ ihn ihre Figur mehr als nur erahnen. Zumal er ihre spektakulären Beine nackt gesehen hatte und beurteilen konnte, dass Anna hielt, was ihr Aufzug versprach. »Das gelingt dir ganz gut«, hörte er sich nach Abschluss seiner Musterung murren.

»War das ein Kompliment? Wenn ja, muss ich dir leider sagen, dass mein Hörvermögen unter den Caipis gelitten hat. Ich bräuchte es schriftlich.« Sie lachte so unbeschwert, dass es Ben heiß wurde, als sie sich bei ihm unterhakte und an seiner Seite aus der Bar hinkte.

»Wie bist du eigentlich hier gelandet? Ich meine, es muss Hunderte Bars in Amsterdam geben. Wie wahrscheinlich ist es, dass du ausgerechnet ins *Berry's* gehst?«, nahm sie das Gespräch wieder auf.

»Der Türsteher lässt wenig Touristen rein, was bedeutet, dass du nicht ständig posierenden Leuten ausweichen musst, die mit ihren Selfie-Sticks herumwedeln. Außerdem ist es gemütlich, die Bedienung ist schnell und freundlich und ich gerade ganz in der Nähe und wollte noch nicht nach Hause fahren.«

Anna griff seinen Arm fester, während sie untergehakt hinter Mia und Jule durch die laue Abendluft hinkte. »Oh, du Ärmster. Kampierst du immer noch auf deiner Matratze?«, brachte sie spöttisch hervor.

Ben verzog den Mund zu einem schmalen Lächeln. »Spar dir die Ironie. Immerhin liegt mittlerweile das Parkett. Und ich kann warm duschen. Wenn ich jetzt noch einen Kühlschrank für mein Bier bekomme, halte ich es spielend den Sommer über aus.«

»Und du hast ein Geländer, habe ich gesehen. Schick, ganz aus Glas. Wenn du mal Sehnsucht nach dem einfachen Leben hast, tauschen wir vielleicht. Mich stört es auch nicht, wenn keine Küche da ist. Wie du weißt ... ach, wozu schon wieder auf meinen Problemen herumhacken? Es ist erniedrigend genug, das einmal zuzugeben.«

»Dafür kannst du erstklassig malern.«

»Wie der Wind.« Anna hob die freie Hand in die Luft und tat, als ließe sie den Pinsel über eine imaginäre Wand fliegen.

Ben war hingerissen. Auch wenn er wusste, dass er es nicht sein sollte. Kein neues Drama. Und falls doch, dann nicht in der direkten Nachbarschaft.

Dass es bei ihm nicht auf eine glückliche Beziehung hinauslief, war ein ungeschriebenes Gesetz. Claas bekam die unkomplizierten Flirts. Frauen, die kurzen, stürmischen Romanzen nicht abgeneigt waren, aber keinesfalls ihr Herz verlieren wollten.

Ben hatte hingegen ein Händchen für komplizierte Bekanntschaften, Frauen, die alles wollten und ihr Leben exakt durchplanten. Vom Eigenheim mit weiß getünchtem Gartenzaun über das Kindergeschrei bis zum Seniorentanz im Gemeindezentrum. Eline war das beste Beispiel. Eins, das er vermutlich für den Rest seines Lebens bereuen würde.

»Jule und Anna, ihr sitzt hinten«, kommandierte Mia, nachdem sie ihren schicken Audi- Kombi erreicht hatten.

»Was? Wieso das denn?«, muckte Anna auf.

»Weil ich keine turtelnden Paare durch die Gegend chauffiere, als wäre ich eine verdammte Kuppeltante.«

»Wir sind kei...«, hoben Ben und Anna gleichzeitig an und verstummten wieder.

»Bitte, du zuerst. Sag ihr, was wir nicht sind.«

Ben hätte es Mia in der Tat gern gesagt, aber er war viel zu schockiert. Himmel, er hatte sich mit Anna unterhalten. Das war alles. Gut, vielleicht hatte er hin und wieder in ihren Ausschnitt gelinst und es war auch möglich, dass er ihren göttlich gerundeten Hintern ein wenig zu lange angestarrt hatte. Aber er war weit davon entfernt, ein Fall für die Sittenpolizei zu sein.

»Ich laufe auch gern hinterher. Das ist praktisch, weil ich einspringen und schieben kann, falls ihr liegen bleibt.«

Mias Mundwinkel sackten noch weiter herab. »Vorsicht, das ist ein Firmenwagen der Bank, mit der du ins Geschäft kommen willst. Du solltest besser überlegen, wen du mit deiner forschen Art verprellst.« Eine Miene, als hätte sie reinste Zitronen-Essenz getrunken.

Aber davon ließ Ben sich nicht beeindrucken. Im Gegenteil sah er Mia feindselig an.

»Du meinst die Bank, die dich bei der Beförderung übergangen hat? Ja, die solltest du als Zeichen deiner Wertschätzung unbedingt verteidigen«, höhnte Anna. »Und nur fürs Protokoll: Nichts liegt mir ferner, als mit Ben zu flirten!«

Großartig. Immerhin waren sie sich in diesem einen Punkt einig. Nur rumorte es bei dieser Ansage in seinem Bauch und in seinem Hinterkopf braute sich eine Frage zusammen: *Was? Wieso das denn?*

Ehe er sich lächerlich machen konnte, indem er es womöglich aussprach, schlenderte er zur Beifahrertür. »Damit wäre die Sache dann wohl geklärt. Ich kann die Beine ausstrecken, ihr quetscht euch hinten rein.«

Mias Blick sagte mehr als deutlich, dass sich in ihr Auto niemand quetschen musste. Aber ausnahmsweise hielt sie die Klappe. Wahrscheinlich hatte selbst sie kapiert, dass sie für einen Abend genug Gift verspritzt hatte.

13. KAPITEL

»Was ist ein Lumpfisch?« Anna sah skeptisch auf ihren sehr übersichtlich bestückten Teller.
Für den Mittelteil hatte ein Skulpturenkünstler das letzte bisschen Anmut aus einem Salatblatt herausgekitzelt, darauf gelbe und rote Fäden von irgendetwas – vermutlich Essbarem – verteilt und als krönenden Abschluss etwas grünlich Paniertes obenauf gelegt.

Jan de Fries hob den Kopf. Er war gute Restaurants gewöhnt, das wusste sie. Immerhin konnte er seine erlauchten Geschäftspartner nicht zum *Fritteur* einladen. Aber gerade wirkte auch er, als wünschte er sich inbrünstig einen Teller mit Friets und Bitterballen herbei.

Der Koch, der es sich nicht nehmen ließ, seine Kompositionen eigenhändig in den Wintergarten zu schaffen, schaute verschnupft drein. »Der Lumpfisch gehört zur Familie der Seehasen. Ein so genannter plumper Bodenfisch. Sein Geschmack erinnert an Hummer. Sehr festes Fleisch. Begehrter Speisefisch«, ratterte er herunter.

Was nun Claas mit einem Räuspern kommentierte.

Anna hatte ihn beobachtet. Vor dem ersten Gang war er noch ganz stolz gewesen, dass er diesen Küchengott entdeckt und seinem Bruder empfohlen hatte. Aber anscheinend warf der Maître de Cuisine heute nicht das auf die Teller, was Claas von ihm gewöhnt war.

Und das tat er nun lauthals kund: »Können Sie wieder mitnehmen. Ich esse nichts, das Familie hat. Und schon gar keine Fische, die mit Hasen verwandt sind. Kann mir doch niemand weiß machen, dass Hasen und Fische ohne Genexperimente zusammenkommen.«

»Claas, reiß dich zusammen«, zischte Ben.

Aber das bremste seinen Bruder kaum. »Warum? Ich esse doch auch keine Klon-Schafe. Niemand will etwas auf seinem Teller finden, bei dessen Zeugung ein Reagenzglas eine tragende Rolle hatte.«

Ben kniff die Augen zusammen, ehe er sich dem Koch zuwandte. »Das Gericht schafft es nicht auf die Karte.«

Unter seiner turmhohen Mütze schrumpfte der Mann.

Anna tat er leid. Bisher hatte sich keiner der Testesser für seine – zugegeben recht kunstvoll auf die Teller drapierten – Speisen begeistert. Die vernichtendsten Urteile waren von Class gekommen. Dicht gefolgt von Huubs Kommentaren, den Jule und Jan mitgebracht hatten.

Anna fasste sich ein Herz, griff zum Besteck und schnitt ein winziges Stück von der Miniportion ab. Es wäre ihr lieber gewesen, nicht so viel darüber zu wissen. Wer wollte schon Teile von einem plumpen Bodenfisch im Magen haben? Trotzdem führte sie die Gabel tapfer zum Mund. Und tatsächlich, es schmeckte so köstlich, dass sie ganz die anderen vergaß, die sie anstarrten, als hätte sie soeben Dreck gegessen.

Sie sah, wie der Koch Hoffnung schöpfte, als sie sich ein Lächeln abrang.

»Soll ich den nächsten Gang holen?«, fragte er mit Blick auf Ben.

Anna sah ihm an, dass er zu gern die Augen verdreht hätte, aber er blieb stoisch. »Das wäre gut.«

Kaum war er weg, verputzte Anna ihre Portion. Drei Happen und ihr Teller war leer.

Sie sah Ben an. »Wieso hast du nicht einen ganz normalen Koch engagiert? Einen, der gute Steaks und leckeres Kartoffelgratin macht? Für so abgehobenes Zeug gibt es doch schon das *Latour*. Ich meine, wie viele Sternerestaurants braucht eine 40.000 Einwohner-Stadt?«

»Im Sommer tummeln sich hier locker doppelt so viele Leute«, gab Claas zu bedenken.

»Tja, die stehen vor der Frittenbude an. Beim *Latour* habe ich noch nie eine Schlange gesehen.«

»Also schlägst du ernsthaft vor, dass ich mir die Küche mit Fritteusen zustelle?« Ben wirkte tatsächlich gekränkt. Offenbar hatte er sich auf dieses Probeessen gefreut.

Jule, die selbst Köchin war und in einem Sternerestaurant gelernt hatte, klinkte sich ein. »Anna hat recht. Gäste, die bereit sind, vierhundert Euro pro Person für ein Essen auszugeben, sind rar gesät. Versuch es doch mit neuen, leichten Interpretationen klassischer Gerichte. Weniger Fett, gute regionale Zutaten. Dafür geben die Leute gern Geld aus.«

Ben dachte einen Moment darüber nach. »Du rätst mir also auch von dem Koch ab? Und woher bekomme ich so schnell eine neue Küchenmannschaft?

»So habe ich das nicht gesagt. Die Gerichte sind zu abgehoben, das stimmt schon. Und natürlich kannst du auch erst mal abwarten, was deine Gäste sagen. Dein Hotel zieht ja ein gehobenes Klientel an ...« Jule ruderte hilflos mit den Händen und sah in die Runde. »Es wäre schön, wenn ihr auch mal etwas dazu sagt. Immerhin wirkt ihr ja selbst nicht begeistert.«

»Das habe ich. Nur war es bei mir ein wenig humorvoller verpackt. Aber es ändert nichts daran, dass ich satt werden möchte. In dem Restaurant, aus dem ich ihn kenne, war es viel bodenständiger. Und die Portionen waren größer. Außerdem hat er mir da keine Dinge vorgesetzt, die ich nicht kenne. Ich hasse das. Es mag schlechter Stil und verbohrt sein, und wahrscheinlich haut ihr mir gleich den Spruch von dem Bauern, der nichts frisst, was er nicht kennt, um die Ohren. Trotzdem kann ich nicht aus meiner Haut«, erklärte Claas.

Ben seufzte. »Gut, ich rede mit dem Koch.« Er wirkte unglücklich.

Anna verstand ihn. Kritik zu üben war nie schön. Außerdem nahm er sich die gedrückte Stimmung zu Herzen. Wer lud schon gern Gäste in sein Haus und ließ sie hungrig wieder gehen? »Wie wäre es denn, wenn Jule mit ihm spricht? Ich meine, wir haben heute Abend doch alle Zeit. Wieso lassen wir die beiden in der Küche nicht Gas geben, sehen uns in der Zwischenzeit das Haus an und treffen uns später wieder hier unten und wagen einen zweiten Anlauf?«

Ben raufte sich das Haar, was Anna entzückend fand. Ein wenig zerzaust wirkte er noch heißer als mit den zurückgestrichenen Strähnen. Würde er nur nicht so verdammt unglücklich dreinschauen.

»Wie stellt ihr euch das vor? Die Küchenmannschaft hat jetzt drei Wochen auf die Speisekarte hingearbeitet. Die werden nicht spontan neue Vorschläge aus dem Hut zaubern.«

»Das sehe ich anders. Natürlich musst du für Sterneküche ein wenig experimentieren. Aber das, was ich dir vorhin vorgeschlagen habe, sollte für den Mann kein Problem sein«, verkündete Jule. »Ein guter Koch entscheidet morgens auf dem Großmarkt, was abends auf dem Tisch steht. Und dass das

Team Zeit hatte, zusammenzuwachsen, ist ja nicht schlecht. Ich rede mit ihnen. Und dann sehen wir uns morgen Abend wieder.«

»Was, wenn du die Leute verprellst und ich ganz ohne Küchenmannschaft dastehe?«, gab Ben zu bedenken.

Jule zuckte die Achseln. »Bezahlst du sie anständig?«

Ben nickte.

»Dann wird das nicht passieren. Ich schätze, du hast einfach nicht klar gesagt, was du brauchst. Und um ehrlich zu sein, liegt die Messlatte für deinen Koch sowieso zu hoch. Sterneküche kann er nicht. Wollen wir wetten, dass er erleichtert ist, wenn ich seine Ziele ein bisschen realistischer stecke?«

Anna war in diesem Moment irre stolz auf Jule. Ihre Freundin machte nie viel Aufhebens um das, was sie konnte. Aber Anna hatte erlebt, wie sie zu besonderen Anlässen in der Küche zauberte.

Claas erhob sich.

Anna fand, dass er müde aussah. Der Endspurt für das Hotel musste ihm tatsächlich in den Knochen stecken.

Jan und Huub warteten noch, bis Jule mit dem Koch gesprochen hatte und den Termin für den morgigen Abend bestätigte, dann verabschiedeten auch sie sich. Zurück blieben Anna und Ben.

»So hast du dir das bestimmt nicht vorgestellt«, hob sie leise an. »Tut mir leid, aber ich war nicht begeistert. Ich hasse es, irgendwo essen zu gehen, wo nur abgehobene Dinge auf der Speisekarte stehen und am Ende muss man sich für das Gericht entscheiden, das man am wenigsten nicht mag.«

Bens Lächeln wirkte gewollt. »Weiß Jule wirklich, was sie da tut?«

Anna lachte. »Das ist gerade deine größte Sorge?« Sie schüttelte den Kopf. Dann erzählte sie von Jules beeindruckenden Fähigkeiten. »Sie macht selbst aus einem Omelett ein Festessen. Ich freue mich richtig auf morgen Abend.«

»Ich auch. Nur nützt mir das gerade nicht viel. Wegen des Probeessens habe ich seit dem Frühstück nichts gegessen. Wer kann denn ahnen, dass man Portionen vorgesetzt bekommt, die zum Probieren zu klein sind?«

»Heißt das, ich soll dich durchfüttern?«, fragte Anna lächelnd.

Ben erwiderte ihren Blick voller Skepsis. »Nimm's mir nicht übel, du selbst hast mir erzählt, dass du am Herd eine Niete bist.«

»Stimmt, dafür habe ich aber Dan. Der hat zwanzig Berufsjahre in einer Kombüse verbracht. Von ihm weiß ich, dass es einen Koch ungemein motiviert, unter den Leuten zu leben, denen er sein Essen vorsetzt. Versalzt man ihnen die Suppe zu oft, wird die Luft auf dem Schiff verdammt dünn. Also hat er sein Bestes gegeben, um sich zu verbessern.«

Ben schöpfte Hoffnung, das sah sie ihm an. »Bei den Brötchenlieferungen wirkte es nicht, als wäre er ein Fan von mir.«

»Dan ist über siebzig, also ein großer Junge. Er kommt mit Kompromissen zurecht. Außerdem hat er heute einen tollen Eintopf mit Hack und Kartoffeln gezaubert. Der Topf befindet sich in meinem Kühlschrank. Also – was meinst du? Wir stehen sowieso in deiner Schuld. Deine Gärtner haben heute Mittag ein kleines Wunder gewirkt und die Möbel, die Claas gebracht hat, sind todschick.« Anna stand auf. Sofort war Ben an ihrer Seite.

»Mir wäre es lieber, wenn du ab morgen wieder die Krücken benutzt.« Damit bot er ihr seinen Arm an. »Na komm, zier dich nicht. Wir müssen Kruimel mitnehmen. Der kommt bei dem ganzen Umbau sowieso zu kurz. Und du weißt ja, wie gefährlich er sein kann, wenn er Streicheleinheiten will.«

Insgeheim hatte sie gehofft, dass er sich anbieten würde, sie zu stützen. Es war albern, aber sobald Ben ihr nahekam, meinte sie, seine Wärme durch die Kleidung hindurch zu spüren. Dass sie sich den verführerischen Duft seines Aftershaves mittlerweile in jeder erdenklichen Lebenslage in Erinnerung rufen konnte, war hingegen keine Einbildung.

Gestern Abend, als sie beschwipst ins Bett gefallen war, hatte sie dem Drang widerstehen müssen, die Augen aufzumachen, um zu schauen, ob er wirklich da war. Langsam entwickelte sie eine stille Besessenheit, die schmerzhaft enden konnte. Zumal Ben sich vornehm zurückhielt und peinlich darauf achtete, ihr nicht zu nahe zu kommen.

Selbst gestern, als sie nebeneinander auf der Bank gesessen hatten, war er zurückhaltend gewesen. Dabei waren ein paar der Kerle fast in ihren Ausschnitt geplumpst, so hatten sie Anna angestarrt.

»Was machst du denn hier?« Dan stand in der Tür zur Küche und musterte sie wie eine Erscheinung. »Solltest du nicht bei diesem Probeessen sein?«

»War ich. Aber der Koch hat Bens *Schöne Aussicht* mit einem Nobel-Tempel auf der Croisette verwechselt. Nichts, was man essen möchte. Geschweige denn, dass man davon satt würde.«

Dan lachte und da er dabei von ein paar Background-Lachern begleitet wurde, vermutete sie Willem und Hans in der Küche.

»Ben lässt noch eben den Hund pieseln. Er kommt auch gleich. Wir wollten von deinem Eintopf naschen.«

»Von mir aus. Ist genug für alle da.« Dan drehte sich weg und verschwand in der Küche.

»Soll ich Teller rausbringen? Dann können wir auf der Terrasse essen.«

»Gut«, sagte Hans.

Willem rang sich zu einem »Jo!« durch.

Und Dan hatte immerhin noch ein tiefes Bärenbrummen für Anna übrig.

Humpelnd huschte sie nach draußen, schob zwei der Kaffeehaus-Tische zusammen und sammelte fünf der frisch lackierten Stühle ein, die sie drumherum arrangierte und mit den von Frau Prins frisch bezogenen Sitzkissen ausstaffierte. Dabei fiel ihr auf, dass die zur Loungegruppe passenden Töpfe in Rattan-Optik bepflanzt waren.

»Haben die Gärtner die Blumen mitgebracht?«, wollte Anna wissen, als sie wieder in die Küche kam.

»Ne. Spende. Von Quirin«, ließ Hans sich eine Antwort entlocken.

»Jo, der mag Blumen«, erklärte Willem.

»Hatte er ja auf'm Kudder nicht«, führte Dan lustlos aus.

Dann drückten sie Anna Teller in die Hand, griffen sich Gläser, Besteck, den großen Suppentopf und begleiteten sie nach draußen.

14. KAPITEL

Als Ben im Garten der Pension eintraf, war der dampfende Eintopf bereits verteilt.

Er zog sich einen Stuhl zurecht – und stutzte. »Sind das etwa Rosen?«

Anna sah auf. »Hortensien.«

»Nein, ich meine das da«, erwiderte Ben und deutete derart angewidert auf die Sitzkissen, dass man hätte glauben können, jemand habe sich darauf erbrochen.

»Ja, das sind Rosen.« Herrje, worauf wollte er hinaus? »Setzt du dich aus Prinzip auf nichts mit floralem Muster, oder hast du nur etwas gegen Rosen?«

»Sie sind pink.«

Es ging ihm also tatsächlich um das Muster. »Jetzt nimm endlich Platz. Du wirst feststellen, dass es sich darauf nicht schlechter sitzt als auf gelben Tulpen. Meines Wissens verursacht das Pink auch keine Impotenz.«

Ben ließ sich auf den Stuhl plumpsen. »Gab es denn kein anderes Muster?«

»Keine Ahnung. Als Frau Prins mitbekommen hat, dass ich die Stühle weiß lackiere, hat sie den Stoffballen besorgt und die Bezüge genäht. Für die Lounge-Gruppe macht sie auch noch welche.« Anna war selbst nicht glücklich mit den altbackenen Kissen. Aber mehr gab ihr Budget nun mal nicht her. »Tut mir leid. Deine Gäste werden mit der mittellosen Nachbarschaft leben müssen.«

Willem, Dan und Hans, die ihrem Gespräch schweigend gelauscht hatten, weideten sich an Bens schmerzerfülltem Gesichtsausdruck. Sein schickes Hotel und all das Geld, das er investierte, beeindruckte sie kein bisschen.

»Sieh es mal positiv. Die Möbel sind schön, der Garten ist tipptop und ... Ben de Fries, hol deinen Hund von meinem Rollrasen«, Anna fluchte. »Der darf mindestens drei Wochen nicht betreten werden und dein Hund wiegt mehr als ein Kalb.«

Ben verdrehte die Augen. »Ich dachte, du magst ihn.«

»Nicht auf dem Rasen! Wenn da braune Stellen auftauchen, lässt du sie ausbessern.« Nicht, dass sie tatsächlich damit rechnete. Aber sie konnte die Steilvorlage, die Kruimel ihr lieferte, auch nicht unkommentiert lassen. Nicht nachdem Ben dieses Theater wegen der Sitzbezüge gemacht hatte.

Ben trottete ergeben zum Rand der Terrasse und rief Kruimel heran, legte ihn an die Leine und brachte ihn mit zum Tisch. »Hast du eigentlich keine Sorge, dass eins der Opfer, die du in den Wahnsinn getrieben hast, sich an dir rächen könnte?«

»Das wird nicht passieren, weil ich so gründlich bin, dass sie dazu keine Kraft mehr haben. Und jetzt iss deinen Eintopf. Dan wird unleidlich, wenn man seine Kochkünste nicht würdigt.«

Sie genoss es zu sehen, wie er das einfache Gericht in sich hineinschaufelte und sich sogar einen Nachschlag von Dan geben ließ. Der füllte den Teller jedoch wortlos auf und ging überhaupt nicht auf Bens Lob ein.

Ben entging das nicht. Er half beim Abräumen der Tische, verabschiedete sich höflich, als die drei Seebären beteuerten, für sie sei es spät genug und sah Anna nach deren Abgang dann ernst an.

»Was habe ich deinen Seemännern getan?«

»Du hast dich abfällig über die Kissen geäußert, die Frau Prins extra für sie genäht hat. Ich schätze, das werden sie dir so schnell nicht vergessen.« Anna lehnte sich auf ihrem Stuhl zurück und genoss den lauen Abendwind, der durch ihr Haar fuhr. Oben auf den Dünen wirbelte Sand auf und schwebte wie Feenstaub über den Hügeln, ehe er sich wieder legte und das Spiel mit der nächsten Böe von vorn begann.

Ben schien ihre Worte zu überdenken. »Soll das heißen, Frau Prins ist über jede Kritik erhaben? Ich muss euer baufälliges Haus ab jetzt betrachten, als wäre es der Buckingham Palast?«

»Ich glaube, du übersiehst da eine Kleinigkeit. Die drei – eigentlich sind es fünf – sind hier völlig mittellos angekommen. Frau Prins sorgt durch die geringe Miete dafür, dass sie mit ihrer mickrigen Rente zurechtkommen und nicht in ein Heim gehen müssen, wo sie dem Staat auf der Tasche liegen. Du hast die drei doch gesehen. Die möchten ihren Teil beitragen, solange sie es irgendwie können. Insofern ist der Vergleich vielleicht gar nicht schlecht. Das hier ist ihr Buckingham Palast. Dan hat mir mal erzählt, dass er sich sein Berufsleben lang die Kabine mit anderen Leuten teilen musste. Und du hast es gewagt, die Queen zu kritisieren.« Sie zwinkerte ihm zu, um ihren Worten die Schärfe zu nehmen, auch wenn sie jedes einzelne davon so gemeint hatte.

Ben, der sie aufmerksam betrachtete, verschränkte die Hände hinter dem Kopf. »Weißt du, wie seltsam du bist?«

»Weil ich kein Problem mit pinken Rosenmustern habe?«

»Nein, weil du ... versteh mich nicht falsch, aber du hast in einem schicken Maklerbüro gearbeitet. Dein Chef hat mir erklärt, dass es normalerweise weit unter seinem Niveau wäre, eine Bruchbude wie die *Schöne Aussicht* zu verscherbeln, und er sie nur in sein Portfolio aufgenommen hat, um einem langjährigen Klienten eures Büros einen Gefallen zu tun. Also: Du hast Luxusimmobilien verkauft und dabei wahrscheinlich lauter Einkommensmillionäre hofiert. Und nun sitzt du hier und willst mir weismachen, dass du die Nöte von gestrandeten Seemännern begreifst?« Er klang nicht abwertend oder herablassend. Nur als wollte er es verstehen.

Das war ihr selbst nicht anders ergangen. In ihrer ersten Woche hatte sie die *Pension und Seemannsheim Vor Anker* einfach nur grässlich gefunden. Alt und schäbig mit Gästen, die ihr den Nerv raubten.

Dass sie schließlich doch dort angekommen war und Freude an ihrer Arbeit hatte, verdankte sie den Seemännern und ihrer ruhigen, wertschätzenden Art. Sie mochte die Dauergäste nicht, obwohl sie anders waren – sondern *weil* sie sich von der Masse abhoben, nicht blenden ließen und einfach ihr Ding machten.

»Ich glaube, mit Pieters versnobten Kunden war es wie mit deinem Probeessen«, erklärte Anna nachdenklich. »Von außen betrachtet war es ein guter Job, bei dem ich viel verdient habe, nur hat er mich nicht zufrieden gemacht. Versteh mich nicht falsch. Damals habe ich nichts vermisst. Erst seit ich in der Pension bin, sehe ich es anders. Wenn du dich immer nur mit schönen Fassaden herumschlägst, willst du irgendwann einfach wissen, dass da mehr ist. Und da sind Willem, Dan und Hans definitiv wohltuend.«

Eine ganze Weile sah Ben sie nur schweigend an.

Anna fühlte unter seinem wachsamen Blick ein warmes Prickeln über ihre Haut rinnen. Irgendwann hielt sie es nicht länger aus und deutete auf Kruimel. »Jetzt mach den Hund schon los. Das mit dem Rasen war ein Witz.«

Ben legte den Kopf in den Nacken und lachte leise. Als er wieder zu ihr sah, schmunzelte er immer noch auf diese verwegene Art, die ein Grübchen in seine Wange zauberte. »Du bist die Lichterketten losgeworden.«

»Ich habe mich schon gefragt, wann es dir auffällt.« *Und was du zu meinen Lampions sagen wirst.* Doch weil Anna ahnte, dass Bens und ihr Geschmack sich auch in diesem Punkt nicht decken würden, sprach sie es lieber nicht an.

Aber er wäre nicht Ben, hätte er es ebenfalls auf sich beruhen lassen. »Wieso sind die Lampions pink?«

Okay, dann musste sie wohl Farbe bekennen. »Es waren die Günstigsten. Bei *intertoys* gab es drei zum Preis von einer. Außerdem passen sie zu den Sitzbezügen.«

»Den Sitzbezügen, die jede Altersheimbewohnerin, die etwas auf sich hält, ausmustern würde? Meinst du die?« Selbst Ben musste über seinen dämlichen Kommentar lachen.

Anna stimmte ein, ehe sie gespielt ernst erklärte: »Warte, bis du den großen Bezug für das Lounge-Sofa siehst. Da kommt das Muster erst richtig zur Geltung.«

In Augenblicken wie diesen machte Ben es ihr so leicht, ihn zu mögen, dass sie gar nicht anders konnte, als ihn anzustarren. Umgekehrt warf er ihr ebenfalls Blicke zu, die sie unter anderen Umständen für eindeutiges Interesse gehalten hätte. Nur tat er nichts, um ihr näher zu kommen.

Sie würde garantiert nicht den Anfang machen. Nein, danke, eine Abfuhr reichte ihr. Dass sie Nachbarn waren und sich nicht aus dem Weg gehen konnten, würde eine zweite Zurückweisung nicht erträglicher machen.

Also schlug sie ihn sich besser aus dem Kopf. Aber was, wenn sie es ganz subtil anging? Natürlich war es möglich, dass er tatsächlich nicht auf sie stand. Nur benahm er sich nicht so. Nicht vorhin bei dem Probeessen, wo er mehr als aufmerksam gewesen war, ihr alle nasenlang Wasser und Wein nachgeschenkt hatte. Ob er wohl jedem Nachbarn Rollrasen geschenkt hätte? Möglich, schließlich hatte er es nicht uneigennützig getan. Aber neue Terrassenplatten? Und die Sache mit den Möbeln, die hatte unter Garantie er eingefädelt. Sonst wäre doch Claas auf sie zugekommen.

Während Anna noch versuchte, Bens Verhalten zu deuten, fuhr sie mit dem Finger über ihre Unterlippe. Ben folgte der Geste und leckte sich selbst über die Lippen. Doch statt ihr näher zu kommen, sprang er auf.

»Es wird Zeit. Wir haben morgen viel zu tun.«

Anna hoffte, dass er ihr die Enttäuschung nicht anmerkte. Das hatte ja super geklappt. Anna, der Vamp, jede sechzehnjährige Schulhofschönheit würde es geschickter angehen als sie. Plötzlich war da wieder diese Unsicherheit, die sie an sich selbst zweifeln ließ. Es tat nicht weh. Nicht wie bei dieser niederträchtigen Abfuhr in Jules Bar. Aber kalt ließ sie sein fluchtartiger Aufbruch auch nicht.

Ihr fiel ein, was Jule am allerersten Abend gesagt hatte. Dass er zwar Single, aber nicht so einfach zu haben war. Was zum Teufel sollte das bedeuten?

Leider kannte sie Jule. Ihre Freundin war für jeden Schabernack zu haben, doch mit Geheimnissen nahm sie es genau. Die tratschte sie nicht weiter, es sei denn, man nannte ihr einen verdammt guten Grund.

Ausgeschlossen. Aber wer sagte, dass es Jule sein musste? Ebenso gut konnte sie morgen Abend Claas in die Zange nehmen. Wenn Ben generell beziehungsscheu war oder rettungslos verliebt in eine andere, würde sie sich zurückziehen.

Anna stand auf. Ben war längst drüben. Oben in seiner Wohnung brannte das Licht. Langsam humpelte sie zum Haus, als etwas rotglühend aufglomm.

»Himmel, Willem, musst du dich klammheimlich in die Ecke setzen? Ich hätte mich fast zu Tode erschreckt.«

»Du hast den Pfeifentabak nicht gerochen, Mädel?«

»Nein, muss mir entgangen sein. Der Wind weht nicht ...?« Oh doch, er wehte in ihre Richtung, was die Fahne beim Haus deutlich zeigte.

»Ich glaube ja, der verdreht dir ganz schön den Kopf.«

Wow, und das aus Willems Mund. Ohne dass sie ihn nach seiner Meinung gefragt hatte. Also musste ihn das wirklich beschäftigen.

»Es gefällt dir nicht?«

»Ich weiß es noch nicht.«

»Willem, willst du mir irgendetwas sagen?«

Er paffte an seiner Pfeife herum, ehe er sie von den Lippen nahm. »Das hab ich doch. Ich habe gesagt, er verdreht dir den Kopf.«

»Oh, ich ... ich dachte, da kommt noch etwas. So eine Art Warnung: Verbrenn dir nicht die Finger. Renn ihm nicht hinterher. Der Kerl lästert über Frau Prins‘ Sitzbezüge, er ist es nicht wert.«

»Du redest Tünkram, Mädel.«

Ja, vielleicht tat sie das wirklich. Ach was, ganz bestimmt redete sie dummes Zeug. Wie auch nicht? Denn Willem hatte recht. Ben van Dijk hatte ihr verdammt nochmal den Kopf verdreht und sie konnte überhaupt nichts tun, um ihn da rauszukriegen.

Weil sie wusste, sie würde nicht schlafen können, setzte sie sich zu Willem. »Glaubst du, dass ich meinen Job gut mache? Wie war es mit meinem Vorgänger? Hatte der *Vor Anker* besser im Griff?«

Als Willem diesmal an seiner Pfeife zog und der glühende Tabak aufleuchtete, sah sie, dass sein faltiges Gesicht ein Lächeln trug. »Ach der. Hat sich auf die faule Haut gelegt und ...« Willem hielt inne, hob die Hand in die Luft, als würde er nach irgendetwas greifen, und schob sie in die Hosentasche.

»Willst du damit sagen, dass er in die eigene Tasche gewirtschaftet hat?«

»Jo, hat Leute hier wohnen lassen und es nicht in die Bücher eingetragen.«

In Annas Brust regte sich Empörung. »Hat Frau Prins ihn wenigstens angezeigt?«

»Ne, rausgeworfen hat sie ihn.« Willem redete ganz ruhig, doch da schwang eine Schärfe mit, die sie von ihm nicht kannte und die sie ihm nicht zugetraut hätte. Als wäre er, der grau umkränzten Glatze zum Trotz, nur zu gern bereit, sich ihren Vorgänger vorzuknöpfen.

»Gefährdet das euren Aufenthalt? Ich meine, muss Frau Prins Angst haben, das Haus nicht mehr halten zu können?«

»Ne.«

»Willem, verursachen dir ganze Sätze Schmerzen? Gibt es irgendeine Verbindung in deinem Hirn, die kollabieren könnte, wenn du ein bisschen ins Detail gehst?«

»Du redest doch.«

»Was ich nicht müsste, wärest du ein klein wenig auskunftsfreudiger.«

Eine ganze Weile sagte Willem nichts und paffte stur an seiner Pfeife. Dann beugte er sich vor und tätschelte Annas Hand. »Du bist ein Glück für uns. Du redest nur ‘n büschn viel.«

Anna war ganz gerührt. Sie wollte die andere Hand auf Willems legen, doch da zog er sich schon wieder zurück und stemmte sich schwerfällig aus dem Loungesessel hoch. »Die alten Stühle sind besser. Höher.« Und damit ging er und ließ Anna allein.

Seine Worte hallten in ihr nach. An Schlaf war jetzt nicht zu denken. Also schob sie das Gartentor auf, schlüpfte hindurch und hinkte in Richtung Strand. Sie nahm den kurzen Weg, erreichte die Mauer, die den Besucherparkplatz von den Dünen trennte, und ließ sich darauf nieder.

Der Sommer kam, sie spürte es nicht nur, sie konnte es riechen und schmecken und fühlen. Warmer Sand, dazu das Salz in der Luft und diese leise Brise, die nichts von der Urgewalt der herbstlichen Stürme hatte, sondern die Haut sanft streichelte.

Das hier war keine Gegend, in die man zog. Am Meer zu leben war ein Gefühl, das die Menschen demütig vor der Natur werden ließ, weil auf jeden sonnenverwöhnten Tag zwei kamen, an denen das Meer wild an den Strand toste und der Wind einem den feinen Sand auf die Zunge blies.

Als sie studiert hatte, war sie für ein paar Monate nach Rotterdam gezogen. Doch das Stadtleben war nichts für Anna gewesen. Lieber war sie gependelt und hatte es abends genossen, die Füße in den warmen Sand zu stecken oder im Winter am Strand dick vermummt gegen den Wind anzulaufen.

Gott, sie vermisste ihre schöne Wohnung mit dem Meerblick. Morgens die Augen aufzumachen, Wolken über den

Himmel toben zu sehen und die Möwen, die tapfer dagegenhielten, das war einfach unbezahlbar.

Aber wenn sie nun zurückkönnte? Wenn sie das Seemannsheim gegen ihren Job bei Pieter tauschen könnte, würde sie? Anna schüttelte den Kopf. Sie war hier tatsächlich angekommen. Nicht alles war perfekt, aber sehr vieles war sehr viel besser, als in einem Büro zu hocken und den Kunden überteuerte Häuser schön zu reden.

Eine Weile schaute sie noch hinaus auf das Meer, das sich unter dem zunehmenden Mond wie eine träge Öllache vor und zurück bewegte, dann humpelte sie nach Hause und sank erschöpft ins Bett. Fast hätte sie es sogar geschafft, vorher nicht zu Ben hochzustarren, der die Ellbogen auf sein schickes Glasgeländer gestützt hatte und versonnen Richtung Meer starrte. Dorthin, wo sie eben noch gesessen hatte.

Irgendetwas an Ben van Dijk war absolut widersprüchlich, und sie würde verdammt nochmal herausfinden, was es war. Gleich morgen bei der Brötchenlieferung (der letzten, ehe seine Gäste eintrafen und er selbst ein Frühstücksbuffet anbot), würde sie Claas diskret ausfragen. Und wenn das nicht reichte, war er am Abend bei dem Probeessen fällig. Da konnte sie ihn unauffällig abfüllen und die ein oder andere Frage einstreuen. Es wäre doch gelacht, wenn sie ihn nicht zum Reden brachte. Das konnte Claas schließlich wie kein Zweiter.

Dummerweise ergab sich am nächsten Morgen keine Gelegenheit. Bens Garten war gestern fertiggeworden. Und weil die Gärtner nun vor dem Haus werkelten und nicht wollten, dass sie sich auf der Baustelle den Hals brach, nahmen sie ihr die Lieferung ab und trugen sie hinein.

»Herzlichen Dank auch«, murrte Anna.

Was die Gärtner mit einem genuschelten »Zicke!« quittierten.

Schon klar, sie meinten es nett und sie pampte sie an. Und schuld daran war nur Ben van Dijk mit seinen permanenten Attacken auf ihren Gefühlshaushalt.

Anna war immer noch mürrisch, als wenig später ihr Handy bimmelte. »Ja?«, fragte sie atemlos, ohne aufs Display zu schauen.

Eine schlechte Idee, denn natürlich hörte ihre Mutter, dass etwas im Argen lag.

»Was ist los? Und wieso geht bei euch im Büro niemand ans Telefon? Wenn ich anrufe, ist nur ein Dauertuten zu hören. Hat die Anlage eine Störung?«

Ja, und zwar eine auf Lebenszeit. Pieter würde jedenfalls nicht Wiedereröffnung feiern, denn Mia hatte ihr gestern erzählt, dass es schon einen Nachmieter für den Laden gab. Bademoden. Das war typisch. Vor der Saison mieteten die Leute Läden, waren im Herbst wieder raus und sorgten dafür, dass ihre hübsche kleine Einkaufsmeile in der kalten Jahreszeit zu einer Geisterstadt verkam.

Anna riss sich zusammen. »Kann sein, dass etwas nicht stimmt.« Das war noch nicht einmal gelogen, denn mit Pieters Bilanzen stimmte sogar eine ganze Menge nicht. »Ich bin aber auch zu Hause, weil ich ein lädiertes Bein habe.«

Augenblicklich plapperte ihre Mutter los. »Was soll das heißen? Lädiert? Kommst du zurecht? Sollen Papa und ich dich holen, damit ich dich hier ein bisschen verwöhnen kann?«

Oh nein, dünnes Eis. Es fehlte gerade noch, dass ihre Eltern herkamen, denn dann würden sie schnell merken, dass es nicht nur Annas Schreibtisch in der Agentur nicht mehr gab. Auch ihre Adresse hatte sich geändert. Verflixt, irgendwann musste sie es ihnen sagen. Nur nicht heute. Erst musste sie ihren Gefühlshaushalt auf Vordermann bringen. Sonst überrannte ihre Mutter sie und ehe Anna sich's versah, säße sie mitsamt ihrem Hab und Gut in einem Auto Richtung Süddeutschland, damit ihr Vater seine einzige Tochter im Blick hatte.

Also wiegelte sie ab. »Es ist nichts, wirklich. Mich hat ein Hund angesprungen. Der Knöchel ist verstaucht und es ist ziemlich übel aufgeschürft. Mach dir keine Sorgen, das kommt schon in Ordnung. Die Mädels kümmern sich.« Beim letzten Satz hielt sie die Finger überkreuzt, denn es war eine Notlüge. Schließlich konnte sie ihrer Mutter kaum die drei aufopferungsvollen Seebären erklären, ohne von ihrem Umzug zu berichten.

»Ich finde das nicht gut«, blieb ihre Mutter beharrlich.

»Welchen Teil genau? Dass sich jemand um mich kümmert? Dass ich mich verletzt habe? Oder dass bei Pieter die Telefone streiken?«

»Den Teil, in dem du vergessen hast, mich anzurufen, um mir davon zu erzählen.« Ihre Mutter klang gekränkt.

Was dazu führte, dass Anna sich mies fühlte. Ihren Eltern war es nicht leichtgefallen, so weit wegzuziehen und sie zurückzulassen. Obwohl sie Annas Grenzen respektierten, überzeugten sie sich gern selbst davon, dass es ihr gutging. Ihnen den kleinen Unfall zu verschweigen, war in ihren Augen ein Vertrauensbruch.

»Mama, ich wollte nicht, dass ihr euch Sorgen macht. Im Prinzip ist es nichts weiter als eine ziemlich große Schramme mit einem dicken Knöchel am Ende.«

»Aha, und wie kommst du mit der Schramme zurecht, wo du doch kein Blut sehen kannst?«

Mist, Anna fühlte sich sowas von ertappt. »Wie gesagt, ich habe Hilfe und muss den Verbandswechsel nicht allein machen.« Und wenn sie nicht langsam das Thema wechselte, würde sie sich am Ende doch noch verquatschen. »Mama, sagst du mir, warum du anrufst? Ist bei euch alles okay?«

»Wie, oh ja, wir kommen zurecht.«

»Und der Apfelhof? Fühlst du dich immer noch wohl?«, hielt Anna das Gespräch am Laufen.

»Ganz ehrlich? Ich kann keine Äpfel mehr sehen. Mittlerweile habe ich so viele Rezepte für Apfelkuchen, dass ich ein ganzes Kochbuch damit herausbringen könnte. Die Deutschen sind ganz verrückt danach. Aber mir fehlt das Meer.«

Anna brach der kalte Schweiß aus. Sie hatte doch hoffentlich nicht vor, nach Noordwijk zu kommen.

»Das ist ja ... traurig. Wer weiß, wenn ihr euch ein bisschen mehr eingelebt habt, könntet ihr im nächsten Jahr herkommen.« Sie klang so fröhlich wie jemand, der über glühende Kohlen marschierte und unter vorgehaltener Waffe einen Witz zum Besten gab. »Lass uns nächste Woche noch einmal telefonieren. Dann ... dann erzähle ich dir, wie es mit dem Bein ist. Grüße Papa und drück ihn von mir.«

»Mache ich. Und du meldest dich vorher, falls mit deinem Bein doch noch etwas ist. Ich will nicht nach Noordwijk kommen, weil du mit einer Blutvergiftung im Krankenhaus liegst.«

Worauf Vera anspielte, war klar. Als Anna fünfzehn gewesen war, hatte sie sich verletzt und ihren Eltern nichts gesagt, aus lauter Angst, sie könnten ihr das Sommerferienlager streichen. Dummerweise hatte sie selbst es sich nicht genauer anschauen können, ohne in Ohnmacht zu fallen. Das Ergebnis war ein entzündetes Knie gewesen, an dem sie wochenlang Spaß gehabt hatte.

»So schlimm ist es wirklich nicht. Versprochen!«

Damit gab Vera sich dann endlich zufrieden und legte auf.

Oh Gott, wenn ihre Eltern die ganze Wahrheit erfuhren, würden sie ausflippen. Vor allem ihr Vater, der immer so stolz darauf gewesen war, dass sie in einem schicken Büro arbeitete und Karriere machte.

Tja, nun konnte er nicht mehr mit ihr angeben. Sie musste es ihm nur noch beibringen.

15. KAPITEL

Was auch immer Jule dem Koch gesagt hatte, Ben schmeckte es fantastisch. Ausgefallen, aber nicht zu abgehoben, frisch und leicht. Keine langen Gesichter. Kein Herummäkeln.

»Schafft es das Gericht auf die Karte?«

»Unbedingt!«, posaunte Claas heraus und schob sich den nächsten Bissen in den Mund.

Jan nickte. »Ich bin zwar nicht unvoreingenommen, weil Jule heute mit in der Küche steht – aber wenn es nach mir geht: zwei Daumen hoch.«

Nur Anna war verdächtig still. Sie hatte den ganzen Nachmittag über nicht einen spitzen Seitenhieb für ihn gehabt und nippte an ihrem Wasser.

»Ich hätte gleich Jule engagieren sollen«, sagte Ben zu niemand bestimmten.

Die Antwort bekam er von Jan. »Kommt nicht infrage. Dann ist sie nämlich nur noch weg. Morgens zum Großmarkt und abends bis zwölf Uhr hier in deiner Küche. Unsere Arbeitszeiten kollidieren ohnehin schon. Wenn ich frei habe, ist sie in der Bar. Mittlerweile essen die Kinder und ich jeden Tag dort«, erklärte er.

»Wo ist das Problem? Ob ihr hier oder in Jules Bar speist – ihr kommt zu einem ausgezeichneten Essen.«

»Von wegen, in der Bar bietet sie Kleinigkeiten an und wir sind bis auf ein paar Cocktail-Fans unter uns, weil die Gäste gegen sieben in ihre Hotels verschwinden und sich schick machen für das Abendessen auf der Promenade. Außerdem hat sie jemanden, der ab nächster Woche ihre Spätschichten übernimmt. Also sieh es mir nach, wenn ich dir im Namen meiner Frau absage.«

»Deine Frau? So weit seid ihr ja wohl noch lange nicht«, warf Claas mit vollem Mund ein.

Als Jan darauf nicht reagierte, wurde es still am Tisch.

»Das ist es also, was ihr plant?« Anna wirkte richtiggehend schockiert, weil ihr niemand davon erzählt hatte.

Jan zuckte die Schultern. »Ich weiß nicht wovon du redest. Und selbst wenn ich es wüsste – aus mir kriegst du nichts heraus. Und schon gar nicht, solange Jule nicht hier ist.«

Das war keine klare Absage, wie Ben registrierte. Und noch etwas ging ihm auf. Er beneidete Jan um sein unkompliziertes Glück.

Jule hatte nicht nur ihn, sondern auch seine Kinder in ihr Leben gelassen. Soweit er es beurteilen konnte, ergänzten Jan und sie sich hervorragend, völlig harmonisch. Sie nahmen den anderen ernst und zogen sich gegenseitig auf, ohne dabei verletzend zu werden. Eine gute Balance.

Wenn Ben sich überhaupt je wieder auf eine Beziehung einließ, wollte er genau das.

Ben tat es nicht bewusst, aber er schielte bei dem Gedanken zu Anna hinüber, die Jan immer noch im Visier hatte.

»Warum?«

»Äh – warum ich mich nicht zu Dingen äußere, die nicht zur Diskussion stehen?« Jan wirkte, als hätte sie ihn bei irgendetwas ertappt.

Es stimmte schon. Jule, Anna und Mia schienen sich nahe zu stehen. Aber hatten die Freundinnen deshalb gleich einen Anspruch darauf, in die Zukunftsplanung der anderen eingeweiht zu werden?

Anna schien jedenfalls nicht erfreut, schüttelte aber irgendwann den Kopf und pickte wieder in ihrem Essen herum.

Irgendetwas hatte sie. Und säßen nicht so viele Leute am Tisch, hätte Ben vielleicht sogar gefragt, weshalb sie so still war. Doch die Gelegenheit ergab sich nicht, weil Anna sich nach dem letzten Probierteller fluchtartig auf den Weg machte.

Als er am Abend auf seiner Terrasse saß – immerhin hatte Claas auch ihm ein Rattansofa und zwei Sessel aus seinem Fundus spendiert – sah er sie durch den Garten laufen. Sie hinkte kaum noch und trug einen Farbeimer zu dem baufälligen Schuppen, der Ben ein Dorn im Auge war, weil er die Landschaft verschandelte.

Dann ging ihm auf, dass sie sich ab jetzt wohl nur noch auf diese Weise sehen würden. Zwei Nachbarn, gefangen in ihrem Alltag, die keinen Grund hatten, einen Schritt auf das Grundstück des anderen zu setzen. Der Gedanke verpasste ihm einen Stich. Anna mochte ihn zur Weißglut treiben, trotzdem hatte er sich an sie gewöhnt.

Aber wenn er sie jetzt bat, mit ihm auszugehen, kriegte sie es womöglich wieder in den falschen Hals und für einen Flirt war er definitiv noch nicht bereit. Eher für eine Freundschaft. Locker. Unverbindlich. Vielleicht mit gewissen Extras – obwohl, er wusste nicht, ob Anna für so etwas offen war.

Überhaupt fühlte Ben sich ratlos. Dagegen gab es nur ein Mittel: laufen! Er zog seine Joggingschuhe an, tauschte die Jeans und das Poloshirt gegen seine Laufsachen und trabte am

Seemannsheim vorbei. Nur werkelte Anna längst nicht mehr an der Veranda, denn die war strahlend weiß lackiert.

Überhaupt war es albern, auf zufällige Treffen zu hoffen. Wenn er damit anfing, rannte er am Ende den ganzen Tag wie ein aufgezogenes Spielzeughäschen vor ihrer Tür auf und ab. Und wenn er sie doch bat, mit ihm auszugehen?

Ben wälzte den Gedanken noch, als er am Strand ankam. Da endlich konnte er sich richtig verausgaben. Über den schweren, feuchten Sand lief er an der Uferlinie entlang und sah den Kitesurfern zu, die mit bunt-geblähten Segeln auf dem Wasser dahinrasten.

Das wäre ein Hobby, das ihm Spaß machen könnte. Jule hatte ihm mit leuchtenden Augen erzählt, dass sie es erst letzten Sommer gelernt hatte, und dass das Gefühl, abzuheben und über das Wasser zu fliegen, mit nichts vergleichbar war.

Ben setzte es auf seine imaginäre Liste. Da standen schon ein Spanischkurs und der Oldtimer, den er sich zulegen und eigenhändig restaurieren wollte. Er wusste, wie schräg das war. Schließlich hatte er alles aufgegeben, um sein streng getaktetes Hamsterrad zu verlassen. Doch jetzt, wo ihm bewusst wurde, dass die Verwaltung eines Hotels mit gerade einmal elf Suiten und einem erlesenen, aber kleinen Restaurant ihn nicht auslastete, wurde er nervös.

Ben hatte immer gearbeitet. Als Kind im familieneigenen Landgasthof und später neben der Uni in einem Dutzend anderer Jobs. Außerdem mochte er die Juristerei. Nur nicht zwölf oder vierzehn Stunden am Tag. Was, wenn er sich ein kleines Büro in Noordwijk einrichtete? Da konnte er bestimmen, wie viele Mandanten er akzeptierte.

Ben war unschlüssig. Alles, was er gewusst hatte, war, dass er aus seinem alten Leben rausmusste. Aber abgesehen vom Hotel hatte er sich keine großen Gedanken darüber gemacht, womit er täglich vierundzwanzig Stunden füllen konnte.

Nichtstun kam nicht infrage. Dafür war er nicht der Typ. Ihn hatten früher ja schon Urlaube gestresst, bei denen alles, was ihm wichtig war, von hundert auf null zum Stillstand kam.

Anna fiel ihm ein. Ob sie Lust hatte, mit ihm Surfen zu lernen? Oder Spanisch?

»Klar, du gehst hin, erklärst ihr, dass sie bitte nichts von dir erwarten, aber ihre Freizeit mit dir verbringen soll. Das wird sie locker mitmachen.« Die Vorstellung kam ihm so albern vor, dass er das Tempo anzog und sich jeden weiteren Gedanken an Anna verbot.

Kruimel hechelte neben ihm her. Auch ihm tat der Umzug gut. Seit er nicht mehr stundenlang im Büro herumlag, hatte er an Gewicht verloren. Was möglicherweise damit zusammenhing, dass die Sekretärin ihm keine Leckerlis mehr zusteckte und seine Jagd auf die überfütterten Möwen niemals Früchte trug.

Ben redete sich selbst gut zu. Er hatte mit dem Hotel eine Aufgabe und würde zusätzlich tun, wonach ihm der Sinn stand. Das war toll. Andere Leute würden sich darum reißen.

Nur schade, dass Anna nicht zu sehen war, als er zurückkam. Ben stieg unter die Dusche, setzte sich auf die Dachterrasse – und sprang gleich wieder auf.

Sie war im Garten. Und malerte. Am Schuppen!

Aber wo zum Henker hatte sie die pinke Farbe her? In seinem Haus kam die nicht vor. Also konnte es kein Rest sein. Dann fielen ihm die brombeerfarbenen Fußleisten in seinem Foyer ein. Okay, die ließ er sich gefallen. Sie waren nicht auf

Augenhöhe und höchstens zehn Zentimeter breit. Zumal das Schachbrettmuster den Farbton abmilderte. Aber ein ganzer Schuppen?

Er wagte nicht, sich vorzustellen, wie es erst ausschauen würde, wenn auf den Bänken davor die schwülstig gemusterten Rosen-Kissen lagen. Die Villa Kunterbunt war vermutlich nichts dagegen. Das machte sie doch mit Absicht. Es gab jede Menge weiße, graue und schwarze Farbreste. Aber nein, Anna hatte zielsicher die Farbe gewählt, die an eine Lavalampe erinnerte.

Ihm war der Abend auf der Terrasse vergangen. Mürrisch schleppte er einen Sessel in die Wohnung und schnappte sein Laptop. Zeit, seine Mails zu checken und sich mit dem Buchungssystem vertraut zu machen.

Nur schweifte sein Blick immer wieder in den Garten, wo Anna gerade die zweite Farbschicht auf den Schuppen klatschte. Irgendwie schien sie wütend. Ihre Bewegungen wirkten verkrampft, viel weniger anmutig als sonst.

Vielleicht hatte sie ein Problem. Er könnte rübergehen und ... »An der Stelle machst du einen Punkt, weil du sonst höchstwahrscheinlich irre wirst!« Dass nicht mehr viel fehlte, stand fest. Anders ließ sich seine neue Marotte der Selbstgesprächigkeit nicht erklären.

Was Ben half, war die Mail, in der ein älteres Paar bat, ihm zwei Zimmer für sich und den Sohn nebst Schwiegertochter zu reservieren. Er beantwortete die Anfrage, wies auf die noch nicht ganz abgeschlossenen Arbeiten hin und bot den Leuten einen Preisnachlass an.

Die Zusage kam postwendend. Nur wusste er nicht, welche Zimmer er reservieren sollte. Also machte er sich auf den Weg, sein eigenes Hotel zu erkunden. Bisher hatte Ben fünf

Suiten gesehen. Und da jede Einheit ein anderes Design hatte, war er tatsächlich ein paar Stunden damit beschäftigt, alles zu kontrollieren und auf sich wirken zu lassen.

»Ich habe jetzt alles gesehen, bin in Suite Nummer elf und gelobe offiziell, dich nie mehr einen Idioten zu nennen«, verkündete Ben nach Abschluss seines Rundgangs.

Claas schnaufte ins Telefon. »Es ist halb zwölf. Das Probeessen war ziemlich abrupt zu Ende. Ich bin zum ersten Mal seit Wochen vor neun Uhr abends zu Hause gewesen. Was glaubst du, was ich mit dem freien Abend tue?«

»Du hast schon geschlafen?«, wollte Ben wissen, als gäbe es um diese Uhrzeit nichts Abwegigeres.

»Habe ich. Morgen ist im Hotel der Endspurt angesagt. Also lass mich schlafen und vertrau darauf, dass ich dich früh um sechs erbarmungslos aus dem Bett werfe.«

»Sieben Uhr reicht!«, gab Ben nachdrücklich zurück.

Claas entlockte es ein düsteres Lachen. »Mir nicht! Wenn ich zu wenig Schlaf kriege, wird es dir nicht anders ergehen.«

Ben wusste, er sollte Ruhe geben, doch er explodierte. »Sie hat den Schuppen pink gestrichen. Verstehst du? Pink! Ein paar Fußleisten in dem Ton lasse ich mir gefallen. Aber ein ganzes Haus.«

»Haus oder Schuppen?«, fragte Claas trocken.

»Es ist ein großer Schuppen«, giftete Ben zurück.

»Was hast du erwartet. Du hast doch sicher die Lampions gesehen?«

»Und ich habe auf den gruseligen Stuhlbezügen gesessen. Natürlich dachte ich, dass sie nicht farbenblind ist und selbst begreift, dass es eine Grenze geben muss.«

»Anna?« Es klang, als gäbe es keinen Menschen, von dem Claas weniger Vernunftbegabung erwartete.

»Welche Farben hast du ihr noch gegeben?«, knurrte Ben.

»Alle, die ich hatte. Keine Ahnung, ob sie den roten Schellack, der von deiner Haustür übrig ist, schon entdeckt hat.«

Ben brach der Schweiß aus. »Kann man den so einfach verarbeiten? Ich dachte, das wäre kompliziert, weil man tausend Lackschichten braucht.«

»Nicht bei dem, denn es ist kein Echter. Sieht nur täuschend ähnlich aus.«

Ben rieb sich über die müden Augen. »Dir ist schon klar, dass Farben in ihren Händen so etwas wie eine Waffe sind? «

Claas leitete seine Antwort mit ausgiebigem Gähnen ein. »Du darfst nicht nur auf die Lampions und die Kissen gucken. Ich finde, die bisherigen Farbtupfer passen gut in den Garten. Und nein, ich habe den Schuppen noch nicht gesehen, kann ihn mir aber vorstellen. Warte einfach, bis es wieder hell ist, und betrachte es als Gesamtkomposition. Wenn es wirklich schlimm ist, rede ich mit ihr und biete ihr an, für den Schuppen eine neutrale Farbe ihrer Wahl zu organisieren. Und jetzt schlafe ich.«

Es klickte in der Leitung und Ben stand da und konnte nichts anderes tun, als das Handy anzustarren. Claas noch einmal anzurufen, wäre völlig umsonst, weil sein Bruder das Telefon mit Sicherheit stummgestellt hatte.

Vielleicht sollte er Meditation auf seine To-Do-Liste setzen. Viele Leute wurden davon ruhiger. Aber ob das auch auf Menschen zutraf, die Tür an Tür mit Anna wohnten – Ben hatte da seine Zweifel.

Genervt stapfte er zurück in seine Wohnung und reservierte die Zimmer, die er ausgewählt hatte. Zum Glück lenkte ihn das Buchungsprogramm ab. Als Ben wieder mal auf die Uhr sah, war es nach drei. Er pinnte einen Zettel an seine

Wohnungstür, auf dem er Claas schlimme Konsequenzen androhte, falls der tatsächlich um sechs mit der Tür ins Haus fiel.

Dann schlief Ben ein.

Er kämpfte sich gerade durch einen ziemlich lebhaften Traum, auf dessen Höhepunkt er farbenblind in die Psychiatrie verfrachtet wurde, als ihm am nächsten Morgen – pünktlich um sechs – ein eiskalter Waschlappen ins Gesicht flog. Knurrend zog er sich das Kissen über den Kopf und nuschelte verschlafen: »Du spielst mit deinem Leben. Verschwinde und lass die Türkarte für meine Wohnung hier.«

Claas antwortete gelassen. »Und du mit meinem Seelenfrieden. Ich hab's mir angeschaut. Der Schuppen ist ein besseres Gerätehäuschen und sieht definitiv gut aus. Wenn du ein paar pinke Hortensien in deinen Garten setzt, schaffst du eine optische Verbindung.«

»Ist dir klar, wie oft ich in den letzten Tagen das Wort Pink verwendet habe? Häufiger als in den letzten zwanzig Jahren zusammen!«

Sein Bruder rückte den Rattan-Sessel zurecht, den Ben gestern nicht mehr rausgestellt hatte. »Ich sage dir jetzt mal was und das meine ich verdammt ernst: Du bist nicht zu ertragen. Du erinnerst mich an mich selbst, wenn ich Urlaub habe und mir von einem Tag auf den anderen komplett überflüssig vorkomme. Also renne ich hyperaktiv durch die Gegend, mache alle Leute wahnsinnig und will zurück. Da ist mir jeder Scheiß recht, solange ich das Gefühl habe, zu etwas nutze zu sein. Ich kann nicht sagen, dass es mich überrascht, weil du ein Workaholic bist und dir mit dem Hotel so eine Art Teilzeitbeschäftigung leistest.«

»Führt dieser Monolog irgendwo hin?«

»Ja, du kannst bei mir einsteigen. Mach mir die Kalkulationen, das konntest du schon früher, als du noch bei Mama und Papa die Buchhaltung gemacht hast. Geh Verträge für mich durch, führ die Verhandlungen. Darin bist du ein Ass. Das und dein Hotel sollten dich auslasten. Wenn du weitere Kapazitäten hast ...« Claas stockte.

Aber Ben ahnte, worauf es hinauslief. »Keine Frau. Du hast Eline vor zwei Jahren das letzte Mal gesehen. Ich tue mir das immer noch jeden zweiten oder dritten Tag an. Das reicht. Mehr emotionalen Ballast kann ich nicht brauchen.«

»Dich trifft keine Schuld. Sie war besessen von dir und hat sich das selbst zuzuschreiben.«

»Ändert das etwas?«

»An ihrem Zustand? Nein! Aber für dich würde es einen Riesenunterschied machen, langsam in deinen Schädel zu kriegen, dass du nicht verantwortlich bist. Und jetzt steh endlich auf. Die Arbeiter laden schon ihr Zeug ein. Gleich kommt die Dekorateurin, die die Vorhänge anbringt und die letzten Kissen und Decken verteilt, Vasen arrangiert und Bilder hängt. Heute wird dekoriert, dann sind wir durch. Stört dich doch nicht, wenn wir einen Teil des Werkzeugs schon mal hochbringen, damit die Leute hier weitermachen können?«

»Mich stören? Ich bin hoch erfreut. Dafür quäle ich mich gern von meiner Matratze in die Senkrechte.« Tatsächlich befiel Ben so etwas wie Aufbruchstimmung. Vielleicht besserte es seine Laune, wenn er endlich wieder ein richtiges Zuhause hatte. Einen Rückzugsort, an dem er sich wohl fühlte.

Sein Optimismus hielt, bis er aus dem Fenster sah und ein Deja-Vu hatte. Farbe, Möbel, Pinsel – Anna. »Was ist das?«

»Du kannst Anna unmöglich vergessen haben«, lachte Claas.

»Idiot. Ich meine natürlich die Möbel.«

»Es liegt Plane drunter, also wird sie die Tische vermutlich lackieren.«

»Wie viel Farbe hast du ihr gegeben?«

»Eine ganze Menge. Aber das ist grau und es sind Tische, die in den Wintergarten gehören. Also macht sie jetzt wahrscheinlich drinnen weiter.«

»Okay, das ist ... vermutlich gut.«

»Du bist aber auch pessimistisch.«

»Realistisch.«

»Nicht wirklich. Sonst würdest du zugeben, verrückt nach ihr zu sein und endlich mit ihr ins Bett gehen. Was auch gut für mich wäre, denn dann müsstest du mich nachts nicht mehr anrufen. Die Aufregung, deine Stimme wie einen Weckruf aus der Hölle im Ohr zu haben, wird mir zwar abgehen. Aber ich schätze, ich komme damit klar.«

Ben sah ihn an, als begriffe er, dass sein Bruder nun endgültig an eine schnell voranschreitende Geisteskrankheit verloren war. »Wieso sollte ich mit Anna ins Bett gehen?«

»Der naheliegendste Grund? Wie gesagt: Du bist verrückt nach ihr!« Claas brach in ein derartiges Gelächter aus, dass er hustete, bis ihm die Tränen kamen. »Tröste dich, umgekehrt ist es ebenso«, erklärte er dem fassungslosen Ben, nachdem er sich beruhigt hatte.

»Was? Nein. Sie ... kann mich nicht ausstehen«, hörte Ben sich sagen und hätte sich am liebsten selbst den Mund zugehalten, damit nicht noch mehr wehleidiger Blödsinn herauskam.

»Hm, auf den ersten Blick ist da was dran. Aber wenn eine ansonsten aufgeschlossene und liebenswürdige Frau zum Drachen mutiert, sobald sie dich sieht, muss es da irgendetwas geben, dass ich nicht kapiere. Und da ich in Liebesdingen eine Niete bin, tippe ich halt darauf.« Er tätschelte Ben gönnerhaft die Schulter. »Mal abgesehen davon, dass sie den gleichen Effekt auf dich hat. Du regst dich zwar gern grundlos auf, aber deine frisch entdeckte Pink-Fixierung setzt da ganz neue Maßstäbe. Also tobt euch aus, lernt euch kennen. Zeit genug hast du ja jetzt.«

Ben beschloss, das Thema zu wechseln. »Keine Zeit! Oder bin ich als dein juristischer Berater schon wieder aus dem Rennen?«

»Ganz ehrlich? Ich wüsste niemanden, mit dem ich lieber arbeiten würde als mit dir. Aber erst mal kriegst du die Sache mit dem Hotel auf die Reihe. Ich habe ja verstanden, dass du die Dinge in Amsterdam zu Ende bringen musstest und dich hier nicht einbringen konntest. Nur warten neue Projekte auf mich. Also übergebe ich dir heute Abend das Staffelholz und du machst hier weiter. Lass dich endlich darauf ein. Das hier ist genau dein Ding.«

Claas ging.

Ben blieb sprachlos zurück. Er schlüpfte in Jeans und Shirt, holte sich einen Kaffee nach oben und besah sich den Garten gegenüber in Ruhe. Mal angenommen, man schaute nicht nach drüben, um bewusst ein Haar in der Suppe zu finden, sondern weil man die Szenerie ganz gelassen in sich aufnehmen wollte, dann war ... nun ja, der Schuppen war nicht wirklich groß. Und es war auch nicht ... also nicht richtig ... pink. Ein Brombeerton, das ging schon. Irgendwie. Und bei Licht betrachtet waren die Lampions auch gar nicht so grell, sondern hübsche Farbtupfer, die dem Garten Leben einhauchten. Nur über das Rosenmuster würde er nicht mit sich diskutieren lassen. Das ging nicht. Gar nicht! Auf der anderen Seite war es wie mit dem Schuppen. Die Kissen verloren sich in dem großen Garten und waren ... erträglich schien ihm eine angemessene Bezeichnung.

Er nippte an dem Kaffee, den die Seebären gebracht hatten. Der war tatsächlich ungenießbar. Wenn er das Haus schon übernehmen sollte, konnte er mit der Küche anfangen. Da unten stand eine Hightech-Kaffeemaschine mit tausend Programmen.

Es war wirklich Zeit, das Ruder in die Hand zu nehmen. Oder wenigstens ein Klemmbrett. Ben befestigte einen Block darauf und ging nach unten, wo er sich in die Halle stellte und laut auf den Fingern pfiff.

»Alle mal herhören. Ich weihe die neue Kaffeemaschine ein. Wer möchte einen Café Crème oder einen Espresso?«

Erst trudelten die Bestellungen zögerlich ein, aber schließlich war das Dutzend voll. Ben warf die Maschine an, teilte die flüssige Motivationshilfe an die Arbeiter aus und schnappte sich Krümel.

»Gewöhn dich dran. Ab jetzt jagst du morgens am Hundestrand. Und komm nicht auf die Idee, einen Vogel zu erwischen!«

Flüchtig nickte er Claas zu, der ihn anlächelte, als würde Ben irgendetwas richtig machen.

Vor dem Seemannsheim war niemand zu sehen. Gut so, Claas hatte ihm viel zum Nachdenken gegeben. Besser, er würde sich endlich klar, wo er stand, ehe er sich total zum Idioten machte.

16. KAPITEL

Anna Jong stand in der Küche hinter einer Häkelgardine aus Frau Prins‘ Produktion, als Ben an der Pension vorbei stapfte, als wollte er mit jedem einzelnen Tritt ein Ameisenheer erlegen.

Kruimel, der brav neben ihm her trottete, hob den Kopf, als könnte er sie sehen und stupste mit der Nase gegen Bens Bein.

Der Ignorant sah noch nicht mal auf. Das war so typisch für Ben van Dijk. Immer schön geradlinig, bloß nicht vom Weg abbringen lassen.

Aber war sie denn anders gewesen? In Pieters Tretmühle hatte sie genau so funktioniert. Morgens um acht am Schreibtisch, zwölf Stunden später hatte sie sich aufs Rad geschwungen und auf dem Heimweg einen Abstecher in den Sushi-Laden gemacht. Hin und wieder Volleyball oder Sport und natürlich die Mädelsabende. Hätte sie kein Apartment mit Meerblick gehabt, sie hätte nichts vom Strand gesehen. Deshalb war es ja so schlimm, dass Pieter ihr den Boden unter den Füßen weggezogen hatte. Anna fehlte ihr alter Lebensmittelpunkt.

Ein Glück, dass sie die Pension gefunden hatte. Hier gab es für sie nicht nur einen Job, sondern auch Menschen, die sie mochten. Abgesehen davon machte ihr die Arbeit wahnsinnig Spaß, gerade weil das Haus so heruntergekommen war. Was immer sie in Angriff nahm, führte zu sichtbaren Verbesserungen. Plötzlich wirkte die Veranda einladend, der Garten war richtig gemütlich. Annas nächstes Projekt war der Frühstücksraum. Anschließend würde sie sich einzelne Zimmer vorknöpfen. Das Material, das Claas ihr gegeben hatte, reichte locker, um die Fenster neu zu lackieren und die Wände zu streichen. Vielleicht kriegte sie Frau Prins ja dazu, ihr ein Budget für neue Wäsche und Handtücher zu bewilligen.

Anna war richtig beschwingt, wenn sie daran dachte, wie das Haus sich verwandeln würde.

Nur dass sie immer noch nicht herausgebracht hatte, was eigentlich mit Ben los war, trieb sie um. Gestern hatte sie keine Gelegenheit gehabt, Claas auf den Zahn zu fühlen. Heute war sein letzter Tag. Den Dachausbau würden seine Leute übernehmen.

Wieso nicht jetzt? Ben war mit Kruimel unterwegs und so ein großer Hund brauchte doch eine Menge Auslauf. So schnell wären die beiden nicht zurück. Anna wusch sich die Hände und suchte Willem.

»Kannst du einen Blick auf die Anmeldung werfen und für ein halbes Stündchen die Stellung halten? Die Kegelbrüder wollen eine Radtour machen, mit denen hast du keinen Stress. Könnte höchstens sein, dass sich spontan jemand hierher verirrt und ein Zimmer will.«

Er sah sie aufmerksam an, ehe er die Pfeife aus dem Mund nahm. »Und dann?«

»Spendierst du ihm ein Wasser und setzt ihn in unseren schicken Garten. Gib ihm um Himmels willen keinen Kaffee, sonst flüchtet er.«

Willem nickte, die Pfeife klemmte längst wieder zwischen seinen Zähnen und verströmte dieses unverwechselbare Aroma von Honig und Whisky.

Anna, die nur noch leicht hinkte, flitzte durch den Garten rüber zur *Schönen Aussicht*. Sie fand Claas im Spa.

»Hey, willst du die leeren Brötchenplatten abholen? Oder hast du vor, mich anzuflehen, dass ich hier einziehe?«

»In allererster Linie plane ich, dir den Mund mit Panzer-Tape zuzupflastern, damit du keine kindischen Sprüche mehr absonderst.« Sie knuffte ihn leicht in die Seite. »Ben gar nicht da?«

»Er muss vor zehn Minuten an deiner Pension vorbeigekommen sein. Seltsam, dass du ihn nicht gesehen hast«, fügte Claas beiläufig an und dazu grinste er über das ganze Gesicht.

Anna kommentierte sein dämliches Brauengewackel nicht. Nur fiel ihr auch sonst nichts ein, was sie sagen könnte. Ben, sie sollte sich auf Ben konzentrieren. Leider wollte ihr spontan nicht einfallen, wie sie Claas aushorchen konnte.

Sie öffnete den Mund, klappte ihn wieder zu, öffnete ihn erneut.

Verdammt, wieso sah Claas sie auch so aufmunternd an. Sonst plapperte er doch einfach drauf los und ließ einen nicht zu Wort kommen.

»Was?«, rief Anna gereizt.

Er kommentierte ihren Einwurf sehr lässig: »Da du hergekommen bist, dachte ich, dass du etwas auf dem Herzen hast.« Er zuckte die Achseln.

Mittlerweile brodelte es in Anna. »Es ist ... ich meine Ben, er ... kann er mich nicht leiden?«

Claas brach in derart schallendes Gelächter aus, dass sie ihm den Hals umdrehen wollte.

»Was?« Diese Frage wurde anscheinend zu ihrem Dauerbrenner.

»Nichts. Alles gut«, erklärte Claas betont arglos. »Nur hat Ben mich vor ein paar Minuten exakt dasselbe gefragt. Also ... umgekehrt. Du weißt schon: Da stand die Frage im Raum, ob du ihn nicht leiden kannst.«

Das war ja interessant. Ben machte sich Gedanken über sie. Zu Annas rot glühendem Gesicht gesellte sich ein Herzrasen, das sich nicht sehr gesund anfühlte. Trotzdem, sie musste es wissen. »Und was ... ich meine, hast du dazu etwas gesagt?«

»Klar. Dass ihr verdammt nochmal endlich Sex haben solltet. Das wirkt Wunder.«

Anna wollte sich die Augen reiben, die Haare raufen, Claas ganz gepflegt anschreien, damit er begriff, dass er verrückt war. Doch aus ihrem Mund plumpste lediglich ein kreisrundes, atemloses »O!« Das half, denn plötzlich schaltete ihr Sprachzentrum wieder zu, zumindest halbwegs. »Du hast ... von Sex ...« Ihre Stimme war ein hohes Kieksen.

Claas Lächeln wurde milde. »Du meinst, ob ich von Sex geredet habe? Nicht ganz.«

In Anna glomm ein Funken wilder Hoffnung hoch. Vielleicht hatte dieser Schwätzer seinem Bruder ja doch nicht erzählt, dass sie wie eine überreife Frucht am Baum hing.

Aber Claas löschte das zarte Flämmchen gleich mit dem nächsten Satz. »Wenn ich mich recht erinnere, habe ich ihm geraten, mit dir ins Bett zu gehen. Versteh mich nicht falsch. Ich finde dich sehr süß und hatte Hoffnung, das könnte auf Gegenseitigkeit beruhen. Aber nachdem ich mir jetzt eine Woche lang angeschaut habe, wie ihr euch umkreist: Sex! Und zwar dringend. Vielleicht könnt ihr danach sogar ein ganz normales Gespräch führen. Nicht mehr dieses Fauchen und Keifen, obwohl ... du bist niedlich. Wie ein Kätzchen im Kampfmodus.« Lachend schlenderte Claas davon.

Sein Glück, denn sonst hätte Anna, die immer noch nach Luft schnappte, vermutlich den Hammer aus seinem Werkzeuggürtel gezogen, um ihm damit einen Scheitel zu verpassen.

Das war der größte Gau überhaupt. Nicht nur, dass sie Ben wie eine liebeskranke Teenagerin auflauerte, sobald er abends auf seiner Terrasse saß. Er redete auch über ... Moment mal, hallte es durch ihren Kopf.

Und das rief Anna auch gleich noch hinter Claas her. »Moment Mal!« Sie lief, so schnell es ihr Knöchel zuließ. »Wieso hat er mit dir über mich geredet?«

Er nickte, als hätte er damit gerechnet. »Für so ein kluges Mädchen stellst du erstaunlich dumme Fragen. Dabei ist es ganz einfach. Du bist ziemlich am Ende gewesen, als du vor ein paar Wochen eingezogen bist. Ben ist es auch. Um genau zu sein, steht er seit über drei Jahren neben sich. Nicht das optimale Timing, um jemand Neues in sein Leben zu lassen, aber manchmal kann man es sich nicht aussuchen.«

Das war es. Das hatte sie wissen wollen. Ben war ebenso ratlos wie sie. Nur konnte sie sich nicht wirklich freuen. Irgendetwas an dem bedeutungsschweren Ton, mit dem Claas Bens Probleme angedeutet hatte, ließ ihre inneren Warnglöckchen schrillen.

Sie wollte Claas schon danach fragen. Aber das fühlte sich nicht richtig an. Entweder Ben fand, dass seine Probleme sie etwas angingen. Dann würde er über kurz oder lang von allein mit ihr reden. Oder er wollte eben nicht, dass sie in seine privaten Angelegenheiten eingeweiht war. Das musste sie dann wohl akzeptieren. Auch wenn der Gedanke, er könne sie ausschließen, etwas mit ihr machte.

Anna atmete tief durch. Gegen glühend rote Wangen half das nicht, aber wenigstens raste ihr Herz nicht mehr, als müsste es in der Brust zerspringen. »Danke!«

Claas neigte den Kopf leicht zur Seite, senkte die Stirn und hob dabei die Brauen. Die Geste kam ihr seltsam vertraut vor, weil es die exakte Kopie der Miene war, die Ben zeigte, wenn er neugierig war oder interessiert lauschte. »War das jetzt so ein schmallippiges ›Danke für gar nichts‹?«

»Nein, das war ehrlich gemeint. Du hast mir tatsächlich geholfen mit deiner Offenheit.«

»Nimm's mir nicht übel. Ich schätze, ihr zwei wärt von selbst darauf gekommen, wenn ...«

»Wenn wir gerade nicht so neben der Spur wären? Ja, wahrscheinlich. Also danke nochmal. Du musst übrigens nicht erwähnen, dass ich hier war«, merkte Anna an und machte sich nicht die Mühe, in den Überredungsmodus zu schalten.

Egal, wie inständig sie ihn bitten würde. Claas würde tun, was er wollte, weil er das immer tat. Auch darin waren sich die Brüder ähnlich.

Anna nahm den Weg durch den Wintergarten und huschte zurück in die Pension, wo Dan sie in der Küche erwartete.

»Hast du was gegen Gemüse?«

Diesmal machte es nichts, dass er nicht ins Detail ging. Die wüst zerschnippelten Paprika und Auberginen, an denen Anna sich vorhin zu schaffen gemacht hatte, lagen ja noch immer gut sichtbar auf der Arbeitsplatte.

»Ich dachte, ich versuche es mit etwas Leichtem?«

Dan schürzte die Lippen. »Rohkost?«

Obwohl ihr das Gespräch mit Claas noch in den Knochen steckte, lachte Anna. »Der war gut. Aber nein, ich würde lieber eine Mahlzeit ausfallen lassen, als an rohen Paprikaschnitzen herumzukauen. Also dachte ich, ich probiere es mit einem Ratatouille.«

»Ist nicht einfach.«

»Doch, ist es. Im Internet steht, dass man lediglich alles in einen Topf wirft, es kurz anbrät, dann kommen pürierte Tomaten drüber und fertig.«

»Falsch!«

Langsam ging er ihr mit seiner einsilbigen Inquisitionsmasche auf den Keks: »Dan, ich kann lesen.«

»Dann haben die Leute im Internet eben keine Ahnung. Du musst die Auberginen einsalzen und mit den Zwiebeln scharf anbraten. So geht das los. Dann das restliche Gemüse. Tomatenmark. Frische Kräuter. Wo hast du frische Kräuter?«

»Ich habe ... getrocknete?«

Er rollte mit den Augen, geruhte aber Anna die Döschen aus der Hand zu nehmen. »Wie lange liegt 2011 zurück?«

»Dan, das sind getrocknete Kräuter, die werden schon nicht schlecht.«

»Ne, aber die verlieren Aroma«, gab er trocken zurück, leerte die Kräuter in den Müll und gab die Döschen in den Sack für die gelbe Tonne.

Die Momente, in denen sie einfach nicht wusste, was sie sagen sollte, häuften sich langsam.

Anna räusperte sich. »Dan, ich weiß deine Fürsorge zu schätzen, aber ein schwaches Aroma wäre vermutlich besser als keins.«

»Ne!«

»Geht es ausführlicher?«

»Ich kaufe welche. Um fünf treffen wir uns und kochen.«

»Eigentlich wollte ich euch damit überraschen und eine Freude machen. Siehst du das Problem? Mithilfe – Überraschung: Das passt nicht.«

»Mädel«, er schüttelte den Kopf, als wären an ihr Hopfen und Malz verloren.

Anna versetzte es einen Stich, weil ihr an seinem Urteil gelegen war.

»Du machst mir eine Freude, wenn du mich helfen lässt. Schmeckt auch besser.«

Na klasse. Damit war sie wieder ohne Aufgabe. Ihre Kegelbrüder waren ausgeflogen, die Buchhaltung hatte sie längst auf Vordermann gebracht. Also würde sie sich den Stühlen widmen. Die Tische im Wintergarten waren bereits mattgrau gestrichen. Für die Stühle reichte die Farbe auch noch. Nur würde sie diesmal selbst Stoff kaufen, ehe Frau Prins einen weiteren Ballen mit Blumeninferno entdeckte.

Sie wollte die Küche gerade verlassen, da sah sie Ben am Fenster vorbeilaufen. Er trug die Schuhe in der Hand, die Hosenbeine waren bis zur Mitte der Wade aufgekrempelt und trotzdem nass. Im Gegensatz zu Kruimel, der ein großes Stück Treibholz im Maul hatte, wirkte er so gar nicht entspannt.

Schnell trat sie von der Häkelgardine zurück. Es war tückisch, aber nachdem Claas das Sex-Thema eröffnet hatte, konnten sie sich wohl kaum noch unbefangen begegnen. Wenn er sie jetzt hinter der Gardine entdeckte, dachte er womöglich wer weiß was.

Und? Wäre das so schlimm? »Hm, es wäre ... verdammt hilfreich, wenn ich Claas gefragt hätte, wie Bens Antwort gelautet hatte. Immerhin hat er diesen hirnrissigen Schwachsinn ja nicht nur mir vorgeschlagen.« Anna fuhr herum, aber zum

Glück war hinter ihr niemand, der ihr Selbstgespräch mitangehört hätte.

Dann eben die Stühle. Die stellten ihr keine blöden Fragen und gaben keine Rätsel auf. Nur war die Streicherei so anspruchslos, dass sie viel Zeit hatte, an Ben zu denken.

Was war sein verdammtes Geheimnis? Und wie hing es mit seiner offenkundigen Beziehungsphobie zusammen? Gab es eine Frau in seinem Leben? Quatsch, das könnte er einfach sagen. Eine enttäuschte Liebe, der er nachhing? Nein, den Eindruck machte er nicht auf sie. Gut möglich, dass er gerade neben der Spur lief, aber eigentlich war er abgeklärt und mit sich im Reinen. So jemand litt, stand auf und ging weiter.

»Nicht, dass du den Lokus auch streichst.« Wie aus dem Nichts war Hans neben ihr aus dem Boden gewachsen und deutete auf ihr Bein. Seine Art, stumm zu fragen, ob er den Verband wechseln sollte.

»Gern. Du ahnst nicht, wie froh ich bin, dass du mir das abnimmst.« Sie schenkte Hans einen dankbaren Blick, wedelte mit den Händen vor seinen Augen und schnappte sich die Terpentindose. »Gib mir fünf Minuten, dann sind meine Finger sauber und ich habe alles zusammengesucht.«

Seit zwei Tagen wechselten sie den Verband im Garten. Wie sich ihr Leben überhaupt mehr und mehr ins Freie verlagerte. Vielleicht sollte sie Ben auch endlich sagen, wie dankbar sie ihm dafür war. Immerhin stammten die Materialien von ihm. Und er hatte die Gärtner geschickt.

Klar, und wenn es das nicht ist, fällst du vor ihm auf die Knie, weil morgens die Sonne aufgeht. Annas innere Stimme entwickelte sich ebenso schwatzhaft wie Claas es war. Außerdem spielte ihr Kopfkino ihr Streiche. Manchmal waren es nur Ideen von Ben van Dijk, dann kam es ihr wieder so vor, als sähe sie ihn vor sich. Es wurde wirklich Zeit, dass sie eine Beschäftigung fand, bei der Konzentration gefragt war. Sonst drehte sie am Ende ganz durch.

»Brauche ich den Verband noch?«, wollte sie von Hans wissen, nachdem er den Alten entfernt hatte.

»Jo!«

Okay, hier brachten sie einsilbige Antworten nicht weiter. Anna seufzte. »Hans, geht es etwas genauer?«

»Blutet nicht, kannst gucken.«

Das tat sie. Und erschrak. Ihr Bein war von der Wade bis zum Oberschenkel verkrustet. »Geht es wirklich nicht ohne Verband? Man sagt doch immer, dass Luft für den Heilungsprozess wichtig ist.«

»Ne, einmal irgendwo entlang ratschen und die Kruste ist ab. Außerdem hält die Salbe sonst nicht.«

»Muss die sein?«

»Jo, dann bleibt's geschmeidig.«

»Gut, also in Gottes Namen, bleiben wir dabei. Auch wenn die Leute mich langsam für eine Simulantin halten müssen.«

Hans wog den Kopf von links nach rechts. Der Gipfel der Unbestimmtheit. Nur hatte sie keine Lust mehr, weitere Antworten aus ihm herauszukitzeln.

In Gedanken war sie schon wieder bei Ben. Ben, der neben ihrer Liege stand und schuldbewusst auf ihr Bein starrte und ...

»Ben?«

»Wenn ich keinen Klon habe, werde ich's wohl sein.« Er schenkte ihr ein jungenhaftes Lächeln, dann sah er wieder auf ihr Bein. Dabei schluckte er so schwer, dass sein Adamsapfel hüpfte.

Anna nahm sich ein Herz. »Wieso bist du hier?«

»Ich habe nachgedacht.«

»Das soll gelegentlich sehr hilfreich sein.«

»Witzbold!«

»Nein«, Anna schüttelte den Kopf. »Das war ausnahmsweise mein Ernst. Sagst du mir denn auch, was bei deiner Denkübung herausgekommen ist?«

Hans, der fertig war, sah sie an, schnaubte und stand auf. Kopfschüttelnd ging er davon.

Anna überlegte, ihn zu Claas zu schicken, denn anscheinend dachten ihre Rentner exakt dasselbe wie Bens Bruder.

Stirnrunzelnd sah sie Ben an. »Wir sind Nachbarn.«

Er legte den Kopf schief. »Ich weiß!«

»Und ich habe mit deinem Bruder geredet.«

»Das tue ich auch gelegentlich.« Er zog eine Liege heran und ließ sich mit geschmeidigen Bewegungen darauf nieder. »Möchtest du eigentlich hören, warum ich hier bin? Oder haken wir weiter all die Dinge ab, die dir gerade in den Sinn kommen?«

In Annas Magen begann es zu flattern und ihre Hände wurden ganz feucht. Es war Schwerstarbeit, unbeteiligt zu wirken. Außerdem traute sie ihrer Stimme nicht, weswegen sie einfach nickte.

»Gut: Ich würde gern mit dir ausgehen.«

»Ausgehen?«

»Du weißt schon, man trifft sich, geht irgendwo etwas essen, redet.«

»Hm, das wäre ... gut.« Anna leckte sich nervös über die Lippen. In ihrem Magen kribbelte es und ihre Wangen glühten.

»Prima«, Ben erhob sich.

Wieder fiel ihr auf, wie geschmeidig seine Bewegungen

waren. Um nicht zu sagen anziehend. Dabei lächelte er so doppeldeutig, dass ihr ganz warm wurde.

»Morgen Abend um sechs Uhr? Ich hole dich ab. Es ist wichtig, dass du pünktlich bist.«

Na, das klang ja kryptisch. Anna nickte. Und schluckte. Und möglicherweise troff auch ein wenig Speichel aus ihrem Mundwinkel, während sie ihm seufzend nachsah.

17. KAPITEL

»Endlich!« Jule brach am Telefon in Jubel aus. »Du wirst sehen, ein Date, eine Nacht voller Leidenschaft – schon bist du wieder ganz die Alte.«

Anna runzelte die Stirn. Sie war definitiv nicht überzeugt. »Und wenn es nicht funktioniert?«

»Seid ihr beide erwachsen und kommt damit klar. Ist ja nicht so, als würde das nur von dir ausgehen. Er hat dich um das Date gebeten. Also bekundet er Interesse und ist genauso verletzlich wie du. Willst du meinen Catsuit haben? Obwohl«, ruderte Jule gleich wieder zurück, »der ist am Bein eng geschnitten. Das ist bestimmt unangenehm mit dem Verband. Aber wie wäre es mit dem Kleid, das ich mir für den Geburtstag von Jans Mutter gekauft habe?«

»Du willst mir ein Schwiegermutterkleid aufhalsen? Bis wohin gehen die Knöpfe? Bis zum Kinn?«

»Dummerchen, ich hab's dann doch nicht angezogen, weil es viel zu sexy war. Online-Fehlkauf. Aber Jan kriegt glänzende Augen, wenn ich es trage. Also schätze ich, dass du damit nichts falsch machst. Außerdem sehen dazu auch flache Schuhe schick aus. Komm bloß nicht auf die Idee, mit deinem Knöchel in High Heels rumzueiern. Sonst denkt er, du wärest völlig übergeschnappt.« Jule kriegte sich gar nicht mehr ein.

Anna kam sie vor wie eine durchgeknallte Hochzeitsplanerin. Dabei war sie schon nervös genug. Claas‘ eindeutige Anspielungen miteinander ins Bett zu gehen, gaben diesem Date eine schlüpfrige Note. Besser, sie durchforstete ihren Kleiderschrank nach etwas, das nicht schrie: Nimm mich!

Doch Jule schien zu spüren, dass Anna einen Rückzieher machen wollte. »Ach, weißt du was? Ich packe das Kleid ein und komme vorbei. Dann stecke ich dir auch die Haare hoch. Wenn du mitgekriegt hättest, wie Ben neulich bei *Berry's* auf deinen Hals gestarrt hat.«

»Das ist dir aufgefallen? Hast du auch kontrolliert, ob er Reißzähne hat?«

»Jep, beim Probeessen. Keine Gefahr. Der Junge hat seine Zahnspange fleißig getragen. Alles gerade und perlweiß.« Jule kicherte. »Gib mir zwanzig Minuten. Die Kinder sind bei ihren Freunden. Ich sage nur schnell Bescheid, dass ich in einer karitativen Mission unterwegs bin und sie etwas später abhole.«

»Du klingst, als wäre ich ein amouröser Sozialfall.«

»Oh, das bist du.« Es klickte und Jule war weg. Nicht überraschend, denn sie war auf ihre liebenswerte Art gnadenlos. Hatte die Begeisterung sie erst mal im Griff, war sie nicht zu stoppen.

Also hinkte Anna ins Bad, föhnte ihr Haar, half ein wenig mit Mascara, Puder und Lippenstift nach und war gerade fertig, als Jule gegen die Terrassentür klopfte.

»Heiß!«, kommentierte sie, als sie ihre Freundin begutachtete.

Anna lachte.

»Ich meine es ernst. Du bist heiß. Wenn Ben heute nicht zugreift, schreibst du ihn ab und ich organisiere ein Date mit

Jans Uni-Freund. Der wohnt zwar in Rotterdam, aber er ist feinstes Heiratsmaterial.«

»Woo-hoo, langsam. Du machst mir Angst. Wann hätte ich je von einem Ring am Finger geträumt?«

»Das kommt noch.«

»Wann?«

»Wenn Ben dir den Kopf verdreht hat. Oder Jans Freund. Fest steht: Auf ein Rindvieh wie Pieter muss jemand folgen, der dich wertschätzt. Verstehst du? Um die Balance wiederherzustellen.«

»Erstens hatte ich nichts mit Pieter. Er war lediglich mein Boss. Zweitens: Pieter und Jan waren dicke Freunde, darf ich dich daran erinnern?«, brachte Anna säuerlich hervor.

Doch die Einwände lächelte Jule eiskalt weg. »Zu Punkt eins: Er hat auf deinem Ego herumgetrampelt. Das allein zählt. Und zu deinem zweiten Argument – solange du die Betonung auf das Wörtchen *waren* legst, darfst du mich gern an ihre Freundschaft erinnern. Du weißt doch, dass Pieter es nicht verwunden hat, dass Jan ihm wegen seiner familien- und kinderfeindlichen Sprüche die Meinung gesagt hat.«

Aber Annas Hirn kreiste längst um einen ganz anderen Punkt. Die Idee ploppte in ihrem Hirn auf wie die Warnmeldung an einem Computer. Sie packte Jule bei den Schultern und verlangte: »Sieh mich an.«

Jules Lächeln bröckelte. »Was denn?«

»Das ist es! Richtig? Ihr heiratet? Daran plant ihr die ganze Zeit herum. Jan hat neulich nichts dazu gesagt, deswegen hatte ich es abgehakt. Aber ... oh mein Gott – wann?«

Jule sah verschämt zur Seite. Ein Weilchen sagte sie nichts und schien mit sich zu ringen. Dann gab sie sich einen Schubs. »Jetzt stell dir mal vor, wir hätten beschlossen, dass wir heiraten und zwar für uns. Nur für uns! Das könnten wir natürlich niemandem sagen, weil sich dann unweigerlich alle einmischen würden. Erst mal kämen die Bedenken: Ihr kennt euch erst ein Jahr, seid ihr wirklich sicher? Ganz sicher? Wir würden gebetsmühlenartig versichern, nicht vom Blitz getroffen worden zu sein. Woraufhin dann die wohlmeinenden Ratschläge kämen. Mia würde uns über den familien- und ruhestandfreundlichen Vermögensaufbau aufklären. Bloem käme jeden Morgen vor der Schule mit Brautmagazinen unter dem Arm bei uns vorbei. Jans Mutter läge mir mit dem Wunsch nach noch mehr Enkeln in den Ohren. Du könntest deine Frotzeleien nicht lassen ...« Endlich sah Jule Anna wieder an. »Ich sage nicht, dass wir es tun. Aber ich streite es auch nicht ab und gebe zu bedenken, dass es so kommen könnte, wie ich es dir gerade geschildert habe, wenn es die Runde macht, und dass uns das echt den Spaß verderben würde.«

»Okay, ich schweige. Vorausgesetzt, du beantwortest mir eine Frage.«

»Wenn ich kann.«

»Werden wir dabei sein?«

Jule schmunzelte. »Wie gesagt, ich sage nicht Nein. Und schon dafür würde Jan mir den Hals umdrehen. Aber genug davon, lass uns endlich zusehen, dass wir dich in sündig heißes Material verwandeln, damit Bewegung in dein brachliegendes Liebesleben kommt.«

»Du redest von horizontaler Bewegung?«, fragte Anna mit zweideutigem Unterton.

Jule zwinkerte ihr zu. »Oh, da vertraue ich ganz auf dich. Ich fand dich immer überaus sportlich.«

Als Anna sich zwanzig Minuten später vor dem Spiegel drehte, fühlte sie sich wunderbar. Ihr Haar hatte Jule locker aufgesteckt, bis auf einige Strähnen, die ihr Gesicht einrahmten. Dazu trug sie Jules Kleid. Einen Traum in mitternachtsblau. Im Mittelteil hatte der Designer mit Stoff gespart. Allein seiner exzellenten Schnittführung war es zu verdanken, dass Annas Brüste verdeckt waren – und blieben. Nur traute sie dem Ganzen nicht, reckte und bückte sich, doch der aufsehenerregende Ausschnitt blieb, wo er hingehörte. Dass das Rockteil schlicht geschnitten war und bis zur Mitte ihrer Schenkel reichte, nahm dem Kleid nicht den Glanz, sondern lenkte die Aufmerksamkeit umso mehr auf den Ausschnitt.

»Hast du einen Defibrillator für Jan in der Tasche, wenn du das Kleid trägst?«

»Oh, er hat ein kräftiges Herz. Außerdem kann er sich beherrschen. Meist, bis wir wieder im Auto sitzen.« Jule schnalzte keck mit der Zunge, als wollte sie andeuten, dass der Rest privat war.

»Findest du es nicht albern, dass ich mit dem Verband ein Kleid trage?«

»Findest du es?«

»Nein, mir gefällt es trotzdem.«

»Dann sind alle, auf die es ankommt, zufrieden mit dir. Ben wird sich deswegen ja wohl keine blöden Bemerkungen erlauben. Schließlich verdankst du dein lädiertes Aussehen seinem Hund. Und jetzt los, schnapp dir die Tasche, die ich mitgebracht habe, und wirf dein Schminkzeug und das Handy rein.«

Die Clutch war aus dem gleichen seidigen Stoff wie das Kleid. Anna drehte sich wieder vor dem Spiegel, dann öffnete sie die Tür ihres kleinen Apartments.

»Hey, wo willst du hin?«

»Fragst du das ernsthaft? Ben kommt in fünf Minuten.«

»Und dein großer Auftritt?« Jule schüttelte den Kopf.

»Du meinst, ich soll Nägel kauend hinter der Gardine stehen und mich daran weiden, wie er ungeduldig vor dem Haus auf und ab tigert? Komm schon, sind wir nicht ein bisschen zu alt, um cool zu tun? Ich bin nervös, das kann er ruhig wissen, denn ich erwarte das Gleiche von ihm.« Anna lief los. Solange sie langsam ging, humpelte sie kein Stück. Vielleicht war das ein gutes Omen.

»Ich verdrücke mich unauffällig, nachdem ihr weg seid. Ben muss nicht wissen, dass du eine Zofe hattest.«

»Du gibst diesem Date einen reichlich undercover-mäßigen Touch. Haben wir das auch gemacht, als es mit dir und Jan losging?«

»Nein, ich war zu clever, um euch so früh einzuweihen. Ich war nämlich nicht halb so gelassen wie du, als es endlich zur Sache ging.« Jule kicherte leise, während sie die Treppe nach oben stiegen.

Kam es Anna nur so vor, oder setzten Jules Erwartungen sie reichlich unter Druck? »Wirst du noch mit mir reden, wenn dieses Date nicht mit Sex endet?«

»Süße, ihr umkreist euch seit Tagen. Bei dir ist es lange her. Bei ihm noch länger. Wenn du mir morgen in die Augen siehst und schwörst, dass nichts passiert ist, muss ich davon ausgehen, dass Fremde aus dem All meine Freundin entführt und stattdessen dich hiergelassen haben.«

»Oh, da ist er schon.« Anna konnte sich das Grinsen nicht verkneifen. »Er fährt den gleichen Wagen wie Jan.«

»Hm, die Kiste hat in den letzten Tagen unsere Auffahrt versperrt, weil Bens Stellplätze ständig von den Bauarbeitern belegt waren. Ist übrigens toll geworden, das Hotel. Den Garten hatte ich noch gar nicht gesehen.«

»Und wie gefällt dir unsere Veranda?«, wollte Anna wissen. Schließlich hatte sie sich die Finger wund geschliffen. Von ihrem Arm, den sie nach der Pinselei der letzten Tage vor Muskelkater kaum heben konnte, ganz zu schweigen.

»Ich bin angenehm überrascht, wie viel man mit Farbe ausrichten kann.«

»Aber?«

Jule sah auf ihre Füße, ehe sie fast schüchtern erklärte: »Erinnerst du dich an meine alte Bar?«

»Klar! Ich habe praktisch an der Theke gewohnt.«

»Dann ist dir sicher nicht entgangen, dass ich gemalert und renoviert habe wie eine Wilde. Trotzdem musste ich mich der Bauaufsicht geschlagen geben.«

Anna riss die Augen weit auf, als ihr klar wurde, was Jule damit sagen wollte. »Weißt du etwas, das mir keiner gesagt hat? Haben die uns etwa auch auf dem Kieker?«

»Oh Gott«, Jule griff nach Annas Händen. »Nein. Wirklich nicht. Es ist nur ... das Haus ist alt. Richtig, richtig alt. Da ist es mit ein bisschen Farbe manchmal nicht getan. Das ist alles, was ich sagen will, damit du die Realität nicht aus dem Blick verlierst. Und jetzt geh. Sonst denkt er doch noch, dass du ihn für deinen großen Auftritt warten lässt.«

Aber Anna war viel zu geschockt, um jetzt zu gehen. »Also hat Jan nicht gesagt, dass etwas mit der Pension nicht stimmt?«

»Nein, hat er nicht.«

Sie wusste, Jule hätte ihr gesagt, wenn es anders wäre. Deshalb plumpste ein riesiger Stein von ihrem Herzen. »Danke.« Dann wackelte Anna unternehmungslustig mit den Brauen und verließ das Haus unter beifälligen Blicken von Willem, Dan und Hans. Selbst Quirin hatte sich heute zu dem

Trio gesellt, das die Veranda neuerdings ab nachmittags wie die Hühner auf der Stange belagerte und die Straße im Blick behielt.

»Dann man viel Spaß«, sagte Willem gedehnt, als Anna das Törchen im Zaun öffnete.

»Danke. Euch auch. Und bandelt mir nicht mit den Nachbarinnen an. Wenn ihr Frühstücksgäste mitbringt, kostet es extra.«

Die vier stimmten ein raues Gelächter an. Es war noch nicht verklungen, als Anna Ben erreichte. Er sah umwerfend aus. Das Haar war noch feucht und streng aus dem Gesicht gestrichen. Zu einem figurbetont geschnittenen, dunkelblauen Anzug trug er ein himmelblaues Hemd, das am Kragen offenstand. Sie erspähte ein paar dunkle Haare auf seiner Brust. Kein Pelz, aber definitiv auch kein blanker Jüngling. Überhaupt wirkte seine Brust gut definiert. Dass seine Arme muskulös waren, hatte sie bereits gesehen. Was sich wohl unter dem Rest seiner schicken Montur verbarg? Anna sah auf, ehe sie wieder rot wurde.

»Ich dachte schon, du kneifst«, begrüßte er sie mit einem Zwinkern.

»Ben van Dijk, hältst du mich für einen Feigling? Wenn überhaupt, sage ich vorher ab.«

Er grinste schief. »Bitte sag mir, dass du mir keine schnöde Textnachricht mit Sorry-Smiley schicken würdest. Das könnte mein Ego nicht verkraften.« Er war ihr zur Beifahrertür gefolgt, die er mit einer charmanten Geste öffnete. Natürlich entging ihm Annas Blick nicht. »Reg dich wieder ab. Ich weiß, dass du durchaus im Stande bist, die Tür selbst zu öffnen, aber ich tue es gern. Nimm es als Zeichen meiner Wertschätzung.«

Annas Pobacke hing schon halb auf dem Sitz. Doch sie hielt inne und kniff ihm leicht in den Handrücken.

Verwundert hob er die Brauen. »Was war das jetzt?«

Anna grinste. »Ich hatte vorhin ein seltsames Gespräch über Ufos und vertauschte Leute. Du weißt schon, sie nehmen Menschen zu Forschungszwecken mit und lassen einen Klon hier. Gut möglich, dass du einer von ihnen bist. Du trägst doch sonst nicht so dick auf.«

Ben verdrehte die Augen und schaute gespielt verzweifelt. »Du musst noch viel über Aliens lernen. Wenn der Abend kein totaler Reinfall wird, lade ich dich zu mir ein und wir schauen uns alle relevanten DVDs an. Da siehst du dann, dass die Augen des Klons blau sein müssten und seine Haut einen leichten Grünstich hätte. Und jetzt räum endlich dein anderes Bein in den Wagen, damit wir loskönnen. Sonst ist die Tischreservierung weg und ich schwöre dir, dass du es bereuen würdest.« Er warf die Tür zu, umrundete den Wagen und schwang sich hinter das Steuer. Augenblicklich startete er den Motor und fuhr los.

Anna spann das Gespräch weiter. »Du meinst, Aliens sehen aus wie Möbel, die vom langen draußen Rumstehen grün angelaufen sind? Hält sich deshalb das Gerücht, das Marsianer grün sind?«

»Liegt doch nahe, findest du nicht? Wer holt sich schon freiwillig ein Alien ins Haus.«

Darauf blieb sie ihm die Antwort schuldig. »Wirst du mir sagen, wohin es geht?«

Er wackelte lustig mit den Brauen. »Was meinst du wohl?«

Weil Anna den Eindruck hatte, dass er es erwartete, spielte sie die Beleidigte, konnte sich das Grinsen aber nicht verkneifen. »Gib mir einen Hinweis.«

»Gut, wir sitzen an einem Tisch. Zwei Stühle, zwei Gedecke. Es gibt einen Windschutz und vermutlich tausend Schaulustige, die ebenfalls einen Platz wollen.«

Annas Grinsen wurde breiter. »Du denkst aber nicht, dass die Schaulustigen deinetwegen unterwegs sind?«

Ben, der den Wagen geschickt durch den Verkehr manövrierte und die A44 fast erreicht hatte, lachte unbeschwert. »Weswegen sollten sie sonst vor einem Restaurant herumlungern? Es gibt schließlich genug davon.«

»Sind deine Urlauber schon da?«, wollte Anna wissen.

»Ja, die Ersten sind heute Mittag angekommen. Ich bin richtig erleichtert, weil sie das Hotel in den Himmel loben. Morgen eröffnen wir das Restaurant mit einem großen Brunch-Buffet. Abends startet der Dinner-Betrieb. Übrigens habe ich einen Tisch reserviert für Claas, Jan und Jule, einige der Bauarbeiter mit ihren Frauen ... Es geht schon um 18 Uhr los. Ich würde mich sehr freuen, du kämest auch.«

»Selbst, wenn das heute Abend irgendwie schräg wird?«

Ben sah kurz zu ihr herüber, ehe er sich wieder auf die Straße konzentrierte. »Rechnest du damit?«, wollte er endlich wissen.

In Annas Ohren klang die Frage zögerlich. Als hätte er Sorge, dass sie es bejahen würde.

Also gab sie ihm keine schnodderig-humorvolle Antwort, sondern hörte in sich. Da war ein wohliges Flattern in ihrem Magen, ihre Haut prickelte vor Aufregung. Aber es fühlte sich nicht schlecht an. Ungewohnt, aufgeregt, und als wollte sie ebenfalls, dass diese Sache funktionierte.

Irgendwo in ihrem Inneren, schräg unterhalb des Herzflatterns, fand sie die Antwort. »Nein, tue ich nicht.« Und dann, nicht um auf seiner blöden Abfuhr herumzureiten, sondern weil es sie wirklich interessierte, fügte sie hinzu. »Wenn du dich erinnerst, ich habe dir an dem Abend, an dem wir uns begegnet sind, ziemlich deutlich gezeigt, dass ich Interesse an dir habe.«

»Aber ich nicht. Ich weiß«, Ben seufzte.

Anna rechnete schon nicht mehr damit, dass er mehr dazu sagen würde, und spürte, wie sich Enttäuschung in ihr breitmachte.

Doch da holte Ben tief Luft. »Du bist in einer ziemlich schwierigen Phase in mein Leben gerauscht, weißt du das? Es ist ja nicht nur der Ärger mit dem Hotel gewesen.

Hätte ich mein Pensum in der Kanzlei weiter so durchgezogen, wäre ich über kurz oder lang ausgebrannt. Das ist ein großer Umbruch, an dem ich noch immer zu knabbern habe.«

Er seufzte. »Weißt du, es ist nicht meine Art, Claas Geld in die Hand zu drücken und ihn dann mit so einem großen Projekt allein zu lassen. Trotzdem habe ich genau das getan. Mich hat die Einrichtung nicht interessiert. Mir war die Zimmeraufteilung egal. Ich musste mich wirklich zwingen, mir die Zeit für die Einladungen zum Abendessen freizuschaufeln, bei denen Jan de Fries mir die Pläne gezeigt hat. Nicht mal um die Einstellung des Kochs habe ich mich selbst gekümmert, so sehr war ich in meinem Hamsterrad gefangen. Ich bin um sechs zum Sport gefahren, von da ins Büro gehetzt, habe um acht Uhr abends mein Laptop runtergefahren, bin weitergehetzt zu ... zu noch einer Verpflichtung. Und im Prinzip habe ich mich die ganze Woche aufs Wochenende gefreut, weil da das Telefon in der Kanzlei nicht ging und mich keiner schräg angeguckt hat, wenn ich spät um zehn noch hinter dem Schreibtisch saß.« Ben schenkte ihr wieder einen schnellen Seitenblick.

Offenbar gefiel ihm nicht, was er in ihren Augen las. »Hey, kein Mitleid. Ich hatte Anteile an der Kanzlei und habe viel Geld verdient. Niemand hat mich gezwungen, mir dermaßen den Hintern aufzureißen. Ich habe nur einfach mein Gefühl für das richtige Maß verloren. Als du mich kennengelernt hast, war ich ...« Er hielt inne, suchte nach den richtigen Worten. »Nein, das ist Quatsch, denn es hat sich in der kurzen Zeit seitdem nichts verändert. Weißt du, früher, als ich noch studiert habe, hatte ich freie Tage. Auf die habe ich mich gefreut und sie sinnvoll verbracht. Nur kann ich jetzt mit meiner freien Zeit nichts mehr anfangen.«

»Du hättest in Amsterdam nicht alles hinwerfen müssen, sondern kürzertreten und dir ein Hobby zulegen können«, gab Anna zu bedenken.

»Nein, hätte ich nicht«, sagte Ben fest, als wäre das eine Tatsache, über die er lange gegrübelt hatte. »Der Job war für mich wie eine Sucht. Ich war süchtig nach dem Erfolg. Süchtig danach, Fehler in Hunderte Seiten umfassenden juristischen Papieren aufzuspüren. Hätte ich die Arbeitszeit nur reduziert, wäre ich auch in ein Schwarzes Loch geplumpst, in dem ich nichts mit mir anfangen kann. Das hätte ich mir dann wahrscheinlich zwei, drei Tage angeschaut und wäre wieder ins Büro gefahren, um die Langeweile zu kompensieren. Jetzt, wo ich hier bin, ist es anders. Ich kann nicht zurück und muss mich der Frage stelle, wie ich mein Leben gestalten möchte.«

Es bedeutete Anna viel, dass er all das erzählte. Er war nicht der Typ, der mit seinen Selbstzweifeln hausierte. Sie verstand es als einen Vertrauensbeweis, und der ging ihr mächtig unter die Haut. »Wie lange ging das so?«, wollte Anna wissen und spürte, kaum dass es heraus war, wie die Stimmung kippte.

Ben schluckte schwer. »Dass ich zehn und zwölf Stunden gearbeitet habe? Seit wir direkt nach der Uni die Kanzlei eröffnet haben. Aber so richtig heftig? Drei Jahre.«

Da war sie wieder, die magische drei, von der auch Claas gesprochen hatte. Irgendetwas musste damals in Bens Leben passiert sein. Aber was? Sie wollte die Stimmung nicht vergiften, indem sie hartnäckig blieb und weiter bohrte. Also schwieg sie und sah nach draußen, wo die Landschaft an ihnen vorbeiflog.

Nach einer kurzen Pause rang Ben sich erneut ein schiefes Lächeln ab. »Quid pro quo, du erinnerst dich? Ich habe dir gesagt, warum ich nicht in Flirtlaune war, obwohl du mir gefallen hast.«

»Oho, habe ich dir wirklich gefallen?«

»Weißt du das nicht?«

Anna zog die Nase kraus. »Das ist eine doofe Frage. Wenn ich jetzt ja sage, hältst du mich für selbstverliebt. Sage ich Nein ...«

»Kommt es der Wahrheit vermutlich verdammt nahe. Womit wir bei meiner Fragerunde wären. Wieso hat dir meine Reaktion so zugesetzt? Du bist hübsch, humorvoll, schlagfertig, und du hast eine beneidenswerte Fähigkeit, dich zu arrangieren und das Beste aus einer Situation zu machen. Lauter Eigenschaften, die dich zu einer Überlebenskünstlerin machen müssten. Ich begreife nicht, wie dich eine einfache Abfuhr so aus der Bahn werfen kann.«

»Sie war nicht einfach.«

»Gut, ich war ... ein wenig machomäßig unterwegs an dem Abend.«

»Ha, das ist die Untertreibung des Jahrhunderts. Du warst niederträchtig. Aber so richtig.«

»Gut, das unterschreibe ich. Antwortest du mir jetzt?«

»Du weißt, dass das Maklerbüro, in dem ich beschäftigt war, bankrott gegangen ist?«, begann Anna stockend.

Ben nickte.

»Das war ein schleichender Prozess. Und vielleicht sind wir uns gar nicht so unähnlich, nach allem, was du gerade erzählt hast. Ich war da mehrere Jahre, lange Zeit lief es richtig gut. Mein Chef Pieter hat mich von der Uni weg engagiert und ziemlich gefördert. Das hat mir gefallen.« Anna dachte nach. »Und vielleicht hat es mir auch geschmeichelt. Aber irgendwie ... seine Beziehung ist in die Brüche gegangen. Seine Freundin wollte Kinder, er nicht. Also hat sie ihn einfach abserviert. Das hat ihn verändert. Dass eine Frau alles, was er ist und noch werden könnte, dem abstrakten Wunsch nach einem Kind vorzog, war eine Verletzung, die er nicht wegstecken konnte. Um sich zu beweisen, dass sie austauschbar war, hat er jede in sein Bett gezerrt, die nicht schnell genug von der Straße war. Emotional hat er keine von ihnen an sich herangelassen. Kinder waren ab da ein Reizthema für ihn. Frauen hat er kollektiv für Schlampen gehalten. Manchmal ist mir von seinen Reden regelrecht schlecht geworden. Trotzdem lief das Büro weiter. Wir sind gewachsen, Pieter hat neue Leute eingestellt, der Konkurrenzdruck untereinander ist gestiegen, aber ich hatte einen festen Platz im Team. Was dann in ihn gefahren ist, kann ich dir nicht sagen. Es war um die Zeit rum, als Jan und Jule sich begegnet sind. Jan war damals noch Pieters bester Freund. Äh ... kennst du Jans Kinder?«

»Ja, wie gesagt, ich war ein paarmal zum Essen bei Jan und Jule.«

»Dann verstehst du, dass Jan Pieters ständig schärfer werdende frauen- und kinderfeindliche Parolen irgendwann nicht mehr witzig fand. Jan hat ihm ziemlich deutlich die Meinung gesagt und sich zurückgezogen. Knapp eine Woche später stand die Entscheidung an, welches Maklerbüro Jans großes Amsterdam-Projekt vermarkten soll. Das nennt sich *Leefbare Stad* und umfasst einen kompletten, kinderfreundlichen Stadtteil mit Häusern, die Jan für Familien konzipiert hat. Das größte Bauvorhaben, das Jan bisher gestemmt hat. All sein Geld steckt da drin. Also hat er ein Makler-Büro gesucht, das diese Art von Leben repräsentiert. Pieter ist ausgerastet, als er mitbekommen hat, dass der Auftrag an einen seiner Konkurrenten gegangen ist. Und er hat ab da alles getan, um Jan zu zeigen, dass er ein Schwergewicht in der Branche und definitiv nicht auf Jan angewiesen ist. Neues, protziges Auto, Partys mit der Hautevolee auf dem Golfplatz. Er hat sogar Jans Ex-Freundin engagiert. Die ist Innenarchitektin und hat ihm das Büro zu einem regelrechten Design-Palast umgebaut.«

»Lass mich raten, er ist damit vor die Wand gefahren«, schlussfolgerte Ben.

»Ungebremst und mit zweihundert Sachen auf dem Tacho. Seine Großkotzigkeit und sein frauenverachtendes Geschwätz fanden die Leute nicht witzig. Ich meine, jeder hat schon mal Liebeskummer gehabt. Aber dann berappelt man sich, steht wieder auf und macht weiter. Niemand hat Verständnis für jemanden, der derart eskaliert. Jedenfalls, Pieter sind fast alle Kunden abgesprungen, also hat er einen meiner Kollegen nach dem anderen gefeuert. Irgendwann konnte er es sich auch nicht mehr leisten, mich anständig zu bezahlen. Er hat meine Provisionen einbehalten. Von seinen Macho-Sprüchen und der herablassenden Art, die ich mir gefallen lassen musste, ganz zu schweigen. Das hat etwas mit mir gemacht. Wenn dir jemand lange genug einredet, dass du nichts taugst, glaubst du es irgendwann. Tja, ich habe mir wohl vorgemacht, dass Pieter sich schon wieder fängt. Und dass er mir dann auch die ausstehenden Provisionen zahlt.« Anna schaute aus dem Fenster. Es war leichter, Bens Reaktion nicht zu sehen, während sie gestand, wie blind und dumm sie gewesen war.

»Weißt du, das Schlimme ist, dass ich mir wirklich Mühe gegeben habe. Ich habe mein ganzes Leben nach diesem Job ausgerichtet. Essen mit Kunden am Abend? Kein Problem. Bis zum nächsten Tag ein Haus provisorisch einrichten, weil die Kunden keine Vorstellungskraft von den Möglichkeiten einer Immobilie haben? Mache ich. Und dann diese ständigen Sticheleien und Gemeinheiten. Erst dachte ich, er spinnt. Aber wie gesagt – steter Tropfen höhlt den Stein. Und damit ich jetzt die Kurve kriege: An dem Abend, an dem du mich hast abblitzen lassen ...«

Ben unterbrach sie, indem er die Luft so theatralisch durch die Zähne einsog, als hätte er sich verletzt.

»Ist ja schon gut, ich will nicht darauf herumreiten, aber so war es eben. Jedenfalls: Mein Ego hatte noch arg Schlagseite, ich hatte ein paar ziemlich anhängliche Kegelbrüder in der Pension, die mich schmierig angegraben haben, und konnte kein Land sehen. Vielleicht war ich deshalb besonders empfindlich. Kruimels kleiner Übergriff und die Tatsache, dass der Kerl, der mich kurz zuvor hatte abblitzen lassen, mein neuer Nachbar ist und ich ihm jetzt ständig über den Weg laufe, hat es nicht schöner gemacht.«

Bens Schnauben tönte durch den Wagen. »Mal langsam. Wann hat jemals jemand vor dir auf dem Boden gekniet und um einen Neuanfang gebeten?«

»Sehr witzig«, Anna streckte ihm die Zunge heraus. »Ist dir klar, dass ich mich verarscht gefühlt habe?«

»Ich erinnere mich, du erwähntest Punktabzüge in der B-Note.«

Anna lachte. »Jedenfalls hätte ich nicht gedacht, dass ich jemals neben dir im Auto sitze, um mich von dir ins Ungewisse entführen zu lassen.«

»Die Beschreibung gefällt mir. Klingt nach einem Abenteuer.« Ben schmunzelte vor sich hin, während er den Blinker setzte und von der A44 abfuhr.

18. KAPITEL

Vor Neugier und Ungeduld wurde Anna immer hibbeliger, während Ben den Wagen gemächlich durch Den Haag steuerte, bis er die Außenbezirke erreichte und auf einem Parkplatz mit Blick auf den Strand anhielt. Direkt vor ihnen ragte ein Holzhaus mit ausladender Terrasse auf, das Jules Strandbar nicht unähnlich war.

Ungläubig spähte Anna durch die Windschutzscheibe. Dafür waren sie so weit gefahren? Von diesen Buden gab es Dutzende. Allein Noordwijk musste zehn Stück mit Speisekarten in allen Preislagen haben. Ein Flachbau, gläserne Windschutz-Wände, Tische auf einer Terrasse. Doch als Anna genauer hinsah, erkannte sie, wie schräg die Szenerie war. Auf den vornehm eingedeckten Tischen standen Windlichter, außerdem saßen haufenweise Leute herum, die sich für diese Strandbar viel zu sehr in Schale geworfen hatten.

»Was soll das sein? Kommen Willem-Alexander und Maxima vorbei?«

»Der König? Das sollte mich wundern. Der dürfte eine Privatvorführung bekommen. Damit kann ich nicht dienen. Aber ich verspreche dir, es wird dich begeistern.« Damit stieg Ben breit lächelnd aus, kam um den Wagen herum und sah sie mit tadelndem Blick an, weil sie ihre Tür selbst öffnete.

So ein Spinner. Anna reichte es völlig, wenn er nett war und sie nicht aufzog. Augenrollend sah sie zu, wie er die Tür zuwarf. Nur hielt er ihr nicht wie in den vergangenen Tagen den Arm hin, damit sie sich auf ihn stützen konnte, sondern schlang den Arm um ihre Hüfte.

Augenblicklich hoben ihre Mundwinkel sich zu einem debilen Grinsen. Dazu stolperte ihr Herz wild in der Brust herum. Diesmal war es keine Einbildung, der erdige Duft seines Aftershaves hüllte sie ein und dort, wo seine Hand lag, spürte sie Bens Wärme. Gemeinsam schlenderten sie auf die Strandbar zu, deren Eingang mit einer Kordel abgesperrt war. Unzählige Leute warteten auf Einlass.

Dass sich auf dem Sandhügel unterhalb der Aussichtsterrasse Hunderte Menschen versammelt hatten, sah Anna erst jetzt. Stirnrunzelnd lauschte sie Ben, der mit dem Menschen am Empfang redete, und lief dann neben ihm her zu einem Tisch, der ein Reserviert-Schild trug. Definitiv fand heute Abend etwas Besonderes statt. Und sie wollte endlich wissen, was es war.

»Du musst nicht zufällig zur Toilette?«

Ben, der ihr gegenüber saß, griff über den Tisch hinweg ihre Hände und hob die Brauen. »Toilette? Das ist jetzt aber kein seltsamer Fetisch von dir?«

Im ersten Moment begriff sie es nicht, dann kicherte sie schrill und schüttelte den Kopf. »Blödsinn. Ich will nur, dass du verschwindest, damit ich die Leute fragen kann, was hier passiert. Ich platze fast vor Spannung.«

Ben sah ihr tief in die Augen und ließ die Daumen über ihren Handrücken wandern.

Gott, fühlte es sich gut an, wenn er Anna so anschaute. Als wäre sie der einzige Mensch, der in diesem Moment zählte.

»Du bist ungeduldig. Aber glaub mir, ich gehe nirgendwo hin. Ich würde lieber zum ersten Mal seit dreißig Jahren einnässen, bevor ich dir die Chance gebe, dir diese Überraschung selbst zu verderben.«

Als der Kellner kam, ihnen die Karten reichte und zu einem Korb mit Brot drei verschiedene Dips stellte, zog Ben seine Hände zurück. Na toll, als hätte sie das Essen so nötig. Viel lieber wollte sie seine Wärme spüren.

Sie vertiefte sich in die Speisekarte, entschied sich für ein Steak und bestrich ein Brot. Anna biss gerade davon ab, als ein vielstimmiges »Ah!« über die Terrasse schallte.

Anna folgte den Blicken der Menge, sah in die Richtung, in die plötzlich alle starrten, und erkannte Planen, die im Wind flatterten.

Dann klappte ihr der Mund auf. »Oh mein Gott! Theo Jansen ist hier?«, rief Anna und sprang auf, um sich die Nase am Windschutz platt zu drücken.

Hinter sich hörte sie Bens leises, raues Lachen. »Ich weiß nicht, ob er kommt. Mittlerweile ist er vierundsiebzig und weltweit gefragt, aber seine Biester sind hier.«

»*Animaris*! Er nennt sie *Animaris*«, korrigierte Anna ihn.

Wieder das raue Gelächter. »Kann es sein, dass du ein Fan bist?«

»Der Größte«, hauchte Anna und sah staunend zu, wie die noch gut zweihundert Meter entfernten Skelette mit den flatternden Planen näher kamen. Leute, die mit den insektenartigen Gebilden liefen und daneben klein aussahen, gaben ihr eine Vorstellung davon, wie groß diese Konstruktionen aus Rohren, Flaschen und Planen tatsächlich waren.

Langsam bewegten sie sich mit dem Wind am Strand entlang. Vielleicht noch zehn, fünfzehn Minuten und sie wären hier. Anna trat von einem Fuß auf den anderen. Sie wollte nicht hier oben mit diesen Schickimicki-Leuten sitzen, wenn da unten diese fantastischen kinetischen Skulpturen liefen.

»Müssen wir jetzt essen?«

Ben sah sie mit einer sonderbaren Ernsthaftigkeit an. »Wenn wir jetzt an den Strand gehen, ist unser Tisch weg.«

»Ich lade dich später gern in einer einfachen Strandbar auf Bitterballen und Friets ein. Aber ich muss da runter.«

Ohne ein Wort zu sagen, griff Ben nach ihrer Hand und zog sie mit sich zum Ausgang, wo er dem Mann an der Anmeldung einen Geldschein in die Hand drückte. »Meine Begleiterin hat sich schon am Gruß aus der Küche vergriffen, dafür sollte es reichen. Sie können unseren Tisch neu vergeben.«

In diesem Moment war Anna irre stolz auf ihn. Klar, er sah weltmännisch und wichtig aus in seinem schicken Anzug. Wahrscheinlich hatte er sich auf das Essen gefreut. Trotzdem erfüllte er ihr, ohne mit der Wimper zu zucken ihren Wunsch.

Das heißt, als sie den Strand betraten, hielt er an und sah skeptisch an ihr herunter. »Sicher, dass dein Kleid und dein Knöchel dieser kleinen Klettertour gewachsen sind?«

Anna ließ die Pupillen dramatisch kreisen. »Es ist Theo Jansen. Zur Not komme ich auch mit einem Bein zurecht. Oder ich krabbele. Hauptsache, ich komme so nah wie möglich an die *Animaris* heran.« Dass sie den Mund vielleicht ein bisschen vollgenommen hatte, wurde ihr klar, als sie mit dem lädierten Knöchel immer wieder tief im Sand versank. Doch sie biss die Zähne zusammen und lief mit Ben runter bis ans Wasser.

Staunend stand sie da, als die *Strandbeests* an ihr vorbeiliefen. Wie jemand etwas so Wundervolles aus einer Handvoll

Röhren erschaffen konnte, würde sie nie verstehen. Dabei hatte sie schon einmal eine *Animaris* gesehen. Nur war die wesentlich kleiner gewesen – genauso wie Anna, die damals in einer Traube aus Menschen gestanden und nur einen flüchtigen Blick auf das Gebilde erhascht hatte.

Einige Meter hielten Ben und sie mit den *Animaris* mit, deren Flügel sich im Wind blähten, dann wurde es für Annas lädierten Knöchel selbst im feuchten, schweren Sand zu beschwerlich und sie blieben stehen.

»Danke!« Sie strahlte Ben an. »Ich meine das ganz ehrlich. Ich habe keine Ahnung, wie du auf diese Idee gekommen bist, aber du hast mir eine riesige Freude gemacht.«

Ben, der ihre entzückten Rufe nicht kommentiert hatte und schon seit einiger Zeit recht still war, bedachte sie wieder mit diesem unergründlichen Blick. Langsam, als wollte er ihr Gelegenheit geben auszuweichen, legte er die Hände auf ihre Hüften und zog sie an sich.

Annas Herz raste. Ihre Augen konnten sich nicht entscheiden. Sollte sie weiter in seine seelenvollen, braunen Iriden sehen oder seine Lippen im Blick behalten, die ihr mit jedem Herzschlag näher kamen?

Als sein Mund endlich über ihren strich, schlang sie die Arme um seinen Hals und seufzte sehnsüchtig. Mehr, sie wollte so viel mehr.

Wellen rauschten an den Strand, umspielten ihre Knöchel, füllten ihre Schuhe mit Wasser. Es war ihr egal. Nichts zählte außer diesem köstlichen Moment, in dem Bens Lippen ihre küssten. Sie spürte seine Zunge, die langsam über ihre weiche Haut strich, ließ ihn ein, kam ihm entgegen. Ihre Brust lag an seiner. Wenn sein Herz nur halb so schnell schlug wie ihres, wäre sie schon glücklich.

Langsam, als wollte er jeden Zentimeter auskosten, schickte er seine Hände auf Wanderschaft, streichelte ihren Rücken hinauf, legte eine Hand in ihren Nacken, die andere umfasste zart ihre Wange.

Vertrauensvoll schmiegte sie sich in die Berührung, lehnte die Stirn an Bens und löste ihre Lippen von seinen. Sie beide rangen nach Atem.

Ben zog mit dem Daumen die Kontur ihres Mundes nach, hauchte einen Kuss auf ihre Nasenspitze und schob Anna dann leicht von sich.

Fast augenblicklich vermisste sie seine Wärme.

»Alles okay?« Herrje, warum war sie so unsicher? Er hatte angefangen, also musste er sie ebenso wollen, wie sie es umgekehrt tat.

Ben verzog den Mund zu dem jungenhaften Grinsen, das sie jedes Mal bis ins Mark traf. »Meine Schuhe«, sagte er schließlich. »Es fühlt sich an, als stünde ich in einer verdammten Badewanne.« Das leise Lachen, das darauf folgte, war so froh und unbeschwert, dass Anna gar nicht anders konnte, als einzustimmen.

»Du bist ziemlich pingelig, Ben van Dijk. Hat dir das schon mal jemand gesagt?«

»Hm, gelegentlich«, er zog sie wieder enger an sich. »Aber das sind sehr gute Schuhe. Ich mag sie.«

»Dann solltest du sie in Sicherheit bringen.«

»Später. Vorerst reicht es mir, sie auszuziehen. Strandspaziergang?« Er sah sie fragend an.

»Nur bis zur nächsten Strandbar. Jetzt, wo die *Animaris* weg sind, komme ich vor Hunger um.«

»Wollen wir schauen, ob oben ein Platz freigeworden ist?«

»Bitte nicht! Ich finde, dass diese Schickimicki-Läden

fürchterlich sind. Wenn es nach mir geht, sollte man in einer Strandbar mit Flip-Flops sitzen und ein Bier in der Hand halten. Leinenservietten auf dem Schoß verderben nur alles.«

Wieder lachte Ben.

Es gefiel Anna, ihn so gelöst zu sehen. Umso mehr, als es das erste Mal war.

»Hast du uns mal angesehen?«, gab er zu bedenken. »Kleid und Anzug, selbst mit Flip-Flops würden wir in einer lässigen Bar auffallen wie zwei bunte Hunde.«

»Was hält uns davon ab, zurückzufahren, in ein paar Jeans zu schlüpfen und zu Jule zu gehen?«, regte Anna an.

Ben wog den Kopf von links nach rechts, als hätte sie ihn um eine Entscheidung von großer Tragweite gebeten. »Wie wäre es damit? Du sagst mir, worauf du Hunger hast und ziehst dir etwas Bequemes an. In der Zwischenzeit werde ich den Anzug los und brutzele für dich in meiner fantastischen Profiküche ein Abendessen zurecht. Die Kühlzelle ist voll bis unter die Decke mit Vorräten. Du kannst frei wählen.«

»Wie wäre es, wenn ich dir helfe?«

»Hast du mir nicht selbst erzählt, am Herd eine Niete zu sein?«

»Pah, das ist ewig her.« Tatsächlich hatte es mit dem Ratatouille gestern gut geklappt. Hans war streng mit ihr gewesen, aber am Ende hatte es fantastisch geschmeckt. Die Seebären hatten sich sogar Nachschlag genommen und alles verputzt. Vor lauter Stolz war Anna beinahe geplatzt. Pieters Maklerbüro mochte toll gewesen sein, aber solche Erfolgserlebnisse hatte es dort nicht gegeben.

Ben wirkte noch immer skeptisch. »Was schwebt dir denn vor?«

»Ratatouille.«

»Gerade im Restaurant hast du mir erklärt, dass du für ein gutes Steak töten würdest.«

Mist! So wurde das nichts mit ihren bescheidenen Fähigkeiten. »Ich kann kein Steak zubereiten.«

»Was kannst du dann?«

»Ratatouille. Aber das schmeckt wirklich super.«

»Du kannst ... nur dieses eine Gericht?« Er sah sie an, als hielte er es für einen Scherz.

»Hat Hans mir gestern beigebracht. Also wenn du etwas Genießbares auf deinem Teller willst – ja, dann läuft es darauf hinaus.«

Ben lachte. Diesmal war es nicht dieses leise, raue Lachen. Er schüttete sich regelrecht aus vor Heiterkeit.

»Sagst du mir, was so lustig ist?«

»Du!«

»Ich?«, gab sie verschnupft zurück und wollte sich losmachen, aber Ben hielt sie fest und ließ sie nicht einen Millimeter zurückweichen.

»Du kannst doch jetzt nicht jeden Abend das Gleiche kochen, bis dir jemand ein zweites Gericht beibringt. Außerdem habe ich dich eingeladen. Also ziehe ich es auch in guter alter Höhlenmenschentradition durch, lauere ein paar Rindern auf, murkse sie ab, schnitze aus dem Kadaver ein Steak und halte es ins Feuer, bis es eine schöne Farbe angenommen hat.«

Anna kicherte bei der Vorstellung. Aber trotzdem: »Dir ist klar, dass mir der Appetit auf ein Steak bei deiner archaischen Schilderung vergangen ist?«

»Das, meine Süße, ist mir vollkommen egal. Wir gehen jetzt zurück, du ziehst bequemes Zeug aus deinem Kleiderschrank und kommst rüber. Anschließend setzen wir uns auf die Dachterrasse und essen.«

»Aber ...«

Ben ließ sie nicht aussprechen und verschloss ihre Lippen mit seinen. Sein Atem streichelte sie, während ihre Zungen sich fanden. Eng an ihn geschmiegt verlor Anna sich völlig in diesem Moment – bis Ben sie wieder ein Stück weit von sich wegschob.

»Kein Strandspaziergang. Keine Diskussionen mehr. Wir gehen jetzt zum Auto.«

»Aber ...« Diesmal küsste er sie nicht, sondern legte den Zeigefinger auf ihren Mund.

»Stopp! Wir haben so einen unseligen Hang ... Ein Wort gibt das andere und am Ende weiß keiner mehr, worum es eigentlich ging. Heute nicht. Wir behalten das Wesentliche im Blick.«

»Das ... Wesentliche?«, fragte Anna. Ihr Stirnrunzeln konnte nicht darüber hinwegtäuschen, wie hingerissen sie von ihm war. Gott, wenn er ohne Hemd und Hose auch nur annähernd so gut aussah, wie es sich unter ihren Fingerspitzen angefühlt hatte, würde sie ihn an seine Matratze ketten.

Ben, der zu wissen schien, woran sie dachte, und in dessen Augen sie exakt das las, was sie fühlte, lachte schon wieder. »Genau: Das Wesentliche! Du und ich.«

19. KAPITEL

»Hm«, Anna schob sich einen Bissen in den Mund und schloss genießerisch die Augen. »Wieso hast du einen Koch angeheuert? Du kriegst das doch auch allein ganz gut hin.«

Ben sah sie lächelnd an. Sie machte um einfaches Kartoffelgratin, Salat und ein paar gut gegrillte Steaks tatsächlich ein Aufhebens, das Ben daran zweifeln ließ, ob sie auch nur Wasser kochen konnte.

Nicht, dass ihn das störte. Ihr Lob freute ihn. Zumal er Anna stundenlang zusehen könnte, wie sie andächtig ihr Steak schnitt und sich das Fleisch auf der Zunge zergehen ließ.

»Freu dich nicht zu früh. Ich kann exakt ein Gericht«, zog er sie auf.

»Spitze. Dann sollten wir uns unbedingt zusammentun. Ich kriege ein Sandwich hin und kann Eier kochen – zusätzlich natürlich mein sagenhaftes Ratatouille, auf das ich so stolz bin, dass ich sie gar nicht oft genug erwähnen kann. Unter dem Strich: Wir werden an vier Tagen satt. Wenn wir außerdem an zwei Tagen hungern und samstags ausgehen, kommen wir gut durch die Woche.«

»Das war ein Witz.«

»Was? Dass ich Eier kochen kann? Nein, Dan hat es mir gezeigt.«

»Hey«, Ben beugte sich vor und sah sie warm an. »Du musst nicht immer in Verteidigungshaltung gehen oder alles, was dir unangenehm ist, ins Lächerliche ziehen. Ich bin nicht dein ehemaliger Chef und ich suche auch nicht nach Fehlern an dir. Du kannst nicht kochen, das ist okay. Denn natürlich war es ein Witz, dass ich nur ein Gericht zustande bringe. So ergänzen wir uns. Das ist doch gut.«

Anna schluckte. Irgendwie schien er einen Nerv getroffen zu haben, denn als sie den Blick abwandte und zum Meer hinüber sah, blinzelte sie, als müsste sie drohende Tränen fortblinzeln.

»Tut mir übrigens leid, dass es hier so unbequem ist«, lenkte Ben das Gespräch in seichteres Fahrwasser. »Aber bekanntlich staubt mein Esstisch in einem Lagerhaus in Amsterdam vor sich hin.«

Sie sah ihn wieder an. Ein Lächeln zupfte an ihren Mundwinkeln, was ihn berührte.

»Ich könnte es ja gar nicht aushalten, wenn wirklich alles perfekt wäre. Meerblick, Dachterrasse, tadellos gegrillte Steaks und ein Bad, mit dem ich früher jedem Käufer deine Wohnung schmackhaft gemacht hätte. Ganz ehrlich? Ohne die Verrenkungen beim Essen müsstest du mich kneifen, damit ich weiß, nicht zu träumen.« Als wollte Anna ihren Worten Nachdruck verleihen, ließ sie sich von ihrem Rattan-Sessel gleiten und nahm im Schneidersitz auf dem Boden vor dem Loungetisch Platz.

Schweigend genossen sie das lange Tageslicht und aßen ihre Teller leer.

»Es war nett, dass du das gerade gesagt hast. Aber vielleicht bitte ich Dan trotzdem, mir Kochunterricht zu geben. Ich hasse es, wenn ich mich nicht revanchieren kann. Geben und nehmen, ohne dass man sich etwas schuldig bleibt. Das gefällt mir besser.«

Ben verdrehte die Augen. Er würde sie nicht davon überzeugen, sich einfach verwöhnen zu lassen. »Wieso hat deine Mutter dir das Kochen nie beigebracht?«

»Du meinst, weil ich ein Mädchen bin und hausfrauliches Können mit der Muttermilch hätte aufsaugen sollen?«

»Falsch! Ganz so klischeehaft denke ich nicht. Unsere Mutter hat Claas und mich regelmäßig für den Küchendienst eingespannt. Mein Bruder kann sogar recht gut backen. Mir misslingt selbst ein einfacher Topfkuchen.«

»Da! Und schon wieder hast du einen Pluspunkt gesammelt.«

»Und den kriege ich wofür?«

»Für den Makel. Das macht dich menschlich. Und was meine Mutter betrifft, sie hat sich redlich bemüht, aber als ich ein Teenager war, habe ich gegen jeden ihrer Vor- oder Ratschläge rebelliert.« Anna stand auf. »Na komm, lass uns das Geschirr nach unten bringen. Ich will deine Kaffeemaschine sehen.«

»Andere Frauen stehen auf Briefmarkensammlungen.«

»Ach, das sind nur die Flittchen, die vernascht werden wollen. Ich hingegen träume von so einem sagenhaften Kaffeeautomaten, um meine Gäste hörig zu machen.«

»Du wirst das Seemannsheim noch zu einem richtigen Szene-Hotel umkrempeln. Ich sehe es schon vor mir. Lauter Influencer stürmen *Vor Anker* und küssen grinsend Espresso- und Latte macchiato-Tassen, während deine Seebären als raubeinige Kulisse im Hintergrund stehen.«

Anna lachte, griff seine Hände und zog ihn aus dem Sessel hoch. »Es ist fast unheimlich, wie gut du mich verstehst.«

Ben schluckte. Als er sprach, war seine Stimme rau. »Errätst du auch, was ich will?«

Sie zwinkerte ihm zu, während sie sich auf die Zehenspitzen hob und einen Kuss auf seine Lippen hauchte. »Bin ich nah dran?«

»Nicht annähernd. Aber die Richtung stimmt.«

Ihre Mundwinkel wanderten nach unten, während sie sich wieder sinken ließ.

»Dein Fuß? Er tut wieder weh.«

»Nicht wirklich schlimm. Aber Dan meint, ich sollte ihn noch schonen. Scheint, als hätte er recht.«

»Also bringe ich die Teller allein nach unten?«

»Ha, damit du dich in der Küche mit deinem fabelhaften Kaffee volllaufen lässt, während ich hier oben vor Langeweile eingehe? Vergiss es, ich komme mit.«

Gemeinsam stiegen sie nach unten. Die heute eingetroffenen Gäste waren nicht zu sehen.

»Wow, an der Küche hast du echt nicht gespart«, staunte Anna, nachdem Ben den Lichtschalter gefunden hatte.

Dann lief sie wie hypnotisiert auf die Kaffeemaschine zu. »Das ist die Dalla Corte XT mit zwei Brühgruppen. Die kostet ... was? 16.000 Mäuse?«

»Na ja, ich betreibe ein Hotel, die Leute erwarten guten Kaffee. Also ist die Maschine eine Investition.«

Anna seufzte. »Sehe ich genauso. Ich lasse ja auch schon die Brötchen von dem guten Bäcker kommen und spare nicht an der Konfitüre und am Aufschnitt. Aber die Brühe, die unsere Maschine ausspuckt, verdirbt einem das komplette Frühstück. Ich ärgere mich richtig, dass ich an meinem letzten Tag im Büro nicht den Kaffeeautomaten von Pieter geklaut habe. Er schuldet mir sowieso jede Menge Geld.«

Ben kam zu ihr und zog sie an sich. »Wieso hast du das nicht?«

»Ich hoffe, du erwartest jetzt nicht, dass ich von Gewissensbissen rede, denn die hätte ich nicht gehabt, weil in dem Moment, in dem uns der Strom abgeklemmt wurde, klar war, dass ich mein Geld nie zu sehen bekomme. Aber der wahre Grund ist, dass ich da den Job in der Pension noch nicht hatte. Ich wäre nie auf die Idee gekommen, dass mir guter Kaffee mal so sehr fehlen könnte, oder dass ich damit Menschen umgarnen will, damit sie wiederkommen.«

»Das ist dein Plan, Stammgäste zu gewinnen? Rennst du deshalb den ganzen Tag mit dem Pinsel herum?«

Sie legte die Hände auf seine Brust, was sich wunderbar anfühlte. Allerdings drückte sie dagegen, so dass sie sich ein Stück weit voneinander entfernten. »Ben van Dijk – hast du mich etwa von deiner feudalen Dachterrasse aus beobachtet?«

Verschmitzt grinsend zuckte er die Achseln. »Ich sag's mal so. Falls du abends auf deiner Terrasse gesessen und mich beobachtet hättest, was du natürlich weit von dir weisen würdest ... Nehmen wir es trotzdem an, dann könnte es sein, dass du zu mir heraufgeschaut hast, während ich da unten nach dir Ausschau gehalten habe.«

»Sehr interessant. Und ich habe noch eine Frage für dich.«

»Ernsthaft? Und dabei hatte ich schon die Hoffnung, sie würden dir irgendwann ausgehen.«

»Ha, das hältst du keine fünf Minuten durch. Längstens nach zehn Minuten würdest du kommen und mich schütteln, um zu sehen, ob mit mir alles in Ordnung ist.« Anna lachte dieses leise, perlende Lachen, das ihn so berührte.

»Nicht, wenn du mich küsst. Solange du deine große Klappe so einsetzt, komme ich ohne ein Wort aus.«

Wieder hob sie sich auf die Zehenspitzen.

Ben schlang den Arm um ihre Taille, um sie zu stützen.

»Du meinst so?« Ihre Lippen legten sich hungrig auf seine.

Diesmal rückte sie nicht von ihm ab, sondern genoss das Spiel seiner Zunge. Sie knabberte an seinen Lippen, saugte leicht daran, leckte mit ihrer Zunge darüber, um im nächsten Moment wieder in einem leidenschaftlichen Kuss mit ihm zu verschmelzen.

Ben hob sie hoch.

Anna runzelte die Stirn. »Hey, ich bin keine Vollinvalide.«

»Nein, bist du nicht«, gab er rau zurück. »Aber du hast ständig irgendwelche Ideen und am Ende muss ich dich einfangen.«

»Also willst du mich jetzt den ganzen weiten Weg nach oben tragen? Übernimmst du dich da nicht ein bisschen?«

Er zwinkerte ihr zu und lief los. Vorbei an der Treppe steuerte er auf den Spa-Bereich zu. Dort setzte er Anna in der großen Rattanmuschel mit der breiten Liegefläche ab und fand zielstrebig den Schalter, der den Wasserfall und den Rand des Pools in weiches Licht tauchte.

»Wow.« Anna zog ihn zu sich auf die Liege. »Man könnte meinen, du hast dieses Hotel nur eröffnet, damit du dir kostspielige Vorlieben leisten und sie von der Steuer absetzen kannst.«

»Anna?«

»Ja?«

»Halt die Klappe.« Ben glitt neben ihr auf die weiche Unterlage und zog sie an sich.

Es war nicht leicht, sich im Liegen seiner Kleider zu entledigen, zumal sie mit hastig fliegenden Fingern zu Werke gingen. Aber schon nach kurzer Zeit war es geschafft. Annas

Shorts schwamm im Pool, sein Shirt war unter dem Wasserfall gelandet. Keiner der beiden hatte einen Blick dafür. Alles, was jetzt noch zählte, waren sie.

Langsam, fast ehrfürchtig, ließ Ben seine Hände über Annas Kurven wandern. Sie war perfekt. Kein Magermodell, sondern mit Rundungen an genau den richtigen Stellen gesegnet. Zumal es ihm gefiel, wie wohlig sie sich unter seinen streichelnden Berührungen wand. Dazu gab sie leise, schnurrende Laute von sich, die ihn halb wahnsinnig machten. Nicht zuletzt, weil sie ihre Hände nun ebenfalls auf Wanderschaft gehen ließ. Ben legte den Kopf in den Nacken und genoss, was sie mit ihm tat.

»Es war so klar, dass du ein verdammtes Sixpack hast.«

Ben schüttelte in gespieltem Entsetzen den Kopf. »Ist das schlecht?«

»Nein, oh nein«, im schwachen Schein des diffusen Lichts sah er sie lächeln. »Ich nehme es, wie es kommt.«

Das ließ er sich nicht zweimal sagen. Jeden kostbaren Zentimeter ihrer Haut erforschte er mit den Händen, dann mit den Lippen. Er liebte es, wie sie sich ihm entgegen wölbte, die Finger in seinem Haar vergrub und stöhnte. Als er die harten Spitzen ihrer Brüste leckte und sie schließlich zwischen seine Lippen sog, schrie Anna leise auf.

Hastig legte er eine Hand über ihren Mund.

»Tut mir leid, ich habe keine Ahnung, wie hellhörig es hier unten ist. Wenn du gleich nicht ein paar schlaftrunkene Hotelgäste hier stehen haben möchtest, oder Zuschauer im Garten, die wissen wollen, was los ist, musst du leise sein. Schaffst du das?«

Anna nickte und zog ihn wieder zu sich. Lächelnd widmete Ben sich ihrer weichen Haut, fuhr mit der Zunge die Konturen ihrer Hüftknochen nach, bis er das Zentrum ihrer Lust fand. Er knabberte daran, leckte darüber, sog die Knospe leicht zwischen seine Lippen und spürte, wie Anna unter ihm erbebte. Als er kurz hochsah, erkannte er, dass sie die Zähne in ihrem Daumenballen vergraben hielt. Zufrieden grinsend trieb er sie weiter auf den Gipfel zu, bis sie heftig keuchend ihren Höhepunkt erreichte.

Anna stöhnte noch immer, als er sie in seine Arme zog und die Finger über ihre schweißglänzende Haut fahren ließ.

Doch sie gönnte sich nicht lange Ruhe. Kaum hatte sich ihr Atem normalisiert, drehte sie den Spieß um und gab ihm zurück, was er ihr geschenkt hatte. Ben genoss jeden Kuss, jedes Streicheln. Bis er meinte, es nicht länger auszuhalten.

»Hey, langsam, sonst ist das hier vorbei, bevor es richtig angefangen hat.«

Anna sah zu ihm auf. »Hast du ein Kondom?«

»Hosentasche«, keuchte er und fischte es heraus, kaum dass sie ihm die Jeans gereicht hatte.

Dann passte kein Blatt mehr zwischen sie. Ben sah ihr in die Augen, während er ihr Innerstes eroberte und sie höher und höher trieb. Wunderschön. Ihre geschwollenen, leicht geöffneten Lippen, der lustverhangene Blick und die Röte ihrer Wangen, die zeigte, wie die lustvolle Hitze in ihr tobte, raubten ihm schier den Atem.

Als Anna das zweite Mal über die Klippe sprang, versperrte er ihrem Schrei mit seinen Lippen den Weg. Dann erreichte endlich auch er den Gipfel der Lust. Blitze zuckten vor seinen Augen, sein Herz raste, als dieses herrliche Glücksgefühl seine Adern flutete.

Ermattet und verschwitzt und fest mit Anna verschlungen, rollte Ben sich auf den Rücken, so dass sie nun auf ihm lag.

Mit einem Lächeln auf den Lippen schüttelte er den Kopf. »Ich kann nicht glauben, wie vernagelt ich in den letzten Wochen war. Ich habe tatsächlich eine Hirnwäsche meines kleinen Bruders gebraucht, um klar zu sehen. Dabei gab es handfeste Indizien. Zum Beispiel, dass ich mich abends nicht von der Dachterrasse fernhalten konnte, weil du immer vergisst, die Vorhänge zu schließen.«

Anna schlug sich die Hände vors Gesicht. »Erinnere mich nicht an das Gespräch mit Claas. Ich dachte, ich werde zum ersten Mal in meinem Leben ohnmächtig, ohne dass Blut fließt, als er mir vorschlug, wir sollten Sex haben.«

»Besser er bringt mich ins Spiel, als sich selbst. Wenn er sich an dich herangemacht hätte, solange ich nicht wusste, wo mir der Kopf stand, hätte ich ihm das echt übelgenommen.«

Anna strich zart mit den Fingerspitzen über seine Brust. Versonnen sah sie dabei rüber zum Wasserfall. »Hätte ich dein Hotel gebucht, würdest du von mir eine Bewertung mit fünf Sternen bekommen.«

»Und das hätte ich der feudalen Ausstattung zu verdanken – oder dem aufmerksamen Service, den ich dir zukommen lasse.«

Anna gluckste leise. »Ich habe die Zimmer noch nicht gesehen, also muss es wohl am Service liegen.«

»Wenn die Wertung allein mir gilt, frage ich mich allerdings, warum es nicht sechs sind.«

»Hm, ich weiß, dass es solche Hotels gibt«, erklärte sie versonnen. »Aber dazu müsstest du deine protzige Villa samt Serviceleistungen auf einen Tieflader hieven und sie auf eine malerische Südsee-Insel verschiffen.«

Ben zuckte die Achseln. »Nicht nötig, so gesehen reichen mir fünf Sterne. Schließlich bin ich hierhergezogen, weil mir

Noordwijk gefällt. Ich mag das kleine Städtchen. In diese Siedlung mit der hügeligen Dünenlandschaft war ich sofort verliebt. Außerdem ist die Nordsee nicht so schlagsahnig wie die Karibik. Ich mag den rauen Charme. Der scharfe Wind, die Wellen, egal ob sie mit Macht an den Strand krachen oder sanft über den Sand rollen. Es ist nie gleich, nie beliebig. Als wollte die Natur uns mit ihren Schauspielen daran erinnern, uns nicht zu ernst zu nehmen.« Er sah sie ernst an. »Klingt das albern?«

Sie streichelte zart über seine Wange. »Überhaupt nicht. Allerdings hatte ich gehofft, dass du auch ein wenig Gefallen an deinen Nachbarn gefunden hast.«

»Stimmt, die sind ein ganz besonderer Bonus. Und am liebsten mag ich die, die ich von meiner Terrasse aus im Blick habe. Zumal manche einen Hang haben, in Unterwäsche durch ihr Apartment zu spazieren. Vor allem, wenn das Licht brennt.« Er lachte leise.

Anna antwortete ihm, indem sie spielerisch gegen seine Brust knuffte. »Du hast vorhin schon so etwas gesagt. Soll das heißen, dass ich einem verdammten Spanner auf den Leim gegangen bin?«

»Nope. Ich sehe mich eher als zufälligen Beobachter, schließlich liege ich nicht auf der Lauer. Ich sitze draußen und genieße, was die Natur mir zu bieten hat.«

»Tja, schön blöd, mir das zu erzählen. Künftig werde ich mein Bad nur noch verschleiert verlassen.«

»Mir egal, solange ich dich nachts nackt bekomme, kannst du tagsüber einen Keuschheitsgürtel tragen.« Ben schob sie sanft von sich herunter und stand auf. »Warte kurz. Bevor du dich erkältest ...« Er lief los, zog ein übergroßes, flauschiges Handtuch aus dem Regal und breitete es über sie.

»Du hast wirklich an alles gedacht«, erklärte Anna anerkennend. »Neulich habe ich deine Gäste-Toilette benutzt und konnte meinen Augen nicht trauen. Du hast Seifenspender mit deinem Hotellogo drauf. Müsste ich aus dem Stand ein Hotel eröffnen, wäre ich pausenlos damit beschäftigt, all die Kleinigkeiten ranzuschaffen, die ich bei der Planung vergessen habe.«

»Ich bin in einem Hotel großgeworden. Da bekommst du eine ungefähre Ahnung von den Dingen, auf die es ankommt. Außerdem hat Claas das meiste bestellt.«

Sie lagen noch eine Weile beieinander. Dann stand Ben auf und bedeutete Anna, ihm zu folgen. »Ich wickle jetzt deinen Verband ab, wir duschen und anschließend plündern wir den Verbandskasten in der Küche und verarzten dich neu.«

Sehnsüchtig sah sie zum Pool. »Schade, ich würde zu gern da reinspringen.«

»Sobald dein Bein verheilt ist, bist du mir – wie gesagt – jederzeit willkommen. Wenn du magst, reserviere ich das Spa für eine Nacht. Dann kannst du hier schlafen, baden, schwimmen, was auch immer du möchtest.«

»Wäre der Service inklusive?«

»Für dich? Immer.«

Als sie eine halbe Stunde später wieder in seine Wohnung kamen, war es weit nach Mitternacht. »Kann ich dich dazu überreden, heute hier zu schlafen?«

Anna biss sich auf die Lippe. »Ich würde schon gerne, aber bei uns in der Pension bin ich für das Frühstück zuständig. Und ich habe nichts vorbereitet. Also muss ich echt früh raus.«

»Was, wenn mich das nicht stört?« Er ergriff ihre Hände und sah ihr tief in die Augen.

Sie lächelte wehmütig. »Wenn ich hierbleibe, bekomme ich keinen Schlaf. Was hältst du davon? Morgen Abend bereite ich das Frühstück, so weit es geht vor, komme mit meiner Zahnbürste rüber und bleibe über Nacht.«

»Morgen Abend ist das Einweihungsessen.«

»Dazu darf ich die Zahnbürste nicht mitbringen?«, fragte Anna schmunzelnd.

»Spinnerin. Solange du persönlich erscheinst, darfst du mitbringen, wonach dir der Sinn steht.« Ben seufzte. »Also gut, geh schon. Ich will nicht, dass deine Seebären mir morgen früh auf die Pelle rücken, weil ihr ungenießbarer Kaffee nicht rechtzeitig am Buffet steht. Das Essen beginnt übrigens um sieben und nein, du brauchst mir zur Einweihung nichts mitzubringen. Das habe ich auch allen anderen gesagt. Kleidervorschrift: Jeans und T-Shirt. Ich möchte einfach ein unkompliziertes Essen mit Freunden, damit ich endlich das Gefühl habe, hier anzukommen.«

»Kein Geschenk also. Das kommt mir sehr entgegen«, sie boxte leicht gegen seine Brust. »Schließlich wäre es schön blöd, wenn ich mich verausgaben müsste. Da könnte ich ebenso gut mein Essen selbst bezahlen.«

Einen atemlosen Kuss und eine Streicheleinheit für Kruimel später öffnete Anna tatsächlich die Tür. »Mach dir keine falschen Hoffnungen, du Spanner. Ich ziehe gleich die Gardinen vor.« Sie zwinkerte ihm noch einmal zu, dann hinkte sie die Treppe hinab.

Ben sagte nichts, aber er sah, dass ihrem Knöchel die kleine Wanderung durch den Sand nicht gutgetan hatte. Trotzdem tat es ihm nicht leid. Das Leuchten in ihren Augen, als die riesigen Gebilde an ihr vorbeimarschiert waren, war unbezahlbar.

20. KAPITEL

Anna huschte aus dem Hotel. Auf dem Weg zur Pension begegnete ihr zum Glück niemand. Nicht auszudenken, wenn vorhin Leute im Garten gewesen wären und sie und Ben im Schwimmbad beobachtet hätten.

Als sie wenig später im Bad vor dem Spiegel stand, fiel ihr ein, was er über die Einladung gesagt hatte.

»Kein Geschenk! Was denkt er sich? Dass ich wie ein Schnorrer bei seiner Restaurant-Einweihung erscheine?«, nuschelte Anna den Spiegel an. Vor ihrem Mund stand Schaum, die Zahnbürste klemmte zwischen den Backenzähnen.

Leider war sie viel zu unternehmungslustig, um ins Bett zu gehen. Der Sex mit Ben war berauschend gewesen. Sie fühlte sich lebendig wie lange nicht. Nur so zum Spaß öffnete sie die Badezimmertür und spähte hinaus. Oben in seiner Dachwohnung brannte immer noch Licht.

Anna reckte das verbundene Bein durch den Türspalt und wedelte mit der Wade durch die Luft. Weißer Verbandsmull und rot lackierte Zehen. Gut, auf die Entfernung würde er die Details vielleicht nicht erkennen. Trotzdem war es mit Sicherheit die abgedrehteste Peep-Show, die er je gesehen hatte. Sie kicherte und vergrößerte den Spalt. So sollte er eigentlich auch ihren Schenkel im Blick haben.

Natürlich könnte sie in Unterwäsche vor ihm herumspazieren. Aber wo bliebe da der Spaß? Immer noch kichernd streifte sie den BH ab, reckte ihren Arm durch den Türspalt und wedelte damit durch die Luft. Das Teil flog quer durchs Zimmer, ehe sie das Gleiche mit ihrem Höschen tat.

Dann griff sie sich ein Badetuch, wickelte sich ein und spazierte nach draußen, wo sie mit viel Gewese die Vorhänge zuzog. Ihr Herz wummerte, allein, weil sie wusste, wie Ben jetzt vermutlich dreinschaute. Natürlich könnte sie – wie in einem Theater – den Vorhang wieder öffnen und ihm eine Zugabe bieten, diesmal tatsächlich nackt. Doch dann schüttelte sie den Kopf über sich selbst.

So toll Ben auch war – sie hatte hier einen Job zu erledigen. Es reichte schon, dass die Seebären ihr beim Frühstück zur Hand gegangen waren, während sie die Krücken gebraucht hatte. Überstrapazieren wollte sie ihre Geduld nicht.

Also griff sie sich brav ein Schlaf-Shirt aus dem Schrank, schlüpfte unter die Decke, wünschte Ben per Textnachricht eine gute Nacht und löschte das Licht.

Kaum war es dunkel, sah sie wieder seine Hände vor sich, die über ihre Haut glitten. Fordernd, genießerisch und zugleich fest und sanft. Gott, sie wusste nicht, wann sie es je derart genossen hätte, mit einem Mann zu schlafen. Dabei gab Anna sich echt Mühe, all ihre verflossenen Liebschaften Revue passieren zu lassen. Aber nein: Da konnte niemand mithalten. Nicht einer hatte so eine stahlharte Brust gehabt oder so ein fantastisches Sixpack. Und bestimmt hatte ihr keiner von ihnen das Gefühl gegeben, sie würde schwerelos dahintreiben und dabei am ganzen Körper lichterloh brennen.

Als sie wieder zur Uhr sah, war eine Stunde vergangen. Ohne das Licht anzumachen, huschte sie zur Terrassentür.

Aber bei Ben war alles dunkel. Gut so: Wenigstens einer von ihnen würde morgen früh nicht neben sich stehen.

»War ein sehr ansprechender Auftritt heute Nacht, Mädel.« Willem, Dan und Hans saßen im Frühstücksraum und strahlten sie an.

Das war dann wohl der Schubs, den sie gebraucht hatte, um wirklich wach zu werden. Anna riss die müden Augen auf und fühlte die Hitze in ihre Wangen sprudeln. Hektisch wandte sie den Männern den Rücken zu und ging in die Küche.

Das Problem war, dass sie nicht genau wusste, wovon die drei redeten. Hatten sie wirklich und wahrhaftig spät in der Nacht noch draußen gesessen und ihre kleine Türspalt-Einlage beobachtet? Oder waren sie Zeuge des Liebesspiels im Spa geworden? Denkbar war es. Die Fenstertüren waren riesig. Und die Muschel mit den beiden Liegeplätzen stand schräg zu den Scheiben.

Als Willem nun auch noch in der Küchentür erschien, wollte Anna sich in Luft auflösen. Spontan klappte es nicht, also ließ sie sich auf den Küchenstuhl plumpsen und schlug sich die Hände vors Gesicht.

»Ach komm, man hat fast nix gesehen. Wie eine Peepshow. Nur ohne Nackte.«

Anna atmete erleichtert auf. Willem redete ganz eindeutig nicht von der heißen Sex-Einlage im Spa. Trotzdem fand sie es ein starkes Stück. Wie viele Leute lungerten eigentlich abends da draußen rum und starrten in ihre Wohnung?

»Willem Tenbos, ihr werdet euch für euer nächtliches Plauderstündchen ab sofort einen anderen Platz suchen. Mein Fenster ist kein Pay-TV.«

»Wissen wir doch. Falls es dich beruhigt, wir haben schon Schlimmeres gesehen. Ich zum Beispiel war mal in einer Bar in Barcelona ...«

Anna barg das Gesicht in ihren Händen. So schweigsam die drei sonst waren, wenn sie Geschichten aus der guten alten Zeit zum Besten geben konnten, wuchsen sie über sich hinaus. Auch Willem, der gerade dabei war, ihr von seinem Kneipenabend mit einem Geschwader Oben-ohne-Kellnerinnen zu erzählen. Es wurden mit jedem Satz mehr, bis sie das Gefühl hatte, er sei von einer nackten Hundertschaft Pin-up-Girls hofiert worden.

»Lass mich raten, du hast nicht aufgepasst und bist in einer *Table-Dance-Bar* gelandet?«, wollte Anna die Geschichte abkürzen, weil sie langsam Brötchen und Aufschnitt für ihre Kegler nachlegen musste.

Falls Willem merkte, dass sie es eilig hatte, ignorierte er es. »Ach was – doch nicht aus Versehen. Der Laden war ein Geheimtipp. Da musst du lange nach suchen, nach einem Etablissement mit so hübschen Frauen.« Die Erinnerung zauberte ihm ein Lächeln ins Gesicht.

Aber da war er nicht der Einzige. Wenn Hans von seinen diversen Liebschaften in allen möglichen Hafenstädten erzählte, leuchtete sein Gesicht wie ein Reaktor. Dan stand ihnen in nichts nach.

Nur gefiel es ihr nicht, dass Willem die Geschichte gerade jetzt auskramte. Schließlich war sie gestern Abend nicht oben ohne durch ihr Apartment marschiert. »Da gibt es keine Parallelen, Willem. Ich würde eher sterben, als das Buffet nackt herzurichten.«

»Schade eigentlich«, erklärte Dan, der soeben im Türrahmen aufgetaucht war.

»Raus aus meiner Küche. Setzt euch in den Wintergarten und schlagt euch die Bäuche voll. Wozu mache ich mir sonst die ganze Mühe?«

Dan und Willem sahen sich an und lachten dieses sonore Lachen, das sie an den Abend mit den Shanty-Liedern erinnerte. Schade eigentlich, dass sie sich nicht öfter zum Singen trafen.

Nur wollte Anna es nicht jetzt ansprechen, bevor die beiden, die sich gerade anschickten, zurück in den Wintergarten zu gehen, wieder kehrtmachten.

Erleichtert, ein bisschen Ruhe zu haben, werkelte Anna in der Küche vor sich hin. Der Schlafmangel setzte ihr wirklich zu. Zumal sie sich schon in der Nacht vor dem Date aus lauter Aufregung im Bett hin und her gewälzt hatte. Immer wieder gähnte sie, während sie die ersten abgegessenen Teller abwusch.

»Guten Morgen, schöne Frau.«

Anna fühlte, wie sie verkrampfte. Einen Idioten hatte jeder Kegelverein, meist waren es sogar zwei, die meinten, Anna könne sich glücklich schätzen, dass sie gerade sie auswählten, um ihren Ehefrauen Hörner aufzusetzen. Tja, wie es schien, hatte eins dieser Exemplare den Weg in die Küche gefunden.

Mit ausdrucksloser Miene drehte sie sich um. »Würden Sie bitte wieder in den für Gäste vorgesehenen Bereich gehen?« Sie ließ den Blick über seine Figur schweifen. Bierbauch, schütteres Haar, die weißen Tennissocken steckten in braunen Altherren-Sandalen. Immerhin verzichtete er auf die sonst obligatorische hautenge Lycra-Montur. Sie schätzte ihn locker auf sechzig.

»Was, wenn ich mein Frühstück viel lieber hier einnehmen würde? In so netter Gesellschaft!«

Würg! »Dann würde ich das sehr bedauern, weil es nicht geht.« Es kostete Anna Mühe, ihn ihre Abscheu nicht sehen zu lassen.

Das begehrliche Lächeln, mit dem er ihre Figur scannte, geriet nicht ins Wanken.

Und plötzlich war da noch etwas anderes: Angst. Dieser Kerl flirtete nicht locker drauf los. Anna las in seinen Augen eine Entschlossenheit, die ihr Gänsehaut verursachte. Zumal er echt groß war. Und massig. Er brachte locker vierzig Kilo mehr als sie auf die Waage.

»Doch, doch, das geht schon. Ich würde das auch extra honorieren. Die kleine Kostprobe gestern Abend hat mir sehr gefallen. Es muss ja nicht am Pool sein, wo jeder zuschaut ...«

Er redete weiter. Anna sah es. Seine wulstigen Lippen klappten auf und zu, auf und zu, während das Blut in ihren Adern gefror. Gab es irgendeinen männlichen Bewohner ihrer Pension, der sich gestern Nacht nicht im Garten herumgetrieben hatte? Und wieso musste es ausgerechnet dieser schmierige Wicht sein, der tatsächlich ihre kleine Showeinlage am Pool verfolgt hatte?

Bei dem Gedanken wurde es Anna übel. Fröstelnd verschränkte sie die Arme vor der Brust. Mittlerweile war er bis auf zwei Meter herangekommen. Anna räusperte sich.

»Wenn Sie mich ... uns beobachtet haben, dürfte Ihnen klar sein, dass ich einen Freund habe – in meinem Alter!« Das war frech geschäftsschädigend, sie wusste das.

Es war ihr Fehler, gestern so unvorsichtig gewesen zu sein. Also sollte sie das Problem freundlicher lösen. Diplomatie, Charme, ein Hauch Unverbindlichkeit. In ihrer Zeit bei Pieter hatte sie genug mäkelige Kunden betreut, um das aus dem Effeff zu beherrschen. Doch das hier war keine geschäftliche

Ebene. Außerdem sah der Typ aus, als wäre er entschlossen zu bekommen, was er wollte.

Der Eindruck verhärtete sich, als er Anna noch näher kam. »Jetzt werd mal nicht frech, Mädchen. Von dem Geld, das du in dieser Absteige verdienst, wirst du nicht reich. Und ich lasse mich nicht lumpen. Wir könnten heute Abend etwas essen gehen. Anschließend bist du ein bisschen nett zu mir und ich zeige mich erkenntlich. Aber ich verstehe schon, du willst den Preis hochtreiben.«

Gott, das durfte nicht wahr sein. Mittlerweile war er ihr so nah, dass sie sein billiges Parfüm roch, das den Geruch nach altem Schweiß kaum überdeckte.

Zu nah. Er war ihr viel zu nah. Anna wich zurück, doch nach nur zwei Schritten stieß sie mit dem Po an die Arbeitsplatte. Ihre Hand zuckte, ja, es war, als verabreichte ihr jemand einen Elektroschock, so sehr juckte es sie, ihm eine Ohrfeige zu verpassen. Aber das konnte auch nach hinten losgehen. Wenn er nicht zur Besinnung kam – und danach sah er ihr nicht aus – würde er es ihr heimzahlen.

Also tat sie das Einzige, was ihr auf die Schnelle einfiel. »Dan! Willem! Hans!« Ihre Stimme war zittrig.

Er registrierte es mit Genugtuung, denn sein bösartiges Lächeln wurde breiter.

Also rief Anna wieder, diesmal lauter.

Was hatte sie noch in diesem Selbstverteidigungskurs gelernt, der viel zu lange zurücklag? Wie wehrte man sich gegen einen Kerl, der locker einen Kopf größer und um einiges schwerer war? Ihr fiel nichts ein.

Planlos schlug sie nach seiner Hand, die nun an ihr Kinn griff. »Na, na, du musst keine Angst haben? Es wird dir gefall...« Mitten im Wort brach er ab und taumelte zurück.

Anna hatte die Seebären nicht kommen hören, aber da waren sie. Willem hielt den Spinner am Kragen gepackt, während Dan ihm einen Boxhieb in den Magen verpasste.

Blitzartig sackte der Kerl in sich zusammen. Dass dabei ein wenig Geschirr zu Boden ging und Hans nun brüllte wie ein wilder Stier, lockte die anderen Kegelbrüder an.

Die Augen misstrauisch zusammengekniffen, bezog einer von ihnen im Türrahmen Position und sah erst Dan und anschließend Willem an, der den Kerl immer noch am Kragen gepackt hielt.

»Was war hier los?«

»Hat das Mädel angefasst. Guck sie dir doch an«, wetterte Hans. »Weiß wie ein Leichentuch und zittrig wie Espenlaub.«

In der Tat klapperten Anna die Zähne und ihre Knie schlotterten, während sie gegen die Tränen ankämpfte. Was war nur los mit ihr? Er war nicht der erste Kerl, der sie schmierig anmachte. Die anderen war sie doch auch losgeworden. Nur waren die nicht so weit gegangen. Keiner von denen hatte sie derart bedrängt und ihr auf den Kopf zugesagt, eine Prostituierte zu sein.

Anna schüttelte sich, als könnte sie den Schock dadurch vertreiben.

Nur kam ihr der schmierige Typ zuvor. »Sie hat ...«, keuchte er, »es drauf angelegt. War ganz ... ganz scharf auf ... auf mich. Und dann brüllt sie plötzlich los ... ruft die Leute her.«

»Sie hat ... dich angesprochen, Kurt? Bist du sicher?« Der Mann im Türrahmen sah seinen Kollegen nicht nur verachtungsvoll an, er klang auch so ungläubig und angewidert, dass Anna stumm für all ihre Lästereien über Kegelbrüder Abbitte tat.

Die meisten fand sie wirklich okay, wären in jeder Fuhre nicht ein, zwei Sprengsätze, die meinten, sie müssten an der popeligen Hotelangestellten ihre Flirtkünste testen.

»Es war so, wie Hans es gesagt hat. Ihr Freund hat mich bedrängt und mir Geld dafür geboten, wenn ich mit ihm ins Bett gehe, nachdem er ...« Anna schluckte, sie nahm all ihren Mut zusammen. Hier stand ein Wort gegen das andere. Wenn sie wollte, dass man ihr glaubte, musste sie die Wahrheit sagen. Die ganze Wahrheit. »Er hat mir und meinem Freund gestern im Garten aufgelauert und uns beobachtet bei ...« Okay, das brachte sie dann doch nicht über die Lippen.

Willem kam zu ihr und legte schützend den Arm um Annas Schultern. »Raus hier!«, herrschte er den aufdringlichen Widerling an.

Doch da hatte er die Rechnung ohne den Mann im Türrahmen gemacht, denn der baute sich nun vor seinem Freund auf. »Pack deine Sachen. Die Zimmer sind bezahlt, aber du ... tut mir leid, du kannst hier nicht bleiben.«

Ungläubig sah besagter Kurt von einem zum anderen. Seine Augen sprühten vor Zorn. Dass er nichts sagte, verdankte sie vermutlich Dans Boxhieb, denn er hielt sich noch immer den Bauch.

»Das kannst du mit mir nicht machen, Wolli. Sie lügt, spielt das Ganze hoch ...«

Doch Wolli hatte offenbar genug gehört, machte kehrt und würdigte Kurt keines weiteren Blickes.

So dankbar sie ihren Seebären war, Anna hätte sie am liebsten auch aus der Küche gescheucht. Sie brauchte dringend einen Moment für sich. Dass dieses schmierige Schwein sie und Ben tatsächlich beim Sex beobachtet hatte, trieb ihr nicht nur die Schamesröte ins Gesicht. Sie fühlte sich so besudelt, dass sie am liebsten geduscht hätte. Albern, das wusste sie. Ein Gefühl ließ sich schließlich nicht so einfach herunterschrubben.

Wortlos sah sie zu, wie Hans den Küchenschrank öffnete und eine Flasche mit klarem Schnaps herausnahm. »Es gibt keine bekannte Krankheit, gegen die ein guter Korn nicht hilft.«

Sie wirkten alle so sorgenvoll und gleichzeitig so unbeholfen.

»Hey, es ist schon wieder gut. Ihr wart ja schnell hier.« Anna zwang ihre Mundwinkel nach oben. »Meine Retter!«

»Bist eine schlechte Schauspielerin, Mädel«, sagte Hans und gab ihr den Schnaps.

Sie kippte ihn hastig herunter, auch wenn das Zeug derart in ihrer Kehle brannte, dass sie hustete wie ein Raucher nach zwanzig Karrierejahren am Glimmstängel. »Danke!«

»Da nich für, Mädel. Wir gehen mal gucken, dass er auch wirklich abzieht und den Schlüssel hierlässt.«

Kaum waren die drei fort, kullerten die Tränen tatsächlich. Wie hatte dieses miese, widerliche, feiste, schmierige Schwein ihren wunderschönen Abend mit Jan derart in den Dreck ziehen können? Sie hatte nichts Falsches gemacht. Trotzdem bekam ihr Liebesspiel durch diesen Spanner etwas Schäbiges.

Anna gönnte sich noch einen Korn, weinte ein wenig in das leere Glas und machte sich dann daran, das zerbrochene Geschirr einzusammeln. Als sie sich nicht länger in der Küche herumdrücken konnte, ohne den Eindruck zu erwecken, sich selbst Einzelhaft verordnet zu haben, fand sie im Haus niemanden. Ihr Seemanns-Trio schien ausgeflogen. Selbst Quirin und der noch schweigsamere Jeve saßen nicht mehr im

Wintergarten, sondern hatten sich längst wieder auf ihre Zimmer verzogen. Die Fahrräder der Kegelbrüder waren weg, also fraßen die wahrscheinlich gerade Kilometer.

Mechanisch wie eine Puppe trug Anna das Frühstück ab. Der Schreck saß ihr verdammt tief in den Gliedern. Er wollte sich einfach nicht abschütteln lassen. Nachdem alles verstaut war und sie die Arbeit des Zimmermädchens kontrolliert hatte, räumte sie die Lieferung der Wäscherei ein. Dann erst trollte sie sich auf ihr Zimmer, schloss die Vorhänge und prüfte dreimal, ob die Tür auch wirklich verriegelt war. Erschöpft sank sie in ihr Bett und holte den Schlaf nach, der ihr so dringend fehlte.

21. KAPITEL

Irgendetwas stimmte nicht.

Ben hatte Anna zur Begrüßung an sich gezogen und sie geküsst. Wofür sie ein genervtes »na endlich! Ich dachte schon, ich muss euch in ein Schlafzimmer locken und dort einsperren, damit ihr zur Sache kommt«, von Claas kassiert hatten. Auch Jan, Jule und Bens andere Gäste wirkten nicht sonderlich überrascht, schienen sich aber mit ihnen zu freuen.

Es gab keinen Grund für Anna, derart angespannt zu sein, außer es gab Probleme in der Pension.

Ben beugte sich vor und raunte: »Hast du einen Moment?«

»Jetzt?« Sie deutete auf die Gäste. Jeder Stuhl an dem langen Tisch war besetzt.

»Ich wüsste keinen besseren Zeitpunkt«, Ben lächelte ihr aufmunternd zu, erhob sich von seinem Platz am Ende der Tafel und zog Anna, die über Eck neben ihm saß, von ihrem Stuhl hoch. »Lass uns rausgehen in den Garten. Und da erzählst du mir dann, was dich bedrückt.«

Sie wollte ihm ihre Hand entziehen. Aber Ben ließ es nicht zu und trat mit ihr an seiner Seite hinaus in den lauen Sommerabend. »Da hinten?«

Widerwillig nickte sie, folgte ihm jedoch zu der langgezogenen Holzbank. Jetzt war Ben froh, das Essen für seine privaten Gäste so früh geplant zu haben. Die wenigen Hotelgäste würden sich hier draußen erst in einer Stunde blicken lassen, um das angekündigte Barbecue zu genießen.

»Dir ist klar, dass alle gekommen sind, um dir Glück zu wünschen und auf dich anzustoßen?«, gab Anna zu bedenken.

Ben wischte die Bemerkung mit einer ungeduldigen Handbewegung beiseite. »Das können sie – nachdem wir das besprochen haben. Also: Ich hatte heute einen wunderbar entspannten Tag, weil ich das Gefühl hatte, dass wir die Dinge zwischen uns fürs Erste geklärt haben und alles andere auf uns zukommen lassen. Dabei ging ich davon aus, dass du das ebenso siehst. Nur jetzt ... ich möchte wissen, was mit dir los ist. Du bist blass und wirkst verkrampft und schreckhaft. So kenne ich dich nicht. Also sag mir: Liegt es an mir? Geht es dir zu schnell? Willst du aus dieser Sache raus und weißt nicht, wie du es mir sagen sollst?« Er hielt noch immer ihre Hand, dabei sah er Anna eindringlich an.

Ob sie spürte, wie wichtig ihm das war? Dass er sich sorgte, sie könne es sich anders überlegt haben und einen Rückzieher machen? Ahnte sie, dass sein Herz raste, während er darauf wartete, dass sie endlich etwas sagte?

»Du denkst, dass ich wegen dir so neben mir stehe?« Anna blinzelte, als begriffe sie nur langsam, worauf er eigentlich hinauswollte. Dann zeichnete sich ein Lächeln auf ihrem Gesicht ab. »Quatsch! Hörst du? Was du dir da ausdenkst ist absoluter Blödsinn.« Sie hob ihre freie Hand und legte sie federleicht an seine Wange.

Ein Gefühl unendlicher Erleichterung durchflutete Ben. Er wollte lieber nicht darüber nachdenken, wie sie es geschafft hatte, ihm in nur so kurzer Zeit so tief unter die Haut zugehen. Und was sollte es auch bringen, das zu analysieren? Dass man sich die Menschen, die man in sein Herz ließ, nicht aussuchte, war ihm schon lange klar.

Ben zog Anna an sich und küsste sie, wie man sein Mädchen seiner Meinung nach küssen sollte. Dann sah er sie ernst an, denn dass er nicht der Grund für ihre schlechte Stimmung war, erklärte noch lange nicht, was ihr stattdessen Kummer bereitete.

Er hatte gerade den Mund geöffnet, um sie zu fragen, als Anna von selbst erzählte, was am Morgen in der Pension vorgefallen war. Sie begann leise und stockend und redete sich dann regelrecht in Rage.

»Es war seltsam. Normalerweise schmettere ich diese schmierigen Angebote einfach ab. Aber heute Morgen war es anders. Ich war müde und fertig und dieser Typ schien wirklich wild entschlossen. Das hat mir echt Angst gemacht.«

Ben, dessen anfängliches Mitgefühl immer mehr in Wut umgeschlagen war, ballte die Hände zu Fäusten. »Und er ist ganz sicher weg?«

»Ja, ich habe sicherheitshalber Willem mit in sein Zimmer genommen, als ich es kontrolliert habe. Es sah aus wie ein Schweinestall, aber alle seine Sachen waren weg. Den Schlüssel hat er dagelassen. Also kommt er nicht mehr ins Haus.«

»Du hast eine Ausweiskopie von ihm?«

»Klar, den habe ich beim Einchecken gescannt.«

»Fein, dann gehen wir morgen zur Polizei und du erstattest Anzeige.«

»Aber er hat mir nichts getan. So weit ist es nicht gekommen.«

»Du zitterst jetzt noch und hast selbst gesagt, dass er dir Angst gemacht hat. Das ist nicht nichts. Zumal er dich angefasst hat.«

»Aber ihn anzeigen? Ist das nicht ein bisschen heftig?« Anna biss sich auf die Lippe.

Als er sie so sah, beschlich ihn ein ungutes Gefühl. »Sag es mir, bitte. Was ist da noch?« Ben musste sich beherrschen, um es nicht aus ihr herauszuschütteln. Aber so träfe seine Wut nur das Opfer.

»Er hat uns gestern Nacht im Spa beobachtet. Er meinte, er müsste nur eins und eins zusammenzählen: Ich arbeite in einer billigen Pension und habe kein üppiges Gehalt. Abends treibe ich mich bei dir herum. Für ihn war es nur logisch, dass ich mir als Prostituierte etwas mit Hotelbesuchen dazu verdiene.«

Ben war sprachlos. »Und da bist du heute Morgen nicht direkt zu mir gekommen?«

»Es war passiert.« Anna schüttelte den Kopf. »Wir hätten wissen müssen, dass es keine gute Idee ist, wenn wir uns im Spa vergnügen.«

»Bist du verrückt? Und wenn du splitterfasernackt vor ihm herumgetanzt wärst – du hast Nein gesagt!«, brauste Ben auf.

Fast betete er darum, sie möge einen bissigen Kommentar von sich geben oder die Situation ins Lächerliche ziehen. Irgendetwas, das ihm zeigte, dass sie wieder zu sich kam. Doch wahrscheinlich erwartete er zu viel, denn sie schmiegte sich lediglich an seine Brust und atmete tief ein, als er sie fest in die Arme schloss.

»Also gut: Wir gehen jetzt da rein und feiern. Du wirst dich verwöhnen lassen und anschließend überlegen wir oben in Ruhe, was zu tun ist. Hast du die Zahnbürste dabei?«

Erst hielt Ben es für ein Schnauben, aber als er Anna auf Armeslänge von sich wegschob, erkannte er das zaghafte Lachen.

»Du bist wirklich unglaublich. Wenn du dir etwas in den Kopf setzt, bringt dich niemand davon ab.«

Arm in Arm schlenderten sie zurück in den Wintergarten, wo soeben die Vorspeise aufgetragen wurde.

Es dauerte eine Weile, aber dank der netten Gespräche und des guten Essens taute Anna langsam auf. Als das Dessert serviert wurde, leuchteten ihre Augen endlich wieder.

Ben war nicht so dumm zu denken, dass damit alles vergessen war, aber wenigstens schien sie den ärgsten Schock verdaut zu haben.

Morgen würde er mit ihren Seebären reden. Und er würde Anna notfalls an den Haaren zur Polizei schleifen. Es war wichtig, dass sie begriff, dass es Rückendeckung für sie gab und dieser schmierige Typ nicht einfach so davonkam.

Später, als sie alle draußen im Garten saßen, passte Jule einen Moment ab, in dem Anna abgelenkt war, und kam zu ihm.

»Du hast es also auch gespürt?«

»Dass Anna bedrückt ist? Ja. Das ist schwer zu übersehen.«

»Verdankt sie das dir? Hast du etwas angestellt?«, fragte Jule streng.

»Ich?« Ben fiel aus allen Wolken. »Glaub mir, ich bin der letzte Mensch auf Erden, der sie verletzen will«.

»Also hat es etwas zu tun mit ...«, Jule stockte. »Hast du ihr davon erzählt? Ist es das, was sie so fertig macht?«

Ben holte tief Luft. Er wusste, dass er längst mit Anna hätte reden müssen. Aber wie? »Bisher nicht.«

Jule schien zu spüren, dass das Thema für ihn beendet war, denn sie packte ihn am Ärmel, damit er sich nicht entziehen konnte. »Du machst es ja wirklich spannend. Wenn es etwas gibt, das ich tun kann, lass es mich bitte wissen. Mir macht das ehrlich gesagt ein bisschen Sorge. Anna ist nicht der Typ, der niedergeschlagen herumsitzt. Normalerweise geht sie die Dinge, die sie fertigmachen, frontal an.«

Vielleicht sollte er im Kalender nachschauen, ob heute der Tag der großen Aussprachen war. »Da du dir offensichtlich Sorgen machst, sage ich dir so viel – am Morgen hat sie in der Pension ein penetranter Gast bedrängt und angefasst. Annas Dauermieter sind dazwischen gegangen. Aber sie ist immer noch ziemlich schockiert. Dummerweise hat sie es mir auch eben erst erzählt. Sonst hätte ich dem Kerl liebend gern eine reingehauen.«

Jules Augen wurden groß. »Sie war nicht bei der Polizei?«

Ben sah sich um, aber Anna war noch immer beschäftigt. »Morgen. Ich gehe morgen mit ihr da hin. Nur lass sie heute bitte damit in Ruhe. Das musst erst mal sacken.«

Jule nickte langsam, dann zog sie ihn in eine kurze Umarmung. »Ich bin wirklich froh, dass ihr euch gefunden habt und du sie unterstützt. Aber du musst es ihr sagen. Das geht sie etwas an. Du kannst in Amsterdam kein großes Geheimnis haben, während du hier ein neues Leben anfängst.«

Als wüsste er das nicht selbst. »Wieso nimmst du nicht Claas und gründest mit ihm eine Interessengemeinschaft. Wie wäre das? Ihr schreibt mir ein Drehbuch und ich arbeite dann Punkt für Punkt ab.«

Jule hob abwehrend die Hände. »Abgesehen davon, dass ich dich mag, ist Anna meine Freundin. Würdest du an meiner Stelle einfach danebenstehen und zuschauen?«

Nein, wahrscheinlich nicht. »Es stimmt schon. Lass mir nur ein klein wenig mehr Zeit.« Ben sah Jule eindringlich an. »Erst mal muss sie sich von dieser Sache erholen. Dann komme ich mit meinen unerwünschten Neuigkeiten, die sie sicher umhauen werden.«

Für einen langen Augenblick hielt sie seinem Blick stand, dann nickte sie. »Dein Hund klaut übrigens das Fleisch, das der Koch für das Barbecue rausgestellt hat. Soll das so?«

»Was?« Ben sprintete zum Grill, aber es war zu spät. Der Teller fiel und zerplatzte auf dem Boden und Kruimel stürzte hinterher und schnappte sich ein Steak.

Anna kam und schmiegte sich an ihn. »Waren das die Steaks, die Jason für die Hotelgäste grillen wollte?«

Ben küsste sie zart, ehe er antwortete. »Ich hoffe, er hat noch welche. Sonst müssen wir ein Pizza-Taxi anrufen.«

»Ach komm, reg dich nicht auf. Irgendetwas Essbares findet er schon. Und heißt es nicht, dass Scherben Glück bringen? Dann ist das hier doch ein gutes Omen.«

Augenrollend sah Ben zu, wie der Hund sich das Fleisch schmecken ließ.

Kruimel hatte sich prima im Hotel eingelebt. Meist streunte er durch den Garten und holte sich Streicheleinheiten bei den Seebären oder seinen Hotelgästen. Ben, der ihn sonst mit ins Büro genommen hatte, bekam ihn jetzt nur noch zu sehen, wenn es Zeit für seine Gassi-Runden war.

»Ich könnte mich selbst ohrfeigen, die Köche nicht vor ihm gewarnt zu haben.«

Anna schnaubte. »Die haben ihre Köpfe ja wohl nicht nur für ihre albernen Mützen. Sie wissen, dass im Haus ein Hund lebt, und können selbst denken. Zudem hast du dich für einen Abend genug geärgert. Erst hörst du dir meinen Mist an, jetzt das. Dabei sind wir eigentlich gekommen, um dich zu feiern«.

Ben verzog das Gesicht. »Doch wohl eher Claas. Schließlich hat der viel mehr geleistet als ich.«

»Den auch. Aber jetzt ist es Zeit für dein Nicht-Geschenk. Das hat mich heute Nachmittag ganz schön auf Trab gehalten.«

»Du bist losgezogen, obwohl es dir nicht gut ging?«

»Ich bin losgezogen, weil meine Mutter mich gut erzogen hat und ich nirgendwo aufkreuze, ohne ein Geschenk mitzubringen. Das gilt auch für die anderen. Lauter wohlerzogene Leute, die vor Ratlosigkeit, was sie dir schenken sollen, eine Telefonkette gebildet haben.«

Ben ahnte Schlimmes. »Sag mir bitte nicht, dass ihr mir ein hübsches Schreibtischset besorgt habt.«

»Bitte schön, ich sage es: Haben wir nicht! Und jetzt komm. Claas ist schon ganz hibbelig. Er will dein dummes Gesicht sehen, wenn er es enthüllt.«

Hand in Hand liefen sie zu der kleinen Gruppe geladener Gäste. Als sie sie erreichten, stoben alle auseinander und gaben den Blick auf ein Meer aus Pink- und Rosatönen frei.

Ben verdrehte die Augen und knurrte »Was soll das sein?«

Womit er Claas einen wahren Heiterkeitsausbruch entlockte. »Ich hab's dir doch gesagt. Jetzt, wo der Sichtschutz weg ist und euch nur noch die Beet-Einfassung trennt, braucht ihr eine optische Verbindung, damit der Bruch zwischen den Gärten nicht so krass ist. Anna hat bekanntlich vorgelegt und sich für Pink entschieden. Also musst du da mitziehen. Ich komme morgen vorbei und helfe dir höchstpersönlich beim Pflanzen. Erst mal verteilen wir die Töpfe nur, damit du einen Eindruck kriegst und das langsam sacken lassen kannst.«

Eine Viertelstunde später war sein Garten mit unzähligen Farbklecksen versehen. Tatsächlich fiel die Trennung nicht mehr auf, sondern die Flächen hinter den Häusern wirkten wie ein Garten, den man in verschiedene Areale unterteilt hatte.

»Ich glaube ja nicht, dass ich es sage, aber es gefällt mir.« Dass er ebenso gut mit Gelb hätte leben können, behielt Ben für sich, denn angesichts der schieren Masse der Pflanztöpfe mussten seine Gäste ordentlich in die Tasche gegriffen haben.

Später, nachdem Ben und Claas ein Feuer in einer großen, mit Patina überzogenen Schale entzündet hatten, und alle beieinander saßen, schmiegte Anna sich in seinen Arm. Der Abend schien ihr tatsächlich gutzutun, denn ihre spitze Zunge war zurück.

»Wenn das Dünengras Feuer fängt und mein halber Garten abfackelt, kannst du die Gärtner gleich wieder bestellen, Ben van Dijk.«

»Was hältst du davon, wenn wir deine Seebären fragen, ob sie das übernehmen wollen?«

Anna sah ihn an, als wäre sie soeben Zeugin eines Auffahrunfalls geworden. »Weil? Sie ihr ganzes berufliches Leben lang kein Fitzelchen Grün um sich hatten? Schlag sie doch gleich für die Pflege der königlichen Gärten in Wassenaar vor.«

Ben verdrehte die Augen, weil er wusste, wie sehr sie das amüsierte. »Hans war hier. Er meinte, sie hätten keine Ahnung von Gartenpflege, aber ein Rasenmäher sei wohl nicht gerade Teufelswerk. Außerdem gebe es Bücher, mit denen man sich einlesen könnte.«

Die senkrechte Falte über Annas Nase zeigte sich. Diesmal nicht, weil sie zornig war, sondern weil sich ihre Augenbrauen vor Staunen zusammenzogen. »Wieso sollten sie das tun wollen?«

»Na ja, ob ich eine Gärtnerfirma oder die drei bezahle, ist mir egal. Sie wissen, dass sie das anmelden müssen, weil ich eine Rechnung brauche. Aber ja, es geht um Geld.«

»Verstehe«, Anna biss sich auf die Lippe. »Sie wollen ihr Taschengeld aufbessern. Hätte ich auch drauf kommen können, ich weiß ja, dass sie knapp bei Kasse sind.«

»Darum geht es nicht. Sie wollen etwas dazu beitragen, dass *Vor Anker* schöner wird. Ewig reichen die Farbreste und das Material, das Claas dir überlassen hat, nicht. Jan meint, wenn sie ihren Verdienst der Stiftung übergeben, hat das viele Vorteile für euch.«

»Jan? Was hat der jetzt damit zu tun?«

»Ich habe ihm von Hans' Vorschlag erzählt und er war ganz angetan, weil er mit seiner Gartenbau-Firma nicht sehr zufrieden ist. Allerdings macht er zur Bedingung, dass sie sich fachlichen Rat holen, bevor sie an seinen Bäumen und Sträuchern herumschneiden.«

Anna ließ das sacken. Dass sie fertig war, erkannte Ben daran, dass ihre wunderschönen Augen zu leuchten begannen. »Wir könnten uns den Kaffeeautomaten leisten. Nicht so ein Schickimicki-Teil wie du hast, aber wir könnten ein gutes Modell mieten.«

»Wo gibt es denn so etwas?«

»Überall. Du verpflichtest dich, regelmäßig Kaffee abzunehmen und dafür kriegst du günstig ein gutes Mietgerät«. Anna erklärte es ihm in allen Einzelheiten. Danach war sie nicht mehr zu bremsen. Sie hatte Ideen, um die Zimmer aufzuwerten.

Das war der Moment, in dem sich Claas einklinkte. Für ihn völlig untypisch, verfiel er nicht in Euphorie, sondern bremste Anna. Auch Jan, der hellhörig geworden war, gab sich Mühe, ihren Höhenflug zu dämpfen.

Da kannten sie Anna schlecht. Ben, der von ihrer mitreißenden Art hingerissen war, erkannte, dass keiner der skeptischen Einwürfe verfing. Selbst nachdem alle gegangen waren, heckte sie oben in seiner Wohnung weitere Ideen aus. Wie sie das mit ein bisschen Geld vom Gärtnern stemmen wollte, war ihm ein Rätsel. Überhaupt haderte Ben mit sich, denn er erinnerte sich gut an Claas‘ Bemerkung, die Leute vom Bauamt hätten über den Zustand der Pension *Vor Anker* nicht glücklich gewirkt.

Doch als Anna endlich aufhörte zu träumen und sich an seinem Hemd zu schaffen machte, verwarf Ben den rationalen Gedanken und konzentrierte sich ganz auf sie. Später, er würde ihr das später sagen.

Nur liebten sie sich später noch einmal. Und mitten in der Nacht, als Kruimel zu ihnen auf die Matratze sprang und Ben unsanft weckte, taten sie es wieder. Er bekam einfach nicht genug. Nicht von ihrer weichen Haut, nicht von ihrem süßen Duft und schon gar nicht von der Art, wie sie sich unter ihm wand und rückhaltlos hingab.

Als der Wecker am nächsten Morgen viel zu früh klingelte und Anna aufsprang und wie ein Aufziehmännchen ihre Zahnbürste schnappte und ins Bad rannte, hatte er es dann völlig vergessen.

22. KAPITEL

Anna rümpfte die Nase. Wenn Ben sie noch einmal fragte, ob sie sich fit genug für den Hundespaziergang fühlte, bekäme sie einen Anfall.

Mittlerweile war das kleine Malheur mit Kruimel vier Wochen her. Kaum zu glauben, dass sie Ben schon so lange kannte. Denn obwohl er ihr unendlich vertraut erschien, lernte sie noch immer täglich neue Seiten an ihm kennen.

Seine Vorliebe für Schokolade mit Trauben – die einzige Sorte, die ihr gestohlen bleiben konnte. Sein Traum von einem Oldtimer, den er selbst restaurieren wollte. Er war Linkshänder, konnte aber beidhändig schreiben, mochte gern Whisky, verzichtete aber oft bewusst darauf, weil er meist gesund lebte.

Was an widerlicher Trauben-Nuss-Schokolade gesund sein sollte, wollte Anna zwar nicht in den Sinn, aber sie verspürte auch keinen Drang, ihn zu etwas anderem zu bekehren. Das hatte sie sich bei ihren Eltern abgeschaut, die in vielem gegensätzlich waren, sich aber prima ergänzten.

»Einen Menschen«, pflegte ihre Mutter zu sagen, »bekommst du als Gesamtpaket. Du kannst nicht Teile von ihm willkommen heißen und beim Rest die Annahme verweigern.« Anna hatte das lange für eine Floskel gehalten, aber je näher sie Ben kam, umso deutlicher wurde ihr, dass es stimmte. All die kleinen Mosaiksteinchen, die sie bekam, komplettierten ein Bild von ihm, das ihr mit jedem Tag mehr ans Herz wuchs.

Anna konnte sich nicht erinnern, je so verliebt gewesen zu sein. Und wenn sie jemand zu einer Wette herausforderte, würde sie alles, was sie besaß, darauf setzen, dass sie sich auch nie mehr so verlieben würde. Gut möglich, dass Ben der Eine war, an den sie nie geglaubt hatte.

Aber das war kein Grund, ihn mit Samthandschuhen anzufassen, denn gerade nervte er schrecklich. »Jeder Orthopäde würde meinem Knöchel Mount Everest-Tauglichkeit attestieren. Wenn du dich weiter wie ein Mädchen benimmst, gehen Kruimel und ich allein.« Sie öffnete die Tür zu ihrer kleinen Dünen-Terrasse, schüttelte den Sand aus ihren Sneakers und schlüpfte hinein.

Ben blies die Backen auf und machte große Augen. »Ein Mädchen? Ich?«

»Mich hörst du jedenfalls nicht jammern. Und jetzt komm. Wenn wir uns sputen, treffen wir Jule noch in der Bar, bevor ihre Ablösung kommt.«

Die Mädelsabende waren in den letzten Wochen ausgefallen. Bloem hatte anscheinend einen ernsthaften Beziehungskandidaten gefunden und Jule war damit beschäftigt, neue Tagesabläufe einzuführen. Dass sie abends daheim und mittags weg war, gestaltete sich im Alltag mit den Kindern schwierig. Gerade jetzt in den Ferien musste sie die beiden oft mit an den Strand nehmen.

Nur was mit Mia war, wusste Anna nicht. Es war seltsam, dass sie sich nicht meldete.

Apropos Mia, da fiel ihr etwas ein. »Wie war denn neulich

dein Termin in der Bank? Hat Mia dich zur Einstimmung auf das Gespräch gehäutet, oder war sie zugänglich?«

»Gehäutet, geteert, gefedert. Jede Wette, dass es in einem Iglo wärmer zugeht als in ihrem Büro. Ich habe mir das eine Viertelstunde gefallen lassen, dann wollte ich gehen.«

Anna konnte es kaum fassen. Mia mochte kein Sonnenschein sein, aber im Job war sie Profi. Anna selbst hatte in ihrer Zeit als Maklerin einige Kunden mit ihren Wünschen nach einer Hausfinanzierung zu Mia geschickt und die hatten sich alle lobend über ihre effiziente und kompetente Arbeitsweise geäußert.

»Ich verstehe das nicht. Es sieht ihr nicht ähnlich, dass sie einen guten Kunden vergrault.« Und der war Ben zweifellos. Sein Hotel war nicht durch Hypotheken belastet und die Buchungszahlen stiegen kontinuierlich an.

Ben zuckte die Achseln. »Ich sagte, dass ich gehen *wollte*. Als ihr das klargeworden ist, hat sie eingelenkt. Anschließend war es ein Gespräch auf Augenhöhe. Ich habe bekommen, was ich angestrebt habe und sogar noch ein paar Zugeständnisse herausgeholt.«

Anna lachte. Seit er Stück für Stück sein altes Leben hinter sich ließ und mit jedem Tag mehr in Noordwijk ankam, war er zielstrebiger und mit sich und der Welt im Reinen. So stiefmütterlich er sich in der Umbauphase um das Hotel gekümmert hatte, war es mittlerweile sein Herzensprojekt.

Dass er sich außerdem darauf vorbereitete, mit Claas zusammenzuarbeiten, schien ihm gutzutun. Zumal sich Bens Einstellung gegenüber seinem Bruder spürbar veränderte. Bezeichnungen wie Spinner und Quatschkopf gebrauchte er kaum noch. Wenn überhaupt, amüsierte er sich über Claas endlose Reden.

Arm in Arm verließen Anna und Ben das Hotel und liefen Richtung Strand. Als sie Jules Bar betraten, stand Huub hinter dem Tresen.

»Tut mir leid, Jule ist schon weg. Die Neue ist früher zum Dienst gekommen.«

»Gibst du uns trotzdem zwei Gläser O-Saft?«

»Kein Caipi?«

»Nur bei unseren Mädelsabenden. Sonst mutiere ich zur Schnapsdrossel.« Anna umarmte Huub kurz, dann suchte sie nach Ben, der es sich auf der Terrasse gemütlich gemacht hatte und Kruimel im Blick behielt, während er mit anderen Hunden über den Strand tollte.

»Ich habe überlegt, stundenweise hier zu arbeiten.«

Ben sah sie an. »Weil du Geld für die Pension auftreiben willst?«

»Jep, das hier ist ein netter Job. Gute Musik, die Leute sind entspannt und weil sie im Urlaub sind, nicht so knauserig mit dem Trinkgeld. Für zwei, drei Stunden kann ich nachmittags aus dem Seemannsheim weg. Ich muss mich nur mit Willem, Hans und Dan abstimmen, damit immer jemand da ist, der Schlüssel ausgeben kann.« Der neue Kaffeeautomat stand bereits in ihrer Küche, jetzt sparte sie auf hübsche Bettwäsche und Handtücher für die Gästezimmer, die zum Teil schon frisch gestrichen waren.

Ben, der ihr aufmerksam zugehört hatte, sah hinüber zum Meer. Anna kam es vor, als hätte er etwas auf der Seele, doch dann nahm er sie in den Arm und deutete zu den Kitesurfern. »Hast du das schon mal probiert?«

»Ja, als Jule es letztes Jahr gelernt hat, war sie so begeistert, dass ich es ihr schlecht abschlagen konnte. Aber für mich ist das nichts. Ich habe gern festen Boden unter den Füßen.«

»Schade, wir hätten das zusammen lernen können.«

»Passe! Ich bin gern dein Groupie und feuere dich vom Strand aus an.«

»Gutes Stichwort. Wollen wir uns auf den Weg machen und ein Stückchen am Wasser entlang laufen? Wenn wir Glück haben, ist noch jemand am Surf-Spot und ich kann mich nach den Kursen erkundigen.«

Es war wie verhext. Als sie bei den Containern ankamen, in denen die Kitesurf-Schule ihr Equipment verwahrte, waren bereits alle weg und die Türen fest verrammelt.

»Heute kommen wir anscheinend überall zu spät.«

»Da habe ich ja Glück, dass ich jetzt hier wohne und es morgen noch einmal probieren kann«, sagte Ben glücklich.

Er zog Anna an sich. Sein Atem kitzelte auf ihren Lippen, während er ihr tief in die Augen sah und seine Hände über ihre Hüften fahren ließ. Gott, wie sie selbst diese innigen Blicke genoss. Manchmal fühlte es sich an, als könnte er damit pure Energie auf sie übertragen.

Sehnsüchtig lächelnd erhob sie sich auf die Zehenspitzen und küsste ihn. Dass Kruimel mal wieder einen Eifersuchtsanfall bekam und um sie herumsprang wie um einen Maibaum, kümmerte Anna herzlich wenig. Zusammen mit Ben ließ sie sich in den warmen, weißen Sand sinken und dankte ihrem Schicksal, dass er ebenso verrückt nach ihr war, wie sie sich umgekehrt nach ihm verzehrte.

Eng umschlungen lagen sie im Sand, bis Anna versuchte, die Oberhand zu gewinnen. Mit Schwung warf sie Ben auf die Seite, um sich auf ihn zu rollen. Keine kluge Idee, denn im nächsten Moment kullerten sie lachend den kleinen Hügel hinab und blieben unten wie zwei mit Sand panierte Mumien liegen.

»Wenn du jemanden suchst, der dir hilft, den Sand aus den Haaren zu spülen, biete ich mich freiwillig an«, erklärte Ben, sprang auf und zog sie hoch.

»Du bringst wirklich große Opfer für mich.«

»Oh, kein Opfer. Du wirst dich später dafür erkenntlich zeigen – nachdem wir den Sand losgeworden sind.«

»Gehen wir zu dir oder zu mir?«, wollte Anna wissen und sah Ben gespannt an.

Die Handwerker waren seit einer Woche fertig mit seiner Dachwohnung. Vor drei Tagen hatten die Möbelpacker seine Sachen aus dem Lagerhaus hergebracht. Seither hatte sie seine heiligen Hallen nicht betreten dürfen, weil er sich in den Kopf gesetzt hatte, ihr seine fertige Wohnung zu präsentieren. Anna traute ihm zu, dass er ein rotes Schleifchen an die Tür dübelte.

Aber noch war es wohl nicht so weit, denn Ben verkündete entschieden: »Zu dir!«

»Wie viele Möbelstücke hast du eigentlich?«, gab sie mürrisch zurück.

»Frag lieber, welche Möbel ich noch nicht habe.«

Anna blieb stehen und stemmte die Hände in die Hüften. »Wie bitte? Wollen wir uns jetzt jeden Abend in meinem Mini-Apartment herumdrücken, bis du die Möbelhäuser abgeklappert hast?«

Ben küsste sie auf die Nasenspitze. »Es ist ein großes Glück, dass du so niedlich bist, wenn du mich anfauchst. Und nein, ich muss nichts mehr aussuchen. Morgen wird meine neue Küche geliefert. Die Maße hatte ich schon vor drei Monaten, also habe ich sie bestellt. Die weihe ich mit einem fabelhaften Abendessen für dich ein.«

»Halleluja!«, rief Anna mit einem Hauch Dramatik und fiel ihm um den Hals. Sie fand seine Idee so süß, dass sie sich für ihren ruppigen Ton genierte. »Du weißt natürlich, dass du mir jederzeit willkommen bist.«

»Aber?« Er legte den Kopf schief und sah sie streng an.

»Habe ich aber gesagt?«, tat sie bewusst harmlos, weil er sie ertappt hatte, denn sie hatte dem tatsächlich etwas hinzufügen wollen.

Wie gut er sie doch kannte, denn er blieb hart: »Aber?«

Anna atmete genervt aus. »Aaaa-ber in meinem winzigen Apartment ist es auch nachts noch heiß und drückend. Sag mir, dass du nicht schlecht schläfst und dich fühlst, als hättest du dein Nachtlager in einer Sauna aufgeschlagen.«

Ben grinste. »Ich müsste tot sein, um das nicht zu merken. Aber wenn ich mich beklage, setzt du mich vor die Tür. Lieber mit dir schwitzen als ohne dich in der halbfertigen Wohnung liegen.«

»Das ist schon ein wenig manipulativ, findest du nicht?«

»Mag sein, trotzdem möchte ich dich morgen überraschen.« Bens Mundwinkel hoben sich noch weiter, während er Anna fest im Arm hielt und mit ihr den *Koningin Wilhelmina Boulevard* überquerte.

Er war wirklich ein Spinner. Wenn er sich einmal etwas in den Kopf setzte, brachten ihn keine zehn Pferde davon ab. Auf der anderen Seite mochte sie gerade das an Ben, seine Geradlinigkeit und die Unbeirrbarkeit, mit der er die Dinge anging.

Anna öffnete den Mund, um ihm das zu sagen, als ihr der Wagen auffiel. Trotz der Hitze rann ein eisiger Schauer über ihr Rückgrat. Abrupt blieb sie stehen und wollte sich die Augen reiben. Das war doch nicht möglich. Andererseits vergaben sie in Deutschland keine Kennzeichen doppelt.

»Was ist los?« Ben stellte sich vor sie und griff nach ihren Schultern. »Du bist weiß wie eine Wand.«

»Ben ich ... ich glaube, ich habe Mist gebaut. Und zwar so richtig.«

»Weil?«

»Meine Eltern da sind.«

»Und die kommen nur, wenn du Mist baust?« Er sah sie so verständnislos an, dass es noch mehr in Annas Bauch rumorte. Nur waren es diesmal nicht die Schmetterlinge, die Anna seit Tagen glücklich strahlen ließen.

»Ich habe ihnen nicht gesagt, dass ich den Job los bin und umziehen musste. Aber wie es aussieht, muss ich das auch nicht mehr. Das da ist der Wagen meines Vaters. Und da sie nicht drin sitzen, schätze ich, dass sie im Seemannsheim sind.«

Wieder legte Ben den Kopf leicht schief. Er verstand sie, Anna las es in seinen Augen. Er begriff, dass sie erst mal mit sich selbst hatte ins Reine kommen müssen, bevor sie ihren Eltern von ihrer Niederlage erzählte.

»Soll ich mit reinkommen?«, bot Ben sich an.

Doch Anna schüttelte den Kopf. »Heute bringe ich ihnen bei, dass ich gefeuert wurde und meine Wohnung verloren habe. Morgen kommt dann der erfreuliche Teil und ich berichte ihnen von dir.« Sie gab sich wirklich Mühe, nicht niedergeschlagen zu klingen. Aber angesichts der vor ihr liegenden Konfrontation misslang es kläglich.

»Komm rüber, wenn ihr geredet habt. Mir fällt schon etwas ein, um dich auf andere Gedanken zu bringen«, sagte Ben und strich ihr eine vorwitzige Haarsträhne hinter das Ohr.

»Deine Wohnung ist Sperrgebiet, schon vergessen?«, versuchte Anna sich erneut an einem munteren Tonfall.

Ben rollte mit den Augen. »Ich wollte dich überraschen, das ist alles. Wenn du in Schwierigkeiten steckst, geht das vor.

Also kann ich mich darauf verlassen, dass du später rüber kommst, oder muss ich mich deinen Eltern vorstellen und dich holen?«

Er würde es tun, das sah sie ihm an. »Es wird ein Weilchen dauern. Vielleicht schläfst du dann schon.«

»Jetzt ist es acht Uhr. Falls du keinen zweistündigen Monolog vorbereitet hast, sehe ich keine Gefahr. Außerdem«, lächelnd fischte Ben die Türkarte aus seiner Hosentasche. »Ich wollte dir sowieso eine Eigene programmieren lassen. Diese hier funktioniert für die Haustür und meine Wohnung.«

Diesmal war ihr Lächeln aufrichtig. Auch wenn es nur eine schwache Würdigung für dieses große Zeichen seines Vertrauens war.

23. KAPITEL

Anna sah Ben nach, bis er im Hotel verschwunden war. Dann starrte sie den Wagen ihrer Eltern an, der wie ein böses Omen vor der Pension parkte.

Als sie endlich das Haus betrat, raste ihr Herz. Anna malte sich aus, dass ihre Eltern am Empfang sitzen und sie mit Blicken erdolchen würden. Doch da fand sie sie nicht. Auch im Wintergarten und in dem kleinen Raum, in dem die Pensionsgäste und ihre Seebären sich zum Fernsehen trafen, herrschte gähnende Leere.

Blieb der Garten. Und richtig, da saßen sie an einem der kleinen, gusseisernen Tischchen und waren mit Hans und Willem in ein angeregtes Gespräch vertieft.

Wie sauer sie tatsächlich waren, zeigte sich erst, als sie Anna bemerkten.

Das heißt, ihr Vater blieb relativ gelassen. Dafür sprang ihre Mutter auf und kam auf sie zu geprescht.

Den Blick kannte Anna. Sie hatte ihn das letzte Mal mit vierzehn gesehen. Damals waren Ferien gewesen, sie hatte Langeweile gehabt und ihrem Vater auf dem Tulpenfeld helfen wollen. Kurzerhand hatte sie den Traktorschlüssel stibitzt und war ganze hundert Meter weit gekommen, ehe sie den Familien-Kombi so gründlich gerammt hatte, dass der Mann von der Versicherung ihnen herunterleierte, was sich hinter dem ominösen Begriff ›wirtschaftlicher Totalschaden‹ verbarg.

Obwohl, selbst damals hatte ihre Mutter nicht so wütend gewirkt wie jetzt.

»Ist dir klar, dass wir deinen ehemaligen Chef bei Facebook anschreiben mussten, weil wir nicht wussten, wie wir dich erreichen können?«, zischte ihre Mutter brodelnd vor Wut. »Falls es dir entfallen ist: Das letzte Mal, dass wir miteinander gesprochen haben, war, als du dir das Bein verletzt hattest. Und wie wir alle wissen, kannst du weder deine eigenen Verbände wechseln, noch beurteilen, ob sich der Zustand einer Wunde verschlechtert. Ich war ein Dutzend Male drauf und dran, ins Auto zu steigen und herzukommen. Aber dein Vater meinte, dass wir uns auf dich verlassen können und du uns anrufst, wenn du Hilfe brauchst. Tja, wie sich gezeigt hat, sieht er das etwas zu optimistisch.« Veras Stimme wurde immer leiser, bis sie einfach nur noch enttäuscht klang.

Anna verschränkte nervös die Finger und knibbelte an ihren Nägeln. Plötzlich war sie nicht mehr die schlagfertige junge Frau, die einen guten Uni-Abschluss hingelegt hatte und kämpfte, um sich aus einer schlimmen Lebenskrise zu manövrieren. Sie fühlte sich so lebhaft in den Sommer zurückversetzt, in dem sie vierzehn geworden war, dass sie meinte, den Traktorschlüssel in ihrer Hand zu spüren. Wie damals kam kein Piep über ihre Lippen.

Und das war erst der Anfang. Vera Jong räusperte sich und sah ihre Tochter streng an.

»Ist dir klar, dass wir wie die Idioten durch die Stadt hetzen mussten, um dich zu finden? Wir waren bei deinem Büro, aber das gibt es ja nicht mehr. Dann haben wir es bei deiner Wohnung probiert, wo sie uns gesagt haben, dass du seit über einem Monat nicht mehr dort wohnst und keine Nachsendeadresse hinterlassen hast.« Sie schnappte nach Luft. »Seit Wochen gehst du nicht an dein Handy. Ich dachte schon, mit deinem Bein sei Gott weiß was. Dass du im Krankenhaus liegst, weil es sich entzündet hat. Und jetzt das! Du änderst dein komplettes Leben, ohne uns etwas davon zu sagen.« Enttäuschter hätte sie nicht dreinschauen können, wenn Anna ihr eine Ohrfeige versetzt hätte.

»Mama«, hob Anna hilflos an. »Es tut mir leid. Bei Pieter ist alles den Bach runtergegangen und ich wollte nicht, dass ihr euch Sorgen ...« Anna brach abrupt ab.

Ihre Mutter hatte die Hand gehoben, wie um sich jedes weitere Wort zu verbitten. »Nein, komm mir nicht so. So funktioniert das nicht. Wir sind Hunderte Kilometer entfernt. Wie soll ich auch nur eine ruhige Minute haben, wenn ich mich nicht darauf verlassen kann, dass du dich meldest, sobald du in Schwierigkeiten steckst?« Vera senkte den Blick, als könnte sie Annas Anblick nicht länger ertragen. Plötzlich wirkte sie unendlich müde.

»Können wir bitte reingehen und in Ruhe darüber reden?«, sagte Anna beinahe flehend? Herrje, es war so ein beschissenes Gefühl, die eigenen Eltern zu enttäuschen, dass sie nichts sehnlicher wünschte, als die Zeit zurückzudrehen.

»Nein!«, sagte ihre Mutter hart.

Anna, die sich schon abgewandt hatte, um vorauszugehen, wirbelte herum. »Nein?«

»Nein, ich kann mich jetzt nicht in Ruhe unterhalten. Dein Vater und ich gehen etwas trinken. Da ich jetzt weiß, dass es dir gut geht, brauche ich ... ehrlich Anna. Ein bisschen Abstand ist das Mindeste. In einer halben Stunde sind wir zurück und ich hoffe, dann hast du eine gute Erklärung für uns.«

Ihr Vater, der meist die Ruhe selbst war, drückte Anna kurz an sich und flüsterte leise: »Hey, das wird schon. Sie war krank vor Sorge, weil du nicht an das verdammte Handy gegangen bist. Aber sie beruhigt sich wieder.«

Aus den dreißig Minuten wurde eine Stunde. Anna saß auf glühenden Kohlen und wienerte die Küche und den Wintergarten so gründlich, dass man darin hätte operieren können. Als ihre Eltern endlich wieder auftauchten, wirkte ihre Mutter deutlich angeheitert.

»Interessant, wie unterhaltsam es ist, dir bei der Hausarbeit zuzusehen«, erklärte sie und ließ sich auf den Stuhl plumpsen, den Annas Vater ihr zurechtgerückt hatte.

»Zuzusehen? Wart ihr drüben im Restaurant der *Schönen Aussicht*?«, kombinierte Anna.

Vera nickte. »Sehr erhellend. Da haben wir dann erfahren, dass unsere Tochter nicht nur eine neue Wohnung und einen neuen Job, sondern auch einen neuen Freund hat. Ich will mir nicht ausmalen, was ich erfahre, wenn ich in den Supermarkt gehe.« Es sollte sarkastisch klingen, war aber nur traurig.

Anna beugte sich vor und griff nach den Händen ihrer Mutter, die gefaltet auf dem Tisch lagen. Stockend begann Anna ihre Erzählung mit den Lügen, die sie erzählt hatte. Dass im Büro alles okay sei, damit ihre Eltern sich nicht um ihre finanziellen Nöte sorgten. Dass Pieter immer feindseliger geworden war. Dass sie nicht gewusst hatte, wie sie seine Gläubiger vertrösten sollte. Eins kam zum anderen und als Anna ihnen endlich jede Kleinigkeit erzählt hatte, fühlte sie sich unendlich erschöpft und doch erleichtert.

»Hast du gerade tatsächlich gesagt, dass du nicht wolltest, dass wir dich für eine Versagerin halten?« Ihr Vater, der offenkundig nüchtern war, wirkte betroffen.

»Ja«, sagte Anna tonlos. »Es hat mir viel bedeutet, dass du immer so stolz auf mich warst.«

»Und das bin ich noch. Vielleicht sogar mehr als vorher. Was deine Seemänner uns vorhin erzählt haben, dass du hier mit dem Pinsel herumrennst, dich bemühst, ihnen das Leben zu erleichtern und eine Verschönerung für den Garten und Möbel herausgeschlagen hast, das ist nicht selbstverständlich. Andere hätten den Job als eine Art Übergangslösung angenommen und sich sofort auf die Suche nach einer neuen, lukrativen Stelle in einem Maklerbüro gemacht. Oder sie hätten ihre Eltern um Geld gebeten. Schätzchen, was du hier geschafft hast, mag sich nicht mit der glamourösen Fassade vom Hotel deines Freundes messen können. Aber es bedeutet den Menschen etwas. Es zeigt, dass du mutig und tatkräftig bist. Und darauf bin ich sehr, sehr stolz.«

Gott, er war ja so pathetisch. Und rührselig. Und vielleicht meinte er es auch ein kleines bisschen ernst, und das ging Anna so zu Herzen, dass sie ein paar Tränen verdrückte.

»Also seid ihr mir nicht böse?«

John, ein kräftiger Mann in den Fünfzigern mit breiten Schultern, wurde ernst. »Tu das nie wieder. Von mir aus kannst du jeden Monat umziehen und den Job wechseln, aber wenn du die Nummer deiner Mutter im Display siehst und nicht rangehst oder zurückrufst, hast du mich schneller wieder hier, als du ›tut mir leid‹ sagen kannst. Und dann, mein Fräulein, führen *wir* ein Gespräch, das sich gewaschen hat.«

»Ich verspreche es. Hoch und heilig.« Und das war Anna ernst. Ein Schlamassel reichte ihr. Zu einer Lüge kam die nächste und am Ende verstrickte man sich so sehr darin, dass völlig egal war, ob man es gut gemeint hatte. Man kam einfach nicht mehr da raus und verletzte die, die man liebte.

»Wo übernachtet ihr denn eigentlich? Wollt ihr hier schlafen?«

Ihre Mutter schüttelte den Kopf. Plötzlich wirkte sie schuldbewusst. »Ich war vorhin so wütend auf dich und dieser Benedict war so nett ... Wir haben ein Zimmer bei ihm genommen.«

»Verräter!«

»Selbst schuld. Nach der langen Fahrerei brauchen wir Entspannung. Deine Mutter hat sogar eine Partner-Massage für morgen Mittag gebucht«, erklärte ihr Vater.

»So etwas bietet Ben an?«

»Scheint so«, gab Annas Vater gelassen zurück. »Es sei denn, sie verarschen einen an der Anmeldung.«

»Das glaube ich eher nicht. Ben hat ein sehr professionelles Team.«

»Tja, wir können dir ja hinterher berichten, wie es war.« Ihre Mutter gähnte.

Anna schmunzelte bei ihrem Anblick. Vera trank wirklich äußerst selten und vertrug dementsprechend nicht viel.

Die beiden waren schon zur Tür heraus, als Anna noch etwas einfiel.

»Papa!«

John blieb stehen. Er wirkte müde, hatte aber dennoch ein mattes Lächeln für seine Tochter. »Ich bin mit der heutigen Gesprächsausbeute eigentlich sehr zufrieden. Können wir uns den Rest für morgen aufheben?«

»Klar, obwohl ...« Anna zuckte die Achseln. »Ist nur eine kurze Frage. »Mama hat gesagt, ihr hättet Pieter angeschrieben und gefragt, wo ich sein könnte. Wusste er, dass ich jetzt in der Pension lebe? Oder hat er euch geraten, Jule zu fragen, wo ich bin?«

Ihr Vater seufzte. »Er nannte es nicht Pension, sondern Absteige und hat auch sonst kein gutes Haar an deinem Seemannsheim gelassen. Aber ja, er hat uns die Adresse gegeben.«

»Na dann«, Anna ging zu ihnen und küsste erst ihren Vater und dann ihre Mutter auf die Wange. »Schlaft schön.« *Und seht es positiv, so kommt ihr zu einem Kurzurlaub am Meer.* Was sie natürlich nicht laut sagte, weil ihr Kopf sonst wirklich rollte.

Stattdessen ging sie in die Küche, weil es ihr in Fleisch und Blut übergegangen war, das Frühstück für den nächsten Morgen am Abend zuzubereiten, um länger bei Ben im Bett bleiben zu können.

Aber wollte sie das? Sie war heute keine sonderlich gute Gesellschaft und hatte eine ganze Menge, über die sie nachdenken musste.

Anna griff nach ihrem Handy und wählte Bens Nummer. »Du warst sehr nett zu meinen Eltern, habe ich gehört.«

Er lachte leise. »Das ist mein Job. Ich beherberge Leute und möchte, dass sie sich wohlfühlen. Aber wenn es dich beruhigt. Ich mag sie. Sie waren wirklich angenehm. Auch wenn ich mir etwas Sorgen gemacht habe, weil deine Mutter in Rekordzeit drei Gläser Wein getrunken hat. Sie schien mir ... aufgewühlt?«

Anna verstand, dass er nicht nachbohren wollte und ihr auf diese Weise zu verstehen gab, dass er neugierig war. »Sie wussten von dem ganzen Schlamassel mit Pieter und meiner Wohnung nichts. Stell dir einfach vor, dass sie mich gesucht haben, erst vor der geschlossenen Agentur standen und dann vor dem Haus, nur war mein Name nicht mehr auf dem Klingelschild. Ich habe die Predigt des Jahrhunderts bekommen.«

»Zu Recht«, sagte Ben ernst.

Sie seufzte. »Ich weiß, dass ich Mist gebaut habe. Das Gespräch hat mich fix und fertig gemacht.«

»Magst du herkommen?«

»Nein, ich glaube, ich sollte zur Abwechslung mal etwas richtig machen. Also lasse ich dir deine Überraschung. Morgen Abend Punkt acht stehe ich mit großem Appetit und einer Flasche Wein vor deiner Tür.«

»Ich könnte gleich noch zu dir kommen.«

Anna zögerte. Sie wollte ihn nicht vor den Kopf stoßen. Wie sagte man, dass man sich so mies fühlte, dass man lieber von niemandem gesehen werden wollte? Auch wenn der andere es gut mit einem meinte.

»Hey, wenn du allein sein willst, verstehe ich das?«

»Du verstehst es?«

»Klar. Ich denke, jeder braucht das gelegentlich. Und in deinem kleinen Apartment können wir uns ja wohl schlecht aus dem Weg gehen. Also nimm dir die Zeit. Übrigens bereite ich das Abendessen vor, muss aber morgen Nachmittag nach Amsterdam. Wenn ich später komme, fühl dich frei, die Schlüsselkarte zu benutzen.«

»Schlaf gut«, sagte sie sanft.

»Hm, du auch. Und mach dir keine allzu großen Sorgen. Als sie vorhin bei uns im Restaurant waren, wirkten sie unendlich erleichtert, weil es dir gut geht.«

Nachdem sie das Gespräch beendet hatten, öffnete Anna den Küchenschrank und holte die Flasche mit dem Kornbrand heraus. Er schmeckte genauso scheußlich, wie sie ihn in Erinnerung hatte. Den letzten hatte sie nach dem Schock getrunken, den ihr der widerliche Kurt verpasst hatte. Dabei hätte sie es belassen sollen.

Ihr fiel noch etwas ein: Die Auseinandersetzung mit diesem Widerling war eine Geschichte, von denen sie ihren Eltern erzählen sollte. Immerhin hatte sie den Mann wegen Belästigung und Nötigung angezeigt. Wahrscheinlich würde ihre Mutter das nicht als Lappalie verbuchen, über die sie nicht informiert sein wollte.

Langsam stellte sie den Schnaps zurück und ging in ihr Apartment. Anna rechnete mit einer schlaflosen Nacht. Doch tatsächlich hatte das Gespräch sie so erschöpft, dass ihr die Augen zufielen, kaum dass ihr Kopf das Kissen berührte.

24. KAPITEL

Als Anna am nächsten Morgen wach wurde, rumorte es noch immer in ihr. Pieter tat nichts umsonst. Also wieso hatte er sich die Mühe gemacht, in Erfahrung zu bringen, wo sie jetzt arbeitete? Von Jan konnte er es nicht wissen, die beiden redeten ja nicht mehr miteinander. Klar konnte er sie hier gesehen haben, aber daraus abzuleiten, dass sie auch in der Pension angestellt war, kam Anna weit hergeholt vor. Schließlich hatten *Vor Anker* und ihr alter Job nicht viel gemein.

Als sie in die Küche kam und auf Willem traf, hörte die lästige Grübelei endlich auf.

»Du hast etwas auf dem Herzen?«, begrüßte sie ihn.

»Hm, das mit deinen Eltern ist ein starkes Stück«, warf er mürrisch in den Raum.

Hätte sie keinen Mascara aufgetragen, Anna würde sich die Augen reiben. »Bist du jetzt hier, um mir auch noch eine Predigt zu halten?«

»Neee«, gab er gedehnt zurück. Klar, wenn es nicht um Bräute in Häfen oder anderes Seemannsgarn ging, drohte ihr von seiner Seite keine Gefahr.

»Willem, es ist ja nett, dass dir unser Drama nicht egal ist. Aber wir haben es geklärt. Mein Bedürfnis, mich weiter in Schuldgefühlen zu suhlen oder um Vergebung zu bitten, geht gegen null. Könntest du mir deine vorwurfsvollen Blicke also bitte ersparen, bis ich wieder Bockmist baue?«, platzte es aus ihr heraus.

Mal ehrlich, sie hatte kein Problem damit, sich zu entschuldigen. Aber dass sich jeder in ihren Kram einmischte, musste nun wirklich nicht sein.

Willem, der nicht im Mindesten gekränkt wirkte, zuckte die Achseln und ging. Aber noch bevor sie die erste Aufschnittplatte garniert hatte, erschien das nächste männliche Wesen in der Küchentür.

Diesmal strahlte Anna.

»Hey, ich wollte nur sehen, wie es dir geht. Am Telefon hast du gestern Abend nicht so gut geklungen«, begrüßte Ben sie.

Anna lief auf ihn zu und schlang die Arme um seine Mitte. Allein den Kopf an seine breite Brust zu legen und auf seinen Herzschlag zu lauschen, war die reinste Medizin. Besser als jeder blöde Kornbrand.

»Mir geht es gut. Ich habe ihnen noch nichts von der Anzeige erzählt, alles andere ist abgehakt. Ich habe sogar den Klingelton wieder angestellt, damit ich artig rangehen kann, wenn meine Mutter sich meldet. Obwohl ich ahne, dass sie das ausnutzen wird.«

Bens Hände glitten über ihre Schultern, zogen sie fester an seine Brust. Erst jetzt, wo alles heraus war, merkte sie, wie sehr die Lügen sie belastet hatten – und wie doll er ihr gestern gefehlt hatte.

»Es war seltsam, ohne dich einzuschlafen«, ließ Ben das lästige Thema einfach hinter sich.

Dafür war ihm Anna dankbar. »Ja, mir ging es nicht anders. Zumal du neuerdings so pingelig mit deinen Gardinen bist. Ich schätze, wenn du so weiter machst, muss ich meinen Beobachtungsposten aufgeben und mich ans Pay-TV halten«, erklärte Ben gespielt bekümmert.

Sie kniff in seinen Po. »Sag mal spinnst du? Du hattest das Original jetzt wochenlang jeden Abend zur freien Verfügung. Und kaum setze ich einmal aus, gibst du den verschmähten Liebhaber.«

Er setzte seinen Welpenblick auf. Den, bei dem Anna zuverlässig weich wurde. »Hey, ich war einsam.«

Sie grinste ihn verschmitzt an. »Gut, tu, was du nicht lassen kannst. Solange klar ist, dass wir eine gleichberechtigte Beziehung führen.«

Ben runzelte die Stirn. »Will meinen?«

»Das erfährst du, wenn du das nächste Mal keine Zeit für mich hast. An dieser Stelle nur so viel: Ich werde keinen Pay-TV-Sender abonnieren. Ich mag es lieber live.« Grinsend reckte sie sich und küsste Ben auf den Mund, bevor sie sich von ihm löste. »Tut mir leid, aber ich muss das Frühstück machen. Ich habe eine nette Familie mit Kindern, die am liebsten schon morgens am fünf an den Strand wollen. Und einen Wanderverein, der ...« Anna stutzte und runzelte die Stirn. »Tja, ich habe keine Ahnung, wo hier auf dem Flachland die Herausforderung für Wanderfreunde liegt. Aber sie packen ihre Lunchpakete zeitig.«

»Klingt, als könntest du dich mittags nicht wegschleichen. Da muss ich mich wohl jetzt schon stärken, damit ich bis zum Abend durchhalte?«

»Ich habe ab fünf Zeit.«

Ben verzog das Gesicht. »Da bin ich noch in Amsterdam.«

Anna hatte das Gefühl, dass ein Schatten über seine markanten Züge huschte. So flüchtig, dass sie nicht sicher war.

Zumal Ben plötzlich sehr unternehmungslustig wirkte. »Also: Zeig mir, wie du mich vermissen wirst«, verlangte er mit einem verschlagenen Grinsen. Dann beugte er sich herab und küsste Anna, bis sie keine Luft mehr bekam.

Als er sich zurückzog, hätte sie ihn am liebsten festgehalten. Das köstliche Prickeln in ihrem Schoß machte sie rasend. Von ihren Brüsten, die sich plötzlich schwer anfühlten, und deren Spitzen sich aufgerichtet hatten, ganz zu schweigen.

Aber in einer Küche, die sich zu einem Taubenschlag entwickelte, war an ein schnelles Abenteuer nicht zu denken. Zumal sie sich lebhaft daran erinnerte, welche Auswirkungen ihr letztes Zusammensein an einem öffentlichen Ort gehabt hatte.

»Auch wenn ich selbst kaum glauben kann, dass ich es sage: Geh und lass mich arbeiten«, murrte Anna.

Ben tat ihr den Gefallen, blieb aber in der Küchentür stehen, während sie weiterarbeitete.

»Deine Eltern sind übrigens eingeladen. Die zwei Übernachtungen kann ich verschmerzen.«

Anna sah auf. Sie war wirklich gerührt, doch sie kannte John und Vera. »Das werden sie kaum annehmen.«

»Müssen sie aber. Die Küchenbauer machen heute bestimmt eine Menge Lärm. Da gebe ich allen Gästen einen Preisnachlass. Und was das Abendessen betrifft – ich habe deinen Vater gerade getroffen, als er vom Schwimmen kam. Sie wollten uns zum Essen einladen, aber da ich meine Küche einweihen möchte – sie kommen später zu mir nach oben. Dann essen wir alle zusammen.«

»Oh, das ist ... wirklich lieb.« Sie gab sich Mühe zu lächeln, bis Ben tatsächlich weg war.

Dann geriet Anna ins Grübeln. Ging das nicht ein bisschen schnell? Bisher hatte sie ihren Eltern noch keinen Mann vorgestellt. Bloem hatte es schon dreimal gewagt und jedes Mal eine große Sache daraus gemacht. Aber war es das wirklich? Wenn sie es nüchtern betrachtete und so ein Zusammentreffen nicht wie Bloem als Vorboten eines Heiratsantrages wertete, fühlte es sich nicht schlecht an. Anna beschloss, es einfach als ein Essen mit Menschen, die sie mochte zu sehen – und plötzlich kam es ihr nicht mehr seltsam vor, sie freute sich darauf.

Rasch bereitete sie das Buffet vor und warf die Kaffeemaschine an. Damit war Anna eigen. Es kostete sie zwar Zeit, den Gästen die Kaffeespezialitäten portionsweise zu servieren, aber sie liebte diese Maschine. Wie Ben. Und an dem ließ sie schließlich auch keine Fremden herumspielen.

Anna rief Jule an, um ihr zu sagen, dass sie sie ab nächster Woche nachmittags zum Kellnern einplanen konnte. Und sie telefonierte sogar mit ihrer Mutter, die über den Anruf so perplex war, dass sie kaum ein Wort herausbrachte. Schmunzelnd legte Anna auf. Endlich war alles gut.

Verliebt und mit sich und der Welt im Reinen. So konnte es bleiben. Sie summte sogar ein schmalziges Lied vor sich hin, während sie zwischen Küche und Wintergarten hin und her pendelte. Weil sie ohnehin die ganze Zeit über strahlte, kriegten die Gäste gar nicht mit, dass sie sie nicht anlächelte, sondern mit ihren Gedanken weit, weit weg war, während sie die Kaffee-Bestellungen aufnahm.

Bis sie eine Stimme hörte, mit der sie ganz bestimmt nicht gerechnet hatte.

»Ich nehme einen Café Crème und dann würde ich mich gern am Frühstücksbuffet bedienen.«

Anna schüttelte den Kopf, bis sich ihr Blick klärte und sie sicher war, tatsächlich Pieter vor sich sitzen zu sehen.

»Steht dir, die Schürze. Ich predige ja seit Ewigkeiten, dass Frauen sich wieder mehr auf ihr Talent am Herd konzentrieren sollten. Aber wem sage ich das? Du kennst mich.«

»Pie-Pieter?«, rutschte es Anna so perplex heraus, dass es für einen unbedarften Zuhörer nach Pipi klingen musste. Dann fing sie sich. Mit einer Stimme, die Diamanten schneiden könnte, erklärte sie ruhig: »Unser Frühstücksangebot ist für Hotelgäste. Und da du hier nicht wohnst, bitte ich dich zu gehen.«

Er tat verletzt, legte theatralisch die Hand aufs Herz und schürzte die Lippen. »Jetzt komm schon, Anna. Ich habe mir Sorgen um dich gemacht. Du meldest dich nicht bei deinen Eltern, gibst dich mit einem Verliererjob zufrieden ...« Mitten im Satz brach er ab, zuckte die Achseln und schnalzte dazu mit der Zunge, als wäre sie ein kleines Kind, das er tadeln konnte.

»Pieter, was ist los? Hat der Gerichtsvollzieher dir jetzt auch noch das Haus unter dem Hintern weggepfändet? Wenn du hier bist, weil du eine günstige Bleibe im Seemannsheim suchst, muss ich dich enttäuschen. Die Zimmer sind erstens für Menschen, die ihr Leben lang hart gearbeitet haben. Und dann freue ich mich, dir sagen zu können, dass die Apartments, die die Stiftung vergibt, alle besetzt sind. Also wenn du jetzt gehen und meinen Pensionsgästen Platz machen könntest?« Anna holte tief Luft, dabei zwang sie sich, nicht in Jubel auszubrechen.

Sie hatte seine Bosheiten so lange geschluckt, dass es ihr unendlich guttat, ihm die Meinung zu sagen. Am liebsten hätte sie noch etwas hinterhergeschickt, aber nachzutreten war kleinlich. Außerdem würde es ihre coole Predigt verderben.

Und dann: Es war spannend zu sehen, wie seine blasierte Miene in sich zusammenfiel. Eben noch hatte er den großkotzigen Spendieronkel zum Besten gegeben. Jetzt sah er sich hektisch um, ob jemand sie gehört hatte. Aber die Wanderfreunde hatten ihre Tische auf die Terrasse getragen und die nette Familie saß ebenso weit weg wie Annas Seebären.

Offenbar war Pieter beruhigt, denn er beugte sich vor und rang sich ein Lächeln ab, das jeder Zahnpasta-Werbung zur Ehre gereicht hätte. So erinnerte er wieder an den gewieften Verkäufer millionenschwerer Immobilien mit Meerblick.

»Setz dich und hör mir zu.«

»Pieter? Falls du es vergessen hast, deine HNO-Termine machst du bei Dr. Bostel. Geh und lass dein Gehör untersuchen. Du bist hier nicht willkommen.«

»Ich habe verstanden, dass du ... ein wenig enttäuscht bist. Und ich bin hier, um es wiedergutzumachen.«

Anna war wie vom Donner gerührt. Wollte er ihr etwa die ausstehenden Provisionen zahlen? Sie war hin und her gerissen. Möglich, dass er auf die Füße gefallen war. Pieter hatte in seinem Leben schon so oft Glück gehabt. Aber traute sie ihm? Anna musste nicht lange in sich hören, um zu wissen, dass sie das nie wieder tun würde. Trotzdem konnte sie es sich anhören.

Widerwillig nahm sie ihm gegenüber Platz. »Du hast zwei Minuten. Wenn du frech wirst oder mir mit deinen Weisheiten über die Rolle der Frau kommst, bitte ich meine Seebären«, sie deutete zu dem Tisch in der Ecke, »dich vor die Tür zu setzen. Und du darfst mir glauben, dass die dabei nicht zimperlich sein werden.«

Pieter schnaubte. »Ich habe verstanden, dass du eine Krämerseele bist und mir nachträgst, was passiert ist.«

Anna verdrehte die Augen, dabei verschränkte sie die Arme vor der Brust und machte keinen Hehl mehr aus ihrer Abneigung. »Die Uhr tickt.«

Pieter hob abwehrend die Hände. »Ist ja schon gut. Schalten wir in den Geschäftsmodus und reden über diese heruntergekommene Absteige. Das Haus hat einen Sanierungsstau. Niemand, der bei Trost ist, würde investieren, um es wieder herzurichten. Aber es gibt Interessenten an dem Grundstück. Ich habe einen Käufer, der einen Traumpreis zahlt, weil es das letzte bisschen Grund in dieser Lage ist, das man entwickeln könnte. Du kriegst im Verkaufsfall die doppelte Provision. Ich weiß«, er grinste jovial, »das ist wesentlich mehr, als du erwartet hast. Aber ich will dir beweisen, dass es mir ernst damit ist, dich für meine kleine ... Durststrecke im Frühjahr zu entschädigen.«

Als Anna merkte, dass ihr der Mund aufgeschnappt war, schloss sie ihn so abrupt, dass sie ihre Zähne klacken hörte. »Das ist ... daher weißt du also, wo ich bin. Du hast es auf das Haus abgesehen.« Keine Frage, es war eine Tatsache. Dass er sich Sorgen um sie gemacht und deshalb nachgeforscht hatte, war ausgeschlossen. So ergab es Sinn. Und es war an Dreistigkeit nicht zu überbieten.

»Pieter, siehst du die Menschen, die hier frühstücken? Das ist eine Pension. Und es ist ein Seemannsheim. Hier kann nichts entwickelt werden.« Oder doch, und zwar mit Hammer, Nagel und Pinsel. Dadurch ließ sich vielleicht kein kaputtes Dach flicken. Aber das hier war ihr Job, ihre Aufgabe. Sie würde schon dafür sorgen, dass die Gäste sich wohlfühlten, damit wieder Geld hereinkam und sie endlich auch größere Arbeiten ausführen lassen konnten. Aber darüber würde sie nicht mit Pieter diskutieren.

Nur schien der nicht lockerlassen zu wollen. »Blödsinn. Natürlich kann das Grundstück entwickelt werden. Reservierungen für die Pension nimmst du einfach nicht mehr an. Sag den Leuten, dass ihr ausgebucht seid. Und die paar Leutchen, die hier wohnen, wirst du ja wohl los. Oder denkst du, ich wäre umsonst so großzügig mit der Provision?«

Anna starrte ihn nur an. Er war schon lange nicht mehr der Pieter, bei dem sie damals angefangen hatte. Aber der blasierte Typ, zu dem er sich im letzten Jahr gemausert hatte, war er auch nicht mehr.

Aus zusammengekniffenen Augen sah Anna ihn sich genauer an. Das dandymäßige Einstecktuch im Sakko fehlte. Sein Hemd kam definitiv nicht aus der teuren Reinigung, die die Krägen zweimal stärkte. Es wirkte ... speckig, als hätte er es nicht erst heute Morgen angezogen. Und war das da ein Fleck auf seinem Sakko? Und wie es das war. Und je länger sie hinsah, umso mehr dunkle Stellen – Anna tippte auf Fettspritzer – erkannte sie. Dazu das sonst makellos rasierte Kinn, das nun Stoppeln überzogen. Der Haarschnitt, der vor schätzungsweise vier Wochen hätte erneuert werden müssen.

»Hör auf, mich so anzustarren. Die Leute sehen schon her. Wenn das funktionieren soll, dürfen wir keine Aufmerksamkeit erregen. Ich bin schließlich bekannt in der Stadt.«

»Berüchtigt trifft es wohl eher.« Anna stand auf. »Kommt nicht infrage, sag das deinem Investor. Entweder du gehst freiwillig, oder ich bitte meine Mieter, dir zu zeigen, wo die Tür ist.«

»Du wirst es dir anders überlegen, das wissen wir beide.«

»Irrtum«, Anna stützte die Hände auf den Tisch und beugte sich vor, bis sie gerade mal zwei handbreit von ihm entfernt war und seinen kalten Schweiß roch. Doch sie zuckte nicht zurück. »Du lebst schon sehr lange in einer Parallelwelt und hast jeden Blick für die Realität verloren. Aber ich danke dir, dass du den Laden vor die Wand gefahren hast. Das hat mir den Kopf endlich wieder geradegerückt.« Sie hielt seinen miefigen Geruch nicht länger aus und richtete sich auf. »Zum letzten Mal: Ich gehe jetzt in die Küche und kümmere mich um die Bestellungen. Bist du noch hier, wenn ich zurückkomme, lasse ich dich auf die Straße setzen. Wir hatten schon so einen Fall und ich kann dir sagen, meine Mieter mögen alt sein, doch sie haben sich in allen Häfen der Welt geprügelt und haben es immer noch drauf.« Anna wusste nicht, ob sie wirklich so draufgängerische Raufbolde gewesen waren. Aber sie hatte so viel Seemannsgarn davon gehört, dass sie geneigt war, ihnen zu glauben.

Als sie zurückkam, war Pieter weg. Doch das mulmige Gefühl blieb. Anna fühlte sich wie jemand, der sich an einem sonnigen Tag an einen Liegestuhl hatte ketten lassen und nun hilflos mitansehen musste, wie sich am Horizont ein Sturm zusammenbraute, der unaufhörlich in ihre Richtung raste.

Klar, das Haus war alt und es musste viel getan werden. Und natürlich konnten sich ihre ambitionierten Renovierungsversuche nicht mit Claas‘ professioneller Arbeit messen. Doch das würde schon kommen. Erst einmal sorgte sie für eine behagliche Atmosphäre, dann kamen die Touristen, mit ihnen das Geld – bevor sie irgendwann alle Urlauber vor die Tür setzen und größere Arbeiten ausführen lassen konnte.

Nur hatte Pieter unter seiner nicht mehr ganz so makellosen Fassade verzweifelt gewirkt. Und verzweifelte Menschen taten bekanntlich dumme Dinge.

Anna nagte den halben Vormittag auf ihrer Lippe herum und suchte nach Anhaltspunkten, um einzuschätzen, wie weit

Pieter gehen würde. Er erklärte seinen Klienten, wie sie Steuerschlupflöcher nutzen konnten. Und er schreckte nicht davor zurück, Mängel an Immobilien vor dem Verkauf notdürftig ausbessern zu lassen, um den Kaufpreis in die Höhe zu treiben.

Aber das waren Schreibtischtaten. Er bedrohte keine alten Menschen, damit sie auszogen. Und er heuerte gewiss niemanden dafür an. Pieter war ein Beller, kein Beißer.

Als sie das endlich in ihren Kopf bekommen hatte, ging es ihr besser. Ein Glück, denn sie versank in Arbeit.

25. KAPITEL

»Wenn du so weiter machst, hast du das Haus in vier Wochen komplett saniert«, Ben lachte,

Was Anna mit einem Klaps auf seinen Bizeps beantwortete. »Mach dich nicht lustig. Ich gebe schließlich alles.«

»Das stimmt, ich bin zwar mit meinem Team zufrieden, aber für eine Angestellte, die sich so reinhängt, habe ich immer einen Platz.« Er schenkte Anna einen warmen Blick, ehe er wieder in wahnwitziger Geschwindigkeit Gemüse schnitt.

Vera, die eine wirklich gute Köchin war, musterte ihn anerkennend und nahm neben Annas Vater Platz, der es sich bereits mit einer Flasche Bier auf einem der Sitze an der Kücheninsel gemütlich gemacht hatte.

Bens Wohnung, durch die sie nur einen kurzen Rundgang gemacht hatte, war hübsch eingerichtet. Er besaß ein paar ältere Möbel, die schön restauriert waren, doch das meiste war modern und geradlinig. Das Zusammenspiel aus Alt und Neu gefiel Anna, nur konnte sie es nicht wirklich würdigen.

Den ganzen Tag war sie wie eine wildgewordene Malerin durchs Haus getobt und hatte die letzten Farbreste verarbeitet. Nun brannte sie darauf, von ihrem Tag zu erzählen. Dass sie ihren Aktionismus Pieter verdankte, der sie mit seinem seltsamen Besuch derart auf die Palme gebracht hatte, dass sie am liebsten zu ihm nach Hause gefahren wäre, um ihm den Hals umzudrehen, klammerte sie fein aus.

Bis Anna aufging, dass sie genau diesem Schweigen den ganzen Ärger mit ihren Eltern verdankte. Sie gab sich einen Ruck. »Pieter ist heute Morgen in der Pension aufgekreuzt.«

»Pieter?« Ihr Vater schien es im ersten Moment nicht zu verstehen. Dass er endlich begriff, erkannte sie, weil er die Flasche beiseitestellte und die Schultern straffte. »Etwa dein ehemaliger Chef, dem du das Drama verdankst?«, wollte er wissen, als gäbe es in Annas Leben eine ganze Reihe von Pieters. »Aber warum? Hat er ein neues Büro und will, dass du zurückkommst?«

»Glaub mir, ich bin weit davon entfernt, ihm noch einmal auf den Leim zu gehen.« Anna gab wieder, was er ihr vorgeschlagen hatte. Dabei war ihre Empörung nicht zu überhören.

»Aber das ...« Ihre Mutter brach abrupt ab. »Tut mir leid, Liebes, ich weiß nicht, worüber ich mich zuerst aufregen soll. Es ist schon dreist, überhaupt bei dir aufzukreuzen. Doch dieser Vorschlag, das ist ... ist das nicht illegal? Man kann doch nicht einfach diesen netten älteren Herren die Wohnung kündigen. Und allein schon die Idee, Gäste abzuweisen und deine Chefin zu hintergehen ...« Wieder brach sie ab.

Anna fand es ein wenig schade, dass Pieter jetzt nicht hier war, denn obwohl ihr Vater nichts sagte, sondern nur angewidert dreinsah, war sie sich sicher, dass es nicht gut für ihren Ex-Chef ausgehen würde.

Sie ging zu Ben, schlang von hinten die Arme um seine Mitte und schmiegte sich an seinen Rücken. Anna war ihren Eltern dankbar, dass sie diskret waren und sich raus auf die Terrasse setzten, um ihnen Raum zu geben.

»Ich habe dich vermisst.«

Ben versteifte sich. »Und ich dich. Allerdings frage ich mich, wieso ich so beiläufig von diesem Idioten erfahre.«

Sie verdrehte die Augen. »Habe ich es nicht gerade erzählt?«

»Ja, nachdem ich die dutzendste Neuauflage deiner Renovierungsgeschichten gehört habe. Vielleicht überdenkst du mal die Prioritäten.« Er war wirklich sauer und machte keine Anstalten, sich zu Anna umzudrehen.

O-o, das war nicht gut. Hilflos hob sie an: »Hey, das ist neu für mich. Bisher hatte ich nie eine Beziehung, die ... die ... so war.«

Ben verspannte sich noch mehr, warf das Messer aufs Schneidebrett und wirbelte zu ihr herum. »Was ist denn *so*?«

Wow, wenn er sie so anguckte, war es wirklich beeindruckend. Nur wurden seine Züge nicht weicher. Im Gegenteil verschränkte er die Arme vor der Brust, um sie auf Abstand zu halten.

Anna schluckte. »Moment mal, machst du mir jetzt Vorwürfe, weil Pieter ein Arsch ist?«

»Keine Vorwürfe. Ich versuche lediglich, dich zu verstehen. Was geht in deinem Kopf vor? Ich meine, wie wichtig ist dir das zwischen uns, wenn du locker flockig von deinem Tag erzählst und ich dabei die Dinge, die dich offenbar aus der Bahn werfen, nur beiläufig erfahre? Muss ich mich jetzt auch darauf einrichten, irgendwann Jule über Facebook zu kontaktieren, weil du vergisst, mir zu erzählen, dass die Pension pleite ist und du ausziehen musst?«

Anna holte tief Luft. »So ist es nicht.«

»Ja? Wie ist es dann? Erklär es mir.« Granit. Er war von einer Minute zur anderen zu etwas mutiert, an dem man sich die Zähne ausbiss.

Hektisch sah Anna zur Dachterrasse. Aber da waren ihre Eltern nicht mehr. Sie wollte zur Sofalandschaft laufen, schauen, ob sie dort waren, doch Ben hielt sie zurück.

»Sie sind gegangen. Tut mir leid, dass sie das mit anhören mussten. Allerdings überrascht es sie wahrscheinlich nicht, denn sie haben ja ebenfalls ein Problem mit deiner Art, die Menschen, die dich lieben, außen vor zu lassen.«

Nun platzte auch ihr der Kragen. »Das tue ich nicht. Alles, was ich will, ist, dass sich niemand Sorgen um mich macht. Ich bin ihn allein losgeworden. Also gibt es kein Problem. Außerdem hasse ich es, wenn Leute sich zu wichtig nehmen und immer nur von sich erzählen.« Sie fuchtelte mit den Händen in der Luft. »Uh, seht her, mir ist da etwas passiert, das ihr alle wissen müsst.« Es war albern, sich so aufzuplustern, das wusste sie selbst und es ging ihr mächtig gegen den Strich.

Ben schüttelte den Kopf. »Weißt du eigentlich, wie frustrierend das ist? Ich wohne keine hundert Meter weit weg. Ich habe dir gesagt, dass du auf mich zählen kannst. Anna«, er kam zu ihr, griff nach ihren Händen, »du hast bewiesen, dass du allein klarkommst. Niemand zweifelt daran. Aber es wird Zeit, dass du dich selbst wieder ein bisschen wichtiger nimmst. Wenn dir jemand zusetzt, dir auf die Pelle rückt und versucht, dich für etwas absolut Fragwürdiges zu ködern, ist es keine Lappalie. Es steht in der Rangfolge möglicher Themen definitiv an erster Stelle.«

Anna sah auf ihre Hände, verschränkte ihre Finger mit Bens und atmete durch. »Heißt das, ich habe es verbockt?«

Ben sah sie verständnislos an. »Was verbockt?«

»Das mit uns?«, ihre Stimme zitterte und ihre Augen brannten, als würde sich dahinter ein Tränenfluss sammeln, der jederzeit über die Ufer treten konnte.

Ben schien es zu spüren, denn er zog sie so heftig an seine harte Brust, dass ihre Nase schmerzhaft dagegen prallte. »Bist du jetzt völlig verrückt? Wir streiten. Das ist alles.«

Anna wünschte, sie könnte etwas dazu sagen, aber sie traute ihrer Stimme nicht. Also atmete sie ruhig aus und wieder ein und konzentrierte sich ganz bewusst darauf, bis das Brennen in ihren Augen nachließ.

Die Stirn an Bens Brust gelehnt, zwang sie sich zu reden. »Ich war immer gern Single. Ein paar nette Dates, ein paar gemeinsame Monate. Dann wurde es schwierig und ich stand vor der Wahl, mich da durchzuquälen, oder wieder mein eigenes Ding zu machen.«

»Durchzuquälen?« Ben wirkte – gelinde gesagt – irritiert.

Aber Anna nickte. »Ja, weil ich nie den Eindruck hatte, dass es sich lohnt, durchzuhalten. Es gab in meinem Leben nie jemanden, an dem ich hätte festhalten wollen. Du weißt schon, man denkt sich, wenn wir das durchgestanden haben, sind wir stärker, es bringt uns weiter.«

»Nicht einmal?«, fragte Ben ungläubig.

»Nein, es gab niemanden, der mir so gutgetan hat, dass ich es probieren wollte. Ich kann auch nicht behaupten, dass ich schon mal richtigen Liebeskummer gehabt hätte. Verglichen mit Bloem oder Jule bin ich eine blutige Anfängerin in Sachen Liebe und Beziehung.«

Ben lachte leise.

Gott, wie sie das liebte. Nur machte es ihr diesmal Angst, weil sie nicht wusste, ob er sie auslachte.

»Für eine Anfängerin machst du deine Sache aber verdammt gut. Und nein, ich finde nicht, dass du irgendetwas verbockt hast. Wir sind zwei erwachsene Menschen und haben Strategien gefunden, um Probleme anzugehen. Alles, was wir jetzt brauchen, ist ein Plan, der für uns beide funktioniert.« Er wurde ernst. »Falls du meinst, dass es sich lohnt, dass du dich meinetwegen da *durchquälst.*« Ben klang verletzt.

Oh Gott, das hatte sie nicht gewollt. »Das ist dir nicht klar?«

»Sagen wir, ich dachte, dass das zwischen uns klar ist. Bis du mir eröffnet hast, dass du noch nie eine Beziehung hattest, die es wert war, darum zu kämpfen. Schließt das uns ein?«

»Natürlich nicht. Wenn es so wäre, hätte ich dir gar nicht davon erzählt, sondern mich auf die netten Aspekte dieses Abends beschränkt. Aber ich habe es dir gesagt«, verteidigte Anna sich. »Vielleicht nicht als Priorität Nummer eins, doch diesmal habe ich es euch erzählt.« Sie atmete tief durch. »Also war das jetzt unser erster Streit?«

»Hm, sieht ganz so aus. Wenn du mich fragst, war er erhellend.«

Sie legte den Kopf in den Nacken, sah zu ihm auf und lächelte zaghaft. »War das dein Ernst, als du gesagt hast, dass du mich liebst?«

»Nein, das sage ich jeder«, gab er cool zurück, doch dabei grinste er so verschmitzt, dass ihr das Herz überlief. »Dummkopf. Natürlich bin ich in dich verliebt. Sehr sogar. Ich dachte, das wüsstest du.«

»Weißt du es denn umgekehrt?«, fragte sie und kniff die Augen leicht zusammen.

»Angesichts der großen Enthüllungen, die du gerade für mich hattest, bin ich leicht ins Wanken geraten. Aber im Prinzip? Ja, das tue ich.« Ben hob ihre verschränkten Hände, machte sich los, griff nach Annas Fingern und führte sie zu seinem Herzen. »Ich spüre es hier. In den Kleinigkeiten, die du tust. Den Blicken, die du mir zuwirfst, wenn du denkst, dass ich es nicht merke. Selbst in deiner Streitlust und deinen blöden Scherzen steckt Liebe.« Er sah sie voller Wärme an, dann machte er sich los. »Siehst du nach deinen Eltern? Wir bringen das Essen hinter uns und reden später weiter – nach dem Versöhnungssex.«

»Oh, haben wir welchen?«

Ben lachte. »Du bist wirklich eine Anfängerin.«

Sie war froh, ein paar Minuten für sich zu haben. Ihre Kopfhaut kribbelte und in ihrem Innern hatten sich die Eingeweide zu etwas Üblem verknotet. Trotzdem tanzten munter Schmetterlinge darum herum. Ein sehr seltsames, bittersüßes Gefühl.

Sie fand Vera und John im Restaurant, wo ihnen soeben die Vorspeise serviert wurde.

»Hey«, Anna setzte sich auf einen freien Stuhl. »Tut mir leid, dass es so gelaufen ist. Eigentlich wollten wir einen schönen Abend mit euch verbringen.«

Ihre Eltern tauschten einen langen Blick, dann ergriff ausnahmsweise Annas Vater das Wort. »Nimm es uns nicht übel, aber wir haben einen wunderbaren Abend. Endlich ein Kerl, der nicht nur als nettes Party-Abenteuer taugt.«

»Stimmt, das hätte ich um keinen Preis der Welt verpassen wollen. Allein dafür hat sich die Fahrt schon gelohnt.«

Anna saß da und sah von einem zum anderen. Fehlte nur noch, dass gleich eine Torte geliefert wurde, aus der eine Hostess mit einem Spruchband sprang, auf dem *Happy End* stand.

Obwohl das noch nicht raus war. Die Sache mit dem Versöhnungssex klang in Annas Ohren äußerst vielversprechend. Hunger hatte sie auch. Nur war sie hin und her gerissen. Ihre Eltern waren extra hergekommen, da konnte sie sich schlecht mit Ben im Dachgeschoss vergnügen.

»Soll ich ... ich meine, wenn ihr wollt, dass ich beim Essen dabei bin ...«, sie brach ab, weil Vera vehement den Kopf schüttelte.

»Du willst hier bei uns sitzen, während dieser fabelhafte Mann da oben für dich kocht?« Sie sah Annas Vater an. »Bist du wirklich sicher, dass sie ihr gleich nach der Geburt dieses Namensbändchen umgelegt haben? Sie könnte doch vertauscht sein.«

»Sehr witzig.« Anna stand auf. »Da ich hier unten eh nur verhöhnt werde, gehe ich dahin, wo man meine Gesellschaft zu schätzen weiß.«

»Verdirb es nicht«, mahnte ihre Mutter. »Ich war noch nie so nah daran, ein Enkelkind zu bekommen, wie gerade jetzt.«

Anna stöhnte. »Mama, wir kennen uns seit vier Wochen.«

»Bist du nicht aufgeklärt?« Wieder sah sie ihren Mann an. »John, kannst du ihr schonend beibringen, dass manche Frauen nur fünf Minuten brauchen, um ihre Mütter zu glücklichen Großmüttern zu machen?« Ihr Blick wanderte erneut zu Anna. »Nicht, dass ich dir dieses Minutenglück zur Nachahmung empfehlen möchte, aber technisch gesehen ...« Sie zog an Annas Arm, bis die sich hinab beugte, küsste Anna auf die Wange und wandte sich wieder ihrer Vorspeise zu.

Tja, offenbar war sie hier wirklich überflüssig.

Als sie erneut Bens Wohnung betrat, waberte ihr ein verführerischer Duft entgegen. Mittlerweile hatte er den Tisch gedeckt, Kerzen brannten, sogar für Musik hatte er gesorgt. Nichts Schmalziges, wie Anna erleichtert hörte, sondern eine Komposition, die Jazz und Swing verband.

»Tut mir leid. Sie essen unten im Restaurant.«

»Mir tut es nicht leid. Ich bin froh, dich nach diesem Gewitter für mich zu haben.« Ben küsste sie voller Gefühl. Dann drückte er ihr einen Korb mit Brot und ein Schälchen mit einem Dip in die Hand.

Es wurde ein wunderbar romantisches Essen. Diesmal redeten sie ruhig über das Ganze und Anna versetzte sich in Bens Situation. Ja, sie verstand ihn. Schließlich brachten die Nachrichten auch nicht zuerst den Bericht von der putzigen Zoo-Geburt und leiteten nach dem Wetterbericht über zu Katastrophen und politischem Weltgeschehen. Sie würde an der Gewichtung ihrer Themen arbeiten.

»Dir ist schon klar, dass du Geduld mit mir haben musst? Du bist jetzt so etwas wie mein Beziehungsratgeber.«

»Muss ich Prüfungen abnehmen und Arbeitsblätter austeilen?« Ben nahm ihre Hand und küsste ihre Fingerspitzen.

»Nein, ich glaube, das kriegen wir mündlich hin.«

»Dann bin ich dabei. Und jetzt würde ich gern das Thema wechseln. Du und ich. Kapiert?« Er stand auf, zog sie von ihrem Stuhl hoch und schlang die Arme um Anna.

Doch statt sein – frisch aufgebautes – Bett anzusteuern, führte er sie auf die Dachterrasse. Die leise Musik rieselte auch hier aus den Lautsprechern und Ben begann, sich im Takt der Musik zu bewegen.

Anna fand es irre romantisch, unter dem Sternenhimmel mit ihm zu tanzen. Dass salzig schmeckende Böen vom Meer herüberwehten, machte den Abend perfekt. »Ich glaube, ich lebe schon zu lange hier und nehme das raue Küstenklima für zu selbstverständlich. Aber jetzt ... ich verstehe, was du meinst. Es ist etwas Besonderes, die Elemente so hautnah zu spüren.«

»Das allein ist es nicht. Das Meer ... diese Weite ... ich kann es nicht so recht greifen, aber mir vermittelt es das schöne Gefühl, dass es da draußen eine unendliche Welt voller

Möglichkeiten gibt. In Amsterdam war es toll, versteh mich nicht falsch, trotzdem hat mich die Enge gestört. Hier denke ich manchmal, wenn es mir zu viel wird, verkaufe ich das Hotel, packe dich ein und wir sehen, was auf der anderen Seite von diesem Wasser ist.«

Anna schluckte, weil er sie so tief berührte. Der Knoten in ihren Eingeweiden hatte sich in Wohlgefallen aufgelöst, dafür umflatterten die Schmetterlinge ihr Herz nun im Takt der Musik. »Schön, dass du mich mitnehmen würdest.«

Ben legte den Kopf auf diese vertraute Weise schief und senkte die Stirn. »Gut, dass du das sagst. Ich hatte mich im Internet schon nach Knebeln und Handschellen umgesehen. Das könnte allerdings an der Grenze für Aufsehen sorgen.«

»Du meinst, Zöllner seien für das Konzept der Lustsklavinnen nicht aufgeschlossen?«

»Nur auf freiwilliger Basis.«

Anna hauchte einen Kuss auf Bens Kinn. »Dann hast du ja Glück, dass ich für die Idee deiner Reisebegleitung zu haben bin.«

Ben sah ihr lange in die Augen, bevor er Anna mit geschickten Tanzschritten zurück in die Wohnung dirigierte – und endlich auch in sein Schlafzimmer.

Ob sie je genug bekommen würde von der Art, wie er sie streichelte, liebkoste, ihren ganzen Körper mit Küssen bedeckte und ihr das Gefühl gab, etwas wirklich Besonderes zu sein?

Wahrscheinlich nicht. Aber heute war sie an der Reihe, ihn zu verwöhnen. Als sie beim Bett anlangten, versetzte Anna ihm einen Schubs und schwang sich rittlings über seine Beine.

»Falls ich bei dieser Versöhnungssex-Sache irgendwie patze, sagst du es mir?«

Sein lodernder Blick ruhte auf ihr. »Unbedingt.«

Dann sagte er nichts mehr, verfolgte gebannt, wie sie seinen Gürtel öffnete, die Knöpfe der Jeans, ihn schließlich so dirigierte, dass sie seine Hose mitsamt der Boxershorts abstreifen konnte. Als nächstes flog sein Hemd durch den Raum.

Anna betrachtete ihn sehnsüchtig, ehe sie den wunderbaren Duft von warmer Haut und Meersalz in sich aufsog und die Lippen über seinen Körper gleiten ließ, bis er nach dem reinigenden Gewitter endlich den höchsten Gipfel erklomm.

26. KAPITEL

Als Ben den Flur der Koma-Station betrat, spürte er, dass etwas nicht stimmte. Das Scheppern der Servierwagen, die schnellen Schritte des Pflegepersonals auf dem Gang, alles klang heute gedämpfter. Als bemühten sich die Leute, wenig Lärm zu machen, wenn nicht gar unsichtbar zu sein.

Einzig der beißende Geruch der Desinfektionsmittel war wie immer. Daran klammerte Ben sich. Rieb seine Hände nicht einmal, sondern gleich dreimal ein, als könnte er der seltsamen Stimmung dadurch Normalität einhauchen.

Er verrieb das Zeug noch immer, als er den langen Gang entlang schritt.

Fünf Zimmer. Fünf Patienten. Fünf Menschen, eingesponnen in Kokons, für ihre Umwelt seit einer kleinen Ewigkeit unerreichbar.

Ganz am Ende des Korridors, die Tür versehen mit der Aufschrift 05, lag Eline.

Seit er in Noordwijk lebte, kam er nicht mehr jeden Tag hierher. Ihm tat das gut. Auch wenn Ben die sterile Umgebung längst so vertraut war, als würde nicht Eline, sondern er selbst hier leben.

Obwohl, von einem Leben wagte er kaum zu sprechen. Seit über drei Jahren lag sie in einem Krankenhausbett und schien unaufhörlich zu schrumpfen. Manchmal kam es ihm vor, als würde sie sich in Zeitlupfe auflösen, bis sie am Ende ganz verschwand.

Egal, ob ein Arzt ihre Lider hob und mit der Taschenlampe vor ihren Pupillen wedelte, Ben ihr von seinen Tagen und dem Hotel erzählte oder ob ihre Eltern, diese niemals müde werdenden, selbstgerechten Vorzeigeeltern, Eline Märchen aus ihrer Kindheit vorlasen. Die Patientin in 05 reagierte auf nichts.

Die Ärzte hatten ihm mehrfach zu erklären versucht, was die Klassifizierung tiefes Koma bedeutete. Und dass nach dieser langen Zeit kaum damit zu rechnen war, dass sie je wieder erwachte.

Dennoch baten sie ihn in regelmäßigen Abständen wieder in ihr Bereitschaftszimmer, lasen ihm Vitalwerte vor, interpretierten sie für ihn, kamen zu düstereren Prognosen. Und das alles, weil sie hofften, Ben könne auf ihre Eltern, die sich so sehr gegen die Bedenken der Ärzte wehrten, einwirken, sie zur Vernunft mahnen – und ihnen das letzte Fünkchen Hoffnung nehmen.

Er würde den Teufel tun. Er hatte es im ersten Jahr versucht. Wieder und wieder hatte er ihnen gesagt, dass es nichts brachte, Eline vierundzwanzig Stunden am Tag zu bewachen. Dass sie die Schwestern und Pfleger in den Wahnsinn trieben, weil sie derart darauf lauerten, der Zustand ihrer Tochter möge sich bessern, dass sie ständig irgendwelche Reaktionen sahen, die es de facto nicht gab. Trotzdem klingelten sie nach dem Pflegepersonal, verlangten nach Ärzten, die in anderen Zimmern dringender benötigt wurden, und benahmen sich, als wüchse proportional zu ihrer überdrehten Art die Chance, dass Eline die Augen öffnete.

Das Problem war, dass sie sich selbst in einer Art Tunnel befanden. Dass diese beiden Menschen, die ihre Tochter so sehr liebten, vor drei Jahren eine Art Glaubensgemeinschaft gegründet hatten. Wenn sie nur unbeirrbar genug blieben, würde alles gut. Wer nicht mit ihnen glaubte, war gegen sie – und gegen Eline.

Erschwerend kam hinzu, dass sie nicht wussten, wie sie zu Ben stehen sollten. Ihm, genauer gesagt Elines Besessenheit von ihm, verdankte ihre Tochter schließlich ihren beklagenswerten Zustand.

Für ihn war diese Beziehung längst beendet gewesen. Zu viel Drama und der immer gleiche Streit darum, dass sie zu unselbstständig war. Eline hatte sich ihm angepasst. Ihr Erscheinungsbild, ihre Meinung, ihr Tun. Alles war darauf ausgerichtet gewesen, seine Anerkennung zu bekommen. Was er wollte, wollte sie. Bis zu dem Tag, an dem er ihr gesagt hatte, dass er sie eben nicht mehr wollte. Claas hatte damals geunkt, dass Eline, wäre sie konsequent, nun vermutlich ebenfalls wollte, dass es vorbei war. Schon, um Ben zu gefallen.

Dass Claas' Optimismus in diesem Fall unangebracht war, zeigte sich am Tag nach dem Aus. Und an den folgenden Tagen. Vier Wochen lang war sie Ben – zufällig – beim Joggen über den Weg gelaufen, dort aufgekreuzt, wo er mittags seine Sandwiches kaufte, oder hatte ihn in der Kanzlei mit Anrufen bombardiert. Ihre Frage hatte immer gleich gelautet: Vermisst du mich?

Vielleicht hätte er das sogar, wenn sie sich ferngehalten hätte. Aber wie zum Teufel hatte Ben jemanden vermissen sollen, der ständig um ihn herumschlich, ja, ihm regelrecht auflauerte? Nein, das hatte in seinen Augen nichts Rationales gehabt. Und es hatte das unkomplizierte Vergnügen, das er sich von dieser lockeren Beziehung versprochen hatte, bei weitem überschritten.

Also hatte auch Ben seine Strategien entwickelt. Neue Joggingstrecke. Durch das kleine Gartentor aus dem Haus gehen. Früher zur Arbeit fahren. Mit Akten unter dem Arm schon am Nachmittag nach Hause hasten. Sollte sie doch vor seinem leeren Büro herumlungern und darauf warten, ihn anzuschmachten. Ihn hatte es nicht mehr gekümmert.

Bis sie ihn eines Tages doch erwischt hatte. Oder er sie? Wie man es nahm. Fest stand, an jenem Nachmittag vor drei Jahren und zweiundsechzig Tagen war sie vor seinem Büro aufgekreuzt, hatte ihn aufhalten wollen und sich wie aus dem Nichts vor seinen Wagen geworfen.

In seinen Albträumen sah er es noch immer. Die schreckgeweiteten Augen, der zarte Körper, der durch die Luft wirbelte, ehe Eline hart auf das Pflaster schlug und sich nicht mehr rührte.

Vielleicht wäre es anders gekommen, hätte er noch einmal mit ihr geredet. Möglich, dass sie dann nicht so verzweifelt versucht hätte, ihn zu stoppen. Dass sie irgendwann begriffen hätte, dass er einfach ein Arsch war, ihrer an Besessenheit grenzenden Liebe nicht würdig.

So war all das in einer Katastrophe gegipfelt, für die ihm niemand die Schuld gab. Nur er selbst.

Und ihre Eltern.

Ben blieb vor der Zimmertür stehen, sammelte sich, schluckte hart und schaute dabei auf den fahrbaren Tisch, der direkt neben der Tür stand.

Es war nicht das erste Mal, dass sie eine Infektion hatte, er beim Betreten des Zimmers einen Kittel, Handschuhe und sogar eine Haube und Schuh-Überzieher tragen musste.

Langsam kleidete er sich ein und las das Schild, das über dem Tisch pappte. Kein Hinweis auf die Art der Infektion und nichts, woraus er auf das, was ihn in Zimmer 05 erwartete, hätte schließen können.

Ben holte tief Luft und drückte die Klinke herunter. Er sah es sofort. Da waren neue Geräte mit Spritzen, über die wohldosiert Medikamente in ihre Blutbahn geleitet wurden. Abgesehen von all der anderen Technik, die schon länger zu Elines Leben gehörte. Ein Beatmungsgerät, der Herzmonitor, eine Maschine, die flüssige Kost in ihren Magen pumpte.

»Was ist los? Hat sich ihr Zustand geändert?«, fragte er, als er den Raum betrat.

Elines Mutter sah ihn böse an. »Willst du Eline nicht erst einmal begrüßen?« Es war der gleiche, vorwurfsvolle Ton, in dem sie immer mit ihm sprach.

Hinter dem Mundschutz hatte er ein müdes, leicht angespannt wirkendes Lächeln für sie. Dann tat er Elines Mutter den Gefallen, ging zum Bett und redete ein paar Minuten mit ihrer Tochter.

Ob es ihr gefiel, dass er nun nicht mehr ständig von seinem ermüdenden Kanzleialltag sprach? Dass er sie – zumindest mit Worten – mit nach Noordwijk nahm, ihr von Wind und Wellen und dem Hotel erzählte? So oft, so detailliert, dass Eline, würde sie wach, die alte Dünen-Villa vermutlich allein aus seinen Erzählungen malen könnte. Die schöne rote Tür, die gleichfarbigen Schaukelbänke, die links und rechts davon an den Balken der Veranda befestigt waren. Und natürlich das Foyer, das mit seinen Brombeertönen genau Elines Geschmack träfe. Dass Ben ihre Wünsche egal waren, weil sie nicht zu seinem neuen Leben gehörte, behielt er ebenso wie sein Glück mit Anna für sich.

Ben stand auf und ging zu ihrer Mutter. »Hast du ein paar Minuten für mich? Draußen?« Es mochte ja sein, dass er sich in diesem Zimmer oft vorkam, als führte er Selbstgespräche. Trotzdem brachte Ben es nicht fertig, über Elines Zustand zu sprechen, während sie daneben lag.

Nur sehr widerwillig folgte ihre Mutter ihm nach draußen.

Er schloss kurz die Augen. Wieso fühlte er sich immer noch für all das verantwortlich? *Ganz einfach, weil du diese Bilder vom Unfall nicht loswirst. Weil du die zehn panischen Minuten, in denen du hilflos neben ihr am Straßenrand gesessen und gebetet hast, der Krankenwagen solle endlich kommen, sie möge nicht sterben, nie mehr vergessen wirst.*

Schluss! Ben räusperte sich. »Was ist passiert? Sind es die multiresistenten Erreger in der Blase, die wieder Probleme machen?«

Sie knirschte mit den Zähnen. Hin und hergerissen von dem Wunsch, ihn wortlos stehen zu lassen oder ihn weiter hierzubehalten und darauf zu hoffen, dass seine Stimme zu Eline durchdrang. Irgendwann gab sie sich einen Ruck und erklärte es ihm, so gut sie konnte.

Ben nickte. »Verstehe ich das richtig? Die Antibiotika haben gute Darmbakterien abgetötet, weswegen jetzt schlechte Bakterien eine Entzündung verursachen?«

»So genau ...« Elines Mutter zuckte die Achseln. »Mir ist das alles zu hoch. Hauptsache, sie kriegen es wieder hin.«

Nur war sich Ben, nachdem er sich von Eline verabschiedet und einen Arzt aufgetrieben hatte, da gar nicht mehr so sicher. Die Prognose des Mannes war düster.

Und es wurde nicht besser, als Ben vom Auto aus einen Freund anrief, der Medizin studiert hatte und ihm eine zweite Einschätzung gab.

»Das klingt nicht gut. Im schlimmsten Fall kommt es durch den bakteriellen Infekt zu einer Blutvergiftung, was in ihrem Zustand höchstwahrscheinlich ein Multiorganversagen zur Folge hätte.« Bens Freund Loris erklärte es sachlich und leidenschaftslos.

Trotzdem klang es in Bens Ohren absolut hoffnungslos. »Also rechne ich mit dem Schlimmsten?«

Loris holte tief Luft, gewann Zeit. Dann sagte er ruhig. »Wäre es denn der schlimmste Fall? Wenn es keine Hoffnung auf Besserung gibt, würde ich nicht jahrelang in diesem Zustand dahindämmern wollen. Und ja, du solltest dich darauf vorbereiten.«

Ben bedankte sich und legte auf. Mittlerweile war er zwei Monate mit Anna zusammen. Jule und Claas bedrängten ihn immer öfter, ihr von Eline zu erzählen. Nur wusste er nicht wie. Er hatte mehrere Anläufe gewagt und immer wieder einen Rückzieher gemacht. Dabei war er nie feige gewesen. Und er kannte keinen verständnisvolleren Menschen als Anna. Anfangs mochte sie aufbrausen und sich zurückziehen. Dann dachte sie darüber nach und bewies erstaunliches Einfühlungsvermögen.

Nur was, wenn ihre Empathie bei dieser Sache endete? Was, wenn sie ihm die Schuld gab? Wenn sie ihn für ein gefühlloses Schwein hielt, das Eline ausgenutzt und dann verlassen hatte? Er selbst hatte sich im ersten Jahr so sehr in Schuldgefühlen gesuhlt, dass er genau das in sich gesehen hatte. Würde Anna das auch tun?

Voller Scham erinnerte Ben sich an ihren ersten Streit, in dem er ihr die Hölle heißgemacht hatte, weil sie mit ihren Problemen nicht offen gewesen war, ihm keine Chance gegeben hatte, sie zu unterstützen.

Und was tat er? Hatte er sich wirklich eingebildet, er würde irgendwann aufhören, Eline zu besuchen, und könnte die Geschichte so hinter sich lassen? Als wäre all das nie geschehen?

Ben schluckte, wählte Annas Nummer und erreichte die Mailbox. Ohne etwas zu sagen, legte er auf. Er glaubte nicht an kosmische Zeichen. Normalerweise. Denn gerade war er tatsächlich versucht, es als einen Wink zu nehmen und das Gespräch zu verschieben.

Doch ehe er sein Handy wieder in der Jeans verstauen konnte, rief Anna zurück. »Hey, ich bin noch bei Jule, hier ist die Hölle los. So kurz vor dem Ferienende wollen die Leute es sich am Strand so richtig gutgehen lassen. Und falls du dich fragst: Ja, du fehlst mir.« Sie lachte so unbeschwert, dass Bens Entschlossenheit erneut ins Wanken geriet.

Dann gab er sich einen Ruck. »Ich ... würde gern etwas mit dir ... loswerden.«

Sie klang verblüfft. »Loswerden – doch wohl hoffentlich nicht mich?«

»Gott, nein!« Herrje, er hörte sich an wie ein verdammter Idiot. »Ich will *etwas* loswerden. Wenn es dir recht ist, schnappe ich mir Kruimel und hole dich gegen sieben bei Jule ab.«

»Klar.« Nur ein Wort, vier Buchstaben, trotzdem war ihre Neugier förmlich greifbar.

Anna machte auch keinen Hehl daraus, als sie ihm zwei Stunden später um den Hals fiel. »Wie war es bei Claas in Amsterdam? Hat er dich um den Verstand gequatscht?« Sie lachte, ehe sie sich zu ihm hochreckte und einen Kuss auf seine Lippen drückte.

Ben schloss die Augen und genoss ihre Liebkosungen. Als sie sich zurückzog, sah er hinüber zum Meer, das heute derart aufgewühlt war, dass die Wellen in einem sandigen Ockerton schimmerten.

Noch so eine Sache, die er erklären musste. Dass er zu Claas ins Büro fuhr, war nicht die ganze Wahrheit. Schließlich nutzte Ben diese Fahrten auch für seine Besuche bei Eline.

»Es war ... schon okay. Wollen wir los?«

Anna streifte die Flip-Flops ab, nahm sie und schlang den anderen Arm um Bens Taille. Gemeinsam kämpften sie sich durch den weißen Sand hinab zum Meeressaum. Dabei blies der Wind das Haar aus ihrem Gesicht, zerrte an den schulterlangen Strähnen und trug Annas Worte in seine Richtung.

»Du hast es wirklich spannend gemacht am Telefon.«

Ben seufzte. Die ersten Sätze vielen ihm schwerer als alles, was er je in seinem Leben erzählt hatte. Er redete von Eline, ihrer lockeren Beziehung, davon, dass er relativ früh gemerkt hatte, mit Eline keine Partnerin auf Augenhöhe gefunden zu haben. Dass sie eine Frau war, die gern klammerte und jemanden brauchte, der ihr den Weg zeigte, weil sie keine eigenen Ziele besaß. Dann kam er zu den Streitereien, ihrer Besessenheit, dem Unfall, der Eline ans Bett gekettet und ihn aus der Bahn geworfen hatte.

Anfangs hörte Anna, sprachlos vor Staunen, zu. Irgendwann glitt der Arm, den sie um seine Mitte geschlungen hatte, herab und der Abstand zwischen ihnen wuchs.

Dass sie während dieser stummen Abkehr kein Wort sagte, ließ sein Herz rasen.

Ben blieb stehen. »Hey, sag doch was.«

»Ich bin zum ersten Mal in meinem Leben wirklich sprachlos.« Sie zuckte die Achseln, als wollte sie unterstreichen, wie hilflos sie war. »Ehrlich, ich ... ich kann dir noch nicht mal sagen, was ich darüber denke.«

»Es war nicht meine Schuld.«

Sie nickte. »Das habe ich schon verstanden. Jeder hätte dir vor das Auto laufen können. Aber ich dachte, du und ich ... das hätte etwas mit Vertrauen zu tun. Dass ich dir von den Dingen erzähle, die mich bedrücken und mich umgekehrt darauf verlassen kann, dass du mir die Möglichkeit gibst, dich zu unterstützen.«

Ben schüttelte resigniert den Kopf. »Dabei kannst du mir nicht helfen.«

»Hm«, Anna nickte, wich seinem Blick jedoch aus.

»Hey, mach jetzt nicht dicht. Ich weiß, dass das mies war. Es geht mir wie dir bei dieser Sache mit deinen Eltern. Du hast den richtigen Moment zum Erzählen verpasst und dann ist es mit jedem Tag schwieriger geworden.«

Sie sah ihn an. Herausfordernd und zugleich enttäuscht. »Denkst du, das ist mir nicht klar? Was meinst du, warum ich nicht mehr ans Telefon gegangen bin? Ich wollte sie nicht weiter anlügen. Und da enden die Parallelen zwischen uns. Nicht, dass du mir Rechenschaft schuldest. Aber Ehrlichkeit. Wenn du also laufend nach Amsterdam gefahren bist und mir gesagt hast, dass du dich mit Claas triffst ...« Sie vollendete den Satz nicht.

Musste sie auch nicht, er hätte schwachsinnig sein müssen, um nicht zu sehen, wohin das lief.

»Falls es dir hilft, ich rede generell kaum darüber. Es zu erzählen, macht die ganze Sache so real. Verstehst du das? Eline hat längst nicht mehr zu meinem Leben gehört. Es geht nicht um Liebe oder um Trauer. Ich glaube, ich würde mich jedem Fremden, den ich anfahre, ebenso verpflichtet fühlen.«

Anna schüttelte den Kopf. »Du begreifst es ehrlich nicht.« Sie seufzte. »Mein Problem ist nicht, dass es vorher Frauen in deinem Leben gab. Davon gehe ich nämlich aus. Auch nicht, dass du sie besuchst, denn das ehrt dich. Aber überleg mal, wie du mir vor ein paar Wochen die Hölle heißgemacht und erklärt hast, ich müsse meine Prioritäten dringend überdenken, weil ich dir nicht sofort, nachdem Pieter weg war, von seinem Besuch erzählt habe. Und jetzt kommst du mir damit?« Wieder schüttelte sie den Kopf und trat zwei weitere Schritte zurück. »Tut mir leid, aber ich muss erst mal verdauen, wie du hier mit zweierlei Maß misst. Ich nehme an, das ist das große Geheimnis, das dich vor drei Jahren aus der Bahn geworfen hat?« Sie ließ es wie eine Frage klingen, aber in ihren Augen las er, dass sie es längst wusste.

Anna machte noch ein paar Schritte von ihm weg. Ihm schnürte es die Kehle zu, sie dabei zu beobachten.

»Hey, können wir bitte in Ruhe reden?«, rief er in den tosenden Wind?

Wieder schüttelte sie den Kopf. Traurig, resigniert. »Das haben wir gerade getan. Lass mich darüber nachdenken.« Sie hob die Hand, als wollte sie nach ihm greifen, doch dafür war sie bereits zu weit weg. Dann ließ sie sie sinken, wandte sich ab und ging.

Bens Haut kribbelte. Alles in ihm drängte danach, ihr zu folgen. Aber wenn er das jetzt tat, das wusste er, würde sie sich nur weiter zurückziehen. Also ging er in die Hocke, pfiff Kruimel herbei und sah ihr nach, bis sie zwischen den Dünen verschwand.

27. KAPITEL

»Kriege ich auch einen?« Anna gesellte sich zu Willem, Hans und Dan, die es sich mit einer Flasche Korn im Garten gemütlich gemacht hatten.

Willem hob die Brauen. »Du magst doch keinen Korn, Mädel.«

Sie reckte das Kinn vor und funkelte ihn böse an. »Ich bin kein Mädel. Und ich trinke, was mir gefällt. Oder mache ich euch da etwa Vorschriften?«

Dan verzog die Mundwinkel. »Den Blick kenn' ich. Hatte mal ein Mädel in Fiskebäck, die konnte auch so gucken.«

»Fiske-was?« Das dachte er sich doch nur wieder aus.

Aber diesmal schmunzelte Dan nicht. »Fiskebäck. Größter Fischereihafen von Schweden. Hübsch, die Mädels dort. Ich mag ja Blonde. Jedenfalls war Stinaa ständig sauer. Wollte einen Ring am Finger. Da hat sie dann geguckt wie du. Aber ihre Figur«, schwärmte Dan und strahlte. »Wie ne gottverdammte Eieruhr. Und guten Geschmack hatte die.«

»Weil sie auf dich stand?«, wollte Anna wissen.

Was Dan strahlen ließ. »Jo. Geflucht hat die nur auf Schwedisch. Und kochen konnte die. Kein Fisch. Da sei Gott vor nach drei Monaten auf'm Kutter. Und sie ließ sich nicht lang bitten.«

»Okay, das ist mir gerade definitiv zu authentisch. Könnt ihr nicht singen? Oder wieder was von Stürmen auf See erzählen?«

»Ui, Madame«, Hans beugte sich vor. »Was ist dir über die Leber gelaufen?«

Sie wollte es nicht sagen, aber ihr Blick wanderte automatisch hinüber zu Bens Hotel.

»Ärger im Paradis«, schlussfolgerte Willem.

»Jo«, sagte Hans.

Was Dan zu einem »War klar!« animierte.

»Wieso sitzt ihr nachmittags eigentlich nicht mehr vorn auf der Veranda.« Anna hatte da so eine Ahnung und jetzt war eine gute Gelegenheit, sie zu fragen. Wo sie schon mal gesprächig waren.

Willem deutete zum Himmel hinauf. »Die Sonne.«

»Jo, ist früh weg jetzt.« Dan.

Anna ballte die Hände zu Fäusten, denn sie wusste, dass das nicht der Grund war. Aber sie tat ihnen den Gefallen und spielte mit. »Verstehe, der Sommer geht zu Ende. Wie ist das eigentlich im Herbst? Kommen da noch viele Gäste?«

»Kegler«, rang Willem sich ab.

»Jo, und diese Stammtischleute«, ergänzte Hans.

Dann saßen sie da und starrten stumm auf Bens Villa, als wollten sie das Haus sprengen.

»Was hat er denn gemacht? Rumpoussiert?«, wagte Dan sich vor.

»Nein.«

»Bist du abserviert?«, fragte Willem todesmutig.

Annas Kopf flog herum. Sie sah ihn nicht weniger feindselig an als das Haus. »Was? So ein Quatsch!« Allein der Gedanke tat weh. Aber Ben hatte ihr auch wehgetan mit seinen

Halbheiten und Lügen. Also sprach sie es aus. »Er ist ein Lügner!« Dafür rechnete sie mit einem dreistimmigen Jo.

Aber alles, was sie von Hans bekam, war ein müdes Lächeln, gefolgt von der erschöpfenden Feststellung: »Er ist ein Mann.«

»Das erklärt es?«

Diesmal kam es, und zwar synchron aus drei rauen Kehlen: »Jo!«

Dan fasste sich ein Herz. »Willst du ... darüber ... reden?« Er hätte nicht wehleidiger klingen können, hätte Anna ihm vorgeschlagen, er möge seinem Henker bitte ordentlich Trinkgeld geben.

»Da gibt es nichts zu reden. Ich muss darüber nachdenken und das ... tut weh.« Kaum war es heraus, griff sie sich doch den Schnaps und kippte ihn in einem Schluck herunter.

Während Anna noch hustete, verständigte das Trio sich wortlos. Dabei guckten sie rachsüchtig wie ein Rudel Auftragsmörder auf dem Weg zum Dienst.

Anna stand auf. »Danke, dass ihr zugehört habt«, sagte sie und ging ins Haus.

Sie war schon auf halbem Weg nach unten ins Souterrain, da besann sie sich, schnappte einen Schlüssel vom Brett und lief nach oben. In ihrem Apartment würde sie nur pausenlos hinauf zu seiner blöden Dachterrasse schauen. So gewann man keinen Abstand. Also bezog Anna das Bett in einem der Gästezimmer, das garantiert keinen Ausblick auf Bens Luxus-Bunker bot.

Dann rief sie Jule an.

»Du wusstest von dieser Frau in Amsterdam. Richtig? Das meintest du am ersten Abend, als du gesagt hast, dass er nicht leicht zu haben ist?«

Am anderen Ende der Leitung blieb es lange still. »Hey, es tut mir leid, Süße. Ich habe ihm immer wieder gesagt, dass er mit dir reden soll. Aber er schleppt da ein Schuldgefühl mit sich herum, das nicht gesund ist. Und er hatte Angst, dass du auch denken könntest, dass es seine Schuld ist.«

»Denke ich aber nicht.«

»Sondern?«, wollte Jule wissen.

»Ich denke, dass du meine allerbeste Freundin bist. Und ich kapiere einfach nicht, wie du danebenstehen und mir nichts sagen konntest.«

Anna sah förmlich vor sich, wie Jule mit dem Handy auf und ab lief, während sie nach Worten suchte. Das tat sie nämlich immer.

Als Jule endlich die richtigen Worte gefunden hatte, klang sie müde und traurig. »Hätte er sich mit einer anderen Frau getroffen, ich meine einer Frau, die ihm noch etwas bedeutet, wüsstest du es längst. Aber dir das zu erzählen, war seine Sache. Und wenn du meine Meinung hören möchtest?«

Anna brummte ins Telefon: »Hm?«

»Du bedeutest ihm alles. Es wäre wesentlich leichter für ihn gewesen, es dir zu sagen, würde er weniger für dich empfinden. Versuch' ihn zu verstehen. Das ist die größte Katastrophe seines Lebens. Davon zu erzählen, ist ein wirklich großer Schritt.«

»Er hat es dir und Jan erzählt«, hielt Anna dagegen.

»Weil er an dem Abend bei uns zum Essen und fix und fertig war. Irgendetwas war im Krankenhaus passiert und da ist es einfach aus ihm herausgesprudelt, als ich gefragt habe, ob es ihm gutgeht. Und du darfst eins nicht vergessen: Wenn wir ihn verurteilen, mag es sich blöd für ihn anfühlen, trotzdem bricht nicht gleich seine Welt zusammen.«

Noch etwas, das Anna sich dringend durch den Kopf gehen lassen musste. Aber das wollte sie gerade nicht mit Jule besprechen. Nicht, dass Jules Argumente ihr nicht einleuchteten. Aber sie wollte sie nicht verstehen. Anna war verletzt und ungerecht und ziemlich sauer auf Gott und die Welt.

»Wir reden in ein paar Tagen«, erklärte sie harsch. Und dann fügte sie – ein wenig freundlicher – hinzu: »Okay?«

»Sehr okay«, gab Jule erleichtert zurück. »Wenn du so weit bist, komm einfach vorbei.«

Aber das war sie noch nicht. Anna wollte nicht reden und nicht schweigen. Nicht sitzen, stehen oder liegen. Alles fühlte sich falsch an, die innere Unruhe brachte sie um. Dazu raste ihr Herz und ihre Kopfhaut kribbelte, wie sie es aus Romanen kannte, in denen die Protagonisten düstere Ahnungen hatten.

Sie wollte zu Ben, ihm den Kopf abreißen und sich danach mit ihm vertragen. Dann würde sie ihn vermutlich noch einmal enthaupten und schwören lassen, dass er nie, nie wieder etwas so Wichtiges, das ihn so sehr quälte, vor ihr verheimlichte.

Denn auch das tat weh. Sie mochten es nicht vor einem Priester geschworen haben, aber es hieß doch in guten und in schlechten Zeiten. Er sollte sie nicht ausschließen oder sich allein quälen.

Es war schon nach elf, als Anna es in dem kleinen Zimmer nicht mehr aushielt. Es war muffig und schäbig. Farbe war wirklich kein Allheilmittel und die neue Bettwäsche half auch nicht, um sich wohler zu fühlen.

Kurzentschlossen lief sie wieder nach unten, holte Bens Türkarte aus ihrem Apartment und linste durch den Vorhang. Da saß er auf seiner Terrasse wie ein einsamer Wolf und schaute auf ihr Fenster.

»Benedict van Dijk, du bist ein verdammter Spanner!« Aber solange er es nur auf ihre Terrassentür abgesehen hatte, konnte sie damit leben.

Anna nahm den Weg durch die Vordertür und über die Straße zu seinem Haus, damit er sie nicht kommen sah. Dabei galoppierte ihr Herz wie wild. Ben hatte sich nicht mit Ruhm bekleckert, aber ihn einfach am Strand stehen zu lassen, war genauso schwach. Jetzt, mit Abstand, schämte sie sich, ihn im Stich gelassen zu haben.

Leise huschte sie durch die *Schöne Aussicht.* Sie hatte keine Ahnung, was sie ihm sagen sollte. Oder doch! Sie wollte keinen Lügner. Und sie wollte alles, weil es sich nicht gut anfühlte, nur die schlagsahnigen Tage zu erleben.

Sie war so leise, dass Ben zusammenzuckte, als sie sich hinter ihm räusperte. »Lüg mich nie wieder an. Keine Halbwahrheiten, keine Auslassungen. Ich mag hier nicht der Beziehungsprofi sein, aber ich schätze, dass wir es nicht oft aushalten, den anderen so zu enttäuschen.«

Ben sprang auf, doch er stürmte nicht auf sie zu. Er kam langsam zu ihr, ganz bewusst und griff nach ihren Händen. »Versprochen«, sagte er feierlich. »Immerhin weiß ich jetzt, wie du dich bei dem Streit mit deinen Eltern gefühlt hast.«

Sie war noch nicht so weit, sich an ihn zu kuscheln. Ein Teil drängte sie dazu, der andere brauchte Klarheit, bevor sie das tun konnte. »So, wie denn?«

»Einerseits hat es mich erleichtert, es dir endlich zu erzählen. Andererseits hat es mich schier zerrissen, zu spüren, wie ich dich verletze. Ich will, dass du weißt, dass es mir aufrichtig leidtut.«

Ihr Herz schmolz, als wäre es ein Stück Butter auf einer sonnenverwöhnten Motorhaube. »Wie leid?«

»Sehr, sehr leid. Ich kann mich gern noch einmal hinknien, aber am Ende sagst du wieder, dass du dich verarscht fühlst.«

»Kein Knien. Lass dir etwas einfallen, das mir besser gefällt.« Ihre Stimme klang weich, fast war es ein Schnurren.

Das verstand Ben. Er zog sie an sich, streichelte zart über ihre Wangen, den Hals, ihren Nacken. Sanft hielt er sie an seine Brust gedrückt und hauchte federleichte Küsse auf ihr Gesicht. Nicht lange, und seine Zärtlichkeiten wurden leidenschaftlicher, drängender. Bis er Anna auf die Arme hob und sie zu seinem Bett trug.

»Hm«, sie lächelte ihn an. »Ich bin gespannt, was du dir noch einfallen lässt.« Dass sich unter seiner Hose eine stattliche Erektion abzeichnete, war jedenfalls ein vielversprechender Anfang – ein Versprechen, das Ben hielt.

Als Anna am nächsten Morgen aufwachte, sah sie zuerst Ben, der sie anschaute.

»Beobachtest du mich etwa vor dem Aufwachen?« Ihre Stimme klang schlafrau.

»Wann habe ich sonst die Gelegenheit. Normalerweise sprintest du morgens aus dem Bett wie eine aufgezogene Rennmaus.«

Das bewog Anna zur Uhr zu sehen. Sie zuckte zusammen. »Verdammt! Ich müsste seit einer halben Stunde in der Küche stehen. Warum hast du mich nicht geweckt?«

Ben grinste. »Weil ich dich noch ein bisschen für mich haben will. Da trifft es sich, dass wir gerade nur sechs Suiten belegt, aber die ganze Küchenmannschaft am Start haben.«

»Soll das heißen, dass du meine Seebären mit deinem Gourmet-Essen verderben willst?«, fragte Anna mit gespielter Empörung. Tatsächlich war sie froh, ihn nach dem Sturm des gestrigen Tages noch ein wenig länger für sich allein zu haben. Und das ließ sie ihn wissen.

Kaum war Anna richtig wach, warf sie sich auf ihn. Da sie sich gestern nicht mehr die Mühe gemacht hatten, etwas überzuziehen, hatte sie seine breite, prachtvolle Brust direkt unter sich. Anna küsste ihn, leckte über die leicht gebräunte Haut bis zu seinen Lenden.

Da zog Ben sie hoch. »Ich glaube, ich bin derjenige, der etwas wiedergutzumachen hat, und ich habe nicht gern Schulden.«

Bevor Anna reagieren konnte, drehte Ben den Spieß um. Nun war er derjenige, der ihre erhitzte Haut kostete. »Danach könnte ich süchtig werden«, raunte er leise, ehe er ihre harte Brustwarze zwischen seine Lippen sog.

Ein herrliches Gefühl durchströmte ihre Glieder. Wie flüssiges Licht, dachte Anna und schloss die Augen. Die Finger in Bens Haar vergraben, dirigierte sie ihn tiefer und tiefer bis zu ihrer empfindsamsten Stelle. Genau da brauchte sie ihn jetzt. Und er zeigte ihr, wie genau er das wusste.

Es war fast unheimlich, wie gut er sie, ihren Körper kannte. Verglich sie es mit vergangenen Liebeleien, kam es ihr vor, als hätte sie bisher immer nur leicht an der Oberfläche gekratzt. Körperlich war es mal mehr, mal weniger befriedigend gewesen. Aber das Gefühl, ihre Seele zu streicheln, gab ihr nur Ben.

Anna begann zu wimmern, zitterte unter ihm. »Oh bitte, hör nicht auf«, hauchte sie rau, ehe Ben sie das letzte Stück des Gipfels hinauftrieb und ihr Körper vor lauter Glück zerfloss.

Sie zahlte es ihm mit gleicher Münze heim, starb diesmal mit ihm den kleinen Tod, als der Wecker klingelte.

Anna sah, dass es gerade einmal halb acht war. Sie musste lachen. »Was ist das denn für eine seltsame Zeit?«

»Na, ich wusste nicht, ob du ausflippst, wenn meine Leute in deiner Küche herumwerkeln. Also dachte ich, ich wecke dich so zeitig, dass du notfalls einschreiten kannst, bevor deine Seebären den Wintergarten stürmen.«

»Und wenn ich nicht ein- oder irgendwo hin schreiten, sondern auf deiner Terrasse einen Kaffee trinken möchte?«

»Willst du?«

»Und wie. Ist dir klar, dass wir mittlerweile seit Monaten zusammen sind, aber noch kein einziges Mal gemeinsam gefrühstückt haben?«

»Hey, ich war zum Frühstück ein paarmal drüben bei dir.«

»Ja, wo ich dir den Kaffee serviert habe und gleich wieder weiter musste, weil die Gäste etwas von mir wollten. Wenn ich schon mal eine Vertretung habe, nutze ich sie auch aus.«

»Du kannst ja richtig pflichtvergessen sein«, er küsste sie auf die Nasenspitze. »Sehr verwegen. Das gefällt mir.«

Als Ben aufstand, schloss Anna noch einmal die Augen. Doch schon im nächsten Moment kam ein T-Shirt geflogen.

»Spinner!«

»Sei nicht so eine Prinzessin. Immerhin biete ich dir ein frisch gewaschenes und tadellos gebügeltes Shirt.«

Anna hob es mit spitzen Fingern hoch, um es zu inspizieren. »Justin Bieber?« Sie lachte sich halb schief. »Du könntest sein Vater sein.«

Ben verdrehte die Augen. »Ich bin nicht hundert und das da«, er deutete auf das Shirt, »ist Claas‘ Art, mir zu sagen, dass ich mit den Konsequenzen leben muss, wenn ich ihm nicht sage, was ich mir zum Geburtstag wünsche.«

»Er hat Humor.«

»Hätte er Geschmack, wäre es mir lieber.«

Anna wusste, dass Ben es nicht so meinte. Wenn er Leute durch sein schönes neues Hotel führte, vergaß er nie zu erwähnen, dass sein Bruder nicht nur den Umbau gestemmt hatte, sondern auch für das geschmackvolle Design zuständig war.

»Falls du auf die Idee kommst, schon wieder Fotos von mir zu machen, notier gleich dazu, dass ich das Shirt nur unter Protest trage.«

»Du hörst Måneskin«, gab Ben zu bedenken.

»Was für meinen guten Geschmack spricht. Ich hätte übrigens gern extra viel Milchschaum, wenn deine Maschine das hergibt.«

»Soll ich uns etwas zu essen raufkommen lassen?«

»Ne! Weißt du, wie schräg das ist, deine Leute nicht nur in meiner Küche schuften, sondern mich auch hier oben von ihnen bedienen zu lassen?«

»Das ist ihr Job.«

»Nein, das ist dreist.« Sie hakte das Thema ab. »Vieeeel Milchschaum. Ich husche nur schnell ins Bad.«

»Ich könnte dir zur Hand gehen.«

Anna lächelte süffisant. »Netter Versuch. Frag mich heute Abend wieder.«

Erneut hatte er diesen gespielt verzweifelten Blick für sie.

Trotzdem erkannte Anna, wie erleichtert er noch immer war, dass sich der Sturm gelegt hatte. Sie würden in Ruhe darüber reden müssen. Nicht jetzt, in ein paar Tagen, wenn Anna ein wenig Abstand von diesem grässlichen Streit hatte.

Das Schöne am Zusammensein mit Ben war, dass sie über weite Strecken kein Wort sagen mussten. Dann wieder lieferten sie sich Wortgefechte, die Anna die Lachtränen in die Augen trieben. Mit ihm wurde es einfach nie langweilig. Auch wenn sie sich manchmal fragte, ob sie ihm mit ihrer großen Klappe nicht ein bisschen viel abverlangte.

Und Anna würde ihm noch mehr abverlangen müssen, weil ihr Leben erneut vor einem Umbruch stand.

Die Buchungen für *Vor Anker* gingen dramatisch zurück. Noch ein paar Wochen, dann würde der Herbst kommen und sie konnte es Frau Prins gegenüber nicht mehr rechtfertigen, eine volle Stelle zu besetzen. Das Frühstück für die Seebären richten, die Betten beziehen und das fast leere Haus in Ordnung zu halten, war kein tagesfüllender Job. Zumal kaum Geld hereinkommen würde.

Vielleicht konnte sie sich um eine Halbtagsstelle in einem Maklerbüro bewerben. Nur hegte Anna immer noch Zweifel, ob sie in Noordwijk etwas finden würde. Sie würde das mit Ben besprechen. Jetzt war eine gute Gelegenheit. Anna trocknete sich ab und schlüpfte in seine Sachen, was ihr vor dem Spiegel einen Heiterkeitsausbruch bescherte. Die Shorts, deren Bund sie zweimal umgekrempelt hatte, sah man unter dem Shirt kaum, weil es wie ein Sack mit Justin Bieber-Aufdruck an ihr herabhing. Im Geiste machte sie sich eine Notiz, Claas nie zu einem ihrer Geburtstage einzuladen. Dann begab sie sich auf die Suche nach Ben.

28. KAPITEL

Noch nie, niemals zuvor in seinem Leben war Benedict van Dijk so nah daran gewesen, den Verstand zu verlieren. Dabei war er froh, dass er saß. Würde er nämlich stehen, wäre es gut möglich, dass er an das Geländer träte und sich so weit nach vorn beugte, dass das relativ neue Problem mit seinem Verstand seine geringste Sorge wäre.

»Sag mir, dass du das auch siehst. Oder nein, nein, sag es nicht. Sag mir, dass du es nicht siehst. Dass ich mir einbilde, dass da unten vor deinem Wintergarten fünf Männer mit verblichenen Tattoos und ausgeleierten Unterhemden stehen und ...« Das war doch Wahnsinn. Wovon redete er da? Egal, was Anna sagte oder er sich wünschte, sie waren da und taten Dinge, die ... die sein verdammtes Hirn grillten.

»Was«, reduzierte Ben seine vorherige Fragenflut auf eine einzige, »ist das?«

Anna grinste. »Qigong.«

»Ah!«

Anna ging neben seinem Sessel in die Hocke. »Hey, alles okay mit dir?«

»Ob alles ...?« Ben brach hab und rang die Hände. Die Fähigkeit, vollständige Sätze zu bilden, hatte sich verflüchtigt. Das war dann wohl das nächste Zeichen. Sein verdammter

Verstand versagte und sein Kopf würde möglicherweise explodieren. Sehr bald sogar.

Ben wollte sich zwingen, den Blick abzuwenden. Aber es war zu faszinierend. Die Männer streckten synchron die Arme vor ihren Körpern, reckten sie in einer fließenden Bewegung zur Seite, hoben ein Bein an, stützten den Fuß gegen das Knie und ließen ihre Arme wieder sinken. Das alles so langsam, dass es sich für Ben wie eine Zeitlupe des Grauens anfühlte. Abgesehen davon, dass er es ästhetisch für fragwürdig hielt. Falls der niederländische Staat seine Bürger je vor den Konsequenzen zu früh unter die Haut gestochener Tattoos warnen wollte, könnte er ihnen dazu das Werbevideo drehen.

Als Ben endlich den Kopf zur Seite drehte und Anna ansah, ging ihm auf, dass er so weit an die Sesselkante gerutscht war, dass er kurz vor dem Absturz stand.

»Noch einmal: Was tun die da? Falls das als kleine Showeinlage für meine Hotelgäste gedacht ist, die keine Fünfzig - Meter-Luftlinie von deiner Altmänner-Hundertschaft frühstücken, glaube ich nicht, dass es funktioniert. Dazu müsstest du ein paar Stripperinnen kommen lassen. Alternativ tun es vielleicht Ballerinas. Aber das ist ... es ist ...«, erneut brach er ab. Vielleicht hatte der Anblick sein Sprachzentrum nachhaltig geschädigt.

Und es wurde nicht besser, als er wieder hinsah. Willems Beine, die in Adidas-Fußball-Hosen anno 1920 steckten, waren tatsächlich mit tätowierten Spinnennetzen verziert.

Anna nippte an ihrem Kaffee. Dass ein wunderbarer Milchschaumbart blieb, als sie die Tasse wieder absetzte, lenkte ihn wenigstens kurzfristig ab.

Dann merkte er, dass sie bebte, ja, dass sie vor unterdrücktem Lachen fast platzte.

»Erklär mir das.«

»Normalerweise machen sie es nachmittags im Wintergarten. Und dabei tragen sie ganz normales, modernes Trainingszeug. Es nennt sich Qigong. Sie sagen Turnen dazu. Laut Internet ist es eine chinesische Technik zur Arbeit am Qi, so etwas wie Meditation. Willems Arzt hat ihm nach dem Herzinfarkt zu mehr Bewegung geraten. Dabei hat er das gefunden. Und die anderen machen mit, weil sie ihn unterstützen wollen. Früher, also bevor du den Sichtschutz hast abreißen lassen, haben sie es immer draußen auf der Terrasse gemacht. Aber weil sie von deinen Urlaubern nicht beobachtet werden wollten ...« Anna zuckte die Achseln und nippte erneut an ihrem Becher.

Aber Ben begriff es auch so. »Deshalb haben sie es in den Wintergarten verlegt. Okay. Nur kapiere ich nicht, warum sie heute Morgen in voller Mannstärke antreten und sich angezogen haben wie eine Obdachlosen-Fußballmannschaft und das zur Frühstückszeit.«

Diesmal bebte Anna nicht nur, sie prustete lauthals los. »Ich denke, das ist deine Strafe. Als ich gestern vom Strand zurückkam, war ich wirklich niedergeschlagen. Versteh es als sportliche Form eines gereckten Mittelfingers. So gesehen hat das Ganze sogar richtig Stil.«

»Wären es nicht ausgerechnet meine Hotelgäste, die das als Frühstücksprogramm serviert bekommen, könnte ich vielleicht mitlachen«, gab Ben säuerlich zurück.

Lustig fand er daran gar nichts. Ben würde sich ebenso über die frisch eingeölten Chippendales aufregen, wenn sie in dem Aufzug vor seinen Gästen herumturnten. Ungefragt. Auf nüchternen Magen.

»Dir ist doch wohl klar, dass du das unterbinden musst?«

Annas Mundwinkel sackten herab, dazu hoben sich ihre Schultern fast bis zu den Ohrläppchen und ihr Kinn reckte sich nach vorn.

Sturm. Ben sah es, ehe sie überhaupt den Mund aufmachte.

»Mal abgesehen von unserem Streit und dieser reichlich schrägen Form der Vergeltung – das ist ein freies Land und sie sind freie Bürger und können verdammt nochmal Sport machen, wann und wo sie es wollen. Schlimm genug, dass sie nicht mehr draußen turnen können, seit der Sichtschutz weg ist.«

Er wollte nicht mit Anna streiten. Nicht schon wieder. Trotzdem fühlte Ben, wie auch er zornig wurde. »Ich sage nicht, dass sie das nicht haben.«

»Und wie du das tust, Herr Anwalt«, zischte Anna und bohrte ihren Zeigefinger in seine Brust. »Du hast von mir verlangt, es zu unterbinden.«

»Was daran ist so schlimm?«

»Dass es mir verdammt nochmal auf den Keks geht, wie Willem und die anderen hier in der Siedlung angeschaut werden. Als wäre es ein Verbrechen, alt zu sein. All diese Schickimicki-Tussis, die in ihren Dünen-Villen hocken, den ganzen Tag Grünzeug futtern und die hundert Meter zum Supermarkt oder zur Botox-Behandlung in teuren SUVs zurücklegen, starren sie an, als wären sie Parasiten, die nicht in dieses luxuriöse Viertel passen. Ich habe gesehen, wie Hans, Dan und Willem sich genieren. Herrgott, sie haben ihr Leben lang hart gearbeitet und müssen sich nun vorkommen wie Bettler. Gestern habe ich mal harmlos gefragt, warum sie nachmittags nicht mehr auf der Veranda sitzen. Sie haben behauptet, es läge am Stand der Sonne. Pah, das ist doch absoluter Bullshit. Selbst um sieben ist es da vorn noch schön sonnig.«

Ben packte ihre Oberarme und streichelte sanft darüber. »Hey, ich bin nicht der Feind. Mir musst du nicht erklären, dass die fünf – na ja, Quirin und Jeve habe ich noch nie reden hören, also kenne ich nur drei –Originale sind. Ich mag sie. Egal, ob sie mir ihre Weisheiten über die stürmische See um die Ohren hauen oder nur einsilbige Jo's von sich geben. Aber kein Mensch möchte beim Frühstück auf Hintern in schlabbrigen Trainingshosen schauen. Egal, ob dein Superheld David James Gandy sich dort die Seele aus dem Leib schwitzt oder ein über Siebzigjähriger.« Er holte tief Luft. »Allerdings sind diese Tattoos wirklich gewöhnungsbedürftig.«

Immerhin schmunzelte Anna leicht.

»Könntest du also bitte mit ihnen reden? Sag ihnen, dass ihr Denkzettel bei mir angekommen ist und dass ich Besserung gelobt habe. Wenn sie sich unbedingt morgens körperlich betätigen wollen, können sie gern den Pool nutzen. Der ist um diese Zeit nämlich leer.«

»Wow, hätte ich gewusst, dass ich das durch ein einfaches Sportprogramm für sie herausschlagen kann, hätte ich sie schon viel eher ermutigt.«

»Du weißt, dass du eine gottverdammte Nervensäge bist?«

Anna lachte und sah hinab zu den Männern, die gerade mit durchgestreckten Beinen dastanden und die Hände auf den Boden reckten, so dass ihre nicht übermäßig trainierten Hinterteile gut zur Geltung kamen.

»Ich, mein Schatz, bin keine Nervensäge, sondern eine von den Göttern gesandte Macht.« Sie deutete auf die Seebären. »Und ich habe die Munition, um meinen Forderungen Nachdruck zu verleihen.«

Augenrollend zog Ben sie auf seinen Schoß. »Das ist eine Premiere. Ich habe noch nie eine bärtige Frau geküsst.«

Er war entzückt zu sehen, wie hektisch sie ihre Lippen betastete.

»Interessant, wie leicht du aus der Fassung zu bringen bist, du göttergesandte Heldin.«

Ehe Anna protestieren konnte, küsste er sie so gründlich, dass ihr nicht nur das Lachen verging. Sie schmiegte sich an ihn und schnurrte vor Behagen.

Ben hätte sich ihr gern noch ein wenig ausführlicher gewidmet. Doch langsam wurde es Zeit, sich unten im Büro sehen zu lassen.

Widerwillig löste er sich von ihr. »Solange wir unsere Streitereien auf diese Art beenden, kannst du deinem Temperament ruhig öfter freien Lauf lassen.« Er wurde ernst. »Bevor du gehst: Ich hoffe, wir haben das geklärt. Ich schätze deine Seebären. Sie sind freundlich, amüsant und pflegen meinen Rasen so gut, dass ich damit rechne, dass der Greenkeeper vom Noordwijkse Golfclub sich demnächst Tipps bei ihnen holt. Ich will lediglich ihre halbnackten Hintern nicht vor meinem Frühstücksbuffet herumwedeln sehen.«

»Ja, das ist angekommen. Tut mir ja auch leid, dass ich meinen Unmut über unsere altersdiskriminierenden Nachbarn ausgerechnet bei dir abgeladen habe. Vielleicht schreie ich statt dir demnächst einfach eine von diesen arroganten Tussis an oder lade sie zum Zuschauen beim Qigong ein.«

Ben zuckte die Achseln. »Wenn es dir dann besser geht.«

Anna guckte grimmig. »Ich glaube nicht. Frau Prins will, dass wir uns mit diesen Snobs gut stellen. Sie weiß, dass ihre Seebären denen ein Dorn im Auge sind, und ist Streitereien nicht mehr gewachsen.«

Anna erhob sich von seinem Schoß. »Essen wir heute Abend zusammen. Ich würde gern etwas mit dir besprechen.

Wollte ich eigentlich gerade schon, aber ...« Sie deutete über ihre Schulter. »Bekanntlich hatte dieser Morgen seine ganz eigene, charmante Dynamik.«

Ben behagte das nicht. Wenn es wieder um Eline ging, wollte er das wissen, um sich mental darauf einzustimmen. »Kriege ich ein Stichwort.«

»Das Stichwort lautet Herbst. Ich kann nicht rechtfertigen, ein volles Gehalt zu kassieren, wenn keine Touristen mehr kommen. Also werde ich wohl die Makler-Büros in Amsterdam abklappern und nach einem Halbtagsjob suchen.«

Das klang nicht gut. Auch wenn sie tagsüber eingespannt waren und sich selten sahen, gefiel Ben der Gedanke, dass er einfach durch den Garten schlendern konnte, um sie in der Pension zu besuchen.

Andererseits war ihm dieses Thema lieber, als noch einmal wegen seiner Heimlichtuerei mit Eline zu streiten.

Nachdem Anna ihn gestern am Strand verlassen hatte, war er in Panik geraten. Erst hatte er sich gezwungen, ihr nicht zu folgen. Doch kaum war sie außer Sicht gewesen, hatte es ihn schier zerrissen. Aber was hätte er ihr sagen sollen? Sie hatte sich Bedenkzeit ausgebeten. Die konnte er ihr kaum verwehren. Also war er nach Hause gerast, um dort auf glühenden Kohlen zu sitzen. Mit jeder Stunde war der Schmerz in seiner Brust gewachsen. Sie hatte ja recht. Diesen fundamentalen Umbruch in seinem Leben zu verschweigen, war keine Lappalie. Er an ihrer Stelle wäre ausgerastet. Je klarer ihm das geworden war, umso schwärzer hatte er für ihre Beziehung gesehen.

Ben rang sich ein Lächeln ab. »Was hältst du davon, wenn ich dir Spinat-Quiche mit Feta mache und wir uns ganz in Ruhe hinsetzen und gemeinsam überlegen? Sieben Uhr?«

»Hm ... gibt es einen Nachtisch?«

»Lässt du sonst die Männer vor meinem Esstisch turnen?«

Anna schnippte lässig mit den Fingern, ehe sie angelegentlich ihre Nägel betrachtete. »Möglich.«

Er knurrte theatralisch. »Sag schon, was du willst.«

»Wenn du deinem Koch zwei Gläser mit dieser göttlichen, geschichteten Himbeer-Schoko-Mousse abschwatzen könntest«, würde ich darauf verzichten, die armen Männer so spät vom Fernseher wegzuzerren.

»Lade ihnen ein Fitness-Video mit einer knackigen Vorturnerin herunter und wir sind alle glücklich«, gab Ben trocken zurück und brachte Anna zur Tür. »Sicher, dass du dich nicht umziehen willst? Du könntest in flagranti mit Justin erwischt werden.«

»Jep. Mr Bieber und ich sind so«, sie hielt ihre überkreuzten Finger hoch und zwinkerte ihm zu. »Spaß beiseite, ich husche nicht durch den Garten, sondern über die Straße, damit ich deine Frühstücker nicht vergraule.«

Langsam trugen die guten Bewertungen Früchte. Über Nacht waren gleich mehrere Buchungen für die Nachsaison eingegangen. Außerdem hatten ein paar der Gäste, die bereits abgereist waren, erneut reserviert. Ben gab die Daten in das System ein und griff sich einen Stapel Papiere, die Viola ihm gebracht hatte.

Kaum hatte er die Ersten gesichtet, ließ er die Pupillen kreisen. Er würde nie kapieren, warum sie jede Mail ausdruckte. Doch dass sich in dem Stapel neben Rechnungen auch ein paar Buchungen verbargen, besserte seine Laune.

Er rief Viola zu sich, erklärte ihr, wie sie die Reservierungen künftig selbst eingeben konnte, die nicht über seine

Hotelwebseite oder die großen Buchungsportale eingingen. Dann fuhr er zur Bank und weiter nach Amsterdam. Bei Claas im Büro häufte sich die Arbeit. Zumal Bens Bruder und sein Team gerade vier Objekte parallel sanierten.

Als er auf dem Heimweg beim Pflegeheim hielt, beschlich ihn ein ungutes Gefühl. Es verdichtete sich, als er den Aufzug verließ und eine Schwester traf, die ihn mitleidig ansah und fast unmerklich den Kopf schüttelte. Sie durfte ihm keine Auskunft geben, das wusste er. Also lief er schnurstracks den Gang entlang.

Der Tisch war fort, Elines Tür stand auf. Nur lag sie nicht mehr in Raum 05. Ben ging hinein, aber da war nichts. All die Geräte, die sie jahrelang begleitet hatten, deren Piepen ihn im ersten Jahr nach dem Unfall bis in seine Träume verfolgt hatte, sie waren fort.

Ben lehnte sich an die Wand, rutschte daran hinab und blieb eine kleine Ewigkeit lang dort hocken.

Natürlich hatte er sich ausgemalt, wie es sein würde, wenn es vorbei war. Hatte sich gefragt, ob er sich wie ein Mörder fühlen würde. Doch so war es nicht. Vielleicht lag es am Gespräch mit Anna, aber was er fühlte, war Erleichterung. Eline hatte dieses Leben nicht verdient. Niemand verdiente, in einem Bett kleiner und weniger zu werden, während er ziellos durch die Dunkelheit trieb.

Als Ben sich endlich erhob, trauerte er. Nicht um eine Geliebte, aber um eine Freundin, mit der er auch gute Tage verlebt hatte.

Es war ein Glück, dass er gestern mit Anna gesprochen hatte. Er wüsste niemanden sonst, mit dem er jetzt lieber über Eline reden würde. Rasch lief er zum Auto und fädelte sich in den Verkehr ein. Es war bereits zwanzig vor sieben. Ben raste auf der Autobahn. Vorbei an *Schiphol*, wo dutzende Flugzeuge in Parkposition standen. Ginge es nach ihm, er würde Anna nehmen und eine Woche irgendwo hinfliegen, wo es warm war. Und einsam. Vielleicht im nächsten Jahr, überlegte Ben und nahm den Abzweig Richtung Noordwijk.

Er war viel zu spät dran. Wenn er jetzt erst zu kochen begann, würde Anna der Magen knurren. Also hielt er unterwegs, kaufte beim Italiener zwei Pizzen und rollte pünktlich um sieben auf seinen Parkplatz vor der *Schönen Aussicht*.

Seltsam, irgendetwas irritierte ihn. Es dauerte einen Moment, bis ihm auffiel, dass die Läden vor dem Seemannsheim geschlossen waren. Die Leuchten neben der Tür, die immer brannten, waren dunkel. Er stieg aus, stellte die Pizza-Kartons aufs Wagendach und wollte das kleine Gartentor der Pension öffnen, aber es war abgesperrt. Dann fiel ihm das Flatterband auf, das den Weg auf die Veranda versperrte.

Ben schnappte sich die Kartons, lief in seinen Garten und über das Beet hinüber zum Seemannsheim. Aber auch hinten war keine Menschenseele zu sehen. Rasch fischte er das Handy aus seiner Hose. Vierzehn entgangene Anrufe. Sieben stammten von Anna, vier von Claas und drei weitere von Jan de Fries.

Ben drückte die Rückruftaste. Aber keiner der drei meldete sich.

Verdammt, was war da los? Er hatte ein echt mieses Gefühl. Ben sprintete ins Haus, stellte die Pizza-Kartons an der Anmeldung ab und stürmte ins Büro. Als Ablösung für Viola saß Tom hinter dem Schreibtisch.

»Was ist drüben passiert«, herrschte er ihn grußlos an.

Tom sah bekümmert drein. »Es war traurig. Die Bauaufsicht ist gekommen, hat ein Riesen-Trara gemacht und den

Bewohnern fünfzehn Minuten gegeben, um das Haus zu räumen. Angeblich ist es einsturzgefährdet und die Brandschutzauflagen sind nicht erfüllt. Die alten Leutchen ...« Tom wirkte plötzlich verlegen.

»Was ist mit denen?«, rief Ben ungeduldig.

»Na jaa ...«, druckste Tom herum. »Viola und ich haben gedacht, also, wir haben doch gerade freie Zimmer ... und die fünf hätten sonst in ein Heim gemusst. Da haben wir ... es ist ja nur vorübergehend.«

Ben atmete auf. »Sie sind hier? Sehr gut!« Er war wirklich froh, dass Viola und Tom eingegriffen hatten. »Aber wo ist Anna?«

Tom, der eben noch sichtlich erleichtert gewirkt hatte, guckte wieder gequält. »Sie hat sich schrecklich aufgeregt. Ich dachte, sie klebt dem Kerl vom Bauamt eine. Jedenfalls hat sie wohl Ihren Bruder erreicht. Der kam und hat mit den Leuten diskutiert. Dann war noch Ihr Architekt da. Als es immer lauter wurde, ist Kruimel abgehauen und wollte Anna verteidigen. Ich bin hinterher und habe ihn angeleint. Es war ein ganz schönes Chaos, kann ich Ihnen sagen. Jedenfalls habe ich Kruimel reingebracht und als ich wieder raus bin, waren alle weg.«

»Weg?«

»Mehr weiß ich nicht. Tut mir leid.« Tom sah aus, als würde ihn eine Kündigung nicht überraschen.

Aber Ben hatte gerade keine Zeit für lange Reden, also schob er ihm die Pizzen zu. Das musste für den Moment Trost genug sein.

Jan de Fries wohnte eine Straße weiter. Vielleicht waren sie dort. Und wenn nicht, wusste Jule bestimmt, wo er Anna finden konnte.

Ben raste nach oben, tauschte die Anzughose gegen Jeans, schlüpfte in ein paar Joggingschuhe und hetzte mit Kruimel im Schlepptau los.

Keine fünf Minuten später stand er keuchend vor Jan de Fries‘ Tür und hätte schwören mögen, dass sein Herz nicht nur von dem Sprint so raste.

Ben hatte den Finger kaum auf den Klingelknopf gelegt, da wurde ihm geöffnet.

»Hey.«

»Hey, ich darf keinen reinlassen.«

»Du bist Anike, richtig?«

»Ich darf auch nicht mit dir reden.« Die Kleine war entzückend. Nur hätte Ben sie gerade am liebsten beiseitegeschoben und das Haus gestürmt, was natürlich nicht ging. Er überlegte noch, wie er sie überreden könnte, als Jule im Flur erschien.

Ohne Ben zu grüßen, ging sie vor dem Kind in die Hocke. »Sag mal, wie oft haben wir darüber gesprochen, dass du nicht allein zur Tür gehen sollst?« Sie nahm die Kleine an die Hand und sah Ben an. »Komm rein, Anna, Claas und Ben sind mit Frau Prins im Anbau. Es sieht nicht gut aus für das Seemannsheim. Geh einfach den Gang entlang und dann links durch das Scheunentor. Da ist Jans Büro.«

»Ich war schon dort.«

»Stimmt ja.« Jule tippte sich an die Stirn. »War ein langer Tag. Anna ist völlig verzweifelt.«

Ben legte den Kopf schief und sah sie mit erhobenen Brauen an. Was sein Blick sagte, war klar: *Als wüsste ich das nicht selbst.*

29. KAPITEL

Anna schenkte Ben einen Luftkuss, ehe sie sich wieder Frau Prins zuwandte. Die alte Dame war in den vergangenen Stunden wie im Zeitraffer gealtert. Tiefe Falten lagen um ihre wässrig blauen Augen, ihre mit Altersflecken übersäten Hände zitterten.

»Ich verstehe das nicht. Das Haus ist doch in Ordnung. Und Anna hat es so hübsch hergerichtet. Zählt das denn gar nicht?«

Nein, das tat es nicht. Anna hätte es ihr gern erklärt, aber sie begriff es selbst nicht. Es gab Fluchtwege, die waren ausgeschildert, Pläne davon hingen in allen Zimmern. Feuerlöscher waren ausreichend vorhanden und das Datum auf den Etiketten besagte, dass sie auch regelmäßig gewartet wurden.

Trotzdem waren der Brandinspektor und sein Kollege vom Bauamt bei ihrem Rundgang gar nicht mehr aus dem Kopfschütteln herausgekommen. Falls sie keine vernichtenden Kommentare abgegeben hatten – Anna meinte, das Wörtchen ›katastrophal‹ dabei am häufigsten gehört zu haben – hatten sie mit den Zungen geschnalzt, als fehlten ihnen die Worte.

Mitfühlend tätschelte sie Frau Prins‘ Hand und wandte sich an Claas. »Ich verstehe das nicht. Es gibt eine ganze Menge alter Häuser, die nicht über einen Dachausstieg mit

Treppe und Geländer verfügen. Und es gibt mindestens ebenso viele, die ihre Leitungen nicht erneuert haben. Ich habe Dutzende davon verkauft. Nie gab es Probleme. Also wieso macht man uns jetzt den Betrieb dicht? Und was mich auch interessieren würde: Solche Kontrolleure kommen doch nicht aus heiterem Himmel, da muss ja jemand nachgeholfen haben.«

»Dazu kann ich etwas sagen«, mischte Jan sich ein. »Es liegt eine Anzeige vor. Der musste das Bauamt nachgehen.«

Anna blinzelte. »Wer? Wer war das?«

»Das wollte man mir nicht sagen, was völlig normal ist. Die Behörde will Leute, die ihrer Bürgerpflicht nachkommen, schützen.«

»Bürgerpflicht oder Denunziantentum?«, grollte Anna.

Wozu niemand etwas sagte.

»Es könnte auch sein, dass sie eure Pension schon vorher auf dem Schirm hatten, wofür wir dann wohl der Auslöser sind.« Claas, der sich bei dem Thema sichtlich unwohl fühlte, starrte auf die Tischplatte. »Als wir die *Schöne Aussicht* saniert haben, waren ein paarmal Leute vom Bauamt und vom Denkmalschutz da. Die waren alle nicht begeistert über den Zustand eurer Pension. Die Risse in den Erkern sind bedenklich. Euer Dach ist wie alt? Fünfzig Jahre?« Fragend sah er Frau Prins an, die weiter zu schrumpfen schien und hilflos die Schultern zuckte.

Claas lächelte sie an. »Kein Problem, darauf kommt es jetzt nicht an«, sagte er mitfühlend und wandte sich dann wieder an die Runde derer, die um den Besprechungstisch versammelt waren.

»Was ich von außen sehe, ist, dass das Dach x-mal geflickt wurde. Aber so ein Dach hält nicht ewig. Wahrscheinlich müsste euer Dachstuhl dringend erneuert werden.« Nun sah er Anna direkt an. »Ihr habt Bleirohre, dass die nicht gerade förderlich für die Gesundheit sind, ist bekannt. Nächster Punkt: Elektrik. Die ist alt. Die Sicherungen sind noch älter. Wenn es bei euch brennt, kann wer weiß was passieren. Liege ich richtig, wenn ich sage, dass euch ständig die Sicherungen rausfliegen? Beim Staubsaugen zum Beispiel?«

Anna nickte.

»Siehst du – die Elektrik muss gemacht werden. Moderne Geräte überlasten das System. Weiter: Bei Bens Haus war das Fundament feucht. Das musste saniert werden. Eure Häuser wurden gleichzeitig gebaut. Der gleiche Grund. Ich habe wenig Hoffnung, dass ihr nicht auch betroffen seid. Ein weiteres Problem: Eure Fluchtwege genügen den aktuellen Anforderungen nicht. Und wahrscheinlich könnte ich die Liste nach einem Rundgang durch euer Haus um mindestens zwanzig Punkte verlängern. Das«, er schenkte Anna einen bedeutungsschweren Blick, »ist der Stand der Dinge.«

Puh, das musste sie sacken lassen. Aber erst, nachdem sie Frau Prins zu Hause abgesetzt hatten. Die alte Frau war leichenblass, ihre Augen schwammen in Tränen. Jetzt erklärte sie zittrig: »Das kann ich nicht bezahlen.«

»Ich weiß«, Anna streichelte über ihre Hand. »Ich weiß. Deshalb sitzen wir ja hier und suchen nach einer Lösung.«

Sie nickte bekümmert. »Aber was der junge Mann da vorschlägt, das ist doch wahnsinnig teuer.« Sie sah Claas an, wobei ihre Augen stumm flehten, er möge sein vernichtendes Urteil überdenken.

Nur war Claas nicht der Typ Mann, der log, um sich vor einer Antwort zu drücken. »Das ist richtig.«

Frau Prins sah von einem zum anderen, wobei sie Ben entdeckte, der seinen Stuhl an Annas freie Seite gezogen hatte. »Wie haben Sie das denn gemacht mit Ihrem Hotel? Hat Ihnen die Bank einen Kredit gegeben?«

Ben schluckte. Anna presste ihr Knie gegen seins, als könnte sie ihm so ein bisschen von ihrer Wärme und Energie abgeben.

»Ich habe mein Wohnhaus in Amsterdam und Anteile an einer Firma verkauft. Ich schätze, das kommt für Sie nicht infrage.«

Es brach Anna das Herz zu sehen, wie die ohnehin kleine, zarte Frau Prins weiter in sich zusammensackte, als sie den Kopf schüttelte.

»Dann ...« Ben griff unter dem Tisch nach Annas freier Hand, ehe er weitersprach. »Ich fürchte, die Bank wird Ihnen keinen Kredit für die Sanierung geben. Ein Teil des Problems sind die Seemänner. Verstehen Sie mich bitte nicht falsch, Frau Prins. Ich finde es wunderbar, dass Sie den Männern ein Heim bieten. Nur bringen diese Zimmer nicht viel ein. Genaugenommen sind Sie ein Verlustgeschäft. Wie ich es verstanden habe, gehen die Einnahmen aus dem Pensionsbetrieb in die Stiftung. Richtig?«

»Das stimmt. Aber ich habe ja meine Einkünfte und will mit dem Haus nichts verdienen. Deshalb ist das kein Problem. Oder doch?« Frau Prins‘ Stimme schwamm in Tränen. »Wenn ich die Fixkosten, Annas Gehalt und den mit der Belegung schwankenden Lohn für das Zimmermädchen abziehe, bleibt gerade genug, um die Kosten für Strom und Heizung und das Frühstück für die fünf Gäste des Seemannsheims zu decken. Die Zimmer bringen halt nicht viel ein.« Es klang beinahe entschuldigend, wie sie das sagte.

»Da haben wir das nächste Problem«, erklärte Ben. »Die Zimmer sind klein, viele haben kein eigenes Bad, das macht einen großen Umbau erforderlich. Damit könnten Sie höhere Zimmerpreise verlangen und den Kredit tilgen.«

»Aber?«, so alt Frau Prins sein mochte, ihr Geist war hellwach.

»Aber Sie haben zu wenig vermietbare Fläche, wenn die Seemänner weiter im Haus wohnen. Da bleibt Ihnen nach der Tilgung nicht genug für die Personalkosten. Von einem Gewinn ganz zu schweigen.«

»Und wenn ich meine Wohnung verkaufe und selbst dort einziehe?«

Anna kannte das Haus, in dem Frau Prins lebte. Ein Neubau unweit der Fußgängerzone. Kein Meerblick, ein kleiner Balkon. Falls ihre Chefin Glück hatte, bekam sie dafür einen Bruchteil des Sanierungsbudgets. »Sie wissen doch, dass ich bis vor Kurzem in einem Makler-Büro gearbeitet habe. Ich kenne mich ganz gut aus und ...« Anna brachte es nicht fertig, es auszusprechen. Die arme Frau wirkte ja jetzt schon völlig erschlagen. Also beschränkte sie sich darauf, den Kopf zu schütteln.

Jan stand auf, zog ein Gestell mit einem übergroßen Block an den Besprechungstisch und nahm einen Edding zur Hand. Darauf notierte er all die Dinge, die Claas vorhin heruntergerattert hatte. Dazu die Kernprobleme: kein Eigenkapital. Denkmalschutz. Fünf Dauermieter gratis.

Wenn es nach ihr ging, hätte er ebenso gut ein Bild vom Mount Everest malen können. Der war in Annas Augen so unbezähmbar wie dieses Problem.

Anna stand auf. »Kann ich deinen Wagen ausleihen, Jan? Ich würde Frau Prins gern nach Hause bringen?«

»Der Schlüssel hängt neben der Tür im Kasten.«

Vielleicht hätte sie ihn mit seiner Ordnungsliebe aufgezogen, wäre sie nicht dermaßen deprimiert. So konnte sie nur müde lächeln. Dann hakte Sie Frau Prins unter, die sich widerspruchslos zur Tür führen ließ.

»Wir denken morgen in Ruhe nach«, versprach Anna ihr. »Ich weiß zwar nicht, ob wir dann eine Lösung finden. Aber ausgeruht geht es besser.«

Sie sah Anna dankbar an. »Und das, wo Sie das Haus gerade erst so wunderbar hergerichtet haben.«

»Das hat mir viel Freude gemacht.« Anna tätschelte ihre Hand. Es schnürte ihr die Kehle zu, zu sehen, wie Frau Prins um eine aufrechte Haltung rang, um nicht in Tränen auszubrechen.

Natürlich hatte sie einen Verdacht. Claas' Einwand, dass die Bauaufsichtsleute nicht glücklich mit dem Zustand des Seemannsheims gewesen seien, in allen Ehren. Aber wenn es nach ihr ging, kam nur Pieter als Denunziant infrage. So schlug er alle Fliegen mit einer Klappe.

Die Seeleute waren raus. Die Pension war dicht. Wenn er jetzt noch an der Elektrik herumspielte, ging das Haus in Flammen auf und er hätte keine Probleme mit dem lästigen Denkmalschutz. Mittlerweile traute sie ihm wirklich alles zu. Aber das konnte sie Frau Prins nicht sagen.

Überhaupt sprachen sie nicht viel, während Anna die alte Dame den kurzen Weg hinab in das kleine Stadtzentrum fuhr. Sie brachte sie noch zur Haustür. »Sind Sie sicher, dass Sie jetzt allein sein wollen?«

Wieder dieses traurige, verlorene Lächeln. »Ich bin schon so lange allein, dass ich mich daran gewöhnt habe.«

»Schlafen Sie gut. Ich melde mich morgen.«

»Das wäre schön.«

Als Anna wieder in Jans Wagen stieg, ließ sie ihrer Wut freien Lauf. Das heißt, nicht ganz, denn sonst wäre sie zu Pieter gefahren, hätte ihn herausgeklingelt und ihn links und rechts geohrfeigt.

Nach ihrer Rückkehr erzählte Anna Jan von ihrem Verdacht. Schließlich kannte er Pieter am besten von ihnen allen. Und er schien auch gar nicht überrascht.

»Wusstest du, dass er einen Investor hat, der scharf auf das Grundstück ist?«, wollte Anna von ihm wissen.

»Nicht mit Sicherheit. Über Pieter sind alle möglichen Gerüchte in Umlauf. Ich kann dir nicht sagen, was davon stimmt. Aber ja, ich habe gehört, dass er neuerdings gezielt Bauland für Investoren sucht. Und eure Pension ist – so leid es mir tut – ein Grundstück, mit dem du bei guter Planung Millionen verdienen kannst.«

»Es steht aber nicht zum Verkauf«, sagte Anna streitlustig und ließ sich neben Ben auf den Stuhl plumpsen. »Und es ist auch kein Grundstück. Grundstücke sind leer. Doch da steht ein Haus und darin leben Menschen, denen dieses Haus etwas bedeutet. Und deshalb wird es nicht verramscht oder abgefackelt oder sonst wie verhökert.«

Sie sah zu Ben. »Was ist mit dir? Macht es Sinn für dich, wenn du in *Vor Anker* investierst und es umbaust? Du hättest mehr Zimmer. Ein Spa als Köder hast du. Und du bekommst mehr Gäste für dein Restaurant.«

Ben schüttelte den Kopf. »Das Spa ist so konzipiert, dass es für die *Schöne Aussicht* passt Deine Seebären kommen früh, das fällt nicht ins Gewicht. Aber ihr werdet mehr als zehn Suiten haben, also zwanzig Gäste, das wird zu voll. Mein Restaurant hat jetzt schon mehr Zulauf von außerhalb, als ich erwartet hätte. Ich kann zwar Leute abweisen, aber das Hauptproblem ist der Pensionsbetrieb – der rechnet sich nur, wenn ich die komplette Fläche nutzen kann. Sobald die Gratis-Apartments deiner Seebären ins Spiel kommen, wird es unwirtschaftlich. Rechne es aus: Fünf Zimmer, die ich je nach Saison zu 200 bis 350 Euro die Nacht vermieten kann, fallen aus.«

Anna verstand ihn. Er hatte eben erst ein Großprojekt gestemmt. »Tut mir leid, dass ich überhaupt gefragt habe. Streich das. Du hast genug mit deinem Hotel zu tun.« Sie streichelte über seinen Arm.

Dann wandte sie sich an Claas. »Was ist mit dir? Du kaufst doch ständig Häuser und baust sie um.«

»Und ich verkaufe sie mit Gewinn und kenne mich deshalb überhaupt nicht mit den Herausforderungen eines Hotels aus. Schon früher bei meinen Eltern habe ich mich aus dem Verwaltungskram herausgehalten. Ben hat recht. Solange die Dauermieter fast mietfrei dort leben, lohnt kein Umbau, weil du ständig Geld nachschießen musst. Und ganz ehrlich?« Er biss sich auf die Lippe. »Ich finde es nicht fair, dass du uns als Retter ins Spiel bringst. Frau Prins hat da etwas wirklich Nobles ins Leben gerufen. Aber das muss man sich leisten können. Und wenn man es sich nicht leisten kann, muss man überlegen, wie Geld in die Kasse kommt, um es zu subventionieren. Davon auszugehen, dass eine Pension, in die man ewig nicht investiert und um die man sich kaum gekümmert hat, auf Dauer genug Geld einspielt, um fünf Menschen den Wohnraum zu erhalten, ist reichlich blauäugig. Und auf die Gefahr hin, dass du sauer auf mich bist: Es war ebenfalls nicht fair von Frau Prins, die Männer herzuholen, obwohl ihr ganzes finanzielles Konstrukt auf einer Milchmädchenrechnung basiert. Sieh dir deine Seebären doch an. Wie alt sind sie? Über siebzig? Achtzig? Sie jetzt noch zu verpflanzen und in irgendwelche Heime zu verfrachten, dürfte ihnen einen gehörigen Knacks bescheren.«

Anna sagte nichts. Dabei wäre sie Claas zu gern an die Gurgel gegangen. Dummerweise wusste sie, dass er recht hatte.

Frau Prins mochte es gut meinen. Aber gut meinen und gut machen waren nun mal nicht das Gleiche. Irgendwo tief in ihr nickte die Betriebswirtin all das ab, was Ben, Jan und Claas ihr soeben erklärt hatten.

Nur hieß das nicht, dass sie es auch verstehen wollte.

Anna beugte sich zur Seite und kraulte Kruimel, den Ben mitgebracht hatte. Er hob den Kopf, sah sie kurz an und ließ ihn dann wieder sinken. »Dein Hund war heute ein Held. Er hat den Spinner vom Bauamt so grollend angeknurrt, dass ich dachte, er beißt ihn in seinen dicken Hintern.«

»Ein Glück, dass er es nicht gemacht hat, sonst müssten wir uns morgen auch noch mit dem Ordnungs- und dem Veterinäramt herumschlagen«, sagte Ben und stand auf. »Halten wir fest. Wir denken alle über eine Lösung nach. Anna ruft morgen Mia an ...«

»Oh, wann habe ich das denn gesagt?«, meldete sie sich zu Wort.

»Hast du nicht, aber ich weiß, dass du es tun wirst. Wahrscheinlich wirst du die halbe Stadt rausklingeln, die Lokalpresse anrufen und dicke Transparente ans Haus dübeln.«

Anna lächelte. »So weit war ich noch nicht. Aber es sind brauchbare Ideen dabei. Danke!«

Ben schloss die Augen und schüttelte den Kopf, doch sie sah, dass seine Mundwinkel zuckten.

»Weiter: Anna ruft Mia an. Jan fragt diesen Krösus, mit dem er gerade das Projekt in Amsterdam stemmt, ob er Interesse an einem Abschreibungsobjekt hat. Claas denkt ebenfalls über eine Lösung nach. Um fünf Uhr sind keine Gäste im Restaurant, also treffen wir uns alle bei mir und tragen zusammen, was wir erreicht haben.«

»Wo sind die Seeleute jetzt?«, wollte Jan wissen.

»Meine Mitarbeiter haben zum Glück schnell geschaltet und sie im Hotel einquartiert. Wo Anna heute Nacht schläft, ist noch nicht raus.« Nun sah Ben sie an und zwinkerte ihr zu. »Aber wenn es dir unter einer Brücke zu langweilig ist, bekommst du bei mir Asyl.«

Anna stand auf und umarmte ihn. »Das ist sehr großzügig von dir«, raunte sie nah an seinen Lippen. »Ich schätze, da muss ich mich erkenntlich zeigen?«

»Hm, das wäre nett. Ein paar Streicheleinheiten könnte ich wirklich brauchen.« Plötzlich wirkte er völlig verloren.

Das war nicht wegen der Pension, wurde Anna klar. Irgendetwas quälte ihn. Nur war ihr das vor lauter Aufregung bisher nicht aufgefallen. Anna verabschiedete sich rasch von Jan und Claas und suchte Jule. Sie fand sie bei Anike, wo sie dabei war, die Kleine zuzudecken und das Licht auszuschalten.

Anna wartete, bis sie die Kinderzimmertür geschlossen hatte, dann umarmte sie Jule.

»Ach Mensch, es tut mir wirklich leid, dass es so mies läuft. Dabei hattest du dich gerade so gut eingelebt. Und der Job schien dir zu liegen.«

»Tut er auch. Und wer sagt, dass ich ihn los bin? Wir müssen nur den richtigen Dreh finden, um *Vor Anker* zu retten.« Noch einmal drückte sie Jule an sich. »Ich muss los. Ben geht es nicht gut.«

»Was hat er?«

»Keine Ahnung. Wir reden gleich.«

Als sie endlich loskamen, hatte sich abendliche Kühle über die Siedlung gelegt. Kruimel trottete neben ihnen her, als könnte er kein Wässerchen trüben.

»Schieß los, was belastet dich?«

»Eline ist tot«, brachte Ben tonlos hervor.

Anna schluckte. »Und, wie geht es dir damit?«

»Es tut mir sehr, sehr leid, dass ihr all das passiert ist. Ich hätte wirklich viel darum gegeben, wenn sie wieder aufgewacht wäre. Aber die Hoffnung war von Anfang an verschwindend gering. Die Ärzte haben es mir erklärt. Es gibt verschiedene Koma-Stufen. In manchen reagieren Patienten noch auf Lichtreflexe und Schmerzreize. Man erkennt Reaktionen, wenn sie vertraute Stimmen hören. Aber auf Eline traf nichts davon zu. Insofern ... ich bin erleichtert, dass es vorbei ist. So dahinzuvegetieren wünsche ich niemandem. Und trotzdem bin ich traurig. Ergibt das einen Sinn?«

Anna dachte kurz darüber nach. »Du meinst, weil deine Gefühle nicht geradlinig sind? Ich finde das völlig normal. Du kannst einen Teil von jemandem sehr mögen und etwas anderes an ihm verabscheuen. Für mich klingt es, als ginge es dir mit Elines Tod genau so. Erleichterung und Bedauern. Mir gefällt das sogar ganz gut.«

Ben blieb abrupt stehen. »Wie bitte?«

»Na, es sagt mir, dass sie dir nicht egal war. Auch wenn ihr euch getrennt hattet, hast du ein mitfühlendes Wesen. Das zeigt schon die Tatsache, dass du sie so lange besucht hast. Das ist schön. Wärst du gleichgültig oder lieblos, würde mich das nachdenklich machen. Meine Mutter sagt immer, nichts ist so schlimm wie ein ordinäres Herz.«

Ben schloss sie in die Arme und hielt sie ganz fest. »Mir schwirrt der Kopf. Ich habe tatsächlich gedacht, dass du mir sagen willst, dir gefiele es, dass sie gestorben ist.«

Anna versetzte es einen Stich, aber damit wollte sie ihn nicht belasten. Also lenkte sie ab. »Sieht so aus, als träfe ich heute öfter den falschen Ton. Claas Predigt vorhin hat mir ganz schön zugesetzt.«

»Weil er gesagt hat, dass du unfair bist?«

»Hm, er hat recht. Ich kann nicht von euch verlangen, dass ihr die Suppe, die Frau Prins sich eingebrockt hat, auslöffelt. Ich glaube, ich rufe ihn morgen an und rücke das gerade. Es ist nur ... Ich greife halt nach jedem Strohhalm.«

Endlich hatten sie das Hotel erreicht und huschten leise ins Dachgeschoss.

»Mein Gott, muss ich damit rechnen, dass die Seebären morgen auf meiner Terrasse zum Qigong antreten?«

»Nein, ich glaube nicht. Da ich dich zurückgenommen habe, werden sie ihre Demonstrationen einstellen.«

Anna zog Ben zur Terrassentür. Eng umschlungen sahen sie hinaus in die sternklare Nacht. Selbst das Meer, das heute unruhig wogte, war unter dem vollen Mond zu erkennen.

Langsam knöpfte Anna sein Hemd auf, hauchte zarte Küsse auf seine Brust, ehe auch die Jeans zu Boden ging. Im nächsten Moment half Ben ihr aus Shirt und Hose. Sanft, als würde eine leichte Brise ihre Haut kitzeln, liebkoste er sie, trug sie zum Bett und breitete die Decke über sie beide, bevor sie eng umschlungen, sorgenvoll und doch getröstet, weil sie einander hatten, in den Schlaf glitten.

30. KAPITEL

Willem, Hans und Dan hatten sich für das Frühstück in Schale geworfen. Als Ben runterkam, traute er seinen Augen kaum.

Als dann auch noch Quirin und Jeve grüßten und sich für die kurzfristige Aufnahme bedankten, war er völlig platt.

»Wusstest du, dass sie reden können?«, fragte er Anna leise.

»Hab's gelegentlich gehört. Aber vor allem können sie turnen«, Anna griff sich ein Brötchen vom Buffet und häufte Konfitüre in ein kleines Schälchen. »Hausgemacht. Hier ist wirklich alles vom Feinsten«, zog sie ihn auf und steuerte einen Tisch auf der Terrasse an.

»Ich glaube, da ist es zu kalt.« Ben runzelte die Stirn.

»Entweder draußen oder wir gehen nach oben. Ich will nicht, dass die fünf mitkriegen, wie wir uns über die Pension unterhalten.«

Belustigt folgte Ben ihr. Sie war wirklich unglaublich. Gestern hatte sie weder ein noch aus gewusst. Und jetzt sprühte sie schon wieder vor Energie.

»Also? Was heckst du aus?«

»Wie war das mit Krösus gemeint?«

Ben, der gerade ein Brötchen mit Marmelade bestrich, hielt inne. »Krösus?«

»Du hast gestern etwas von Jans Amsterdam-Projekt gesagt. Dass man seinen Investor fragen könnte, ob er nicht ein Abschreibungsobjekt sucht. Hat dieser Mann wirklich so viel Geld?«

»Visser? Ich bin zwar nicht sein Bankberater, aber seine Gruppe baut weltweit. Jan hat erzählt, dass er sich sehr darum bemüht hat, ihn ins Boot zu holen. Also ja, unter dem Strich dürfte er mit Krösus verwandt sein.« Ben nahm einen Schluck von seinem Kaffee, bevor er weitersprach. »Anna, ich will deine großartigen Ideen nicht torpedieren, aber ist dir aufgefallen, dass Jan nichts zu meinem Vorschlag gesagt hat?«

»Klar!« Sie strahlte ihn an.

»Das war doch kein einfaches klar? Kein«, Ben zeichnete Gänsefüßchen in die Luft, »›ich akzeptiere, dass Jan Zeit braucht und den richtigen Moment abpassen muss und warte das geduldig ab.‹ Oder sehe ich das falsch?«

Anna wog den Kopf von links nach rechts, als müsste sie ihre Antwort sorgfältig abwägen. »Ja und nein«, gab sie schließlich zurück. »Erst mal macht es mir Mut, dass Jan nicht abgewunken hat. Er ist sehr rational und spricht auch unangenehme Dinge offen an. Und dann habe ich überlegt, dass ich Jan nicht bemühen will.«

Moment mal. Warum, worüber sprachen sie hier? Herrje, diese Frau verpasste ihm allein mit ihren gedanklichen Sprüngen ein Schleudertrauma, wenn er nicht aufpasste. »Sag mir, worauf du hinaus willst.«

»Ganz einfach: Ich habe alle Zahlen da. Gleich schleiche ich mich in das ach so einsturzgefährdete Haus, schnappe mir den Laptop und bereite sie auf. Dann muss Jan mir nur noch die Telefonnummer geben und ich spreche selbst mit dem guten alten Krösus und präsentiere ihm meine Ideen.«

»Deine Ideen? Bedeutet, du hattest über Nacht eine Eingebung.«

Anna knipste ihr Hundert-Watt-Lächeln an. »Das ist dein guter Einfluss. Es reicht völlig, wenn du neben mir liegst. Womit ich nicht sagen will, dass ich ab jetzt generell auf Sex verzichte. Darin bist du nämlich auch spitze. Aber alles zu seiner Zeit. Erst mal schleiche ich mich rüber und rette mein Laptop. Dann leiste ich Abbitte bei Claas, werfe mich verbal vor Jan in den Staub und leiere ihm diese Handynummer aus dem Kreuz. Anschließend brüte ich über den Zahlen und rede mit Frau Prins.«

»Hättest du gesagt, dass du zwischendurch noch den Rasen mähst, wärst du mir unheimlich geworden.«

Anna deutete in den Wintergarten, wo noch immer die Seebären saßen. »Da hast du deine Rasenmäher.«

»Erzählst du mir von deinem Plan?«

»Sobald ich mein Laptop habe. Ich muss das erst mal alles aufschreiben und sortieren. Mir schwirrt nämlich der Kopf.«

»Es beruhigt mich sehr, dass nicht nur mir bei deinem Tempo schwindelig wird.«

Ihr Lächeln schwand, was ihm leidtat.

»Hey«, Ben strich ihr eine verirrte Strähne aus der Stirn, »ich wollte dir nicht den Wind aus den Segeln nehmen. Es ist nur deine Art, mit Problemen umzugehen, die mich sprachlos macht. Ich bin eben anders, wälze die Dinge von links nach rechts, plane alle Eventualitäten ein, und wenn der Plan steht, schraube ich an den Details.«

»Nicht bei deinem Hotel.«

»Nein, da nicht. Ich wusste, dass ich an diesem Ort leben will und durchdrehe, wenn ich nicht aus meinem Hamsterrad springe. Es war ein Kurzschluss.«

»Den du bereust?«

»Nein, definitiv nicht.« Ben griff über den Tisch nach Annas Hand. »Ist das jetzt der Moment, in dem du mir sagst, dass ich die Problemwälzerei lassen und meine Lebensentscheidungen spontaner treffen soll, weil mir das guttut?«

»Nein. Ganz bestimmt nicht. Zu den Entscheidungen habe ich etwas zu sagen, vor allem, wenn sie mich betreffen. Aber wie du dort hinkommst, ist allein deine Sache. Schließlich kann ich dir schlecht vorschreiben, wie du zu denken hast.«

Und so war es. Sie zankten, sie vertrugen sich, aber sie lachten auch unglaublich viel. Doch über allem liebte er an ihr, dass sie ihn lassen konnte. Sie mochte nicht immer gut finden, was er tat, trotzdem respektierte sie, dass es zu ihm gehörte.

»Habe ich dir schon mal gesagt, wie froh ich bin, dass Kruimel dich umgerannt hat?«

Anna rümpfte die Nase. »Mir hätte es völlig gereicht, wenn du in mein Fenster gespannt und mich *reeeein zufällig* auf der Straße angesprochen hättest. Du weißt schon, so eine alberne Nummer, bei der du verschämt deinen Trenchcoat öffnest und mich fragst, ob ich mehr Lust auf einen Kaffee oder deine Männlichkeit habe.«

»Was hättest du geantwortet?«

»Dass ich beides will. Den Kaffee schön heiß und die Männlichkeit wie einen Keks hinein getunkt.« Sie lachte. »Ehrlich, du bist so ein Quatschkopf.«

Ben seufzte. »Gut, finden wir eine Lösung für die Pension, damit die Seebären wieder vor Anker gehen können.«

»Vielleicht klappt es ja mit deiner Idee. Claas und ich haben lange überlegt, aber uns ist nichts Brauchbares eingefallen.«

Anna runzelte die Stirn. »Was soll das heißen? Lange? Die Pension ist gestern geschlossen worden.«

»Dass dieses Damoklesschwert über euch schwebt, war doch absehbar«, erklärte Ben leichthin.

Was weitere Plisseefalten in Annas Stirn zauberte. »Für wen?«

Ihr Ton alarmierte ihn. »Na ja, Claas hat dir doch gesagt, dass die Leute von der Bauaufsicht nicht gerade begeistert waren.«

»Ja, er hat es mir gestern erzählt. Aber da wusstest du davon, richtig?« Langsam zog sie ihre Hand zurück. »Seit wann?«

Was war jetzt schon wieder mit ihr los? »Ich kann es dir nicht auf den Tag genau sagen. Aber das Hotel war noch nicht fertig.«

»Und du hast mir nichts gesagt? Du hast mich malern und tapezieren und werkeln lassen, und dabei wusstest du, dass es völlig vergeblich ist?« Sie klang fassungslos.

Dummerweise musste Ben ihr Recht geben. So, wie sie es sagte, war es mehr als dumm von ihm gewesen, die Sache einfach laufen zu lassen. »Hey, ich bin kein Baufachmann.«

»Aber dein Bruder. Und von dem hast du den Tipp doch bekommen.« Kopfschüttelnd stand sie auf. »Ich glaube, ich rechne das Ganze drüben durch. Da habe ich ja jetzt Ruhe.« Ohne sich zu verabschieden, verließ sie den Tisch, stapfte durch den Garten zur Pension, schloss die Tür zum Wintergarten auf und verschwand.

Ben war erst wütend, dann nachdenklich. Es war das immer gleiche Problem: Offenheit. Vielleicht waren sie zu lange allein gewesen, hatten sich zu gut damit arrangiert, die Dinge mit sich selbst auszumachen. Auch wenn er Anna nicht ausschließen, ihr nichts vorenthalten wollte, er gewöhnte sich nur langsam daran, dass es jetzt jemanden in seinem Leben gab, dem sein Schweigen schadete, den es verletzte.

Ben stand auf und ging hinüber, doch der Wintergarten war von innen verrammelt. Also lief er ums Haus. Die Vorhänge vor Annas Apartment waren geschlossen. Herrje, sie konnte überall im Haus sein. Und jetzt vor der Haustür ein Theater zu veranstalten, damit sie öffnete, würde garantiert die Aufmerksamkeit der Nachbarn auf ihn lenken – und auf die Tatsache, dass jemand das Betretungsverbot umgangen hatte.

Er zückte sein Handy und tippte. *»Nicht nur du hast die Dinge lange mit dir selbst ausgemacht. Darf ich mich bitte langsam daran gewöhnen, das zu ändern?«* Ben sandte die Nachricht ab. Seine Worte klangen bissig und das sollten sie auch.

Als er das Telefon fünf Minuten später erneut zur Hand nahm, fand er zwei Smileys als Antwort: Ein Gesicht zwinkerte, das andere war rot vor Wut.

»Wenn ich wählen darf, nehme ich Tor eins. Soll ich Jan um Vissers Handynummer bitten?«

Diesmal kam das Zeichen des erhobenen Daumens postwendend. Außerdem sah er, dass Anna tippte. *»Bis wir das mit der Rücksichtnahme raus haben, werde ich noch oft wütend auf dich sein.«*

Ben las die Nachricht mehrfach, bis er beschloss, es als Friedensangebot zu werten. Dann rief er Jan an.

»Ich kann auch mit ihm reden. Schließlich weiß ich, worum es geht«, bot er sich an.

Doch Ben lehnte ab. »Tut mir leid, aber ich fürchte, sie würde nicht mal mir zutrauen, die Interessen ihrer Seebären gebührend zu vertreten. Außerdem hat ihr Claas‘ Fairness-Dialog gestern zugesetzt. Sie will euch nicht für ihre Zwecke einspannen.«

»Okay, dann schicke ich dir seine private Handynummer. Sie soll Visser von mir grüßen, wenn er wissen will, woher sie sie hat.«

Ben verabschiedete sich. Zehn Sekunden später kamen die Kontaktdaten.

Da fiel ihm etwas ein. *»Ist Vissers Handy-Nummer ein Druckmittel, mit dem ich dich aus dem Haus locken kann?«*

»Meine Mutter wird ausflippen, wenn ich ihr sage, dass ich auf einen Erpresser reingefallen bin. LOL.«

Ben wollte ihr gerade antworten, als sie anrief. »Ich bin mir eben echt verarscht vorgekommen. Ich renne mit dem Pinsel durchs Haus und ihr lacht euch schlapp, weil es nichts nützt.«

»Hey, es tut mir leid. Und falls es für dich etwas ändert: Keiner hat gelacht. Wir haben deine Tatkraft sogar sehr bewundert.«

»Gut. Aber ich brauche noch eine Stunde. Die Zahlen habe ich laufend aktualisiert, die sind kein Problem. Ich muss nur ein bisschen rechnen und sie zusammenstellen und hier ist es gerade so schön ruhig.«

»Fein, ich laufe mit Kruimel zum Strand und bin dann im Büro und kümmere mich um meine Zahlen.«

Den Kuss, den sie durch die Leitung schickte, hätte er lieber live gehabt, um sicher zu sein, dass mit ihnen wirklich alles in Ordnung war, aber Ben behielt es für sich. Sie stand gerade genug unter Druck.

Und wo er schon darüber nachdachte, merkte er, wie dämlich es war, ihr ausgerechnet jetzt unter die Nase zu reiben, dass die Schließung Claas und ihn nicht überrascht hatte. Sie würden sich schon zusammenraufen. Daran zweifelte er nicht.

Zwei Stunden später war er so vertieft in seine Zahlen, dass er zusammenzuckte, als Anna neben ihm auftauchte. Sie strahlte. »Ich glaube, ich habe die Lösung. Gibst du mir Vissers Nummer? Je schneller ich einen Termin bekomme, umso besser für alle Beteiligten. Falls wirklich Pieter hinter der ganzen Sache steckt, heckt er im Hintergrund bestimmt weitere Gemeinheiten aus. Wenn ich sagen kann, dass ich einen Investor habe, ist er schachmatt.«

Ben liebte es, sie so zu sehen. Voller Energie und Zuversicht. Nur konnte er Letztere gerade nicht teilen. Natürlich war Visser eine Chance, aber eben auch nicht mehr. Der Mann war Investor, kein Wohltäter. Und wenn Anna ihm nicht verdammt schlüssig darlegte, wie er seine Investition wieder reinholen konnte, würde sie von ihm nicht einen Cent sehen.

Aber sie jetzt bremsen? Dazu hatte er kein Recht. Abgesehen davon, dass sie sich vermutlich sowieso nicht aufhalten ließ.

Also sah er einfach zu, wie sie die Nummer antippte, den Lautsprecher aktivierte, das Handy vor sich auf den Tisch legte und beide Daumen fest gedrückt hielt.

Visser war gleich beim zweiten Klingeln dran und meldete sich mit einer tiefen, wohlklingenden Stimme, die Humor verriet.

»Guten Tag, Meneer Visser«, meldete Anna sich höflich. »Wir hatten bisher nie das Vergnügen. Ich habe ihre Nummer von Jan de Fries, der sie grüßen lässt.«

Präzise, höflich distanziert, klar. Plötzlich hatte Ben kein Problem mehr, sie sich in einem Etuikleid und High Heels vorzustellen, während sie mit einem Exposé in der Hand solvente Kunden durch millionenschwere Immobilien führte. Eine interessante Vorstellung, wie Ben fand. Er konnte sich sogar ein kleines Rollenspiel vorstellen, in dessen Verlauf erst das Exposé zu Boden gehen würde und dann das Kleid. Dabei grinste er so anzüglich, dass Anna den Kopf schüttelte.

Okay, möglich, dass der Zeitpunkt für begehrliche Blicke nicht ganz so glücklich gewählt war.

Ben konzentrierte sich wieder auf das Gespräch, in dem Visser soeben erklärte, dass er Jan gerade erst am Telefon gehabt hatte und vorgewarnt war.

»Präzisieren Sie, was Sie unter einer Warnung verstehen«, bat Anna.

»Nun, Jan hat mir gesagt, dass Sie smart sind, ein Herzensprojekt haben und ich Ihnen wohlwollend zuhören und mein Scheckbuch bereithalten soll. Dummerweise habe ich keine Zeit.«

»Das macht nichts«, sagte Anna cool.

»Nicht?«

»Nein, denn ich habe massig Zeit und richte mich ganz nach Ihnen. Ich bin vorbereitet, ich bin entschlossen und ich brauche zehn Minuten.«

»Fein, wenn Sie sich ganz nach mir richten, sehen wir uns morgen um eins in der Dubai Mall. Ich lade Sie zum Essen ein.«

»Einladung klingt gut, ich bin nämlich pleite. Was Ihnen aber auch signalisieren dürfte, dass ich das Ticket nicht ganz so locker aus dem Ärmel schütteln kann.«

Vissers dröhnendes Lachen schallte aus dem Lautsprecher. »Sie gefallen mir. Morgen, 13 Uhr, Video-Call. Sie haben ganze fünfzehn Minuten. An dieser Stelle warne ich Sie vor:

Ich hasse es, wenn jemand in die Kamera niest oder hustet, unpünktlich oder schlecht vorbereitet ist. Richten Sie sich darauf ein, dass ein Jurist und der Chef meiner Finanzabteilung mithören. Details klärt meine Assistentin mit Ihnen. Ihre Nummer habe ich ja jetzt.« Es knackte, dann war die Leitung unterbrochen und das Display erlosch.

»Ich könnte mich ohrfeigen, nicht gefilmt zu haben, wie du bei seinem Monolog mit offenem Mund dasitzt.« Ben beugte sich über den Schreibtisch und küsste Anna so gründlich, dass ihr die Luft wegblieb.

Am liebsten wäre er mit ihr ins Dachgeschoss gegangen, um sie den Streit vom Morgen endgültig vergessen zu machen. Aber er hielt sich zurück. »Dann üb mal deine Präsentation und erklär mir, was du dir ausgedacht hast.«

Sie schmunzelte. »Quid pro quo, du kennst das doch. Sag du mir, warum du vorhin so anzüglich gegrinst hast, dann sage ich dir, was ich aushecke.«

Sein Grinsen wurde einen Hauch verschlagen. »Sagen wir deine sexy Stimme und diese distanzierte Art haben meinem Kopfkino eine lebhafte Fantasie beschert.«

»In der Hauptrolle?«

»Du! In einem knappen Etuikleid und High Heels. Du stöckelst vor mir her, preist mir die Vorzüge einer Wohnung an und ich gehe dem ganzen gewissenhaft auf den Grund.«

Annas Augen leuchteten auf. »Du bist ein Ferkel.«

»Das liebst du an mir!«

»Hm, das stimmt!«

31. KAPITEL

Es war so simpel, dass Anna sich hätte ohrfeigen können, nicht schon gestern darauf gekommen zu sein. Dann hätte Jan ihr seine Einschätzung geben können. Aber gut, so blieb ihr vor dem Video-Call ein Tag Zeit, um mit allen Beteiligten zu reden. Mit Claas, der den Umbau übernehmen sollte. Mit Jan, der die Pläne machen musste. Und mit Frau Prins, die sich von ihrem Seemannsheim würde trennen müssen.

»Dein Anbau hat dank Claas kreativer Umbaumethoden rund einhundertzwanzig Quadratmeter, richtig?«

»Stimmt auffallend.«

»Das reicht für drei Apartments, die größer wären als die Räumlichkeiten, die den Seebären jetzt zur Verfügung stehen. Hinzu kommt die Souterrain-Etage. Die ist groß genug für zwei weitere Apartments. Ich muss natürlich da raus. Aber insgesamt bietet es Willem und Hans, Dan, Quirin und Jeve ausreichend Platz. Das Frühstück verlegen wir auf die Veranda, die wird verglast, dagegen haben die Denkmalschützer hoffentlich nichts und wir gewinnen damit knapp vierzig Quadratmeter. Ein Restaurant brauchen wir nicht. Die Leute können abends bei dir essen und in unseren Wintergarten bauen wir einen Pool. In der ersten und zweiten Etage können wir uns an deiner Zimmeraufteilung orientieren. Die Häuser sind fast identisch, da sparen wir bei der Planung. Und aus dem Dachgeschoss machen wir zwei zusätzliche Suiten. Bedeutet, wir hätten dreizehn, das müsste sich rechnen.«

Perplex nickte Ben. Das klang alles nicht schlecht, hatte nur einen Haken. »Ihr habt keinen Anbau.«

Anna sprang auf. »Das siehst du verdammt richtig. Aber wir hatten einen«, sie verkündete das so glücklich, dass Ben sie am liebsten geküsst hätte. »Das ist doch das Gute an diesen Denkmalschützern. Sie bestehen darauf, dass der ursprüngliche Zustand wiederhergestellt wird. Und ich habe im Büro jede Menge Pläne und alte Fotos, die belegen, dass *Vor Anker* mit einem ebenso großen Anbau gesegnet war wie die *Schöne Aussicht.*«

Ben schwante Arges. »Im Blickfeld meiner Gäste? Anna, bitte sag mir, dass deine Lösung nicht vorsieht, meinem Restaurant den Dünen-Blick zu verbauen.«

»Nope, tut sie nicht. Der Anbau stand seitlich. Da sind jetzt Parkplätze. Aber das ist nicht mein Problem, wenn die wegfallen, sondern das unserer versnobten Nachbarn. Der Grund und Boden gehört Frau Prins.«

»Und die Zahlen? Wird sich das so rechnen, dass es sich für Visser lohnt und die Seebären bleiben können?«

»Yesss! Ich habe ein wenig im Internet recherchiert. Er macht viele karitative Projekte. Keine Ahnung, ob er nur als Wohltäter dastehen will, oder ob sie ihm wirklich am Herzen liegen. Aber das Seemannsheim passt in sein Charity-Portfolio. Außerdem weiß er, wie er seine Mildtätigkeit von der Steuer absetzen kann. Das sollte hinhauen.«

Ben seufzte. »Und Frau Prins? Wird sie mitspielen?«

»Ich hoffe es. Ihr war immer daran gelegen, dass das Haus erhalten bleibt und dieser schöne Gedanke, den Seebären ein

Heim zu schaffen, nicht verloren geht. Und es ist, wie du gesagt hast. Die fünf sind Originale. Die werden mit den erlauchten Hotelgästen schon zurechtkommen.«

»Und du? Willst du den Laden managen?«

Sie hörte die Hoffnung in seiner Stimme. Doch in diesem Punkt musste Anna Ben enttäuschen. »Eine eigene Geschäftsführerin für das Hotel ist zu teuer. Außerdem braucht ein Sterne-Hotel Leute, die etwas vom Fach verstehen. Deshalb setze ich darauf, dass ihr das übernehmt. Ein Computersystem, das die Zahlen beider Häuser getrennt erfasst. *Vor Anker* bekommt ein bescheidenes Foyer, in dem lediglich ein Ansprechpartner sitzt, der Chipkarten programmiert und die Gäste ein- und auscheckt. Du gewinnst zusätzliche Gäste für dein Restaurant und den Beauty-Bereich. Einen Pool haben wir selbst, so dass es bei dir nicht zu voll wird.«

Ben ließ es sich durch den Kopf gehen. »Wir sparen durch größere Mengen beim Einkauf, können bessere Preise in der Wäscherei aushandeln. Auf lange Sicht profitieren davon beide Häuser. Allerdings müsstet ihr mir anteilig den höheren Verwaltungsaufwand vergüten, wenn wir die Buchungen und das Rechnungswesen zentral bei mir abwickeln, denn dafür muss ich mehr Personalstunden planen.«

Anna wollte auf der Stelle hüpfen, musste sich zur Ruhe zwingen. Obwohl sie Angst vor der Antwort hatte, bat sie Ben: »Sei ganz ehrlich: Glaubst du, dass das für Visser interessant ist?«

»Es klingt nicht schlecht. Aber wenn du wissen willst, wie der Mann tickt, kann dir nur Jan helfen. Präsentier es genau so, wenn wir uns um 17 Uhr im Restaurant treffen. Dann wirst du hören, was Claas und Jan dazu sagen. Nur bei Frau Prins habe ich Bedenken.«

Schlagartig verflog ihre Euphorie. »Für Visser lohnt es aber nur, wenn er der Eigentümer ist. Als reiner Investor hätte er Nachteile.«

»Das bezweifle ich ja gar nicht. Ich habe auch keine Ahnung, wie sie auf deinen Vorschlag reagiert. Alles, was ich sagen will: Rede vorher mit ihr. Die Frau ist alt. Du kannst sie nicht nachträglich zu dem Treffen um 17 Uhr einladen und spontan vor den anderen mit diesen Ideen überfallen. Fahr hin, erklär ihr deinen Plan, sag ihr, dass die Seebären ein zu Hause haben werden und sie sich dazu äußern müsste, bevor du morgen mit Visser sprichst.«

Okay, das ließ sich machen. Zumal sie ohnehin nach Frau Prins sehen wollte. »Leihst du mir deinen Wagen. Mein Rad hat einen Platten.«

»Die Schlüssel hängen oben neben der Tür im Kasten.«

Anna lachte. »Hast du dich mit Jan abgesprochen? Ist das so ein Ordnungsding, das ihr gemeinsam ausheckt, damit ihr notfalls beim anderen einziehen und euch blind zurechtfinden könnt?«

»Anna?«

»Quatschkopf – willst du das sagen?« Sie sah schmunzelnd zu Boden.

»Ganz genau!«

Anna stürzte sich erst auf Ben, stahl sich ein paar hungrige Küsse, dann raste sie zur Tür.

Ben hielt sie zurück. »Hast du überlegt, wie es für uns weitergeht, wenn du dein Apartment räumst und den Job aufgibst?«

Ja, das hatte sie. Aber auch dazu musste sie erst ein Gespräch führen. »Können wir später darüber reden?«

»Also hast du einen Plan?«

»Ich weiß nicht, ob es klappt und ich will dir keine falschen Hoffnungen machen und dich später enttäuschen. Aber sobald ich eine Antwort habe, hörst du sie als Erster. Einverstanden?«

»Absolut.«

Erleichtert flitzte sie nach oben, holte den Schlüssel und fuhr zu Frau Prins. Sie sah noch ebenso sorgenvoll aus wie gestern. Daran konnte auch Anna mit ihrem euphorischen Vortrag nichts ändern. Sie redete sich so sehr in Rage, dass sie außer Atem war, als sie zum Ende kam und sich zu Frau Prins an den Tisch setzte.

»Und, was meinen Sie?«

»Ich weiß es nicht. Man hört immer wieder, dass Immobilienspekulanten das Blaue vom Himmel herunter versprechen. Und dann kommt alles anders. Am Ende stehen die Seeleute womöglich auf der Straße.«

Anna verstand sie und ihre Sorge, aber sie konnte sie beruhigen. »Dazu wird es nicht kommen. Ben ist Anwalt. Er ist mit allen Wassern gewaschen und wird sich darum kümmern, dass die Fünf solange es irgend geht, in ihren Apartments bleiben können. Mag sein, dass wir eine andere Lösung für sie finden müssen, wenn sie nicht mehr allein leben können. Aber erst mal wäre für sie gesorgt.«

Frau Prins sah zu einer Schwarz-weiß-Fotografie an der Wand. Das Bild zeigte *Vor Anker* als strahlend schönes Haus. Davor standen Frauen in weißen Kleidern, wie man sie in Seebädern vor dem Zweiten Weltkrieg getragen hatte. »Gut! Wenn die fünf Apartments den Männern sicher sind und das Haus auf diese Weise wieder im alten Glanz erstrahlt, bin ich einverstanden. Es ist sowieso niemand da, dem ich etwas vererben könnte.«

Anna drückte ihre Hand, die zitterte. »Mögen Sie um 17 Uhr dazukommen und mit uns Pläne schmieden?«

»Ja, das würde mich sehr freuen.«

Anna stand auf, weil sie spürte, dass die alte Dame ein bisschen Ruhe und Abstand brauchte. Frau Prins schien erleichtert und zugleich tieftraurig.

»Soll ich Sie abholen?«

»Nein, man muss das schöne Wetter nutzen, solange es hält. Sonst kutschiert mich ja auch niemand durch die Gegend.« Als Frau Prins Anna zur Tür brachte, wirkte sie vitaler als bei ihrer Ankunft.

Vielleicht hatte die alte Dame wirklich ihren Frieden mit der Idee gemacht.

Blieb der Anruf bei Claas. Kaum saß Anna im Auto, wählte sie seine Nummer – und ließ ihn nicht zu Wort kommen. »Bevor ich dir sage, was ich auf dem Herzen habe, möchte ich mich in aller Form bei dir entschuldigen. Ich wollte nicht, dass du dich unter Druck gesetzt fühlst. Aber du kennst mich – manchmal geht es mit mir durch. So sehr, dass ich beim Reden nicht mehr zum Nachdenken komme.«

Claas lachte. »Schon gut. Ich helfe dir gern, aber ich kann nicht die Verantwortung für fünf Männer übernehmen, die ich kaum kenne.«

Anna lächelte, auch wenn er es nicht sah. »Ich bin froh, dass wir das geklärt haben.«

»Und jetzt zu dem, was du auf dem Herzen hast. Bitte sag' mir, dass du heute keine Unterkunft für fünf gestrandete Witwen suchst.« Ein Fremder hätte Claas' Ton für streng halten mögen.

Doch Anna kannte ihn besser und wusste, dass er gerade vermutlich über beide Backen strahlte.

»Keine Frauen, Hunde oder Kinder. Es geht um mich.«

»Oha – du hast endlich eingesehen, dass ich der anbetungswürdige Bruder bin und dich von Ben getrennt. Sag, wo ich dich abholen soll. Ich springe sofort ins Auto.«

»Ruuuuhig, Brauner! Die Trennung steht erst morgen auf dem Plan. Heute möchte ich wissen, ob ich dich beim Wort nehmen kann. Du hast mir mal angeboten, dass du mir deine Hausverkäufe überlassen würdest, falls ich Interesse habe, mich als Maklerin selbstständig zu machen. Nun: Ich bin sogar sehr interessiert!«

Claas schwieg einen Moment. »Ganz ruhig. Du willst *Vor Anker* aufgeben? Gestern warst du doch noch wild entschlossen, das Haus zu retten.«

»Daran hat sich nichts geändert. Ich erzähle dir um 17 Uhr, wie ich mir die Lösung vorstelle. Dummerweise ist meine Personalstelle dabei nicht mehr vorgesehen. Singen kann ich nicht gut. Also scheidet Straßenmusik in der Fußgängerzone aus. Und da ist mir dein Vorschlag wieder eingefallen.«

»Okay!«

»Einfach so.«

»Anna, du kannst jedem alles verkaufen. Ich traue dir sogar zu, ein Rindvieh dazu zu bringen, seine Hüfte für Steaks zu spenden. Also müsste ich schön blöd sein, wenn ich dir nicht exklusiv die Vermarktung all meiner Häuser übertrage. Mach dich selbstständig. Mit dem, was dabei rumkommt, hast du eine solide Basis.«

»Gut, dann rede ich jetzt mit Ben. Ich wollte ihm nichts sagen, für den Fall, dass es dir nicht ernst mit deinem Angebot war.«

»Wenn wir demnächst zusammenarbeiten wollen, solltest du dir eine Sache gleich mal merken: Geht es ums Geschäft, besitze ich keinerlei Humor.«

»Ist notiert.« Anna legte auf und fuhr zurück zum Hotel, wo sie Ben in ihren Plan einweihte.

»Klingt gut. Und wo wäre dein Büro?«

»Hier in Noordwijk. Ich will probieren, Kunden an Land zu ziehen, die Pieter vergrault hat. Es gibt da ein paar, mit denen ich jahrelang gut zusammengearbeitet habe. Wenn ich nur ein oder zwei für meine Firma gewinne und dazu für Claas arbeite, kann ich mir sogar ein Büro leisten.«

»Und wo wirst du wohnen?« Bens Blick war wachsam.

In der Tat war das ein heikler Punkt. Sie waren noch nicht lange zusammen. Manchmal krachte es gewaltig.

»Ursprünglich wollte ich dich fragen, ob ich hier unterkommen kann. Aber das ist keine gute Idee. Du und ich«, sie legte die Hand um seine Wange, die er prompt hinein schmiegte. »Wir müssen diese Sache mit Nähe, Distanz und dem richtigen Timing noch lernen. Es wird für uns beide den Druck aus der Situation nehmen, wenn wir wissen, dass wir Rückzugsorte haben. Zumal ich dazu neige, nach einem Streit erst mal eine Auszeit zu nehmen, um mich zu sortieren. Ich kann mich schlecht jeden Abend an den Strand hocken.«

Ben schwieg eine Weile und musterte sie. »Solange es gut läuft, müssen wir uns nicht zurückziehen, sondern können uns auf die Nerven gehen, so oft wir wollen. Richtig?«

»Joooaa, so könnte es kommen«, erklärte Anna gedehnt. »Aber vorerst werde ich zu Mia ziehen. Sie braucht gerade Unterstützung.«

Bens Brauen bekamen ein ernstes Problem mit seinem Haaransatz. Für beides war momentan nicht genug Platz. »Du hast Todessehnsucht, richtig? Du bist süchtig nach der Idee, eines Nachts im Schlaf von der Drachenlady enthauptet zu werden?«

Anna lachte. »Du hast sie in einer schwierigen Phase kennengelernt. Jule, Bloem und mir war nicht klar, wie sehr sie von der Rolle ist. Aber das wird sich geben. Schließlich dauert eine Schwangerschaft nicht endlos.«

»Schwanger?«

»Sie hat es mir selbst erst vor ein paar Tagen gesagt und steht ziemlich am Anfang. Vierter Monat.«

»Oh mein Gott – sie wird dem Kind den Kopf abbeißen, sobald es wagt, in die Windel zu machen.«

»Klingt, als würdest du gern für den Job als Patenonkel vorsprechen«, zog Anna ihn auf. »Aber mal ernsthaft. Für sie ist es eine Katastrophe. Sie hatte wohl im Frühling eine schlechte Phase und hat sich ins Party-Getümmel gestürzt. Nun weiß sie nicht, wer der Vater ist. Infrage kommen zwei Typen.« Anna grinste schief. »Für so umtriebig habe ich sie gar nicht gehalten.«

»Dir ist klar, dass die Drachenlady ihr Nest verteidigen und mich bei erster Gelegenheit die Treppe runterschubsen wird?«

»Ja, wahrscheinlich. Aber für den nicht ganz unmöglichen Fall, dass du Sehnsucht nach mir hast, habe ich ja immer noch deine Schlüsselkarte. Dass ich für nicht ganz jugendfreie Hausbesuche zu haben bin, hat sich ja mittlerweile herumgesprochen.«

»Ich will, dass du weißt, dass du bei mir jederzeit unterschlüpfen kannst. Du kannst auch ganz einziehen. Wir raufen uns schon zusammen.« Ben klang richtig feierlich.

Anna lief das Herz über. »Du hast keine Zweifel?«

»Daran, dass wir so einen Schlagsahne-Alltag haben werden, in dem du den Staub weg wedelst, während ich Fußball schaue und nach Bier gröle?« Ben küsste ihre Nasenspitze. »Daran zweifle ich allerdings. Dafür glaube ich ganz fest, dass wir füreinander bestimmt sind. All der Wahnsinn, den wir in den vergangenen Monaten erlebt haben. Und sieh uns an, wir stehen nicht nur aufrecht, wir haben keine einzige Narbe. Im Gegenteil, es geht mir endlich wieder gut.«

Hand in Hand gingen sie nach oben. Ein wenig Zeit blieb ihnen, bevor sie die anderen im Restaurant treffen würden. Und weil beiden nicht nach Reden zumute war, sagten sie sich ohne Worte, wie sehr sie es genossen, sich langsam ganz allmählich zusammenzuraufen.

Als Anna und Ben – frisch geduscht und mit nassem Haar – wieder nach unten kamen, waren nicht nur Frau Prins, Claas, Jan und Jule da. Auch die Seebären hatten sich im Restaurant versammelt, der Koch und Bens Empfangschefin.

Anna zog ihn beiseite und wisperte: »Hast du die fünf und deine Leute eingeladen?«

»Habe ich. Wir haben doch gesehen, wohin es führt, wenn man nicht offen ist. Also sind alle hier, die dieses Projekt betrifft. An Viola bleibt der Mehraufwand mit der Verwaltung langfristig kleben. Der Koch muss zusätzlich zu den Gästen von außerhalb deine Hotelgäste einplanen. Vielleicht haben sie gute Ideen.«

»Hey, du musst dich nicht verteidigen«, sagte Anna und küsste ihn. »Ich ärgere mich eher, dass ich nicht selbst darauf gekommen bin. Nur weiß ich nicht, wie die Seebären damit leben können, wenn sie hören, welche finanziellen Probleme ihre Unterbringung bereitet.«

Ben schnaubte leise. »Du hast es da nicht mit fünf Idioten zu tun. Die wissen sehr genau, wie schwierig die Situation ist. Es wird ihnen guttun, zu hören, wie viele Menschen mit qualmenden Köpfen herumrennen, um nach einer Lösung zu suchen, damit sie bleiben können.«

Sie halfen dem Koch, Platten mit vorbereiteten Häppchen auf den Tisch zu stellen.

Dann präsentierte Anna ihre Idee zum zweiten Mal, band die Bedingungen von Frau Prins ein, erwähnte ihren Video-Call mit Visser und fragte alle, was sie davon hielten.

Jan hatte ein paar bautechnische Anregungen. Claas verkündete, frühestens in vier Monaten ausreichend freie Kapazitäten für den Umbau zu haben. Frau Prins nickte, und endlich lag dabei wieder das leise Lächeln um ihre Lippen.

Hilfreiche Anregungen für die interne Organisation kamen vom Koch und von Viola.

Nur die Seebären saßen stumm wie die Fische da und sagten nichts.

Jule beschlich ein banges Gefühl. Was, wenn sie die Idee nicht mochten und sich nicht auf den Anbau und das Souterrain verteilen lassen wollten?

»Sagt ihr bitte auch etwas?«, bat sie und sah einen nach dem anderen an.

Willem, Dan und Hans, Quirin und Jeve tauschten Blicke, nickten, entließen wie ein Mann ihre »Jo's«, dass die Wände wackelten.

Alle lachten, doch da hob Willem die Hand. »Wo sollen wir denn nun unterkommen, wenn da drüben gebaut wird.«

Daran hatte Anna tatsächlich nicht gedacht. Bei Ben konnten sie so lange nicht bleiben. Seine Gästezahlen stiegen, selbst jetzt in der Nachsaison.

»Mal sehen. Ich verspreche euch, wir finden eine Lösung. Vielleicht mieten wir ein Ferienhaus. Das ist im Winter nicht wahnsinnig teuer und ihr bleibt zusammen.«

»Ja«, warf Ben süffisant ein, »das ist wichtig, damit ihr euer Training im Formationsturnen nicht vernachlässigt.«

Anna, Ben und die Seebären brachen in Gelächter aus. Die anderen sahen sie verständnislos an, aber das war okay.

»Jetzt muss ich die Idee nur noch Herrn Visser schmackhaft machen.«

Sie schaute rüber zu Jan, der ihn am besten kannte. Und als er – so leicht, dass es kein anderer mitbekam – nickte, wuchs aus Annas Zweckoptimismus echte Hoffnung.

32. KAPITEL

Sieben Monate später.

Mia schlief. Weswegen Anna Joni in ihre Trageschale setzte und sie in ihr neues Auto – Ben behauptete, beim Bau habe ein Autoscooter Pate gestanden – verfrachtete.

Im Gegensatz zu Mia, die seit der Geburt von einer Hysterie in die nächste verfiel, war Joni pflegeleicht. Vielleicht ahnte die Kleine, dass es sonst niemand mit ihr und ihrer Mutter aushalten würde.

Als sie beim Hotel ankamen, fanden Sie Ben im Restaurant, wo er mit ein paar Gästen plauderte.

Er sah Anna – und stürzte sofort auf die beiden zu, um ihr die Baby-Trage abzunehmen.

Lächelnd betrachtete er das zerbrechliche Wesen darin – und schaltete auf Stirnrunzeln um, als er den Schalensitz bemerkte.

»War das Ding gestern nicht noch grau?«

Anna rollte mit den Augen. Möglich, dass sie die Geste von Ben übernommen hatte. Ausschließen wollte sie es nicht.

»Die neue Test-Zeitschrift ist draußen und da hat das graue Modell gar nicht gut abgeschnitten. Es war nur auf Platz zwei von zwölf. Also ist Mia losgerannt und hat den Testsieger gekauft.«

»Sie kommt noch immer nicht zur Ruhe?«

Anna verdrehte erneut die Augen. »Sobald Joni schläft, schleicht sie um das Bett herum und kontrolliert die Atmung. Es ist schlimm, Mia so in Panik zu sehen. Mir tut das richtig weh.«

»Ach komm«, er zog sie an seine breite Brust. »Muss sich das Leben mit einem Baby nicht immer erst einspielen?«

»Wenn ich nur erkennen könnte, dass Mia ruhiger wird. Aber mir kommt es vor, als würde sie sich immer mehr verkrampfen. Neulich hat Jule sie ausgelacht und ihr auf den Kopf zugesagt, dass sie zu einer Helikopter-Mutter mutieren wird, woraufhin Mia völlig ausgerastet ist.«

Ben, der nie ein Mia-Fan werden würde, zuckte die Achseln. »Da Joni schläft, was hältst du davon, wenn wir sie kurz bei Viola im Büro lassen und rüber ins Seemannsheim gehen?«

Anna hatte sich mit Besuchen auf der Baustelle in den letzten Monaten bewusst zurückgehalten. Zum einen lief ihr Büro gerade an. Sie hatte in Claas' Auftrag bereits zwei Häuser verkauft und zwei Auftraggeber gewonnen, die einen großen Bestand an Mietwohnungen besaßen. Die Verwaltung brachte keine Reichtümer, aber es war ein regelmäßiges Einkommen, das sie zu schätzen wusste.

Und dann war da der Umstand, dass es ihr schwerfiel zu sehen, wie das Haus, in das sie so viel Arbeit und Herzblut gesteckt hatte, Stück für Stück umgemodelt wurde.

Ihr brombeerfarbener Schuppen war weg. Die Lampions auch. Über die gusseisernen Stühle hatte sich der Altmetall-Händler gefreut. Und die Veranda, an der sie drei volle Tage gemalert hatte, war komplett abgetragen und neu aufgebaut worden, weil Claas' Leute tatsächlich ans Fundament gemusst hatten.

»Falls es dich tröstet: Das Haus sieht toll aus. Im Dachgeschoss und in der zweiten Etage sind die Arbeiten abgeschlossen. Die Möbel stehen, nur die Deko fehlt. Nächste Woche werden die erste Etage und das Erdgeschoss fertig. Also gib dir einen Ruck und sieh es dir an. Willem, Hans und Dan sind begeistert. Vor allem seit der Pool drin ist.«

Die drei Seebären hatten gut Lachen. Sie wohnten im Anbau, der – gemäß der Bedingungen von Frau Prins – zuerst fertiggestellt worden war. Anna verband keinerlei Erinnerungen mit dem neu errichten Gebäudeteil und hatte ihn sich ohne sentimentale Anwandlungen angesehen. Es war gemütlich dort. Und es gab einen Gemeinschaftsraum mit einem Fernseher, in dem nicht nur die drei abends zusammensaßen. Quirin und Jeve, deren Apartments im Souterrain zuletzt fertig würden, hatten sie dort schon einige Male besucht, ehe sie in das Ferienhaus zurückgekehrt waren.

Anna gab sich einen Ruck. Ben war so stolz auf das Werk seines Bruders, dass sie einfach nicht Nein sagen konnte. »Also gut. Zehn Minuten. Ich will auf jeden Fall hier sein, wenn Joni wach wird. Sie kennt Viola ja kaum.«

»Was auch immer du willst.« Ben lächelte sie an und schlang einen Arm um ihre Schulter.

Dieses wunderbar geborgene Gefühl vermisste sie schrecklich. Bis zu Jonis Geburt hatte sie praktisch in seinem Dachgeschoss gewohnt. Doch als sie gesehen hatte, wie hilflos Mia mit dem kleinen Mädchen umging, hatte sie sich ein Herz gefasst und war – wie ursprünglich geplant – in Mias Gästezimmer gezogen.

»Sag mal, dein neues Büro hat doch ein Hinterzimmer?«, fragte Ben unvermittelt, während sie den Garten durchquerten, der sich dank der Bauarbeiten in eine Schlammwüste verwandelt hatte.

Bens Gäste bekamen, abgesehen einmal vom Lärm, wenig davon mit, denn Claas hatte eigens für die Bauphase einen neuen Sichtschutz montiert. Bye, bye Dünenblick.

»Das Hinterzimmer ist winzig. Es hat noch nicht mal ein Fenster. Du kennst es doch.«

»Ja, ich hab's mir nur flüchtig angeschaut. Oh, das muss kein Nachteil sein«, erklärte Ben mit diabolischem Blick.

Da verstand Anna es. »Du hast immer noch diese Ferkel-Fantasie von dir und mir, als Requisiten ein Etuikleid, High Heels und ein Schreibtisch?«

Zur Antwort wackelte er lustig mit den Brauen und ließ die Zunge schnalzen.

»Bin dabei!«, verkündete Anna und betrat mit ihm das Haus, durch das Dutzende Handwerker wuselten.

In der ersten Etage streiften sie die Schuhe ab und sahen sich die fertigen Zimmer an. Sie trugen designtechnisch eindeutig Claas' Handschrift. Schlicht, elegant, mit einem ganz einzigartigen Pfiff.

Als sie die letzte der fertigen Suiten betraten, hielt Ben sie fest. »Du fehlst mir.«

»Und du mir.« Anna seufzte, denn sie wusste, worauf er hinauswollte. »Ich würde lieber heute als morgen wieder in dein Dachgeschoss ziehen. Aber neben allem, was du über Mia zu wissen glaubst, bin ich mir sehr sicher, dass sie mich unterstützen würde, wenn ich allein mit einem Baby wäre und nicht klarkäme. Lass uns ein bisschen Zeit.«

Er knurrte. »Das tue ich ja. Aber die Monate, in denen du

und ich zusammengewohnt haben, sind die besten meines Lebens. Ist dir klar, dass wir zuletzt kaum gestritten haben?«

»Ja, weil ich eine Heilige bin und dir die Socken nachtrage.« Anna kicherte. »Pass auf, ich rede mit Mia. Ich bleibe noch eine Woche bei ihr. Danach komme ich mit Sack und Pack zu dir und unterstütze sie tagsüber stundenweise. Kannst du damit leben?«

Ben strahlte. »Und wie. Wir melden dich endlich offiziell im Hotel und du kümmerst dich um deine eingelagerten Möbel. Was du hier haben willst, holen wir her. Und für den Rest lassen wir uns etwas einfallen. Es wird Zeit, dass wir Nägel mit Köpfen machen.«

Er wartete geduldig, bis sie seinen nicht gerade bescheidenen Maßnahmenplan abnickte. Dann zog er sie in eine so feste Umarmung, dass sie kaum noch Luft bekam, und küsste sie gründlich um den Verstand.

* * *

Ben hatte sich nie Kinder gewünscht und von Babys wenn möglich ferngehalten. Sie machten ihn unbeholfen, weckten in ihm Panik, er könne sie verletzen oder etwas abbrechen. Okay, er wusste, dass das albern war. Trotzdem war diese Angst tief in ihm verwurzelt gewesen – bis er Anna zum ersten Mal mit dem Baby auf dem Arm gesehen hatte.

Sie war glücklich, wenn sie die Kleine herumtrug, und hatte etwas so unerwartet Mütterliches, dass er sich nicht nur wünschte, er könnte ihr dieses Glück ebenfalls schenken. Er wollte es für sich selbst. Sie war seine Frau. Auch ohne Trauschein. Und sie würde seine Kinder kriegen. Das stand für ihn längst fest.

Er würde gut aufpassen bei den Vorbereitungen für Jans und Jules Hochzeit. Als einen der wenigen hatten sie Ben eingeweiht, denn sie wollten die ehemalige Pension *Vor Anker* in zwei Monaten komplett für die Gäste ihrer Überraschungshochzeit buchen.

Gefeiert würde in Jules Strandbar. Und als Ben überlegt hatte, wie er die beiden überraschen konnte, waren ihm sofort die Seebären eingefallen. Jetzt, wo sie nicht mehr turnten, sangen sie gelegentlich Shantys, wenn Quirin und Jeve die drei im Anbau besuchten. Ben hatte die fünf angeheuert.

Gefühlt schloss sich für ihn damit der Kreis. Sie gehörten in dieses Haus und wenn es eine Hochzeit gab, gehörten sie auch dazu.

Dass Anna bei ihrem Auftritt völlig ausrasten und vor lauter Sentimentalität vielleicht sogar ein paar Tränen vergießen würde, stand fest. Aber daran hatte er sich gewöhnt. Und mit all ihren anderen Marotten kam er auch klar. Ach, mehr als das. Er liebte sie.

* * * E N D E * * *

DANKE!

Zunächst einmal danke ich von Herzen allen, die dieses Buch gekauft und sich Zeit genommen haben, es zu lesen. Das bedeutet mir viel.

Dann möchte in an dieser Stelle von Theo Jansen erzählen, den ich in Kapitel 9 erwähnte. Er verbindet evolutionäre Bionik und Kunst, worunter ich mir nichts hätte vorstellen können, hätte ich vor ein paar Jahren nicht hingerissen vor einem Werbespot gesessen und seine »*Animaris*« entdeckt. Mittlerweile habe ich sie einige Male live gesehen – fantastisch. Wer weiß, wenn Sie in Holland sind und am Strand die Augen offenhalten ... es ist sehr beeindruckend.

Sie möchten keine Neuerscheinung verpassen?
Zur Anmeldung für meinen Newsletter geht es unter
www.annestevens.info.

Feedback ist mir immer willkommen! Mailen Sie einfach an
post@annestevens.info

Ich freue mich aber auch, wenn Sie mir auf
Instagram,
Facebook oder über die
Amazon-Autoren-Seite folgen.

ÜBER DIE AUTORIN

Ich war siebenundzwanzig, hatte eine Ausbildung absolviert und studiert und war noch immer richtungslos, als ich mein Praktikum bei einer Tageszeitung antrat.

Ich zum Pförtner: »Ich soll mich um halb zehn bei XY melden.«

Der Pförtner: »Ha, ha, netter Witz. Die Herren kommen nie vor elf.«

Elf. In Worten: Elf! Das war der Moment, in dem ich wusste, dass ich meinen Beruf, ach, was sage ich, meine Berufung gefunden habe!

Es hat mich nie gestört, dass ein Arbeitstag, der nicht vor elf beginnt, eben auch erst um acht Uhr endet. Denn mehr als das Geldverdienen und das Ausschlafen hat mich die Qualität der Zeit, die man in diesem Beruf verbringt, begeistert.

Erster Tag, erste Begegnung mit XY: »Erwartest du jetzt von mir, dass ich dir sage, was du machen sollst? Kindchen, jeder hat eine Geschichte zu erzählen, du musst nur zuhören.«

Ich gebe zu, in meiner berufsjugendlichen Überheblichkeit habe ich das belächelt. Und es hat mich Jahre voller mittelmäßiger Geschichten gekostet, zu kapieren, dass es stimmt. Ich war im Knast, habe Vorstandsetagen und Frauenhäuser besucht, Tage mit Obdachlosen, in Flüchtlingsheimen oder in Gerichtssälen verbracht. Gala und Kaninchenzüchter. Reisen, reisen, reisen. Ein Reichtum an Geschichten, die mir niemand nimmt. Mein Fazit: Ich würde ein Abendessen mit einem humorvollen Rassegeflügelzüchter jederzeit dem weichgespülten Marketing-Sprech eines CEO vorziehen.

Was mir dabei nie abhandenkam, ist die Liebe zum Schreiben!

Und dann wäre da noch: Ich bin Mutter, Ü50, liebe, lache, lese viel und esse gern. Was ich mag? Menschen! Meine Stärke: Sie (nicht zu) ernst nehmen. Hund oder Katze? Ersteres. Sekt oder Selters? Letzteres. Ich bin teamfähig, gern nett und – bei artgerechter Haltung – erfreulich umgänglich.

Noch Fragen? post@annestevens.info

Printed in Poland
by Amazon Fulfillment
Poland Sp. z o.o., Wrocław

21648149R10208